AF638782

KNAUR

Warum Madame le Commissaire? Und nicht Madame la Commissaire?
Das erste Buch dieser Reihe ist bereits 2014 erschienen. Damals waren im Französischen noch Berufsbezeichnungen wie Madame le Président oder Madame le Ministre gebräuchlich. Entsprechend auch Madame le Commissaire. Im Zuge der Genderdebatte wandelt sich auch in Frankreich die zuvor stark männlich geprägte Sprache. Weshalb es heute wohl Madame la Commissaire heißen würde. Der Titel der Reihe ist also seiner Zeit geschuldet. Im übrigen hat sich unsere Protagonistin schon vor Jahren in einem Dialog mit Apollinaire zu diesem Thema geäußert (im Buch: »Madame le Commissaire und der tote Liebhaber«). Dabei hat sie klargestellt, dass sie sich nicht diskriminiert fühlt. Was natürlich Ansichtssache ist. Aber es passt zu ihrer Persönlichkeit.

Im Knaur Taschenbuch Verlag sind bereits
folgende Bücher des Autors erschienen:
Madame le Commissaire und der verschwundene Engländer
Madame le Commissaire und die späte Rache
Madame le Commissaire und der Tod des Polizeichefs
Madame le Commissaire und das geheimnisvolle Bild
Madame le Commissaire und die tote Nonne
Madame le Commissaire und der tote Liebhaber
Madame le Commissaire und die Frau ohne Gedächtnis
Madame le Commissaire und die panische Diva
Madame le Commissaire und die Villa der Frauen
Madame le Commissaire und die Mauer des Schweigens
Madame le Commissaire und das geheime Dossier

Über den Autor:
Pierre Martin ist das Pseudonym eines erfolgreichen Autors, der sich für seine Hauptfigur Madame le Commissaire eine neue Identität zugelegt hat. Alle seine Krimis um Isabelle Bonnet aus Fragolin landen bereits kurz nach Erscheinen unter den Top Ten der Bestsellerliste. »Madame le Commissaire und das geheime Dossier« war zuletzt Platz 1 der Spiegel-Bestsellerliste. Ebenfalls auf Platz 1 landete »Monsieur le Comte und die Kunst des Tötens« – der erfolgreiche Auftakt zu einer neuen Südfrankreich-Reihe um einen adeligen Auftragsmörder, der den festen Vorsatz hat, niemanden umzubringen.

PIERRE MARTIN

Madame le Commissaire

und das geheimnisvolle Bild

EIN PROVENCE-KRIMI

KNAUR

Besuchen Sie uns im Internet:
www.knaur.de

MIX
Papier | Fördert gute Waldnutzung
FSC® C014496

Originalausgabe Mai 2017
Knaur Taschenbuch

Ein Imprint der Verlagsgruppe
Droemer Knaur GmbH & Co. KG
Maria-Luiko-Straße 54, 80636 München.

Redaktion: Dr. Gisela Menza
Covergestaltung: ZERO Werbeagentur, München
Coverabbildung: © Norbert Scanella;
FinePic®, München / shutterstock
Satz: Adobe InDesign im Verlag
Druck und Bindung: GGP Media GmbH, Pößneck
ISBN 978-3-426-52032-1

Kontaktadresse nach
EU-Produktsicherheitsverordnung:
produktsicherheit@droemer-knaur.de

23 25 24 22

L'essentiel est invisible pour les yeux.
Das Wesentliche ist für die Augen unsichtbar.

Antoine de Saint-Exupéry

Die Route des Serres *war eng und kurvig. Die Landstraße wurde von Mauern gesäumt und immer wieder von direkt angrenzenden Hauswänden. Zwar war wenig Verkehr, dennoch konnte Isabelle nicht richtig Tempo machen, das war zu gefährlich.*

Endlich kam eine Kurve, die übersichtlicher war. Sie bremste erst spät, das Heck ihres weiß-blauen Peugeot der Police nationale brach aus. Routiniert steuerte sie dagegen und beschleunigte schon wieder. Die Mauern und eine nachfolgende Hecke reflektierten ihr Blaulicht.

Es folgte eine längere Gerade. Am Ende erspähte sie einen roten Citroën. Das war er! Gleich hatte sie ihn.

Isabelle drückte das Gaspedal voll durch. Sie näherte sich einer weiteren Kurve. Der Citroën verschwand für einen Moment aus ihrem Blick. Erneut ein spätes Anbremsen, runterschalten, gegensteuern. Jetzt war sie direkt hinter ihm. Sie ließ die Sirene aufheulen. Ihm musste klar sein, dass es vorbei war. Der Mann war entweder schwer von Begriff oder total verrückt. Statt aufzugeben, zeigte er ihr aus dem offenen Seitenfenster einen Stinkefinger und gab wieder Gas.

Wie zum Beweis seiner Kopflosigkeit setzte er zu einem gewagten Überholmanöver an. Dabei kam er ins Schleudern und schaffte es nur mit Mühe, den Wagen auf der Straße zu halten.

Das war nicht gut, gar nicht gut. Wenn er so weiterfuhr, passierte noch was. Isabelle konnte nicht verantworten, das Leben Unschuldiger zu gefährden. Kurz entschlossen brach sie die Verfolgung ab. Sie schaltete das Blaulicht aus und ließ sich zurückfallen. Sie würde ihn über Funk zur Fahndung ausschreiben. Weit würde er nicht kommen.

Die nächste Kurve durchfuhr sie in gemäßigter Geschwindigkeit. Sekunden später ereignete sich vor ihren Augen eine filmreife Katastrophe. Obwohl alles ganz schnell ging, nahm sie die Szene wie in Zeitlupe wahr. Sie sah einen entgegenkommenden schweren Lastwagen mit riesiger Kühlerfront und gewaltigem Stoßfänger. Schwarz und bedrohlich. Und sie sah den erneut schleudernden roten Citroën, der im Vergleich zum Lastwagen wie ein Spielzeugauto wirkte. Der Zusammenprall war unvermeidlich. Der Citroën bohrte sich frontal in den Truck. Das Dach des Kleinwagens wurde abgerissen, Teile flogen durch die Luft, das Chassis verschwand unter dem Laster. Es kam zu einer kleinen Explosion. Dann war alles vorbei.

Isabelle hielt an, schaltete zur Sicherheit das Blaulicht ein und atmete tief durch.

Es war still, fast gespenstisch ruhig, nur ein leichtes Sirren lag in der Luft. Es kam nicht von den Zikaden.

Beim Lastwagen setzte sich aus unerfindlichen Gründen der Scheibenwischer in Gang. Sie sah, wie der Fahrer aus seiner Kabine stieg und nach unten kletterte. Ihm war nichts passiert. Dieu merci!

Es gab keinen Grund zur Eile, für niemanden. Auch war es egal, wie schnell die Rettung eintraf. Dass der Fahrer des roten Citroën nicht mehr lebte, stand außer Zweifel. Vermutlich gab es zwei Teile von ihm. Mindestens. Isabelle wollte nicht daran denken. Schließlich war das einer der Gründe, warum sie sich nach Südfrankreich zurückgezogen hatte. Sie hatte in ihrem Leben schon zu viele Tote gesehen, auf jeden weiteren konnte sie verzichten. Und jetzt war es doch geschehen. Wieder einmal. Merde, merde, merde …

1

Das Verbrechen hält sich an keine Bürozeiten und macht keine Ferien. Infolgedessen kommt es für Polizeireviere nicht in Frage, einfach mal zuzusperren und allen Mitarbeitern einen erholsamen Betriebsurlaub zu gönnen. Aber im verschlafenen Ort Fragolin, im Hinterland der Côte d'Azur gelegen und fernab der Touristenströme, widersprach das dort ansässige Kommissariat der *Police nationale* in vielerlei Hinsicht den Konventionen. So hatte es keine geregelten Zuständigkeiten, empfing ohne Anmeldung keine Besucher, an der Wand hing statt des aktuellen Präsidenten ein Konterfei von Charles de Gaulle – und wenn Madame le Commissaire es für richtig hielt, dann wurden die Fensterläden zugeklappt, und an den Eingang kam das Schild: *Fermé!* Ganz so wie bei Clodines Seifenladen, wenn sie Mittagspause machte. Oder wie bei der *Boulangerie,* die immer montags geschlossen hatte. Heute ging Isabelle Bonnet einen Schritt weiter. Ihr Assistent, Sous-Brigadier Apollinaire, klebte einen Zettel an die Tür mit der ebenso knappen wie eindeutigen Information: *Vacances annuelles!* Betriebsferien hatten sie noch nie gemacht, das war selbst für ihr außergewöhnliches Kommissariat ein Novum. Allzu viele Mitarbeiter wurden davon nicht betroffen, schließlich gab es nur sie beide. Und für die Sicherheit in Fragolin hatte es keinen Belang. Erstens kam es im Hinterland des *Massif des Maures* nur selten zu kriminellen Vorkommnissen. *Le vieux Georges,* der die sträfliche Angewohnheit besessen hatte, in der *Brasserie* auf den Boden zu spucken, war im letzten Jahr verstorben. Außerdem wäre er dafür nie zur Rechenschaft gezogen worden. Zweitens gab es die Gendarmerie, die allzeit für Recht und Ordnung sorgte und froh war, wenn sich die *Police nationale* aus allem raushielt. Und drittens gab es die Kollegen in Toulon, die im Zweifelsfall für das ganze Département Var Verantwortung trugen.

Isabelle sah sich im Büroraum um. Die Computer waren ausgeschaltet, auf ihren Schreibtischen lagen keine Akten mit unerledigten Fällen. Ganz im Gegenteil waren sie blank gewischt und von einer fast schon beängstigenden Leere. Apollinaire gab dem Kaktus auf dem Fensterbrett noch etwas Wasser. Nur ganz wenig, viel vertrug die Pflanze nicht. Er knöpfte seine Jacke zu, wobei er wie fast immer mit den Löchern durcheinanderkam, und entrichtete zum Abschied dem von ihm verehrten Charles de Gaulle einen militärischen Gruß. Dann verließen sie das Kommissariat im *Hôtel de ville* und traten hinaus in die Sonne.

Isabelle setzte sich eine Brille mit dunklen Gläsern auf und hoffte, dass es eine gute Idee war, sich eine Auszeit zu gönnen. Sie würde auf ihrer kleinen Terrasse sitzen und im Liegestuhl dösen. Sie würde hinunter ans Meer fahren und schwimmen. Sie würde mit ihrer Freundin Clodine Lammkoteletts essen oder einen *loup de mer* und dazu eine *petite carafe* mit Rosé bestellen. Sie würde über einige ungeklärte Fragen in ihrem Leben nachdenken – und vielleicht zu einer Entscheidung kommen.

Was Apollinaire vorhatte, wusste sie nicht. Nur so viel, dass er in Fragolin bleiben, seine tunesische Freundin Shayana verwöhnen und das Schlafzimmer neu streichen wollte. Isabelle schmunzelte. Bei seiner Vorliebe für ausgefallene Farben und schräge Muster wünschte sie ihm viel Glück. Seine verschiedenfarbigen Socken würde sie vermissen.

Für ihren »Betriebsurlaub« hatte sie keine bestimmte Länge vorgesehen, weshalb sie mit Apollinaire die Vereinbarung getroffen hatte, dass er über sein *portable* immer erreichbar sein müsse. Im Fall der Fälle würden sie ihre Arbeit sofort wieder aufnehmen. Aber sie hoffte, dass das nicht so bald passierte. Gleichwohl waren die *vacances annuelles* ein Experiment mit ungewissem Ausgang. Das süße Nichtstun entsprach nicht ihrem Naturell. Genau genommen hatte sie es noch nie probiert.

2

Zumindest am ersten Tag war für Abwechslung gesorgt. Fragolin zeigte sich von einer ungewöhnlich vibrierenden Seite. Die Gendarmerie regelte den Verkehr an den beiden einzigen Zugangsstraßen. Vor einem renovierten Haus in der Altstadt wurde ein roter Teppich ausgerollt. Thierry Blès, der Bürgermeister, polierte höchstpersönlich eine neu angebrachte Gedenktafel. Ein kleines Holzpodest wurde aufgebaut und ein Mikrofon mit Lautsprecher installiert. Clodine arrangierte vor ihrem Laden, wo sonst herzförmige Seifen feilgeboten wurden, die nach Lavendel oder Limonen dufteten, Gestelle mit bedruckten T-Shirts. Darauf waren die gezeichneten Umrisse einer Tänzerin zu sehen. Die Linienführung war trotz oder gerade wegen ihrer scheinbaren Einfachheit voller Ausdruck und von hoher ästhetischer Qualität. Kein Wunder, denn die Zeichnung stammte von Henri Matisse, dem großen Meister der klassischen Moderne. Darüber stand geschrieben: *Matisse et la danseuse de Fragolin.* Matisse und die Tänzerin aus Fragolin.

Isabelle sah auf die Uhr. Bis zum geplanten Empfang blieb noch Zeit. Sie hatte nichts vorzubereiten, sie war nur Gast, allerdings ein vom Bürgermeister besonders gern gesehener. Sie schlenderte zum *Café des Arts,* um sich an einen kleinen runden Tisch zu setzen und *menthe à l'eau* zu bestellen. Sie mochte den erfrischenden, mit Wasser verdünnten Pfefferminzsirup. Noch lieber trank sie einen Côtes de Provence, aber gleich würde es Champagner geben, da verzichtete sie der Vernunft gehorchend auf den Rosé. Sie beobachtete das ungewohnt lebhafte Treiben. Woanders, zum Beispiel in Cannes oder in Saint-Tropez, wäre das nicht weiter auffällig. Dort wunderte sich niemand, wenn Presseleute mit Film- oder Fotoausrüstung vorbeieilten. In Fragolin kam das höchst selten vor – eigentlich nie.

Matisse und die Tänzerin? Sie wusste, worum es ging. Thierry hatte seit Wochen von kaum etwas anderem gesprochen. Der Bürgermeister war stolz darauf, endlich am Ziel zu sein. Er versprach sich viel von dem Projekt und glaubte fest daran, dass es Fragolin mehr Besucher bescheren würde und der Ort davon profitieren könnte. Das sahen nicht alle Einwohner so positiv. Manche legten weiterhin großen Wert auf die relative Abgeschiedenheit des Ortes. Gegen ein paar Touristen sei nichts zu sagen, aber viel mehr als jetzt sollten es bitte auch nicht sein. An der Côte d'Azur, auch im Hinterland, gebe es genügend abschreckende Beispiele, wo man sich als unbescholtener Bürger vorkomme wie ein Affe im Zoo.

Le vieux Georges hätte Thierry den Marsch geblasen. Er hätte aus Fragolin am liebsten eine touristenfreie Zone gemacht und die Zufahrt mit einem Schlagbaum gesichert. Isabelle lächelte. Aber der alte Georges lebte nicht mehr, da hatte Thierry Glück. Und übertrieben hektisch würde es nach ihrer Überzeugung auch nicht werden. Sie wollte Thierry nicht seiner Illusionen berauben, aber *Matisse et la danseuse de Fragolin* würden bestenfalls für einige Tage für Schlagzeilen und zusätzliche Besucher sorgen, bald würden nur noch wenige besonders kunstbeflissene Feriengäste die kurvige Anreise auf sich nehmen. Dann würde Fragolin wieder in seinen vertrauten Trott verfallen – und der alte Georges, Gott hab ihn selig, hätte seinen Frieden.

Ein weiterer Gast kam ins *Café des Arts,* ein älterer Herr im Sakko und mit roter Fliege. Er entnahm einer abgeschabten Ledertasche einige Seiten, setzte eine Lesebrille auf und begann den Text zu lesen. Dabei bewegte er seine Lippen. An einer Stelle schüttelte er den Kopf, strich etwas durch und machte sich am Rand eine Notiz.
Isabelle schmunzelte. Man musste keine Kommissarin sein und über besonderen Scharfsinn verfügen, um zu kombinieren, dass das der Kunstprofessor aus Paris war, der gleich eine Rede halten sollte. Der Mann war Thierrys wichtigster Verbündeter. Erst seine Expertise hatte das Projekt *Matisse et la danseuse de Fragolin* möglich gemacht. Hoffentlich hielt er keinen akademischen Vortrag, den niemand verstand. Fragolin war nicht die Sorbonne. Außerdem würden die Ehrengäste und Pressevertreter nicht allzu lange auf den Champagner warten wollen.
Sie blätterte in der regionalen Tageszeitung *Var-Matin.* In Marseille war ein jugendlicher Fußballfan erschossen worden. Sie las, dass sich laut einer Studie die Luftqualität in der Region Provence-Alpes-Côtes d'Azur (PACA) erheblich verbessert hatte. War sie zuvor etwa schlecht gewesen? Ganz bestimmt nicht in Fragolin. Hier roch es nach Lavendel und Rosmarin – und aus der *Boulangerie* nach frischem Baguette. Es folgte eine Nachricht über einen Staatssekretär aus Paris, der in Le Lavandou beim morgendlichen Joggen zusammengebrochen und an einem Herzinfarkt gestorben war. Roland Roux? Der Name kam ihr bekannt vor. Richtig, sie hatte ihn mal bei einer Sitzung kennengelernt. Das war in ihrem vorigen Leben gewesen – und das lag eine gefühlte Ewigkeit zurück. Jetzt war er also tot. Während sie noch am Leben war. Das hätte auch ganz anders ausgehen können. Erinnerungen an eine Explosion am Arc de Triomphe kamen auf. Sie ver-

suchte, diese im Keim zu ersticken. Sie legte die Zeitung zur Seite. Der Kunstprofessor war schon gegangen. Es wurde Zeit, auf schönere Gedanken zu kommen. Sie zahlte und machte sich auf den Weg.

3

In der abgesperrten Gasse waren auf dem Kopfsteinpflaster Stühle aufgestellt. Isabelle nahm in einer hinteren Reihe Platz, obwohl Thierry mehrfach auf einen freien Sitz ganz vorne deutete. Das war nett gemeint, aber sie war weder prominent, noch hatte sie das Bedürfnis, auf irgendwelchen Pressefotos zu erscheinen.

Thierry wartete, bis alle da waren, dann klopfte er zur Probe ans Mikrofon – um schließlich die Gäste aufs freundlichste zu begrüßen. Er war ein guter Redner, er brauchte kein Manuskript und lockerte gleich zu Beginn mit einem Scherz die Stimmung. Dann erzählte er in warmen Worten die wunderbare Geschichte der Rosalie Grasson, die in diesem Haus in Fragolin vor langer Zeit geboren und hochbetagt ebenfalls hier erst vor wenigen Jahren verstorben sei. Rosalie sei eine ausgesprochen schöne Frau gewesen, in ihrer Jugend sowieso, aber auch im Alter. Zudem sei sie klug und großherzig gewesen und habe dieses Haus mangels Kinder oder näherer Verwandter dem Ort Fragolin vermacht. Dafür verdiene sie einen Applaus. Natürlich klatschten alle.

Aber nicht nur dieses Haus habe sie Fragolin vermacht, sondern zudem eine Episode in ihrem Leben, von der niemand etwas gewusst habe und die so phantastisch sei, dass sie der Nachwelt überliefert werden müsse. Was übrigens auch ihr ausdrücklicher Wunsch gewesen sei. Um es kurz zu machen: Rosalie Grasson habe als junge Frau dem großen Maler Henri Matisse Modell gestanden. Zunächst nicht hier in Fragolin, sondern in seinem Atelier in Nizza. Damals habe er an seinem berühmten Wandbild mit den fünf Frauen gearbeitet, die im Reigen auf einem Hügel tanzten. Nach Vollendung dieses Meisterwerks habe er sich von seinen Modellen getrennt und die meisten von ihnen nie mehr gesehen. So dachte man jedenfalls. Aber Rosalie Grasson habe ihm so gut gefallen, dass er sie heimlich immer wieder in Fragolin besucht habe. Hier habe sie Matisse in ihrem Haus erneut Modell gestanden, ganz privat.

Thierry lächelte und machte eine vieldeutige Pause. Was sonst zwischen den beiden passiert sei, wisse man nicht, sagte er dann.

Die Gäste lachten und tuschelten. *Oh là là, c'est romantique, n'est-ce pas?*

Nun, das Besondere an Rosalies Nachlass sei nicht nur dieses Haus und seine Geschichte, sondern eine Mappe mit Zeichnungen, die Henri Matisse zurückgelassen und die sie über Jahrzehnte als geheimen Schatz gehütet habe. Außerdem habe sie Fotos aufbewahrt, die den Meister mit dem Zeichenblock zeigten – und mit Rosalie, wie sie vor ihm Modell stand. Häufig nackt und in Posen des Tanzes.

Thierry räusperte sich. Deshalb sei es ihm eine große Ehre, fuhr er fort, als Bürgermeister von Fragolin am heutigen Tag das Haus der hochverehrten und so wunderbaren Rosalie Grasson als kleines Museum feierlich zu eröffnen, mit den meisterhaften Zeichnungen von Henri Matisse und den ausdrucksstarken Fotos der beiden aus den dreißiger Jahren des vorigen Jahrhunderts.

Mit einer großen Geste zog er ein Tuch von der Gedenktafel neben dem Eingang: *La maison de Rosalie Grasson. La danseuse de Henri Matisse.*

Die Gäste standen auf und spendeten Beifall. Es wurde eifrig fotografiert, und die gesamte Veranstaltung wurde von einem Fernsehteam aufgenommen.

Isabelle freute sich, dass alles so lief, wie sich Thierry das erhofft hatte. Jetzt übergab er das Wort an den Kunstprofessor, den sie schon im Café gesehen hatte. Der bedankte sich zunächst beim Bürgermeister für sein außergewöhnliches Engagement und gratulierte Fragolin zu diesem kleinen, aber feinen Museum. Das hier und heute der Öffentlichkeit zugänglich gemachte Haus der Rosalie Grasson sei mit seinen Zeichnungen und Fotos eine Perle der besonderen Art. Er schilderte seine Begeisterung, die er beim Studium des Materials empfunden habe, und verwies beiläufig darauf, dass er selbstverständlich die Echtheit geprüft habe.

Dann machte er genau das, was Isabelle befürchtet hatte: Er holte erst weit aus, dann ging er ins Detail. Beides war in dieser Ausführlichkeit nicht von Interesse, weder bei ihr noch bei den meisten anderen Gästen. Die Dame neben ihr unterdrückte ein Gähnen. Der Mann vor ihr rutschte unruhig auf seinem Hintern hin und her. Jetzt war von einer Lydia Delectorskaya die Rede, die damals auch Modell gestanden habe, für die Matisse besondere Empfindungen gehegt habe und die später für seine Scheidung verantwortlich gewesen sei. In dieser sensiblen und emotional verwirrenden Phase seines Lebens habe Henri Matisse offenbar Zuflucht und Ablenkung gesucht, und zwar ausgerechnet hier in Fragolin bei der entzückenden Rosalie Grasson.

Als sich der Professor aus Paris der Schaffensperiode von Matisse zuwenden wollte, in der das Wandbild mit den tanzenden Frauen entstanden war, fasste sich Thierry ein Herz. Er unterbrach den Vortrag mit überschwenglichem Dank und dem besorgniserregenden Hinweis, dass der Champagner warm werde. Im Foyer lägen Broschüren mit dem kompletten Vortrag bereit. Er bitte die Gäste, aufzustehen, sich beim Champagner zu bedienen und anschließend das Museum zu besichtigen.

Stunden später hängte sich Thierry bei Isabelle ein und zog sie fort. Er machte einen erschöpften, aber glücklichen Eindruck.
»Komm, lass uns feiern«, sagte er. »Ich habe bei Jacques einen Tisch reserviert.«
Isabelle schmunzelte. »Für zwanzig Leute?«
»Aber nein, nur für uns beide.«
»An einem Tag wie heute? Ich fühle mich geschmeichelt.«
»Meinen Freund, den Professor, konnte ich gerade noch abwimmeln.«
»*Mon Dieu,* da wäre ich nach der Vorspeise gegangen.«
»Ich habe ihn mit einer Redakteurin aus dem Feuilleton bekannt gemacht, die hat ihn jetzt an der Backe.«
»Morgen hat sie bestimmt Migräne.«
»Aber sie wird um einiges klüger sein, und wir haben unsere Ruhe.«
»Gut gemacht.«
»Das mit dem Professor?«
»Nicht nur«, antwortete sie, »du hast *alles* gut gemacht. Ich wünsche dir viel Erfolg mit deiner Rosalie.«
Isabelle merkte, wie er ihr einen nachdenklichen Blick zuwarf.
»Wenn es im wahren Leben mit der Liebe gerade nicht so richtig klappt, ist sie kein schlechter Ersatz«, stellte er fest. »Allerdings ziemlich platonisch, das muss ich zugeben.«
Ihr lag eine Antwort auf der Zunge, aber dann dachte sie, es sei besser, auf seine Bemerkung nicht einzugehen. Aber er hatte recht, aus seiner Sicht klappte es gerade nicht richtig mit

ihnen. Auch ihre Beziehung war platonisch, das war nicht immer so gewesen. Es musste auch nicht so bleiben. Aber für den Moment war es richtig. Sie weigerte sich, eine überstürzte Entscheidung zu treffen. Damit würde er leben müssen. Sie selbst hatte damit keine Probleme. Sie hatte noch nie verstanden, warum Frauen ohne Pause von einer Beziehung in die nächste stolperten – oder zurück in eine alte. Für manche Entscheidungen sollte man sich Zeit nehmen. Es konnte nicht schaden, eine Weile alleine zu sein. Alleine, was das eine betraf, sonst war man es ja ohnehin nicht.

»Woran denkst du?«, fragte er.

»Ob ich bei Jacques Ratatouille bestelle«, gab sie zur Antwort. »Oder lieber in Rotwein geschmortes Rindfleischragout.«

Er sah sie skeptisch an. »Wirklich? Daran hast du gerade gedacht?«

»Natürlich, woran sonst?«

»Lernt man das auf der Polizeiakademie?«

»Was?«

»Zu lügen, dass sich die Balken biegen.«

»Ich nehme doch lieber Fisch«, entschied sie mit einem Lächeln. »Vielleicht steht auf der Tageskarte eine *lotte à la provençale*. Darauf hätte ich jetzt Lust.«

4

Am nächsten Morgen fiel ihr gerade noch rechtzeitig ein, dass sie Urlaub hatte. Fast wäre sie aufgestanden, stattdessen drehte sie sich um und versuchte weiterzuschlafen. Das misslang zwar, aber im Dämmerzustand konnte sie entspannt ihren Gedanken nachhängen. Mit dem Vorteil, dass sie nie so richtig wusste, ob das gerade ein Traum war oder Realität – oder sich irgendwo dazwischen abspielte. Dass sie gestern Abend nach dem Essen Thierry alleine nach Hause geschickt hatte, das wusste sie ganz sicher. Auch konnte sie sich an seinen enttäuschten Gesichtsausdruck erinnern. Zur Krönung des Tages hatte er sich was anderes erhofft. Aber so war das Leben. Dass Apollinaire in Jacques' Bistro mit seiner Shayana vorbeigekommen war und sie zwar herzlich, aber mit dem ihm eigenen Respekt gegrüßt hatte, war Fakt. Aber dass er in ihrer Erinnerung zwei gleichfarbige Strümpfe angehabt hatte, verdammte sie ins Reich der Phantasie. Das war ihm noch nie passiert. Seit wann trug er eigentlich Hawaiihemden? Hatte sie das geträumt? Nein, das war ihm im Urlaub zuzutrauen.

Isabelle zog sich das Kissen über den Kopf. Sie hätte so gerne weitergeschlafen. Draußen fuhr ein kreischendes Moped vorbei. Das gehörte zu dieser Tageszeit verboten. Wie spät war es eigentlich? Na, egal. Sie träumte von einer nackten Tänzerin, die fortwährend Pirouetten drehte, beobachtet von einem älteren Herrn mit wenig Haaren, grauem Bart und einer Brille. Das musste Matisse sein. Warum schaute er so finster? Gefiel ihm nicht, was er sah? Thierry fand die junge Rosalie auf den Fotos ganz wunderbar und überaus erotisch, er hätte sie am liebsten mit ins Bett genommen. Sozusagen als Ersatz. Aber dafür war er einige Jahrzehnte zu spät auf die Welt gekommen.

Als sie von ihrem *portable* mit einer Schiffssirene aus dem nun doch eingetretenen Schlaf gerissen wurde, beschloss sie in Sekundenschnelle zweierlei: Erstens würde sie den Klingelton ändern, dieser war unerträglich und konnte von ihr nur in einem Moment geistiger Umnachtung installiert worden sein. Zweitens würde sie zukünftig ihr Mobiltelefon während der *vacances annuelles* zumindest in der Nacht abschalten.

Sie fischte nach der nervtötenden Schiffssirene und brachte sie zum Schweigen. Sie sah sich gerade außerstande, ein Gespräch entgegenzunehmen. Erst dann blickte sie auf das Display. Zu spät. Mit Rouven Mardrinac hätte sie nun doch gerne gesprochen. Seit Tagen wartete sie auf seinen Anruf. Sie war zu stolz, um sich selbst zu melden. Verpasst. Nicht zu ändern.

Sie wühlte sich aus dem Bett, ging zum Fenster und öffnete die Läden.

Schon wieder ein strahlend schöner Tag. Fast könnte man dessen überdrüssig werden, aber nicht wirklich.

Sie machte einige Dutzend Kniebeugen, dann Liegestützen und Sit-ups. Diese Übungen waren ihr so sehr zur Gewohnheit geworden, dass sie dabei fast weiterschlafen konnte. Erst die kalte Dusche machte sie wirklich wach. Sie kochte sich einen extrastarken Kaffee und schob ein Croissant von gestern ins Rohr. Anschließend nahm sie ihren Tabletcomputer und schaute nach den aktuellen Lokalnachrichten. Gleich auf der ersten Seite strahlte sie das Gesicht von Thierry Blès an. Das wäre zum Auftakt des Tages nicht nötig gewesen. Etwas weiter hinten hätte völlig gereicht. Aber sie war so fair, dass sie sich für ihn freute. Der Bericht über die Eröffnung des Museums hatte es ganz nach vorne geschafft. Fragolin auf der ersten Seite? Das hatte es schon länger nicht mehr gegeben.

Eine knappe Stunde später schlenderte Isabelle an Clodines Laden *Aux saveurs de Provence* vorbei. Die Seifen waren in der Auslage ganz in den Hintergrund getreten. Überall drehte die Tänzerin ihre Pirouetten, auf T-Shirts und Postkarten. Oder Henri Matisse schaute einen an. Auch gab es Poster mit seinen berühmtesten Gemälden – darunter auch der tanzende Reigen. Das musste man Clodine lassen, sie hatte sich rasch auf die neue Situation eingestellt.

»*Bonjour,* Clodine, wie laufen die Geschäfte?«

Sie begrüßten sich mit Küsschen.

»Die Kunstdrucke laufen gut, und die T-Shirts sind schon alle weg«, antwortete sie. »Ich habe gerade neue bestellt. Sonst hakt es noch etwas. Später soll ein Reisebus kommen, da wird sich zeigen, wie viel Pfeffer unsere Rosalie unter ihrem Hintern hat.«

»Sie ist tot«, stellte Isabelle lakonisch fest.

»Na, ich hoffe nicht. Dein Thierry hat sie doch gerade wieder wach geküsst.«

»Er ist nicht *mein* Thierry.«

»Wirklich? Ach so, da gibt es noch Rouven. Ganz schön schwierig, dein Privatleben.«

Isabelle zog missbilligend eine Augenbraue nach oben.

»Ist gar nicht schwierig, ganz im Gegenteil.«

Clodine lächelte. »Ich an deiner Stelle würde beide nehmen.«

»Du vielleicht, ich nicht.«

»Was hast du heute vor?«, wechselte Clodine das Thema. »Keine Leichen, kein Zeugenschutzprogramm, keine Serienmörder. Da musst du dir was einfallen lassen.«
»Kein Problem. Ich fahr runter ans Meer und geh zum Schwimmen.«
»Wenn der Reisebus nicht wäre, würde ich zusperren und mitkommen.«
»Das nächste Mal. Viel Erfolg mit Matisse und Rosalie.«

Auf dem Weg zu ihrem Lieblingsstrand, der versteckt hinter Pinien lag und nur über steile Stufen zu erreichen war, klingelte erneut ihr *portable*. Diesmal hörte es sich wie das Läuten einer Kirche an. Schon besser. Auf dem Display sah sie, wer dran war. Maurice Balancourt, ihr oberster Dienstherr in Paris, der zudem ihr väterlicher Freund und Mentor war. Normalerweise freute sie sich über seine Anrufe, aber nicht heute, an ihrem ersten echten Urlaubstag. Sie hoffte, dass sich ihre Vorahnung nicht bestätigte.
Isabelle setzte sich auf ein Mäuerchen und nahm das Gespräch entgegen. Er begrüßte sie so vertraut, wie nur er es sich herausnahm.
»Hallo, *chérie.* Wie geht es meiner lieben Isabelle?«
»*Bonjour*, Maurice, mir geht es hervorragend, danke der Nachfrage. Was macht deine künstliche Hüfte?«
Er bekam einen Hustenanfall. Er sollte wirklich mit den Zigarren aufhören.
»Isabelle, du weißt, ich liebe dich, doch diese Bemerkung hättest du dir sparen können. Ich weiß selber, dass ich alt bin. Aber noch komme ich ohne Rollator ins Büro, und meine Frau tanzt mit mir gerne Tango.«
»Tango, wirklich?«
»Da staunst du, was?«

»Bitte richte Giselle meine herzlichsten Grüße aus.«
»Das mach ich. Wenn du das nächste Mal in Paris bist, kommst du zum Abendessen. Versprochen?«
»Natürlich. Aber ich will sehen, wie ihr Tango tanzt.«
»Muss das sein? Wechseln wir das Thema. Du hast dein Kommissariat geschlossen und freust dich auf einige Tage Urlaub, richtig?«
»Stimmt, aber woher weißt du das?«
Er lachte heiser. »Ich weiß alles, schon vergessen?«
Isabelle kannte seine Manie, immer so zu tun, als ob er alles wüsste. Das verlieh ihm eine geheimnisvolle Aura. Es gab Mitarbeiter, die nannten ihn voller Bewunderung *Dieu le Père,* Gottvater.
»Ich wünsch dir von ganzem Herzen, dass du die Ferien in vollen Zügen genießen kannst«, fuhr er fort. »Entspann dich, schwimm im Meer, lass es dir gutgehen. Und wenn du wieder fit bist, kommst du zurück nach Paris. Hier warten wichtige Aufgaben auf dich.«
Sie lachte. »Du gibst nicht auf. Glaub mir doch endlich, ich will nicht zurück, ich bleibe hier. Aber du rufst nicht an, um mir einen schönen Urlaub zu wünschen, richtig?«
»Doch, doch, nur deshalb. Weil ich dich aber kenne, weiß ich, dass dir bald langweilig wird. Das würde dir den ganzen Urlaub vermiesen. Darum habe ich ein kleines Geschenk für dich …«
»Bitte nicht«, protestierte sie, »ich will mich wirklich nur erholen und meinen Spaß haben.«
»Ganz genau. Für den Spaß sorge ich, sozusagen als dein Animateur. Ich hätte einen klitzekleinen Geheimauftrag für dich, damit dir am Strand nicht die Füße einschlafen.«
»Am Strand? Hast du mich etwa lokalisiert?«
Er hustete verlegen. »Wo denkst du hin? Nur weil du noch

dein altes Diensthandy verwendest, käme ich doch nie auf die Idee …«

»Du bist ein schlechter Schwindler.«

»Nun ja, ich habe vor dem Anruf kurz gecheckt, wo du dich aufhältst. Aus purer Rücksichtnahme, ich wollte dich bei nichts Wichtigem stören.«

Sie schüttelte lächelnd den Kopf. »Ein klitzekleiner Geheimauftrag? Das behauptest du immer. Nun sag schon, worum es geht, dann sag ich dir, warum ich es nicht machen werde.«

»*Chérie*, du bist eine harte Nuss. Ich möchte nur, dass du die Umstände eines Todes überprüfst, der sich vor einigen Tagen in deiner wunderschönen Umgebung zugetragen hat. *C'est tout!* Nichts Besonderes. Ich war übrigens schon immer der Meinung, dass übermäßiges Joggen ungesund ist.«

Isabelle erinnerte sich an die Nachricht, die sie in der Zeitung gelesen hatte.

»Meinst du den Staatssekretär Roux, der beim Joggen einen tödlichen Herzanfall erlitten hat?«

Balancourt lachte. »*Chérie*, es ist wie früher. Wir verstehen uns ohne Worte. Natürlich meine ich Roland Roux.«

»Gibt es Zweifel an der Todesursache?«

»Nein, keine Zweifel. Sein Herz hat schlappgemacht, das kann passieren.«

»Warum willst du dann, dass ich die Umstände seines Todes überprüfe?«

»Eine reine Vorsichtsmaßnahme, nur um auf Nummer sicher zu gehen. Ich habe heute mit dem Innenminister gefrühstückt, er ist meiner Meinung.«

»Geht's etwas klarer?«

»Nun, du solltest wissen, dass Roland Roux bis zu seinem überraschenden Ableben einen geheimen Untersuchungsausschuss leitete, der sich mit sehr speziellen Waffengeschäften beschäftigt. In den Fall sind hochrangige Industrievertreter verwickelt, einige Lobbyisten und mindestens ein Minister der aktuellen Regierung. Roux hat gute Arbeit geleistet. Aber neue Freunde gewinnt man so kaum, wenn du verstehst?«

Isabelle wartete mit der Antwort, bis einige vorbeilaufende Strandbesucher – mit Sonnenschirm, Kühlbox und Badematten – außer Sicht- und vor allem Hörweite waren.

»Du willst andeuten, dass Roux' Tod für den einen oder anderen nicht ungelegen kommt. Das habe ich verstanden. Und weil du ein grundsätzlich misstrauischer Mensch bist, willst du ausschließen, dass sein Tod auf unnatürliche Weise herbeigeführt wurde. *D'accord.* Aber es muss doch einen Arzt geben, der den Tod festgestellt und die Leichenschau durchgeführt hat? Gab's eine Obduktion? Warum beauftragst du nicht unser Kommissariat in Toulon, seinen Tod genauer zu untersuchen?«

Balancourt bekam wieder einen seiner obligatorischen Hustenanfälle. Es dauerte, bis er weiterreden konnte.

»*Chérie,* du hast gerade die richtigen Fragen gestellt. Roux hatte einen ungesunden Medikamentencocktail im Blut. Viagra mag ja gut für die Libido sein, aber beim Joggen ist es wenig hilfreich. Vor allem in dieser Dosierung und in Kombination mit aufputschenden Drogen. Warum ich das Kommissariat in Toulon außen vor lasse? Nun, erstens will ich, dass die Überprüfung der Umstände diskret erfolgt, wenn nötig unkonventionell, und zweitens möchte ich, dass das mein bester Mann macht. Das bist zufällig du.«

»Ich bin eine Frau.«

»Das ist mir bewusst, *chérie,* trotzdem bist du mein bester Mann. Also, hast du deine Meinung geändert? Du gibst mir doch keinen Korb? Das kannst du einem alten Mann nicht antun.«

Isabelle amüsierte sich über seine Koketterie. Das alte Schlitzohr hatte sie mal wieder über den Tisch gezogen.

»Einverstanden, aber nur, weil du es bist.«
»*Très bien, c'est formidable.* Die Unterlagen liegen bereits in deiner Mailbox.«
»Wann hast du sie geschickt?«
»Vor einer Stunde.«
Sie lachte. »Und wenn ich nein gesagt hätte?«
»Das ist eine hypothetische Annahme. Ich kenne dich besser.«
»Jetzt geh ich erst mal schwimmen.«
»Mach das, *chérie.* Die Untersuchung hat keine Eile. Na ja, vielleicht ein bisschen, aber nicht wirklich. Wahrscheinlich kommt eh nichts dabei raus. Dieser Roux hat einfach seine Pumpe überfordert, ja, so wird es gewesen sein. Erst Sex und dann Joggen. Das ist grundsätzlich ungesund. Ich dagegen trinke erst ein Glas Rotwein und gehe dann zum Golfen. So wird man alt.«

Nach dem Schwimmen legte sie sich an den Strand und ließ sich in der Sonne trocknen. Maurice Balancourt hatte sich getäuscht. Sie kam sehr wohl ohne Arbeit zurecht. Sie lächelte. Zumindest für den Moment. Und danach? Es gab keinen Grund, die *vacances annuelles* abzusagen. Das Kommissariat konnte geschlossen und Apollinaire im Urlaub bleiben. Sie würde genau das tun, was Balancourt gesagt hatte, nämlich ohne übertriebene Eile und ganz diskret den Tod des Staatssekretärs einer genaueren Betrachtung unterziehen. Natürlich mit der gebotenen Sorgfalt. Eine Überdosis Viagra und aufputschende Drogen? Da waren schon ganz andere Männer aus den Latschen gekippt.
Als schon wieder ihr *portable* läutete, kam ihr der Gedanke, dass der Grund allen Übels in diesem Gerät lag. Wenn man wirklich Urlaub machen wollte, sollte man es ins Meer werfen.

Rouven war dran, Rouven Mardrinac. Gegen seinen Anruf hatte sie nun doch nichts einzuwenden, sogar ganz im Gegenteil.

»Von wo rufst du an?«, fragte sie nach einer kurzen Begrüßung. »Von New York, London, Rio de Janeiro?«

Ihr wurde bewusst, dass sich hinter dieser Frage, die einen spöttischen Unterton hatte und die sie so nicht hätte stellen sollen, zwar kein Vorwurf verbarg, aber ein Grund für ihre gemeinsamen Probleme. Sie hatte sich entschieden, nicht mehr in Paris zu leben oder sonst wo auf dieser Welt, sondern im provenzalischen Fragolin, mit einem Aktionsradius, der nicht weiter reichte als bis Marseille auf der einen Seite und bis Cannes oder Nizza auf der anderen. Rouven dagegen, der ein unermesslich reicher Industrieerbe und Kunstsammler war, befand sich ständig in der Umlaufbahn. Eine Auktion in Los Angeles, eine Charity-Veranstaltung in Boston, eine Ausstellung in Antwerpen. Oder an Bord seiner Yacht vor der Costa Smeralda. Dass ihre beider Leben nicht kompatibel waren, war offensichtlich.

»Ich bin in Saint-Tropez. Wollen wir uns sehen?«

Saint-Tropez? Die Überraschung war ihm gelungen.

»Natürlich, gerne«, antwortete sie. »Aber nicht in Saint-Tropez.«

Dann beschrieb sie Rouven, wie er zu ihrem Lieblingsstrand gelangen konnte. Aber bitte auf dem Landweg. Ganz konventionell mit dem Auto. Ihr war eingefallen, dass Rouven gerne auf andere Verkehrsmittel auswich. Sie wollte verhindern, dass er mit dem Speedboot kam. Oder mit dem Helikopter. Auch in diesem Punkt passten sie nicht zusammen. Bei ihrem Renault quietschten die Bremsen. Ihr Fahrrad hatte einen platten Reifen. Vor allem aber hatte sie es gerne diskret. Sie wollte nicht auffallen. Statussymbole mochte sie nicht.

Seltsamerweise traf das auch auf Rouven zu. Sein Lieblingsauto war ein alter gelber Strandwagen der Marke Citroën Méhari, ohne Türen und Verdeck. Er trug eine Plastikuhr mit Mickey Mouse. Seine Lieblingshemden zeichneten sich durch abgestoßene Krägen und Manschetten aus. Rouven verhielt sich unkonventionell und passte in kein Schema. Er trug zum maßgeschneiderten Anzug ein verwaschenes T-Shirt und an den Füßen Flipflops. Im Lokal trank er schon mal Bier aus der Flasche. Aber genauso selbstverständlich orderte er den teuersten Wein aus Bordeaux. Er kurvte gerne mit einem klapprigen Fahrrad durch Saint-Tropez. Im nächsten Moment bestellte er seinen Privatjet zum nächstgelegenen Flughafen. Er merkte den Unterschied nicht, er kannte es nicht anders, er war so aufgewachsen.

Der große Rouven Mardrinac, Spross einer reichen Dynastie, ein international bekannter Kunstsammler und Mäzen, und sie selbst, Isabelle Bonnet, eine Kommissarin der *Police nationale,* die zwar auch schon mal was anderes gemacht hatte, die es aber in die Provinz verschlagen hatte, wo sie bleiben wollte. Ein ungleicheres Paar war schwer vorstellbar. Trotzdem fühlten sie sich zueinander hingezogen. Sie hatten auch schon mal … Isabelle lächelte versonnen. Ja, auch das! Aber ihre Beziehung hatte keine Perspektive, so viel war klar. Dennoch freute sie sich auf das bevorstehende Treffen mit Rouven. Sehr sogar.

5

Es war am späten Nachmittag, als Isabelle zurückfuhr. Sie hatte vom Schwimmen Salz in den verstrubbelten Haaren und Sand in den Espadrilles. Aber sie fühlte sich prächtig. Die Stunden mit Rouven hatte sie in vollen Zügen genossen. Mit ihm konnte sie ebenso herzhaft lachen wie ernste Gespräche führen oder einfach schweigen. Sie hatten in einer einfachen *Crêperie* an einem wackligen Holztisch Mittag gegessen. Der Wein war so simpel, dass er schon wieder gut war.

Jetzt kurvte sie beschwingt die Straße hinauf nach Fragolin – nicht alleine, sondern mit einem ausgelassenen Rouven auf dem Beifahrersitz. Weil das Autoradio kaputt war, versuchte er sich an einem Chanson von Jacques Brel. Er war ein Mann mit vielen Talenten, aber die Sangeskunst war ihm nicht in die Wiege gelegt. Sie hatte trotzdem ihren Spaß daran.

Da er zum Strand mit dem Taxi gekommen war, hatte er die Mitfahrgelegenheit gerne wahrgenommen. Der eigentliche Grund aber war, dass er von dem gestern eröffneten Museum gehört hatte. Er wollte es sich gerne ansehen. Als Kunstsammler, der für seine Stiftung schon einige Werke von Matisse erworben habe, sei das ebenso verpflichtend wie hoffentlich genussvoll.

Außerdem, so hatte er gesagt, wolle er jede Minute ihrer Gesellschaft auskosten, auch wenn er am Abend höchst bedauerlicherweise zurück nach Saint-Tropez müsse. Sein Angebot, ihn dort auf eine Vernissage zu begleiten, hatte sie leise lächelnd abgelehnt. Sie hatte ihre Gründe – und Erinnerungen.

Vor dem Besuch bei Henri Matisse und seiner Tänzerin machten sie sich in Isabelles Wohnung frisch. Rouven war sensibel genug, dass er die Gelegenheit nicht für plumpe Annäherungsversuche missbrauchte. Zu eindeutig waren die ablehnenden Signale, die von ihr ausgingen.

Auf dem Weg zum Museum begegneten sie einigen Leuten, darunter einer Mitarbeiterin aus dem Rathaus, die Rouven von früher kannte und die ihn respektvoll grüßte. Übersehen konnte man ihn kaum. Er war nicht nur sehr groß und hatte eine raumgreifende und selbstbewusste Art zu gehen, er trug zudem rote Hosen mit einem gelben Sakko über dem offenen Hemd und eine dunkle Hornbrille.

Vor dem Eingang des Museums blieb Rouven stehen und betrachtete die angebrachte Tafel: *La maison de Rosalie Grasson. La danseuse de Henri Matisse.*

»Das klingt charmant«, stellte er fest. »Auch wenn ich von dieser Rosalie noch nie gehört habe.«

»Deshalb ist es ja eine kleine Sensation. Thierry hofft auf viele Besucher.«

»Thierry Blès? Ist er noch Bürgermeister?«

»Ja, natürlich. Dieses Museum ist seine ganz persönliche Herzensangelegenheit.«

Rouven sah sie von der Seite grinsend an. »Wirklich? Ich dachte, *du* wärst seine ganz persönliche Herzensangelegenheit.«

Isabelle hatte mehrere Entgegnungen auf den Lippen. Sie entschied sich für die einfachste. »Kein Kommentar.«

»Na gut, dann gehen wir mal rein. Kostet es Eintritt?«

»Nicht im ersten Monat.«

Rouven ließ sich beim Rundgang viel Zeit. Im Flur las er aufmerksam die Schautafel mit der aufgeschriebenen Lebensgeschichte der Rosalie Grasson und den Besuchen von Henri Matisse. Anschließend blieb er vor jeder einzelnen Zeichnung des Meisters länger stehen. Auch die Schwarzweißfotos im nächsten Raum betrachtete er eingehend. Vielleicht waren sie deshalb so eindringlich, weil sie nicht perfekt waren, im Randbereich oft unscharf, mit Schlieren und Verwischungen. Rosalie und Matisse traten dadurch noch mehr in den Fokus des Betrachters. Die Fotos wirkten selbst wie kleine Kunstwerke. Auf kommentierende Äußerungen wartete Isabelle vergebens. Auch machte er keine scherzhaften Bemerkungen, wie sie sie in unterschiedlicher Qualität von vielen Besuchern der Eröffnungsfeier gehört hatte, vorzugsweise von männlichen und auf die nackten Posen der Rosalie Bezug nehmend. So konzentriert hatte sie ihn noch nie erlebt. Plötzlich begriff sie, wie Rouven Mardrinac seine Sammelleidenschaft verstand. Für ihn war das kein Spaßvergnügen, sondern eine professionell betriebene Passion. Dabei waren das hier keine großartigen Meisterwerke, so viel war ihr klar. Nur Zeichnungen, die allerdings bezaubernd waren und von deren Existenz bis vor kurzem niemand gewusst hatte.
Sie stiegen die enge Treppe hinauf in den ersten Stock, um das Zimmer zu besichtigen, wo Rosalie Matisse Modell gestanden hatte und wo alles unverändert schien wie damals in den dreißiger Jahren. Jedenfalls hatte man sich große Mühe gegeben, alles nach den Bildvorlagen zu arrangieren. Von Thierry wusste sie, dass die aufgestellte Staffelei kein überliefertes Original war, er hatte sie erst vor wenigen Wochen auf einem Trödelmarkt in L'Isle-sur-la-Sorgue erworben.
Wieder unten angekommen, fragte er, ob er sich noch fünf Minuten Zeit nehmen dürfe. Dann setzte er sich auf einen Be-

sucherstuhl, um die ausliegende Broschüre mit dem Vortrag des Pariser Kunstprofessors zu lesen.
Er war noch nicht fertig, da ging die Tür auf und Thierry Blès kam hereingestürmt. Er war etwas kurzatmig, offenbar hatte er den Weg vom Rathaus im Laufschritt zurückgelegt.
Thierry hob erfreut die Hände. »Monsieur Mardrinac, schön, dass ich Sie noch antreffe. Ich habe von einer Mitarbeiterin erfahren, dass Sie da sind. Welche Ehre.«
Isabelle wunderte sich über die herzliche Begrüßung. Eigentlich war Thierry auf Rouven eifersüchtig und hätte ihn am liebsten auf den Mond geschossen. Aber wenn es um sein Museum ging, schien diese Rivalität in den Hintergrund zu treten.
Gerade noch rechtzeitig fiel Thierry ein, dass er auch Isabelle begrüßen sollte. Dass er sie jetzt aber demonstrativ umarmte, wäre auch nicht nötig gewesen.
Rouven lächelte nachsichtig. »Der Bürgermeister persönlich, die Ehre ist ganz auf meiner Seite.«
»Wie gefällt Ihnen unser kleines Museum?«
»Am besten gefällt mir die Geschichte, die sich um die Tänzerin rankt und um Matisse. Sie beflügelt die Phantasie, lässt sich vielfältig interpretieren und hat gleichwohl ihre Geheimnisse. Sie ist in gewisser Weise auch rätselhaft, wenn man die private Situation bedenkt, in der sich der Maler zu jener Zeit befunden hat.«
»Sie meinen den Konflikt zwischen seiner Ehefrau Amélie und seiner sehr viel jüngeren Assistentin?«
Rouven nickte. »Mit Lydia Delectorskaya, richtig. Kompliment, Sie haben sich mit dem Leben des Henri Matisse vertraut gemacht.«
»Na klar, sonst wäre aus dem Museum nichts geworden. Ich finde es übrigens nicht so ungewöhnlich, wenn ein Mann, der

sich zwischen zwei Frauen entscheiden muss, übergangsweise Trost und Ablenkung bei einer dritten sucht.«

Isabelle, die sich aus dem Gespräch raushalten wollte, konnte nur mit Mühe einen Kommentar unterdrücken. Allzu gerne hätte sie gefragt, wie die Herren der Schöpfung dies im umgekehrten Fall sähen. Würde eine Frau, die sich zwischen zwei Männern entscheiden muss, zum Beispiel zwischen jenen beiden, die gerade vor ihr standen, Trost und Ablenkung bei einem dritten suchen? Vielleicht gar keine so schlechte Idee. Sie sollte mal darüber nachdenken.

»Dafür gibt es Beispiele«, stimmte ihm Rouven zu. »Aber womöglich wollte Matisse nicht mehr als sie einfach nur malen. Sozusagen zur Entspannung. Das berühmte Wandbild *La danse*, eine Auftragsarbeit auf drei großen Tafeln, hatte er gerade abgeschlossen, da wollte er, dass sich der Reigen noch etwas weiterdreht. Und diese Rosalie war dafür ein ideales Modell.«

»Das war sie wirklich«, bestätigte Thierry.

»Außerdem war sie dunkelhaarig, das mochte Matisse. An die blonden Haare seiner Lydia musste er sich erst gewöhnen.«

»Ach so, das wusste ich nicht. Aber ganz konkret, wie gefallen Ihnen die Zeichnungen?«

Rouven ließ sich mit der Antwort Zeit. »Nun, natürlich gefallen sie mir. Die Exponate sind voller Ausdruck. Matisse hat mal davon gesprochen, dass seine reduzierten Linienzeichnungen die direkte und reinste Übersetzung seiner Emotionen seien. Nach meiner Meinung verdienen sie viel mehr Aufmerksamkeit. Es würde mich freuen, wenn Ihre kleine Ausstellung dazu einen Beitrag leistet.«

Isabelle sah Thierry an, wie er sich über diese Einschätzung freute. Er bat Rouven, sich ins Gästebuch einzutragen, was dieser denn auch tat.

Thierry legte eine Hand auf Rouvens Schulter, eine Vertraulichkeit, die Isabelle mit einiger Verwunderung zur Kenntnis nahm, und er sagte, dass er mit ihm etwas besprechen wolle. Ob er ihn zu einem Glas Champagner ins *Café des Arts* einladen dürfe. Natürlich nicht nur ihn, sondern auch Isabelle.

Zu einem Glas Champagner? Seine Großzügigkeit machte sie neugierig, wenngleich sie zugeben musste, dass Thierry kein Knauser war, ganz im Gegenteil. Er liebte das Leben und ließ es sich auch was kosten. Freunde immer gerne eingeschlossen. Aber dass er ausgerechnet Rouven zum Champagner einlud, das war nun doch bemerkenswert.

Rouven sah Isabelle entschuldigend an. Offenbar wäre er viel lieber mit ihr alleine geblieben. Und er wollte, dass sie das wusste. Aber er war so höflich, die Einladung nach einem kurzen Blick auf die Uhr anzunehmen.

Isabelle in der Mitte, spazierten sie zum nahe gelegenen Café. Statt sich zu den anderen Gästen auf die Terrasse zu setzen, lotste Thierry die beiden nach innen und dort ins hinterste Eck.

Die ersten Minuten wurde leichthin geplaudert. Beide fanden es toll, dass Isabelle ihr Kommissariat geschlossen hatte und sich eine Erholungspause gönnte. Sie dachte, dass sich die beiden Herren damit auf dünnes Eis wagten. Denn es stellte sich die Frage, wie sie die Erholung zu gestalten gedachte – und vor allem in wessen Gesellschaft.

Der Champagner wurde eingegossen, und sie stießen auf Rosalie an, auf Matisse und das kleine Museum.

Isabelle merkte, dass Thierry endlich auf sein Thema kommen wollte. Sie spürte aber auch, dass es ihm schwerfiel und er nicht so recht wusste, wie und wo er anfangen sollte.

Thierry räusperte sich. Dann fragte er nach Rouvens Sammelinteressen und wo die Schwerpunkte lägen.

Rouven hielt sich bei der Antwort bedeckt. Er konzentriere sich auf die klassische Moderne und zeitgenössische Kunst, von Picasso und Modigliani über Andy Warhol und Damien Hirst bis hin zu jungen, noch unbekannten Talenten aus aller Welt.
Und Matisse?
Natürlich habe er auch einige Bilder von Matisse in seiner Sammlung, erklärte er.
Isabelle war sich sicher, dass Thierry das wusste. Schließlich hatte Rouven im letzten Jahr mit einer spektakulären Ersteigerung eines sündhaft teuren Matisse für Schlagzeilen gesorgt.
Thierry kratzte sich verlegen am Kinn.
»Nun, ich will nicht länger herumreden. Ich habe eine ganz konkrete Frage. Es ist mir aber ein wenig unangenehm, sie zu stellen, Sie verstehen?«
Rouven lächelte. »Wie sollte ich verstehen? Ich weiß ja nicht, was Sie fragen wollen.«
Isabelle dachte, dass Thierry eine Ermutigung brauchen könnte. »Nur zu, Thierry«, forderte sie ihn auf. »Nun sag schon, um was es geht.«
»Ihre *Fondation Mardrinac* stellt ja die Kunstwerke aus Ihrer Sammlung den verschiedensten Museen dieser Welt zur Verfügung, sie fördert Ausstellungen und so weiter, sehe ich das richtig?«
Rouven nickte. »Ja, das stimmt. In unseren Statuten steht, dass wir Kunst nicht aus Selbstzweck sammeln, sondern um sie einer interessierten Öffentlichkeit zugänglich zu machen. Aber das war nicht die Frage, oder?«
»Um es kurz zu machen: Unser kleines Museum hat zwar eine Reihe sehr schöner Zeichnungen zu bieten, aber es fehlt ein echtes Gemälde, am besten eines, das zum Thema des Tanzes passt. Das wäre ein wirklicher Glanzpunkt, sozusagen ein Highlight.«

Rouven wollte etwas sagen.
Thierry hob die Hand. »Moment, ich will Sie gar nicht fragen, ob es in Ihrer Sammlung ein passendes Bild gibt …«
Isabelle lachte. »Warum nicht?«
»Weil die Gemälde der *Fondation Mardrinac* viel zu hochkarätig sind«, erwiderte Thierry. »Sie gehören in den Louvre oder ins Guggenheim-Museum, aber nicht zu uns nach Fragolin. Das ist mir klar. Aber wie es der Zufall will, wurde mir vor einigen Tagen von einer Galerie in Cannes ein bislang unbekannter Matisse angeboten. Offenbar keines seiner besten Bilder und deshalb auch keine Sensation, auf die der Kunstmarkt gewartet hätte. Aber auf dem Bild ist eine Tänzerin zu sehen. Mit etwas Phantasie könnte das unsere Rosalie sein. Jedenfalls würde es ganz wunderbar in unser Museum passen, dieses Bild wäre sozusagen die Krönung.«
»Ein unbekannter Matisse?« Rouvens Interesse schien geweckt. »Wie heißt die Galerie? Gibt es eine Preisvorstellung?«
»Die Galerie heißt Saint Jallobert. Ein konkreter Kaufpreis wurde mir nicht genannt, aber er liegt wohl im niedrigen einstelligen Millionenbereich.«
»Soso, der gute alte Nicolas. Immer wieder gut für eine Überraschung.«
»Sie kennen ihn?«
»Klar, ich kenne alle wichtigen Galeristen. Und wen ich nicht kenne, der ist nicht wichtig.« Rouven lachte. »Wenigstens in meinen Augen. Haben Sie sich den Matisse schon angeschaut?«
»Ja, gestern. Mir gefällt er sehr, aber ich verstehe nichts davon. Auch weiß ich nicht, was so ein Matisse tatsächlich wert ist.«
»In jedem Fall verfügen Sie nicht über die Geldmittel, um einen Kauf in Erwägung zu ziehen, sehe ich das richtig?«

Thierry biss sich auf die Unterlippe. Isabelle dachte, dass es ihm peinlich war, das zuzugeben. Musste es aber nicht. Wie sollte ein rechtschaffener Notar und Rechtsanwalt mal gerade so über einen Millionenbetrag verfügen, auch wenn er »nur« im niedrigen einstelligen Bereich lag. Eine Gemeinde wie Fragolin hatte schon Probleme, die Müllabfuhr zu finanzieren, und das Dach der Schule wartete dringend auf seine Sanierung. Wo also sollte das Geld für einen Matisse herkommen?

»Nein, natürlich nicht«, antwortete Thierry. »Ich habe bereits einige Finanzierungsmodelle durchgespielt. Das würde vielleicht sogar gehen, aber unsere Einwohner, die mich zum Bürgermeister gewählt haben, würden mich dafür lynchen.«

»Das wäre schade«, rutschte es Isabelle heraus.

»Warum?«, fragte Rouven mit einem Grinsen. Er richtete sich an Isabelle. »Immerhin hättest du dann wieder einen Kriminalfall. Lynchjustiz ist strafbar.«

»Schlechter Scherz.«

Ihr fiel Balancourts Anruf ein und der tote Staatssekretär. Über all dem Kunstgerede hatte sie fast vergessen, dass sie bereits einen aktuellen Kriminalfall hatte. Aber das musste niemand wissen.

Rouven machte wieder ein ernstes Gesicht.

»Sagen wir mal so, theoretisch ist eine Leihgabe auf Zeit immer möglich. Daran wären verschiedene Bedingungen geknüpft, auf die wir jetzt nicht eingehen müssen. Allerdings erwerben wir Kunst grundsätzlich nicht im Auftrag und an einen bestimmten Verwendungszweck oder Ausstellungsort gebunden. Das widerspricht unseren Regeln.«

»Die du selbst aufgestellt hast«, merkte Isabelle an.

»Richtig, *unsere* Regeln sind *meine* Regeln. Aber ich finde, so klingt es besser. Na egal, ich kann mir das Bild ja mal anschauen. Morgen Nachmittag hätte ich Zeit. Ein neuer, unbekannter Matisse interessiert mich immer.«

Thierry zog eine Grimasse. »Morgen ist ganz schlecht, da muss ich zu einer Tagung nach Marseille. Dummerweise bin ich der Tagungsleiter, da kann ich nicht abspringen.«

»Leider kann ich nur morgen, am Abend geht mein Flieger. Aber Sie müssen ja nicht mitkommen. Wir könnten Isabelle fragen, ob sie mich zu Nicolas begleitet, und sie kann Ihnen dann berichten.«

Sie sah Thierry an, dass er das für keinen guten Vorschlag hielt. Jetzt hatte er selbst die Weichen dafür gestellt, dass sie mit seinem Gegenspieler einen Tag in Cannes verbringen würde. Dumm gelaufen. Aber der Matisse war ihm wichtiger. Hatte sie überhaupt Zeit? Auf sie wartete ein toter Staatssekretär. Dem könnte sie ja den morgigen Vormittag widmen. Erst Roux, dann Matisse.

Thierry nickte. »Schade, aber ist nicht zu ändern. Soll ich in der Galerie anrufen und einen Termin vereinbaren?«

»Nicht nötig, mache ich selber.« Rouven sah wieder auf die Uhr. »Tut mir leid, ich muss los.«

»Ich fahr dich«, sagte Isabelle, »du bist ja ohne Auto da.«

»Das ist lieb von dir, doch mein Chauffeur wartet am Parkplatz vor der *Auberge des Maures.* Kannst mich aber gerne hinbegleiten. Das heißt, ich bestehe sogar darauf.« Er stand auf und gab Thierry die Hand. »Monsieur Blès, es war mir ein außerordentliches Vergnügen. Sie hören von mir. Ach so, und besten Dank für den Champagner. Viel Spaß in Marseille.«

Das war gemein. Die Bemerkung hätte sich Rouven sparen können. Er fuhr morgen mit ihr ins glamouröse Cannes, während Thierry eine dröge Tagung zu leiten hatte und sich den ganzen Tag lang ärgern würde.

6

Den nächsten Morgen begann sie mit Laufen durch den Wald auf ihrer Lieblingsstrecke zur einsam gelegenen *Chartreuse*, die einst von Kapuzinermönchen gegründet worden war. Es blieb nicht aus, dass sie an das Schicksal des Staatssekretärs dachte, der auch gejoggt war – aber seinen Frühsport nicht überlebt hatte. Sollte ihr Ähnliches passieren, würde man sie länger nicht finden. Aber das war nicht zu befürchten, sie fühlte sich fit und ausgeruht.
Auf den folgenden Metern ließ sie den gestrigen Tag Revue passieren. Für einen entspannten »Urlaubstag« war einiges passiert. Erst Balancourt und sein Auftrag. Dann Thierry und Rouven. Und schließlich das Gemälde von Matisse, auch wenn sie es noch nicht gesehen hatte. Nun, auch der heutige Tag würde abwechslungsreich verlaufen. Zunächst würde sie sich eingehend mit den Unterlagen über den Staatssekretär Roux befassen. Am Nachmittag würde sie mit Rouven nach Cannes fahren, um sich einen Matisse anzusehen, den Thierry gerne haben, aber wohl nicht bekommen würde. Auch das versprach spannend zu werden. Irgendwie tat ihr Thierry leid. Er war über seinen Schatten gesprungen, um mit Rouven zu reden, und zwar in der Rolle des Bittstellers. Das war er nicht gewohnt, denn auf seine Art war er ebenso ein Alphatier wie Rouven, eine dominante Führungspersönlichkeit, der allgemein Respekt entgegengebracht wurde. Nur war Thierrys Revier kleiner und sein Rudel überschaubarer. Fragolin war eben nicht die große weite Welt.

Die Recherchearbeiten zum Staatssekretär erledigte sie auf ihrer kleinen Dachterrasse. Sie hatte Balancourts E-Mail runtergeladen und mit den angehängten Dokumenten ausgedruckt. Das konnte sie auch zu Hause, dafür musste sie nicht ins Kommissariat. Das Material schien ziemlich komplett und warf bei erster Durchsicht keine Fragen auf. Roland Roux war auf einer beliebten Strecke zusammengebrochen, die auf einer ehemaligen Bahntrasse von Le Lavandou nach La Croix-Valmer führte. Sie war als *parcours cyclable* zwar primär für Radler vorgesehen, wurde aber auch von Läufern genutzt.

Zu Lebzeiten war der Staatssekretär ein attraktiver Mann gewesen. Als Leiche sah er nicht mehr so gut aus. Er hatte ein verzerrtes, eingefallenes und unnatürlich gealtertes Gesicht. Die Fotos stammten aus der Pathologie, wo man ihn einer Leichenschau unterzogen hatte. Vom »Unfallort« gab es nur zwei unscharfe Aufnahmen, die ein Rettungssanitäter aufgenommen hatte. Roux war offenbar mitten im Laufen zusammengebrochen. Zwei Mountainbiker hatten den Vorfall beobachtet und versucht, ihn mit Mund-zu-Mund-Beatmung und Herzdruckmassage wiederzubeleben. Der Notarzt war bereits nach zehn Minuten eingetroffen, aber er hatte auch nicht mehr helfen können. Exitus! Ein klassischer Herzinfarkt, wie er zu den häufigsten Todesursachen zählte. Ohne besondere Auffälligkeiten. Kein Fall für die Polizei – nur noch für den Bestatter.

Sie nahm sich erneut den Laborbericht vor. Gott sei Dank lag ihm ein ausführlicher Kommentar bei, sonst hätte sie nicht viel damit anfangen können. Tatsächlich war in Roux' Blut eine hohe Dosierung von Viagra nachweisbar, allerdings sei der potenzsteigernde Wirkstoff Sildenafil ursprünglich sogar zur Behandlung von Hypertonie und Angina Pectoris entwi-

ckelt worden, deshalb wohl ursächlich nicht für den Infarkt verantwortlich. Erst in Kombination mit aufputschenden Medikamenten, von denen der Staatssekretär reichlich eingeworfen hatte, und mit übermäßig konsumiertem Alkohol habe er sich und seinem Herzen zu viel zugemutet. Die Joggingrunde habe ihm den Rest gegeben.
Isabelle lehnte sich zurück und dachte nach. Aus den Unterlagen ging nicht hervor, wie und mit wem Roux die letzte Nacht verbracht hatte. Nur der Name des Hotels bei Le Lavandou stand fest, wo er ohne Begleitung abgestiegen war. Er war erst am Abend zuvor angereist und hatte im Crystal für eine Nacht reserviert. Es waren keine geschäftlichen Termine bekannt und keine Veranstaltungen, an denen der Staatssekretär hätte teilnehmen wollen. Blieb also die Frage, was er hier wollte und für wen er sich so aufgeputscht hatte. Ein Damenbesuch war nirgends protokolliert. Wohl weniger aus Gründen der Diskretion, sondern weil sich bislang niemand dafür interessierte, was er in seiner letzten Nacht getrieben hatte. Eine polizeiliche Untersuchung des Vorfalls hatte es nicht gegeben. Höchstens seine Ehefrau hätte womöglich die näheren Umstände wissen wollen, aber wohl eher nicht. Sie lebte in Paris und würde das Andenken an ihren Mann nicht mit einer außerehelichen Affäre beschmutzen wollen.
Nun, damit war klar, wo sie ansetzen musste. Das Hotel Crystal bei Le Lavandou machte einen gepflegten Eindruck und verfügte über einen großen Wellnessbereich. Immerhin hatte sie Urlaub. Da durfte sie sich was gönnen.

Bei Rouven Mardrinac wusste man nie, was einen erwartete. Sie hatten sich mittags in Saint-Tropez verabredet, auf der kleinen Terrasse der Bar Le Clemenceau an der Place des Lices, wo am Samstag- und Dienstagvormittag der berühmte

Markt stattfand und ansonsten Boule gespielt wurde. Statt aber nach einem kleinen Imbiss gleich loszufahren, bugsierte er sie zu seinem klapprigen Strandwagen, der für längere Strecken gänzlich ungeeignet war, und fuhr an die *Plage de Pampelonne,* genauer gesagt zum Club 55, dem wohl berühmtesten Strandlokal der Welt. Klar, dass er im »Cinquante-Cinq« bekannt war und gleich einen Tisch bekam. Eigentlich hatte sie Probleme mit Locations, wo sich die Schönen und Reichen trafen, aber die entspannte Atmosphäre gefiel ihr dennoch. Oder lag es an seiner Gesellschaft?

Als sie schließlich aufstanden, war ihr längst klar, was folgen würde. Auch das mochte sie nicht. Aber der Zeitplan ließ keinen anderen Schluss zu. Außerdem war ihr das mit Rouven schon mal passiert. Zwar flog sie gerne Helikopter, aber nicht hier, wo das eine Plage war und regelmäßig zu Beschwerden bei der Bevölkerung führte. Rouven allerdings argumentierte anders. Abgesehen davon, dass er nicht daran denke, seine Gewohnheiten zu rechtfertigen, seien die Verantwortlichen selbst schuld. Solange die Zufahrt nach Saint-Tropez und vor allem die Landstraße nach Sainte-Maxime ein einziger und fortwährender Stau sei, könne man bis zur Lösung dieses Verkehrsinfarkts keinem verdenken, wenn er sich lieber mit dem Boot oder dem Heli fortbewege. Er lachte. Ein Auto weniger. Das sei sein bescheidener Beitrag zur Entlastung der Straße.

Natürlich war es bei allen Bedenken ein Erlebnis, erst über das Meer, dann an der Küste und den roten Felsen des Massif de l'Estérel vorbei nach Cannes einzuschweben. Am Landeplatz wartete eine Limousine, die sie an die Croisette brachte, wo sie am Carlton ausstiegen, um dann zur Galerie Saint Jallobert zu laufen. Dort wurden sie von Nicolas Jallobert er-

wartet, einem netten älteren Herrn mit grauen Haaren und vollendeten Umgangsformen. Isabelle hatte schon länger keinen Handkuss mehr bekommen. Jallobert begegnete Rouven mit ausgesuchtem Respekt, und obwohl dieser ihn vertraut mit dem Vornamen ansprach, blieb er konsequent bei der höflichen Anrede Monsieur Mardrinac. Wie sich herausstellte, war Jallobert zuvor von Thierry angerufen und informiert worden. Rouven war also kein konkurrierender Kaufinteressent, sondern in gewisser Weise ein Verbündeter des Bürgermeisters. Isabelle konnte sich denken, dass Jallobert gegen einen gesunden und preistreibenden Wettbewerb nichts einzuwenden gehabt hätte. Aber so schien es ihm auch recht. Ein Besuch des milliardenschweren Kunstsammlers Rouven Mardrinac war gewiss für jede Galerie ein aufregendes und mit Hoffnungen verbundenes Ereignis.
Nach einem kurzen Small Talk führte Jallobert seine Besucher in einen hinteren Raum. Dort machte er eine theatralische Handbewegung.
»*Et voilà, la peinture de Henri Matisse!*«
Das Gemälde stand auf einer Staffelei, von gedimmten Spotlights im sonst abgedunkelten Raum sehr eindrucksvoll in Szene gesetzt. Es war nicht allzu groß und zeigte eine nackte Tänzerin, die sich völlig der Welt entrückt im Kreis zu drehen schien. Sie war in kräftigen, leuchtenden Farben gemalt, und obwohl stark vereinfacht, war das Bild doch voller Ausdruck und Sinnesfreude. Isabelle dachte, dass wohl keiner sagen könnte, ob hier Rosalie Modell gestanden hatte, die Darstellung war zu abstrakt. Aber das Bild würde gut in das ihr gewidmete Museum passen, da hatte Thierry zweifellos recht.
Rouven ging langsam auf das Gemälde zu, blieb mit verschränkten Armen stehen und betrachtete es. Jallobert beobachtete ihn gespannt und wartete auf eine Reaktion. Isabelle

erinnerte sich an seinen gestrigen Besuch im Museum und ahnte, dass das dauern könnte. Rouven begann mit dem Oberkörper leicht hin und her zu pendeln, dann stand er wieder ganz ruhig und musterte das Bild mit zusammengekniffenen Augen.

»Und? Wie finden Sie diesen Matisse?«, fragte Jallobert, der nicht länger warten wollte.

Rouven blieb ihm eine Antwort schuldig. Er schien völlig in das Gemälde vertieft.

Jallobert gab deshalb seine eigene Einschätzung wieder. »Ich denke, wir haben hier ein ganz wunderbares Exponat, in dem sich die unvergleichliche Meisterschaft von Matisse zeigt, mit reduzierten Formen und in dissonanten Farben eine fast schon magische Wirkung zu erzielen. Die Tänzerin vermittelt eine vibrierende Leidenschaft und ist doch gleichzeitig entrückt wie in Trance. Ich schätze mich sehr glücklich, dieses bislang unbekannte Werk in meiner Galerie zu haben.«

Isabelle dachte, dass er das sehr schön formuliert hatte. Aber das war sein Metier. Ein Autoverkäufer fand für seine Fahrzeuge auch die richtigen Worte.

»Da haben Sie recht, mein lieber Nicolas«, erwachte Rouven aus seiner Starre, »da haben Sie ein ganz wunderbares Exponat.«

»Freut mich, dass Sie das auch so sehen. Der Tanz war ja bei Matisse ein bevorzugtes und wiederkehrendes Sujet. Ich erinnere an die beiden Versionen von *La Danse,* die er schon 1909 für den russischen …«

»Erstaunlich, dass ich von diesem Gemälde noch nie gehört habe«, unterbrach ihn Rouven, der seinen Blick unverändert auf den Matisse gerichtet hielt. »Wie ist es um die Provenienz dieses Bildes bestellt? Erzählen Sie mal!«

»Der Ursprung, seine Historie? Die ist gut dokumentiert. Matisse hat das Gemälde in den frühen dreißiger Jahren angefertigt und an einen amerikanischen Sammler verkauft. Nach dem Krieg hat die verwitwete Frau des Amerikaners ein Haus in Menton bezogen. Dort hat sie den Matisse im Schlafzimmer hängen gehabt. Deshalb hat das Bild nie jemand gesehen.« Jallobert lachte. »Na ja, vielleicht irgendwelche Liebhaber von ihr. Aber die hatten wohl ein anderes Augenmerk. Die Dame ist natürlich schon lange tot. Ihr Enkel hat den Matisse vor einiger Zeit an einen Kunsthändler in Zürich verkauft. Später wurde es von einer Sachverständigen begutachtet und authentifiziert. Ursprünglich sollte es bei Sotheby's versteigert werden, dann aber ist es direkt von einem Sammler erworben worden, der es nun wieder verkaufen will. So ist das Bild auf Umwegen bei mir gelandet.«

»Demnach ist diese unbekannte Tänzerin erst in jüngster Zeit aus ihrer Versenkung aufgetaucht, richtig?«

»Korrekt, weshalb selbst jemand wie Sie nichts von ihrer Existenz wissen konnte.«

»Das wäre eine Erklärung«, bestätigte Rouven. »Darf ich mir das Bild mal näher anschauen und befühlen?«

»Aber natürlich. Sie dürfen alles, außer es zerschneiden.«

Rouven ging zu dem Bild und betrachtete es aus nächster Nähe. Er studierte die Signatur, dann fuhr er sanft mit den Fingerkuppen über die Oberfläche.

Isabelle dachte für einen Moment, dass er damit seine besondere Zuneigung zum Ausdruck brachte, merkte aber schnell, dass er das Bild einer sensorischen Prüfung unterzog. An einigen Stellen rieb er leicht hin und her. Er schlich um das Bild herum, roch an ihm, hob es herunter und betrachtete die Rückseite. Er begutachtete die Leinwand und den Keilrahmen und stellte es schließlich wieder zurück.

»Haben Sie den Sammlerstempel gesehen?«, fragte Jallobert. »Ist schon etwas verblichen.«

»Ja, habe ich«, bestätigte Rouven. Dann stand er wieder ruhig vor dem Bild und ließ es auf sich wirken.
Isabelle fand es spannend, diesem Ritual beizuwohnen. Ob sich Rouven gerade in das Bild und die Tänzerin verliebte? Vielleicht dachte er daran, dass es auch gut in sein Schlafzimmer passen würde. Dann käme Thierry erst recht nicht zum Zuge.
Rouven wandte sich an Isabelle.
»Na, wie gefällt dir unsere unbekannte Tänzerin?«, fragte er.
»Ihr könnt das viel besser in Worte fassen. Reduzierte Formen, dissonante Farben und eine vibrierende Leidenschaft … So etwas würde mir nie einfallen. Aber ich mag das Bild, es passt zu den Zeichnungen von Rosalie. Mehr kann ich dazu nicht sagen. Schade, dass es so klein ist.«
»Die Größe ist nicht das Problem, eher das Format«, sagte Rouven. »Die Leinwände von Matisse«, fuhr er fort, »lassen eine Vorliebe für bestimmte Formate erkennen. Die Proportion dieses Bildes hier fällt im wahrsten Sinne des Wortes aus dem üblichen Rahmen.«
Jallobert sah ihn überrascht an. »Tatsächlich? Das ist mir nicht aufgefallen. Aber so was kommt vor.«
Rouven nickte. »Ja, das kommt vor. Diese Abweichung alleine würde mir auch nicht ausreichen.«
»Ausreichen wofür?«
»Für meine Einschätzung, dass es sich hier um eine Fälschung handeln könnte. Tut mir leid, Ihnen das sagen zu müssen.«
Jallobert sah ihn entsetzt an. »Eine Fälschung? Wie kommen Sie denn darauf?«
»Es gibt viele Indizien, so zum Beispiel die Alterung, die in meinen Augen nicht natürlich wirkt. Den Ausschlag aber gibt mein Gesamteindruck. Ich kenne fast alle Bilder von Matisse, dieses hier ist nicht stimmig. Ich kann es schwer erklären, aber ich bin mir ziemlich sicher.«

»Mir liegt eine Echtheitsbestätigung aus Zürich vor«, protestierte Jallobert, »und die Expertise einer anerkannten Gutachterin in Nizza. Ich kann Ihnen die Dokumente zeigen.«
Rouven winkte ab. »Interessiert mich nicht. Die sind oft das Papier nicht wert, auf dem sie geschrieben sind. Wie ich schon sagte: Es täte mir leid, wenn ich recht haben sollte. Ich kenne Sie als seriösen und erfahrenen Galeristen. Sie können nichts dafür.«
»Eine Fälschung?«, sagte Isabelle. »Kommt das oft vor?«
Rouven lachte. »Fälschungen gibt es vielleicht genauso häufig wie Originale. Ich kenne Experten, die behaupten, dass bis zu sechzig Prozent aller bekannten Kunstwerke, auch solche, die in Museen hängen, gefälscht sind.«
»Wirklich? Das kann ich nicht glauben.«
»Die Prozentzahl muss nicht stimmen, aber viele sind es gewiss. Ich bin selber schon bei einer Versteigerung auf einen gefälschten Chagall reingefallen. Bei einem Picasso habe ich es gerade noch rechtzeitig bemerkt.«
Jallobert schüttelte den Kopf. »Aber bei diesem Matisse liegen Sie daneben, da bin ich mir ganz sicher.«
Rouven sah auf die Uhr. »Ich habe leider nicht viel Zeit, aber eine erste Untersuchung könnte ich auf die Schnelle organisieren. Wären Sie damit einverstanden? Das Bild kann hierbleiben. Ich müsste nur rasch einen Mitarbeiter herbitten. Er ist gerade ganz in der Nähe, um eine Privatsammlung zu katalogisieren.«
»Was wollen Sie machen?«
»Eine Infrarotreflektografie.«
Jallobert sah ihn erstaunt an. »Aber für eine Infrarotreflektografie muss das Bild in ein darauf spezialisiertes Institut geschickt werden. Das geht nicht auf die Schnelle.«
»Bei mir schon. Mein Institut trägt Sneakers und heißt Pascal. Wir verfügen über ein mobiles Equipment. Das soll er mit-

bringen, und dann schauen wir uns das Bild mal genauer an. Wir müssen es dafür nicht einmal anlangen.«
»Ich weiß. Aber was soll dabei herauskommen?«
»Keine Ahnung, lassen wir uns überraschen.«
Man konnte sehen, wie Jallobert mit sich rang. Natürlich war er nicht daran interessiert, dass sein Matisse als Fälschung entlarvt wurde. Dann war er nichts mehr wert. Andererseits vertrug es sich nicht mit seiner Reputation, den Verdacht eines Experten wie Mardrinac zu ignorieren und das Bild weiter als Original anzubieten. Es blieb ihm also keine Wahl.
»Natürlich bin ich einverstanden«, sagte er. »Obgleich ich mir sicher bin, dass Sie sich täuschen.«
Rouven nickte. »Ich wünsche es Ihnen, wirklich, das tue ich. Leider irre ich mich nur selten.«
Er holte sein Handy aus der Tasche. »Um meinen Spezialisten anzurufen, müssen wir rausgehen, hier habe ich keinen Empfang.«
Isabelle warf dem Bild einen Blick zu. »Unsere Tänzerin schaut schon ganz traurig.«

7

Bis zum Eintreffen seines Mitarbeiters gingen Rouven und Isabelle an der Promenade de la Croisette spazieren. Nicolas Jallobert hatten sie völlig konsterniert in seiner Galerie zurückgelassen. Fast hatte sie Mitleid mit ihm, vorausgesetzt, er war wirklich einem Schwindler aufgesessen. Aber sie wäre keine Polizeibeamtin, wenn sie das Fälschungsthema nicht faszinierte. Nahezu jedes zweite Kunstwerk gefälscht? Das war unglaublich. Als Beispiel nannte Rouven einen inzwischen verstorbenen amerikanischen Kunstverleger. Allein bei ihm seien Anfang der neunziger Jahre Tausende Fälschungen beschlagnahmt worden, darunter Grafiken, Zeichnungen und Gemälde von Picasso, Chagall, Miró und Dalí.

Sie setzten sich auf eine Bank und sahen hinaus aufs Meer. Rouven schilderte weitere spektakuläre Fälle und nannte legendäre Fälscher. Han van Meegeren zum Beispiel, der mit seinen Vermeer-Fälschungen Berühmtheit erlangt habe. Wolfgang Beltracchi, von dem womöglich noch immer gefälschte und für echt erklärte Bilder von Max Pechstein, Fernand Léger oder Raoul Dufy im Umlauf seien. Schließlich Elmyr de Hory, der in großem Stil Werke von Pablo Picasso gefälscht habe, von Auguste Renoir, Paul Gauguin – und eben auch von Henri Matisse.

Matisse? Elmyr de Hory? Sie sah ihn fragend an. Er schüttelte den Kopf. Nein, von ihm stamme das Bild keinesfalls, Elmyr de Hory habe 1976 Selbstmord begangen. Der Matisse bei Jallobert sei nach seiner Überzeugung sehr viel jünger.

In den letzten Minuten hatte Isabelle ihr Vertrauen in die Kunstwelt zur Gänze verloren. Dass es dort Betrügereien gab, wusste sie natürlich, aber ihre Häufigkeit machte sie doch platt. Sie wechselten das Thema und redeten über sich selbst und ihre komplizierte Beziehung. Dabei vermieden sie es, die wahren Probleme anzusprechen. Das war jetzt weder der richtige Ort noch der ideale Zeitpunkt. Aber würde es den je geben?

Rouven erhielt die Nachricht, dass Pascal in der Galerie eingetroffen war. Das war der Mann für die Infrarotreflektografie. Er werde schon mal mit dem Aufbau beginnen. Sie standen auf. Bald würde Rouven im Flugzeug nach London sitzen, und sie würde irgendwie zurück nach Fragolin gelangen. Sie hatten tatsächlich eine komplizierte Beziehung.

Kurz vor der Galerie machte Rouven bei einer Boutique mit Herrenmode halt. Zu ihrer Überraschung ging er hinein. Als ob sie gerade nichts Wichtigeres zu tun hätten? Rouven bat um einen Gefallen. Er brauche eine kleine Stecknadel, wie sie etwa zum Abstecken der Hosenlänge benötigt würde oder, er lachte, wie in neu gekauften Hemden immer eine zu viel drin sei, die man übersah. Natürlich erfüllte man ihm seine Bitte. Er steckte die kleine Nadel ins Revers seines Blazers und bedankte sich, dann gingen sie weiter. Isabelle konnte sich diese bizarre Aktion nicht erklären. Rouven grinste zufrieden.

In der Galerie Saint Jallobert wurden sie von einem hypernervösen Jallobert erwartet. Er habe sich in der Zwischenzeit noch mal die Expertisen zum Gemälde angeschaut. Es sei einfach unmöglich, dass es sich um eine Fälschung handle, oder alle Gutachter seien blind.

Genau das seien sie gelegentlich, entgegnete Rouven, nämlich blind wie Maulwürfe, das sei gewissermaßen eine Berufskrankheit.

Pascal, der schulterlange Haare hatte und selbst wie ein verkannter Künstler aussah, hatte bereits einen Infrarotstrahler aufgestellt, der auf die Tänzerin von Matisse gerichtet war. Auch die Infrarotkamera stand in Position und war mit einem Laptop verbunden. Pascal aktivierte gerade ein spezielles Grafikprogramm. In wenigen Augenblicken könne die Untersuchung starten.

Rouven erklärte Isabelle kurz den Sinn des Verfahrens. Mit dieser Methode dringe man quasi in die tieferen Bereiche der sichtbaren Oberfläche vor. Auf diese Weise würden zum Beispiel Unterzeichnungen oder Übermalungen sichtbar werden, die Rückschlüsse auf den Entstehungsprozess erlaubten. Dieser wiederum sei bei einem Künstler wie Henri Matisse ziemlich bekannt. Signifikante Abweichungen würden auf eine Fälschung hindeuten.

Jallobert verließ kurz den Raum. Er sei gleich wieder da. Sie sollten keinesfalls ohne ihn anfangen.

Rouven sah ihm hinterher, eilte dann zu dem Bild und vergewisserte sich, dass der Galeriebesitzer wirklich weg war. Dann zog er die kleine Stecknadel aus dem Revers und pikste sie behutsam in eine Stelle mit besonders intensivem Farbauftrag. Dabei wirkte er hoch konzentriert. Er zog sie wieder raus, betrachtete die Nadel, roch an ihr und trat schnell den Rückzug an, um sich unverdächtig neben Isabelle zu stellen.

»Was war das?«, fragte sie.

»Ein alter Trick«, flüsterte er. »Frisch aufgetragene Farbe ist viel weicher als alte, selbst bei künstlicher Alterung im Ofen.«

»Und?«

»Wir können uns die Infrarotreflektografie fast sparen. Das Gemälde ist höchstens zwei Jahre alt. Von wegen dreißiger Jahre des vorigen Jahrhunderts. Da lachen ja die Hühner.«

»So, ich bin fertig«, meldete sich Pascal zu Wort.
Bis auf die Infrarotlampe wurden alle Lichtquellen ausgeschaltet. Rouven stand direkt neben Pascal und seinem Laptop. Jallobert und Isabelle starrten wie gebannt auf das Gemälde.
»Stopp«, sagte Rouven plötzlich und klappte den Laptop zu.
»Was ist los?«, fragte Jallobert. »Funktioniert es nicht?«
»Doch, sehr gut sogar. Ich muss Sie bitten, uns kurz alleine zu lassen.«
»Warum? Das ist mein Bild. Warum sollte ich Sie mit dem Matisse alleine lassen?«
Rouven nahm ihn an der Schulter und führte ihn höflich, aber bestimmt zum Ausgang.
»Weil ich dafür meine Gründe habe«, sagte er. »Ich verspreche Ihnen, dass wir dem Gemälde nichts antun. Stehlen können wir es auch nicht. Es gibt nur diese eine Tür.«
Jallobert drehte sich auf der Schwelle kurz um. »Und Ihre Begleitung? Warum darf sie bei Ihnen bleiben?«
Rouven lächelte. »Ich habe vergessen, sie vorzustellen. Madame Bonnet ist Kommissarin bei der *Police nationale*. Sie wird dafür sorgen, dass nichts Unrechtes geschieht.«
Rouven schloss hinter Jallobert die Tür, nahm einen Stuhl und klemmte die Lehne unter die Klinke.
Isabelle konnte sich auf all das keinen Reim machen. Rouven hatte nur einen kurzen Blick auf den Monitor geworfen und ihn sofort zugeklappt, damit keiner was sehen konnte. Keiner außer ihm und Pascal, der ja direkt davor saß. Viel zu kurz und viel zu schnell, um eine Fälschung oder das Gegenteil erkennen zu können.
»Was ist passiert? Was hast du gesehen?«, fragte sie.
Er gab Pascal ein Zeichen, der den Laptop wieder öffnete und den Blick auf den Monitor freigab.

Tatsächlich war eine Unterzeichnung zu sehen, aber eine ganz andere als erwartet. Es war auch keine Zeichnung im eigentlichen Sinne, sondern ein geschriebener Text.

»Das ist wenigstens mal was Neues«, merkte Rouven lakonisch an, »sogar für mich.«

»Deshalb also hat der Fälscher einen dünneren Farbauftrag gewählt«, sagte Pascal, »damit man seine Nachricht auch ganz bestimmt lesen kann.«

»Wir sollten leise sprechen«, mahnte Rouven, »falls Nicolas an der Tür lauscht.«

»Richtig.«

Rouven wandte sich an Isabelle. »So, ab jetzt bist du für das Gemälde zuständig.«

»Ich wüsste nicht, warum?«

»Du bist bei der Polizei.«

Sie dachte, dass das kein hinreichender Grund war. Erstens hatte sie Urlaub. Zweitens musste sie sich um einen toten Staatssekretär kümmern. Und drittens war sie für dieses Bild ganz gewiss nicht zuständig.

Aber ihre Neugier war geweckt. »Wer ist Tristan de Jong?«, fragte sie, auf die versteckte Botschaft Bezug nehmend, die mit diesem Namen unterzeichnet war.

»Tristan de Jong ist als Kunstfälscher eine Legende.«

Sie blickte konzentriert auf den Bildschirm. »Er behauptet, er würde gefangen gehalten und müsse unter Zwang Bilder fälschen, sonst stürben er und seine Familie.«

»Korrekt.«

»Das ist eine abenteuerliche Geschichte«, stellte sie fest.

»Kann man so sagen. Er hat das Entstehungsdatum der Fälschung vermerkt. Das Bild ist noch jünger, als ich geschätzt habe, gerade mal sieben Monate alt.«

»Um einen Hilferuf nach draußen zu schmuggeln, sah er offenbar nur die Möglichkeit, diesen in seinem Gemälde zu verstecken.«

»Und darauf zu hoffen, dass jemand darauf stößt«, kommentierte Pascal.

»Ganz schön riskant. Wenn die Entführer das rausbekommen, machen sie ihn einen Kopf kürzer.«

Isabelle sah Rouven fragend an. »Hältst du den Hilferuf für glaubwürdig, oder ist das ein schlechter Scherz?«

»Wer sollte sich so was ausdenken und gleichzeitig in der Lage sein, auf meisterliche Art einen Matisse zu fälschen?«, antwortete er mit einer Gegenfrage.

»Ja, das ist ein Argument. De Jong schreibt, dass er nicht weiß, wo man ihn versteckt hält. Allerdings sei das ganz sicher irgendwo in Südfrankreich. In der Nähe sei ein Kirchturm, der zur vollen Stunde läutet, ab und zu seien am Himmel Kondensstreifen von Flugzeugen zu sehen, und um am Morgen frische Croissants zu kaufen, brauchten seine Entführer hin und zurück nur zehn Minuten. Aber das ist mager, aus diesen Koordinaten wird man seinen Aufenthaltsort nicht ermitteln können.«

»Immerhin bekommt er Croissants zum Frühstück.«

»Warum nennt er nicht die Namen seiner Entführer?«

»Weil er sie nicht weiß?«

»Gut, dass du Jallobert rausgeschickt hast«, sagte Isabelle. »Aber er dürfte langsam unruhig werden. Wir sind uns einig, dass das alles unter uns bleiben muss?«

»Auf Pascal ist Verlass.« Rouven grinste. »Stimmt doch, mein lieber Pascal? Oder soll ich dich fristlos entlassen und dafür sorgen, dass du nie mehr einen Job bekommst?«

»Chef, ich liebe Ihren Humor.«

Rouvens Grinsen wurde breiter. »Das war mein Ernst.«

»Natürlich können Sie sich auf mich verlassen. Wir haben doch schon ganz andere Leichen im Keller.«

»Spinnst du? Isabelle ist bei der Polizei, da kannst du doch nicht von Leichen sprechen.«
»Natürlich im übertragenen Sinne.«
Isabelle wandte sich an Pascal. »Können Sie die Infrarotaufnahme abspeichern und ...«
»Schon erledigt.« Pascal reichte ihr einen USB-Stick. »Ist da drauf.«
»Wir müssen den Matisse mitnehmen«, sagte Isabelle. Gleichzeitig wurde ihr klar, dass sie gar nichts musste. War sie jetzt total bescheuert? Warum mischte sie sich ein?
Rouven nickte. »Wenn er hierbleibt, besorgt sich Nicolas sofort eine Infrarotausrüstung.«
»Das Gemälde ist nachweislich eine Fälschung«, stellte sie fest. »Also kann ich es beschlagnahmen. Wo können wir es hinschaffen? Die Asservatenkammer der *Police nationale* dürfte dafür wenig geeignet sein. Außerdem müsste das Bild eingehender untersucht werden.«
»Pascal kann dir dabei helfen«, sagte Rouven. Er sah sie fragend an. »Du wirst den Fall doch übernehmen, oder?«
Eine gute Frage. Die Antwort war einfach. Logischerweise würde sie es nicht tun. Aber musste man bei seinen Entscheidungen immer der Logik folgen?
»Muss ich noch überdenken«, antwortete sie ausweichend.
»Natürlich wirst du es machen. Bist ja jetzt fast schon eine Expertin.«
»Fällt das überhaupt in Ihren Zuständigkeitsbereich?«, fragte Pascal schüchtern. »Sie kommen doch aus Fragolin, richtig?«
Rouven lachte. »Da mach dir mal keine Sorgen. Im Zweifelsfall ist Isabelle für alles zuständig.«
Da hat er recht, dachte sie. Das mit der Zuständigkeit ließ sich regeln. Andererseits war sie auf dem Gebiet der Kunstfälschung das Gegenteil einer Expertin, ja, sie war genauso ah-

nungslos wie Clodine, die neuerdings billige Kunstdrucke verkaufte und einen Matisse nicht von einem Cézanne unterscheiden konnte. Aber das ließ sich ändern. Außerdem ging es nicht um die Fälschung an sich, sondern darum, diesen Tristan de Jong zu finden und zu befreien. Und seine Familie zu schützen. Das war eine klassische Polizeiaufgabe, da kannte sie sich aus.

An der Tür klopfte es. Jallobert wollte endlich wieder rein.

Ihr schossen viele Fragen durch den Kopf. Wenn sie den Fall tatsächlich übernahm, was hätte das für Konsequenzen? Würde sie noch genügend Zeit für den Staatssekretär haben? Wie oft käme sie zum Schwimmen? Was wäre alles zu tun? Sie müsste Apollinaire anrufen und ihn herzitieren. Thierry würde den Matisse schneller in Fragolin haben, als er sich das vorgestellt hatte. Nicht im Museum, sondern im Erdgeschoss seines Rathauses, wo das Kommissariat untergebracht war. Quasi zu seinen Füßen. Und er würde es nicht wissen. Rouven brauchte sie als Berater. Wie lang blieb er weg? Wann konnte er wiederkommen?

Erneut klopfte es an der Tür, jetzt sehr heftig.

Isabelle atmete durch. Dann entfernte sie den Stuhl und ließ den Galeristen herein. Dieser hatte vor Aufregung einen roten Kopf. Sie hoffte, dass er keinen Nervenzusammenbruch bekam, wenn er gleich von ihr hörte, dass das Bild definitiv eine Fälschung und hiermit konfisziert sei. Mehr würde er von ihr nicht erfahren. Er würde nicht wissen, welches Geheimnis sich hinter seiner so leidenschaftlichen und ausdrucksvollen Tänzerin verbarg. Ganz ähnlich wie bei einem Paar, das sich trennte. Dafür gab es oft auch keine Erklärung – eben weil man nicht alles voneinander wusste.

8

Rouven blieb noch etwas bei ihnen, um Jallobert zu beruhigen. Immerhin, so argumentierte er, biete seine Galerie den Matisse in Kommission an, also entstehe ihm kein direkter finanzieller Schaden durch die Fälschung. Nur würde aus der erhofften Provision nichts werden. Pech gehabt. Aber so was passiere halt im Geschäftsleben.

Interessanterweise konnte Jallobert die Identität seines Auftraggebers nicht nennen. Konnte er nicht, oder wollte er nicht? Er behauptete, einen Kommissionsauftrag mit Handschlag gemacht zu haben. Der Verkäufer habe von ihm lediglich eine Bestätigung erhalten, dass seine Galerie den Matisse übernommen habe. Er werde sich bei ihm wieder melden.

Auf Isabelles Frage, ob das nicht sehr ungewöhnlich sei und ob ihm das Verhalten seines Kunden nicht verdächtig vorgekommen sei, antwortete Jallobert, dass im Kunsthandel der Wunsch nach Diskretion keine Seltenheit sei.

Sie warf Rouven einen fragenden Blick zu. Der zuckte mit den Schultern, nickte dann aber bestätigend.

Viele Sammler, erklärte Jallobert, hätten kein Interesse, dass ihre Passion bekannt würde. Wofür es verschiedene Gründe gebe. So wollten viele die Öffentlichkeit über ihre Vermögensverhältnisse im Unklaren lassen.

Isabelle lächelte. Die Öffentlichkeit oder das Finanzamt, aber das falle nicht in ihren Zuständigkeitsbereich.

Jedenfalls sei für diese Art von Kunden, fuhr er fort, die Vertrauenswürdigkeit eines Kunsthändlers von größter Bedeutung. Er sei stolz darauf, dass seine Galerie Saint Jallobert seit Jahrzehnten über einen makellosen Ruf verfüge. Umso mehr sei er erschüttert, einer Fälschung aufgesessen zu sein.

Rouven winkte ab. Er solle sich nicht so haben, erklärte er. Der Ruf seiner Galerie hätte erst dann Schaden genommen, wenn er den Matisse als echt verkauft hätte. So gesehen solle er über die Entdeckung der Fälschung froh sein und Madame le Commissaire nach Kräften bei der Suche nach den Urhebern dieses dreisten Schwindels behilflich sein. So, und nun müsse er sich entschuldigen. Draußen warte ein Wagen, um ihn zum Flughafen zu bringen. Er verabschiedete sich von Jallobert mit Handschlag und dem guten, aber unrealistischen Rat, sich zu entspannen.

Isabelle begleitete ihn hinaus auf die Straße. Rouven umarmte sie und wünschte ihr viel Spaß bei ihrem neuen Fall. Er melde sich so bald wie möglich. Er gab ihr noch einen Kuss, dann war er weg.

Sie sah seinem Wagen hinterher. Eines musste man ihm lassen, immer wenn er in ihr Leben trat, wurde es aufregend. Auf die eine oder andere Weise. Diesmal also hatte er einen unechten Matisse und einen entführten Kunstfälscher aus dem Ärmel gezaubert – und wie nebenbei den verbliebenen Rest ihres Urlaubs in den Sand gesetzt. Stellte sich die Frage, ob sie sich darüber ärgern sollte. Irgendwie schon, aber dann auch wieder nicht. Sie fühlte sich herausgefordert.

Noch auf der Straße telefonierte sie mit Apollinaire, der ihr spontan und in epischer Breite von der neuen Farbe berichten wollte, die er gerade fürs Schlafzimmer gemischt habe. Sie unterbrach ihn und forderte ihn auf, so schnell wie möglich nach Cannes zu kommen. *Tout de suite!* Mit dem Dienstwagen und ihretwegen auch mit Blaulicht, doch auf jeden Fall in Uniform.

Apollinaire sorgte sich kurz um seinen Anstrich. Er wisse nicht, ob er diesen grandiosen, etwas gewagten Farbton noch mal hinbekomme.
Die Chance allerdings, die Strecke nach Cannes mit Blaulicht fahren zu dürfen, war für ihn so verlockend, dass er nicht lange protestierte. Da war er wie ein kleiner Junge. Blaulicht und Sirene waren für ihn das Höchste. Die meiste Zeit seines Polizistenlebens hatte er im Archiv verbracht und seine Kollegen im Außeneinsatz beneidet. Es gab einiges nachzuholen.

Zurück in der Galerie, wurde sie mit einem Nicolas Jallobert konfrontiert, der die anfängliche Schockstarre überwunden hatte und sich zunehmend von einer trotzigen Seite zeigte. Offenbar fehlte Rouven, der ihn kraft seiner Persönlichkeit in die Schranken weisen konnte. Jallobert weigerte sich, auf ihre weiteren Fragen zu antworten. Er ließ sich ihren Ausweis zeigen, der sie als Kommissarin der *Police nationale* legitimierte. Sie gab ihm auch ihren zweiten, der sehr viel eindrucksvoller und vom Élysée-Palast ausgestellt war. Aber auch dieser genügte ihm nicht. Irgendwie entsprach sie nicht seiner Vorstellung, die er sich von einer Madame le Commissaire machte. Er hatte sie zunächst als Begleiterin von Rouven kennengelernt und womöglich als dumme Society-Tussi eingestuft. Jetzt musste er diese vorschnelle Einschätzung revidieren und ihr plötzlich Respekt zollen. Das fiel ihm sichtlich schwer und dauerte eine Weile.
Obwohl ihr der alte Herr nicht unsympathisch war, begann er zu nerven. Sie gab ihm die Telefonnummer der Polizeizentrale in Toulon. Dort solle er sich mit Capitaine Richeloin verbinden lassen, er sei dort der Chef und bestätige ihm ihre Identität. Sie lächelte schief. Denn im Unterschied zu seinem Matisse sei sie ein Original und keine Fälschung!

Das fand er nicht witzig. Er wollte schon zum Telefon greifen, überlegte es sich dann aber doch anders. Pascal hatte derweil seine Ausrüstung abgebaut und in einem Alukoffer verstaut. Er versprach, sich morgen bei Isabelle zu melden.

Jallobert kam auf ihre Ankündigung zurück, das Bild zu beschlagnahmen und mitzunehmen. Das könne er keinesfalls zulassen, protestierte er heftig. Erstens gehöre es ihm nicht. Er sei gegenüber seinem Auftraggeber verpflichtet, den Matisse quasi treuhänderisch zu verwahren. Zweitens habe sie ihm den Beweis vorenthalten, dass es sich wirklich um eine Fälschung handle. Und drittens fehle für eine Beschlagnahmung jegliche Handhabe. Der Matisse sei hier an einem sicheren Platz und müsse hier auch bleiben.

Isabelle musste zugeben, dass er aus seiner Sicht recht hatte. Es machte keinen Sinn, mit ihm zu diskutieren, einfach deshalb, weil sie zwar gute Argumente hatte, diese aber nicht anführen durfte. Also musste sie es auf die harte Art durchziehen. Das tat ihr leid, aber es ging nicht anders.

»Sie geben mir jetzt Ihre Faxnummer oder E-Mail-Adresse«, sagte sie resolut. »Dann werde ich veranlassen, dass Ihnen umgehend ein Sicherstellungsprotokoll zugeht und die Bestätigung, dass der Matisse von der *Police nationale* in Verwahrung genommen wurde.«

Er sah sie entgeistert an. »Aber warum?«

»Weil ich es so entschieden habe, darum!«

»Braucht es dafür keine richterliche Anordnung?«

»Nein, braucht es nicht«, bluffte sie. »Und zwar deshalb, weil Gefahr im Verzug ist.«

In Wahrheit hatte sie keine Ahnung, wie die Rechtslage war. Bis zu ihrer Verwandlung in eine Madame le Commissaire war sie in der Terrorbekämpfung tätig gewesen. Sie konnte sich kopfüber aus dem zehnten Stock abseilen oder bei einer Maschinenpistole im Dunkeln das Magazin wechseln, aber auf diesem Gebiet fehlte ihr jegliche Erfahrung.

»Gefahr im Verzug? Von dem Bild geht doch keine Gefahr aus«, widersprach er. »Ich glaube, Sie sind verrückt.«

Isabelle mochte es nicht, wenn sie für verrückt erklärt wurde. Darauf reagierte sie allergisch.

»Machen Sie nur weiter«, forderte sie ihn auf, »dann bekommen Sie eine Klage wegen Beamtenbeleidigung an den Hals. So, jetzt sagen Sie mir, wo wir das Sicherungsprotokoll hinschicken können. Oder Sie lassen es sein, dann nehme ich den Matisse einfach so mit. Ihre Entscheidung.«

Er hob verzweifelt die Hände. »Ich kann doch nicht einfach … Ich meine, also, wenn es sein muss, aber …«, stammelte er.

»Ganz genau, es muss leider sein.«

Er musste noch einen inneren Kampf austragen, doch schließlich reichte er ihr mit einem resignierten Gesichtsausdruck seine Visitenkarte. »Hier sind meine Kontaktdaten.«

»Na also, geht doch.«

Eine gute Stunde später war alles erledigt. Sie hatte mit Balancourt telefoniert, der zwar nicht verstand, warum sie sich auf eine derart merkwürdige Geschichte einlassen wollte, ihr aber die Unterstützung gab, die sie brauchte. Er hatte ohne größere Rückfragen alle Formalitäten in die Wege geleitet. Auch hatte er sich mit Jallobert verbinden lassen und ihm im Namen der Generaldirektion der *Police nationale* für seine Kooperationsbereitschaft gedankt. Der Dank war natürlich schamlos übertrieben, aber es hatte Jallobert geschmeichelt. Maurice konnte sehr überzeugend sein, selbst wenn ihn dieser Fall keine Sekunde interessierte.

Die übersandten Papiere trugen das Siegel des Innenministeriums und hatten diverse Stempel und Unterschriften. Jalloberts Widerstand war gebrochen, er gab klein bei. Er schaffte sogar mit einem Mitarbeiter eine Transportkiste herbei, um den Matisse fachgerecht zu verstauen, und machte für sie Kopien von den Unterlagen, die die Herkunft des Bildes dokumentierten. Und er fragte, ob er ihr etwas zu trinken anbieten dürfe. Das lehnte sie zwar dankend ab, registrierte aber seine Rückbesinnung auf zivilisierte Umgangsformen. Blieb die Frage, ob er wirklich so unschuldig war, wie er tat. Hatte er tatsächlich keinen Zweifel an der Echtheit des Matisse gehabt? Wer sagte, dass er nicht mit den Fälschern unter einer Decke steckte und dafür zuständig war, die heiße Ware auf den Markt zu bringen? Von dem verborgenen Text hatte er sicher nichts gewusst, davon konnte man ausgehen, sonst hätte er die Untersuchung mit Infrarot verweigert. Im Gegenteil, er hätte schon zuvor das Bild aus dem Verkehr gezogen und ganz bestimmt nicht dem Bürgermeister von Fragolin zum Kauf angeboten. Rouven hatte gesagt, dass sich Nicolas Jallobert eines makellosen Rufes erfreue. Nun, das mochte so sein, aber das konnte schlicht daran liegen, dass man ihn noch nie erwischt hatte.

Apollinaires Auftritt geriet zu einem Spektakel. Immerhin hatte er ihre Anweisung befolgt und vor Erreichen der Galerie das Blaulicht ausgeschaltet. Aber er stolperte im Eingang über einen handgeknüpften Orientteppich und wäre fast kopfüber in eine Skulptur von Henry Moore gestürzt. Im letzten Moment machte er eine akrobatische Ausweichbewegung, wobei er sich an der Wand abstützen musste – ganz knapp neben einer Grafik von Miró.

Apollinaire, der himmellang war und klapperdürr, widerfuhren solche Missgeschicke recht häufig. Meist aber gelang es ihm, keinen Schaden zu verursachen, weshalb Isabelle seine Slapstick-Einlage wenig beunruhigte. Aber Jallobert war kreidebleich. Dem guten Mann blieb heute nichts erspart.

Mittlerweile hatte sich ihr Assistent wieder unter Kontrolle. Er nahm Haltung an, rückte seinen Krawattenknoten zurecht, warf dem Orientteppich einen vorwurfsvollen Blick zu und stellte sich dann vor.

»Gestatten, Sous-Brigadier Jacobert Apollinaire Eustache.«

Sie sah darüber hinweg, dass er auf der Wange noch Spuren seiner Malerarbeit hatte. Der Farbton war tatsächlich gewagt.

»Apollinaire, das ist der Leiter der Galerie, Nicolas Jallobert.«

»Bonjour, Monsieur. Enchanté!«

Jallobert erwiderte den Gruß mit einem angedeuteten Kopfnicken.

»Wir haben eine Transportkiste mit einem wertvollen Bild …« Sie machte eine kurze Pause. »Nun, allzu wertvoll ist es wohl nicht«, stellte sie richtig, »dennoch werden wir es mit größter Sorgfalt behandeln. Lassen Sie sich bei der Kiste helfen und bringen Sie sie hinaus ins Auto. Ich denke, sie passt auf den Rücksitz.«

»Wertvolles Bild, aber nicht allzu wertvoll«, wiederholte Apollinaire, *»je comprends,* ich verstehe.«

Ihm war anzusehen, dass er nicht verstand. Wie sollte er auch?

Wenig später verabschiedete sich Isabelle von Jallobert, nicht ohne ihm zu sagen, dass alles von größerer Bedeutung sei, als er sich das gerade vorstellen könne. Er möge deshalb die Notwendigkeit dieser Aktion akzeptieren. Außerdem solle er sich die nächsten Tage bereithalten. Sie melde sich wieder bei ihm, um ihm einige Fragen zu stellen. Es sei von großer Bedeutung, die Herkunft des gefälschten Matisse so schnell wie möglich aufzuklären. Falls sich der Verkäufer in der Zwischenzeit bei ihm melden sollte, solle er so tun, als ob nichts passiert wäre. Wenn möglich solle er ihn in die Galerie bestellen – und sie sofort verständigen und ihr genug Zeit geben, dass sie rechtzeitig da sein könne. Für einen nicht angekündigten Besuch solle er sich schon mal eine Ausrede ausdenken, die das Fehlen des Bildes erklärte. Da falle ihm sicher etwas ein. Nur im äußersten Notfall solle er von der Beschlagnahmung berichten. Er habe ja die polizeilichen Dokumente, die das belegten. Aber wirklich nur, wenn es nicht anders gehe.

Jallobert wünschte ihnen eine gute und sichere Fahrt. Fast wehmütig sah er auf den Rücksitz des Polizeifahrzeugs. Ihm lag noch immer das Wohlergehen des Matisse und seiner Tänzerin am Herzen. Wahrscheinlich fürchtete er, dass Apollinaire als Autofahrer ähnlich ungeschickt sein könnte wie beim Betreten der Galerie. Isabelle lächelte. Damit hätte er sogar recht. Ihr Assistent war ein lausiger Autofahrer. Aber er lernte kontinuierlich dazu. Und einen Crash hatte er bislang vermieden – er war nicht nur beim Stolpern ein Virtuose der letztmöglichen Unfallvermeidung.

9

Noch am selben Abend bekam Isabelle zu später Stunde einen Anruf von Thierry, der gerade von seinem Kongress in Marseille zurückgekommen war und ganz dringend wissen wollte, was Rouven zum Matisse gesagt hatte. Ob denn eine minimale Chance bestehe, dass er vielleicht doch …? Sie wisse schon. Das Bild passe nun mal ganz wunderbar ins Museum der Rosalie Grasson.

Sie musste ihm leider sagen, dass daraus definitiv nichts werden würde. Aber das habe nichts mit Rouven und seiner Stiftung zu tun. Vielmehr habe sich herausgestellt, dass es sich bei dem Bild um eine Fälschung handle. Der Matisse, der eben keiner sei, stehe nicht mehr zum Verkauf.

Thierry verschlug es die Rede. Fast konnte sie durchs Telefon seine Enttäuschung spüren.

Als er sich wieder gefasst hatte, verabredeten sie sich für den nächsten Tag zum Mittagessen in Jacques' Bistro. Da müsse sie ihm alles haarklein erzählen. Eine Fälschung? *C'est incroyable.* Im Rathaus würden sie sich nicht begegnen, stellte er fest, ihr Kommissariat habe ja Betriebsferien. Beneidenswert.

Morgen, dachte sie, würde er schnell merken, dass ihre *vacances annuelles* schon wieder vorbei waren. Aber jetzt war sie zu müde für lange Erklärungen. Sie wünschte ihm eine gute Nacht. Er könne ja von seiner Tänzerin auf dem Bild von Matisse träumen. Leider bleibe sie ein Traum – selbst auf Leinwand in Ölfarben. In der Realität sowieso.

Beim Frühstückskaffee wunderte sie sich über ihre gute Stimmung. Sie war voller Tatendrang. Statt sich über den vermasselten Urlaub zu ärgern, freute sie sich auf die bevorstehende Arbeit. Sie hatte einen toten Staatssekretär, einen gefälschten Matisse und einen entführten Kunstfälscher. Großartig. Das brachte ihren Kreislauf in Schwung.

War sie noch normal? Hatte sie eine Schraube locker? Sie gestand sich ein, dass sie fast erleichtert war. Irgendwas in ihr hatte sich gegen die bevorstehenden Ferien gesträubt. Es war nicht gut, wenn ihre Gedanken Zeit hatten, auf Reisen zu gehen, nicht in die Ferne, das wäre schön, sondern in die Vergangenheit. Sie hatte zu viel erlebt, und sie hatte es noch nicht wirklich verarbeitet. Wenn sie Ablenkung hatte, schaffte sie es, die negativen Erinnerungen zu verdrängen. Das war für den Moment die beste Überlebensstrategie.

Stellte sich die Frage, ob es bei der *Police nationale* für den falschen Matisse und seine verborgene Botschaft überhaupt eine klar geregelte Zuständigkeit gab. Wohl eher nicht. Na also, dann war sie dafür genau die richtige Person. Sie ahnte, dass es nicht einfach werden würde. Sie hoffte es geradezu. Noch eine Tasse Kaffee, dann würde sie starten. Und zwar mit beiden Fällen gleichzeitig. Mit dem toten Jogger im Rang eines Staatssekretärs und mit einem hoffentlich noch lebendigen Maler im Rang eines Meisterfälschers.

Noch von zu Hause aus rief sie bei Maurice Balancourt in Paris an. Er begrüßte sie weniger herzlich, als das sonst seine Art war.

»*Bonjour*, Isabelle«, grummelte er.

Heute kein *chérie*. Hatte sie was falsch gemacht?

»Kannst du mir bitte erklären, was das gestern sollte?«, fuhr er fort. »Seit wann interessierst du dich für gefälschte Bilder?

Das ist unter deinem Niveau. Und erst recht unter meinem. Ich hab dir nur geholfen, weil du mich darum gebeten hast. Aber ich habe wirklich Wichtigeres zu tun. Du übrigens auch. Gibt's was Neues von unserem Staatssekretär?«

Buh, war er heute schlecht drauf.

»Noch nicht, aber ich bin dran.«

Sie hatte ihn noch nie angeschwindelt. Das war ihr gerade so rausgerutscht. Schon hatte sie ein schlechtes Gewissen.

»Du hältst mich auf dem Laufenden!«

»Aber natürlich.«

»*Chérie*, ich verlass mich auf dich.«

Gott sei Dank, da war sie wieder, die vertraute Anrede *chérie*. Er hatte ihr verziehen.

»Erzähl schon!«, forderte er sie auf. »Was ist mit diesem Tristan de Jong?«

Jetzt musste sie fast lächeln. Er gab zwar vor, sich nicht dafür zu interessieren, und tatsächlich war das kein Fall von staatstragender Bedeutung, aber neugierig war er doch. Hatte er gerade von Tristan de Jong gesprochen? Sie hatte gestern den Namen mit keinem Wort erwähnt.

»Woher weißt du von Tristan de Jong?«, fragte sie.

Sie hörte ein heiseres Glucksen.

»Geht das schon wieder los? Glaub mir doch endlich, dass ich allwissend bin.«

»Aber du willst trotzdem hören, was mit ihm los ist? Das scheinst du nicht zu wissen.«

Er räusperte sich. »Nur zur Kontrolle, *chérie*, nur um sicherzugehen.«

Sie musste nicht lange nachdenken. »Du hast mit Rouven Mardrinac gesprochen, stimmt's? Der hat dir alles erzählt?«

»Ja, das könnte sein«, gab er zu. »Wir telefonieren gelegentlich. Er ist ein einflussreicher Mann, aber das weißt du ja selber. Trotzdem glaube ich, dass er auf dich einen schlechten Einfluss hat. Ohne ihn wärst du nie auf die Schnapsidee gekommen, nach diesem unseligen Tristan de Jong zu suchen. Das könnten auch minderbegabte Kollegen erledigen.«

Sie beschloss, darauf nicht einzugehen. Auch nicht auf die Unterstellung, dass Rouven einen schlechten Einfluss auf sie haben könnte. Irgendwie hatte Maurice Balancourt sogar recht. Erst durch Rouven war sie in die Geschichte reingeschlittert. Aber eine Schnapsidee war es nicht. Immerhin ging es um eine Entführung und um millionenschwere Betrügereien. Der Fall war ungewöhnlich, vielleicht sogar einzigartig. Er stellte zweifellos eine Herausforderung dar.

»Der Fall ist komplizierter, als er scheint«, erwiderte sie. »Ich glaube schon, dass ich dafür die Richtige bin.«

»Klar bist du das. Aber du musst es nicht tun.«

»Das wollte ich sowieso mit dir besprechen. Bin ich für den Fall überhaupt zuständig?«

»Nein, bist du natürlich nicht«, antwortete er wie aus der Pistole geschossen.

Isabelle schluckte. Die Reaktion hatte sie nicht erwartet.

Nach einem weiteren Hustenanfall fuhr er fort: »Aber offenbar warst du noch nicht in deinem Büro. Da findest du im Fax eine Dienstanweisung, die dir den Fall überträgt und dich mit den erforderlichen Kompetenzen ausstattet. Der zuständige Staatsanwalt ist auch schon informiert. Er hat die Beschlagnahme des gefälschten Matisse im Nachhinein legitimiert. Du kannst also loslegen.«

Sie atmete tief durch. Für einen kurzen Augenblick hatte sie gezweifelt.

»Maurice, du bist ein Schatz.«

»Ich kann dich doch nicht hängenlassen. Aber bitte bleib an Roland Roux dran. Der Staatssekretär hat Priorität. Er ist sozusagen die Pflicht, Tristan de Jong meinetwegen die Kür. Ich muss aufhören, ich werde im Élysée erwartet. *Bonne chance et bonne journée!*«

Im Rathaus angekommen, stellte sie fest, dass Apollinaire den Hinweis auf die Betriebsferien entfernt hatte. Beim Betreten des Büros wunderte sie sich, dass er nicht da war. Dachte sie jedenfalls, doch auf dem Weg zum Schreibtisch wurde sie plötzlich von hinten angesprochen. Seine Stimme klang seltsam gequetscht. Sie drehte sich um und sah erstaunt, dass ihr Assistent im Kopfstand an der Wand neben dem Aktenschrank lehnte. Der Kopfstand selbst verwunderte sie nicht, doch machte er ihn normalerweise mitten im Zimmer und brauchte trotz kühner Schräglagen, die der Schwerkraft zu trotzen schienen, keine stützende Wand.

»Was ist passiert? Fühlen Sie sich heute nicht wohl?«, fragte sie.

»Ich hatte das Gefühl einer Mangeldurchblutung im Kopf.«

Sie winkte ab. »Das kenne ich von Ihnen, aber warum müssen Sie sich beim Kopfstand gegen die Wand lehnen? Ist Ihnen schwindlig?«

»Ja, ein bisschen«, erklärte er mit rotem Gesicht. »Ich führe das auf die Ausdünstungen der Farbe zurück.«

»Vom Matisse?« Sie warf einen irritierten Blick zur Transportkiste mit dem Gemälde. »Das kann nicht sein.«

»Nein, selbstverständlich nicht vom Bild. Ich hab gestern Nacht das Zimmer fertig gestrichen und dann drin geschlafen. Ich war so müde, ich hab nicht mehr gelüftet. Es gibt Menschen, die schnüffeln an Farben, um high zu werden. Versteh ich nicht. Bei mir geht das auf den Kreislauf. Außerdem habe ich Kopfschmerzen und eine verstopfte Nase.«

»So genau wollte ich es nicht wissen. Möchten Sie sich krankmelden und nach Hause gehen?«

Er kippte langsam nach vorne, um dann in einer erstaunlich katzenhaften Bewegung auf seine langen Beine zu kommen.

»*Mais non, ça va mieux,* mir geht's schon besser.«

»Tut mir leid, dass unsere Ferien bereits wieder vorbei sind. Wir holen sie nach, versprochen.«

Er fuhr sich durch die Haare und stopfte das rausgerutschte Hemd in die Hose.

»Kein Problem. Shayana hat sowieso nicht frei. Die *Auberge des Maures* ist ausgebucht. Sie hat alle Hände voll zu tun.«

»Dann ist's ja nicht ganz so schlimm. Ich hab Ihnen im Auto alles erzählt. Sie wissen also, worum es geht. Von Balancourt haben wir den Fall übertragen bekommen.«

»Ich weiß, das Fax liegt auf Ihrem Schreibtisch. Ich hab mir übrigens gerade die Infrarotaufnahme auf dem USB-Stick angeschaut. Ganz schön gruselig.«

»Inwiefern?«

»*Alors,* die Vorstellung, dass dieser Tristan de Jong angekettet im Kerker liegt und bei Wasser und Brot im Schein einer flackernden Kerze Gemälde fälschen muss.«

»Ja, das wäre gruselig, aber so wird es nicht sein.«

»Natürlich nicht, ich sprach ja auch von der Vorstellung, also von einer Imagination, nicht von der mutmaßlichen Realität.«

Apollinaire hatte oft eine umständliche Art, sich auszudrücken. Sie hatte sich daran gewöhnt.

»Sie müssen wissen«, fuhr er fort, »ich habe im Fernsehen vor einigen Tagen eine Verfilmung eines Abenteuerromans von Alexandre Dumas gesehen und …«

»Unser Fälscher wird ganz sicher nicht im Château d'If gefangen gehalten«, unterbrach sie ihn. »Er braucht gutes Licht und eine ruhige Hand. Deshalb wird für sein Wohlergehen gesorgt werden. Davon können wir ausgehen. Vielleicht hat er sogar ein Atelierfenster. Deshalb sieht er die Kondensstreifen von Flugzeugen. Und zum Frühstück gibt's frische Croissants. Vermutlich bekommt er alles, was er braucht, nur nicht seine Freiheit.«

»Ich hab mich im Internet schlaugemacht. Diesen Tristan de Jong gibt's wirklich.«

Sie nickte. »Ich hab auch recherchiert. Außerdem hat mir Rouven Mardrinac von ihm erzählt. Der Mann sei als Kunstfälscher eine Legende, hat er gesagt. Jedenfalls hat er eine faszinierende Vita. Geboren in Amsterdam, der Vater ein mittelmäßig erfolgreicher Kunstmaler und Restaurator, von dem er schon als Kind sein Handwerk gelernt hat. Hat bereits mit vierzehn zu Übungszwecken alte Meister kopiert, und zwar so gut, dass sein Vater seinen Beruf aufgeben wollte. Dann kam der Senior auf die Idee, das Talent seines Sprösslings zu versilbern. Er besorgte auf dem Flohmarkt alte, unbedeutende Gemälde aus der jeweiligen Zeit und ließ sie von Tristan übermalen. Dabei kopierte er nicht einfach vorhandene Werke großer Künstler, sondern ›erfand‹ in ihrem Stil neue Bilder, die scheinbar perfekt ins Œuvre passten und sich mit entsprechend gefälschter Historie als ›Neuentdeckungen‹ für ein Heidengeld verkaufen ließen. Aus dieser Zeit stammten gefälschte Werke unter anderem von Raffael, Rubens und Canaletto. Rouven sagt, dass einige von ihnen noch heute als vermeintliche Originale in weltberühmten Museen und Sammlungen hängen.«

»Wirklich? Und die Besucher zahlen Eintritt und stehen ehrfürchtig davor. Bestaunen einen Rubens, dabei ist es ein de Jong, den kein Schwein kennt. Wo waren wir? Wie ging es weiter? Ach so, ja, der werte Papa, er ist plötzlich verstorben. Aber Tristan de Jong kannte mittlerweile alle Tricks des Geschäfts und hat einfach weitergemacht.«

»Ganz genau, wobei er sich offenbar zunehmend auf Maler der klassischen Moderne verlegt hat. André Derain, Pablo Picasso, Georges Braque, Marc Chagall, Wassily Kandinsky.«

»Und eben auch Henri Matisse«, ergänzte Apollinaire.

»Vor fünf Jahren ist Tristan de Jong aufgeflogen. In seinem Atelier hat man Dutzende gefälschte Bilder gefunden. Sie hätten für viele Millionen Euro verkauft oder versteigert werden können.«

»Im Prozess hat er ein Teilgeständnis abgelegt und geholfen, einige gefälschte Bilder in großen Sammlungen zu identifizieren«, sagte Apollinaire.

Sie stellte fest, dass sich ihr Assistent am frühen Morgen wirklich gut vorbereitet hatte. Trotz Mangeldurchblutung im Kopf, Schwindelgefühlen und einer verstopften Nase. Aber auch sie war nicht faul gewesen und hatte ihre »Hausaufgaben« gemacht.

»Der Kunstmarkt wurde von einem Beben erschüttert«, rekapitulierte sie das Gelesene. »Große Auktionshäuser, renommierte Experten und Kunsthändler waren bis auf die Knochen blamiert.«

»Entweder waren sie zu dumm und leichtgläubig, oder sie haben aus Geldgier mitgespielt und zumindest geahnt, dass mit den teuer gehandelten Bildern was nicht stimmte.« Apollinaire dachte nach. »Kann man alles zugleich sein?«, fragte er. »Dumm, leichtgläubig und geldgierig? Wahrscheinlich schon, das ist dann eine ganz gefährliche Kombination.«

Isabelle lächelte. »Ist aber hoffentlich trotzdem die Ausnahme. Jedenfalls hat der Kunstmarkt seine eigenen, höchst merkwürdigen Regeln. Nun, das kann uns egal sein. Fakt ist, dass Tristan de Jong eine vergleichsweise milde Strafe bekommen hat, warum auch immer. Offenbar hat es da einen Deal mit dem Gericht und der Staatsanwaltschaft gegeben. Nach nur drei Jahren Haft war er wieder auf freiem Fuß. Er ist mit einer Französin namens Françoise verheiratet und hat zwei kleine Töchter.«

»Und er ist seit knapp einem Jahr verschwunden«, stellte Apollinaire fest. »Das geht aus seiner elektronischen Akte im Polizeiarchiv hervor. Er ist seiner Meldepflicht nicht nachgekommen. Kollegen haben von seiner Frau unter Tränen erfahren, dass sich Tristan abgesetzt hat. Er habe sie jämmerlich im Stich gelassen.«

»Ein knappes Jahr? Das würde passen.« Sie lief nachdenklich im Büro hin und her. »Fragt sich, ob seine Frau gelogen hat? Ahnt sie, dass ihr Mann entführt wurde?«

»Wohl eher nicht, dann hätte sie sich der Polizei anvertraut.«

Isabelle sah ihn zweifelnd an. »Vielleicht hätte sie, vielleicht auch nicht. Oder sie glaubt tatsächlich, dass er sich abgesetzt hat und irgendwo versteckt hält, um sich einer erneuten Verhaftung zu entziehen. In diesem Fall wäre es aber normal, dass er sie ins Vertrauen zieht und zu ihr und seinen Kindern Kontakt hält.«

»Dann wären ihre Tränen gespielt.« Apollinaire kratzte sich am Kopf. »Aber so kann es nicht sein. Wir wissen ja, dass er entführt wurde. Also bekommt sie keine Nachricht von ihm. Demnach waren die Tränen echt?«

»Das ist eine von vielen Fragen.« Sie setzte sich und legte die übereinandergeschlagenen Beine auf den Schreibtisch. »Apollinaire, Sie könnten eine Ihrer Lieblingsbetätigungen aufnehmen.«

Er sah sie ratlos an. »Ein erneuter Kopfstand? Oder den Kaktus gießen?«

Sie lachte. »Holen Sie das Flipchart! Wir notieren mal einige Stichpunkte. Das machen Sie doch gerne. Aber bitte so, dass ich es verstehe.«

Es klopfte an der Tür, und Thierry platzte herein.
»Du bist ja doch im Büro? Ich dachte, ihr habt Ferien?«
Sie lächelte vieldeutig. »Kleine Unterbrechung. Wir haben einen aktuellen Fall reinbekommen. Bleibt's bei unserer Verabredung zum Mittagessen?«
»Natürlich, ich hole dich ab.« Er sah hinüber zur schmalen Holzkiste. »Was ist dadrin?«, fragte er neugierig. »In diesen Dingern werden doch Bilder transportiert?«
»Ach so?«, spielte sie die Ahnungslose. »Rouven hat das vorgestern bei seinem Besuch hier abgestellt. Keine Ahnung, was dadrin ist. Wir sollen auf die Kiste aufpassen, bis er sie in den nächsten Tagen wieder abholen lässt.«
»Interessant. Wir sollten mal reinschauen.«
»Dazu haben wir kein Recht.«
»Doch, das hier ist *mein* Rathaus«, protestierte er mit gespielter Ernsthaftigkeit. »Hier kann ich per Gesetz überall reinschauen.«
»Aber das ist *mein* Polizeirevier. Ich kann dich per Gesetz zwingen, es sofort zu verlassen.«
»Das würdest du nicht tun, oder?«
Sie lachte. »Lass es nicht darauf ankommen. Aber ich staune, dass du so neugierig bist. Ich will komischerweise gar nicht wissen, was dadrin ist. Wird schon kein Diebesgut sein. Rouven ist eine Person meines Vertrauens.«
Er grinste schief. »Das glaube ich dir sofort. Also, wir sehen uns später.«
»À plus tard!«

»Gut geblufft«, sagte Apollinaire anerkennend, als Thierry wieder draußen war und die Tür hinter sich geschlossen hatte.
Sie lächelte. »Das geht ihn ja wirklich nichts an. In seinem Alter sollte man nicht mehr so neugierig sein.«

Apollinaire hob einen dicken Filzstift und deutete auf das Flipchart, das er in der Zwischenzeit aufgebaut hatte.
»Wir können beginnen. Ich habe mir gedacht …«
»Noch nicht«, unterbrach sie ihn, »zuvor muss ich Ihnen noch was mitteilen. Wir haben nämlich nicht nur diesen, sondern noch einen zweiten Fall.«
Er sah sie verwirrt an. »Wie bitte? Nicht nur einen, sondern zwei Fälle? Sehr bemerkenswert. Und das zum Auftakt eines Betriebsurlaubs.«
»Tja, Balancourt hatte Angst, dass uns langweilig werden könnte.«
»Balancourt?« Er nahm unwillkürlich Haltung an. »Der Auftrag kommt von ganz oben? Darf ich wissen, worum es geht?«
»Wissen dürfen Sie es schon, aber Sie dürfen nicht darüber reden.«
Er warf einen Blick zum Fensterbrett. »Ich bin so verschwiegen wie unser Kaktus.«
»Es geht um einen Staatssekretär namens Roland Roux. Er hat in Le Lavandou einen tödlichen Herzinfarkt erlitten.«
»So was kommt vor. Warum interessiert sich Paris dafür?«
»Weil der gute Mann offenbar eine aufregende Nacht hinter sich hatte. In seinem Blut haben sich aufputschende und potenzsteigernde Medikamente in beachtlicher Dosierung gefunden.«
»Schön für ihn. Ein *mors in coitu* ist der Traum vieler Männer.«
»Tod beim Liebesakt? Apollinaire, Sie verblüffen mich immer wieder. Aber Roux ist erst am nächsten Morgen beim Joggen gestorben. Balancourt will wissen, ob alles mit rechten Dingen zugegangen ist. Der Staatssekretär hat nämlich einen brisanten Untersuchungsausschuss geleitet.«
»*Je comprends!* Da macht es sich nicht gut, wenn man plötzlich tot umfällt.«

»Ganz genau. Das widerspricht sozusagen den dienstlichen Anweisungen. Jedenfalls wissen Sie jetzt, warum ich mich zwischendurch noch um etwas anderes kümmern muss. Sie selbst können sich allerdings auf unseren Matisse und den entführten Kunstfälscher konzentrieren. Vorläufig brauche ich beim Staatssekretär keine Hilfe. Das kann sich ändern, man wird sehen.« Sie sah ihn auffordernd an. »So, jetzt sind Sie dran.«

»Ich bin dran? Womit?«

Sie deutete zum Flipchart. »Mit Ihrer Lieblingsbeschäftigung.«

»Ach so, ja. Ich hab schon mal eine Überschrift notiert. *L'image mystérieuse*. Gefällt Ihnen dieser Arbeitstitel?«

»Das geheimnisvolle Bild? Sehr poetisch. Können wir lassen. Notieren Sie als ersten Punkt: Françoise de Jong ausfindig machen und befragen.«

»Die Frau des Kunstfälschers? Ihr Wohnort steht nicht im Protokoll. Grobe Schlamperei. Sollte aber nicht schwer sein, ihn herauszufinden. Ich kümmere mich gleich im Anschluss darum.«

»Tun Sie das. Zum nächsten Punkt: Nicolas Jallobert macht zwar einen ehrenwerten Eindruck, und Rouven hält ihn für integer, aber wir müssen ihn überprüfen. Ist ja nicht ganz auszuschließen, dass er mit den Kunstfälschern gemeinsame Sache macht.«

»Mit den Kunstfälschern? Sie meinen die Entführer von Monsieur de Jong?«

»Richtig. Wahrscheinlich sollte man zwischen Kunstfälscher und Kunstbetrüger unterscheiden. Seine Entführer können nicht selber fälschen, sie wissen aber, wie es geht, mit Kunst zu betrügen. Jedenfalls müssen wir ausschließen, dass Jallobert mit ihnen unter einer Decke steckt.«

Apollinaire notierte: »Nicolas Jallobert überprüfen.«

Isabelle dachte nach. »Mich interessiert die Provenienz des Bildes …«
»Provence?«
»Nein, Provenienz. Das habe ich von Rouven gelernt. Provenienz meint die Vorgeschichte eines Kunstwerks, die Herkunft.«
Apollinaires gerunzelte Stirn glättete sich. »Ah, verstehe, aus dem Lateinischen von provenire, also herkommen. Während sich der Begriff Provence vom lateinischen provincia ableitet …«
Weiterführende etymologische Betrachtungen sollte sie schnell im Keim unterbinden, dachte sie.
»Nach den von Nicolas Jallobert vorgelegten Unterlagen«, stellte sie fest, »hat das Bild über Jahrzehnte einer mittlerweile verstorbenen Amerikanerin namens Tara Hilferding gehört, die in Menton gelebt hat. Ihr Enkel Frank Lloyd Hilferding hat das Bild vor einiger Zeit verkauft. Mit ihm müssen wir dringend reden. Das kann ja so nicht stimmen.«
»Vielleicht sitzt Tristan de Jong bei ihm in der Garage, und Hilferding ist der Entführer.«
»Ich fürchte, ganz so einfach wird's nicht sein.«
»Ich notiere: Enkel Frank Lloyd Hilferding befragen.«
»Von ihm ausgehend müssen wir der Spur des falschen Matisse folgen. Laut Unterlagen wurde das Bild von einem Kunsthändler in Zürich gekauft. Der hat es untersuchen und für echt erklären lassen. Mit dem müssen wir genauso sprechen wie mit der Gutachterin in Nizza, die eine Expertise erstellt hat. Entweder ist in den Dokumenten alles frei erfunden, oder es gibt irgendwo und bei irgendwem einen Berührungspunkt mit den Entführern.«
Apollinaire nickte. »Denke ich auch, eine Schnittstelle muss es geben. Wie sagt der große Philosoph: Jede Fiktion hat ihren

Ursprung in der Wahrheit! Oder umgekehrt? Jedenfalls hat die Faktualität Schnittstellen mit der Fiktionalität. Was ich sagen will …«

»Sie wollen sagen, dass wir uns einig sind. Also schreiben Sie schon auf: Kunsthändler überprüfen und Gutachterin.«

»Sehr wohl, genau das war mein Ansinnen.«

Sie stand auf und holte sich eine Tasse Kaffee. Apollinaire war ein Kaffee-Junkie, deshalb war die Maschine immer in Betrieb.

»Die von de Jong angegebenen Koordinaten seines Aufenthaltsorts müssen noch auf unsere Liste«, stellte er fest. »Südfrankreich, Kirchturm, Kondensstreifen und Croissants.«

»Können Sie aufschreiben, aber auch gleich wieder vergessen. Wie soll uns das weiterhelfen? Demnach könnte er fast überall sein, sogar hier in Fragolin.«

»Das ist wahr.« Er fuhr sich durch die wirren Haare. »Damit sind wir mit unserem Latein am Ende, richtig? Reicht eigentlich auch, es gibt viel zu tun.«

»Mir fällt noch was ein«, sagte Isabelle. »Tristan de Jong ist vor knapp einem Jahr verschwunden. Er hatte genug Zeit, weitere Fälschungen anzufertigen, die schon längst ihre Käufer gefunden haben könnten. Warum sollte er seinen Hilferuf nur bei unserem Matisse angebracht haben? Vielleicht gibt es noch andere Bilder mit versteckten Nachrichten? Sollten sie jünger als sieben Monate sein, könnten sie zusätzliche Informationen enthalten.«

»Richtig, aber wie sollen wir weitere Fälschungen von ihm finden und identifizieren? Ich persönlich kann kaum einen Kunstdruck aus dem Kaufhaus Lafayette von einem Original unterscheiden.«

Isabelle überlegte. »Rouvens Mitarbeiter Pascal wollte sich bei mir melden. Er kennt sich aus, vielleicht hat er eine Idee.«

»Bliebe noch der Klassiker: Wir müssen seine Frau fragen, ob er Medikamente benötigt. Vielleicht hat er irgendeine seltene Krankheit? Zum Beispiel eine Xanthomatose ...«

»Wie bitte?«

»Nur so ein Beispiel. Das ist eine extrem seltene Stoffwechselkrankheit. Sie müssen wissen, ich löse gerne medizinische Kreuzworträtsel. Das ist sehr entspannend. Zur Behandlung bräuchte man Steroide. Dann könnten wir ihm über die Apotheken auf die Spur kommen.«

»Ist nicht sehr wahrscheinlich. Aber irgendeine chronische Krankheit? Nun, da haben Sie recht, das wäre schlecht für ihn, aber gut für uns. Doch so viel Glück werden wir nicht haben.«

»Ich schreibe es trotzdem auf: Medikamente?«

»Einverstanden.«

»Jetzt sollten wir alles haben.«

»Bis auf das, was wir vergessen haben.«

»Das schreibe ich auf, sobald es uns einfällt.«

Isabelles Gedanken schweiften ab. »Apropos Medikamente und etwaige Vorerkrankungen. Das wäre auch bei unserem Staatssekretär interessant zu wissen. Warum gibt es bei den Unterlagen keinen Bericht seines Hausarztes? Den muss ich dringend anfordern.«

»Soll ich ein weiteres Chart über Roux anlegen?«, fragte Apollinaire mit Eifer.

Sie lachte. »Nein, noch gibt es kaum Stichpunkte, die wir notieren könnten.«

»Wie schade.«

»Übrigens sollten wir das Flipchart abdecken.«

»Falls der Bürgermeister seine Neugier nicht zügeln kann?«

»Beispielsweise. Was machen wir mit der Transportkiste und dem Bild?«

»Im Nebenraum steht von der Forstverwaltung noch eine große Kühltruhe mit einem Totenkopf und der Aufschrift: *Attention, toxique!* Achtung Gift! Keine Ahnung, was die dort aufbewahrt haben. Die Kühltruhe ist kaputt, aber sie lässt sich abschließen. Der Matisse passt rein, ich hab's schon ausgemessen.«

»Und die leere Transportkiste lassen wir draußen stehen. Guter Vorschlag.«

Sie fand es weniger überraschend, dass Apollinaire seltene Krankheiten auswendig lernte, aber dass er auch ganz praktisch mit einem Maßband umgehen konnte, erstaunte sie.

10

Thierry hatte sie im Kommissariat abgeholt. Jetzt saßen sie im Bistro bei Couscous von der Tageskarte und einer *petite carafe* Rosé. Er ließ sich von ihr schildern, was in Cannes vorgefallen war. Dass sich der Matisse als Fälschung herausgestellt hatte, schien ihm fast so nahe zu gehen wie eine enttäuschte Liebe. Die Tänzerin hatte seine Gefühle und sein Begehren nicht erwidert und ihm stattdessen die kalte Schulter des Verrats gezeigt. Nur zögernd machte er sich Isabelles Sichtweise zu eigen, dass er froh sein müsse und erleichtert. So sei ihm der öffentliche Skandal erspart geblieben, einer Fälschung aufgesessen zu sein. Nicht auszudenken, wenn er dafür Steuergelder aufgewendet hätte.

Das hätte er sowieso nicht gemacht, protestierte er, aber er habe sich eine klitzekleine Chance ausgerechnet, dass die Mardrinac-Stiftung das Bild erwerben und ihm als Dauerleihgabe zur Verfügung stellen könnte. Wie sie denn die Fälschung festgestellt hätten, wollte er wissen.

Nun, das war eine heikle Frage. Aber nicht wirklich, sie musste die Wahrheit nur etwas verkürzen. Rouven habe als professioneller Kunstsammler einen geschulten Blick, antwortete sie. Ihm seien schnell Zweifel gekommen. Der künstlerische Gesamteindruck des Bildes sei nicht stimmig. Was auch immer er damit gemeint habe. Außerdem habe ihn das Format des Bildes stutzig gemacht, das für einen Matisse ungewöhnlich sei. Nach genauerer Betrachtung habe er erklärt, dass die Alterung nicht natürlich sei.

Sie sah, dass Thierry wieder Hoffnung schöpfte. Das alles sei doch kein Beweis für eine Fälschung, merkte er an. Bei allem Respekt vor der Expertise eines Rouven Mardrinac, aber seine Zweifel an der Echtheit seien doch recht vage und subjektiv.
Genau das habe auch der Galerist eingewendet, erwiderte Isabelle. Nicolas Jallobert habe unter anderem auf die dokumentierte Herkunft des Matisse verwiesen und auf ein Gutachten, das die Echtheit zertifizierte.
Er nickte entschieden. Genau das sei auch seine Meinung.
Deshalb habe Rouven veranlasst, fuhr sie fort, dass das Bild einer technischen Analyse unterzogen wurde. Um es kurz zu machen: Die Infrarotreflektografie habe eindeutig bewiesen, dass es sich um eine Fälschung handle. So eindeutig, dass sogar sie es habe erkennen können.
Wirklich? So eine Tragödie. Er gab Jacques ein Zeichen. Er brauche jetzt dringend einen *Marc de Provence*. Nein, mit dem Couscous sei alles in Ordnung. Trotzdem habe er plötzlich Magengrimmen.
Gott sei Dank war Thierry ein Mann, der mit Enttäuschungen schnell fertigwurde. Nach dem Traubenbrand, der im Cognacschwenker serviert wurde, ging es ihm schnell besser. Er sah wieder mit Optimismus nach vorne. Das kleine Museum der Rosalie Grasson würde auch so ein Erfolg werden, davon sei er überzeugt. Was sie am Wochenende vorhabe, wollte er wissen. Er würde sie gerne auf seinen Kutter einladen und mit ihr die Küste entlangschippern. Mit einem Picknickkorb an Bord und gekühlten Getränken.
Sie musste zugeben, dass der Vorschlag reizvoll war. Sie mochte sein altes Fischerboot. Was bedeutete es, wenn sie zusagte? Käme das einer Entscheidung zu seinen Gunsten gleich? Nein, natürlich nicht. Aber er könnte es so missverstehen. Außerdem konnte es gut sein, dass sie gar keine Zeit

hatte. Nicht nur der Matisse, auch der Staatssekretär nahm sie in Beschlag.
Isabelle lächelte. Sie bedankte sich für die Einladung, müsse es sich aber noch überlegen.

Zurück im Kommissariat, wurde sie von einem aufgeregten Apollinaire erwartet.
»Ich wollte Sie nicht stören, aber wir haben ein Problem.«
»Nicht stören? Beim Mittagessen dürfen Sie mich immer stören. Und auch sonst. Was haben wir für ein Problem?«
»Ich habe mit diesem Mr. Hilferding telefoniert, Sie wissen schon, der Enkel.«
»Frank Lloyd Hilferding, ich weiß. Was ist mit ihm?«
»Ich habe angedeutet, dass wir mit ihm sprechen müssten wegen seines Verkaufs eines Matisse.«
»Und?«
»Nun, er habe zwar ein altes Gemälde verkauft, aber keinen Matisse.«
»Das geht ja gut los. Was ist mit dem Käufer in Zürich?«
»Den gebe es auch nicht. Hilferding habe sein Bild an einen Trödelhändler in Saint-Paul-de-Vence verkauft.«
»Trödelhändler? Wie nett. Dass bei der Provenienz was nicht mit rechten Dingen zugeht, war ja klar, aber gleich so heftig? Jedenfalls sollte ich den guten Mann mal besuchen und mit ihm reden.«
»Wir haben noch ein Problem«, sagte Apollinaire.
»Machen Sie es nicht so spannend.«
»Er habe nur noch morgen Abend Zeit. Anschließend fliegt er für einige Wochen nach Atlanta.«
»Würde er mich empfangen?«
»Ja, das habe ich abgeklärt. Um neunzehn Uhr hätte er Zeit. In seiner Villa in Menton. Er macht einen kooperativen Ein-

druck und tut so, als ob er selber wissen will, was aus dem Bild seiner Großmutter geworden ist.«

»Tut so?«

Apollinaire zuckte mit den Schultern. »Kann ja auch gespielt sein. Vielleicht war es doch ein Matisse, und er wollte das Geld schwarz kassieren? Wegen der Steuer und so?«

Isabelle sah ihn zweifelnd an. »Der Matisse ist eine Fälschung, gemalt vor gerade mal sieben Monaten. Den kann seine Großmutter nicht über dem Bett gehabt haben.«

»Äh, vielleicht gibt es zwei Matisse? Einen echten und einen falschen?«

Sie musste zugeben, dass ihr dieser Gedanke noch nicht gekommen war. Apollinaires unorthodoxe Art zu denken kam immer wieder zu überraschenden Ergebnissen. Zwei Matisse? Möglich wäre es, aber alles andere als wahrscheinlich. Jedenfalls blieb ihr wohl nichts anderes übrig, als morgen Nachmittag nach Menton zu fahren. Menton? Kurz vor der italienischen Grenze, mindestens zwei Stunden. Und am Abend wieder zurück? Nein, das wohl nicht.

»Rufen Sie ihn an und bestätigen Sie den Termin! Ich werde pünktlich da sein.«

»Mache ich gleich.«

»Und noch was. Bitte checken Sie diesen Trödler in Saint-Paul-de-Vence. Den könnte ich übermorgen auf der Rückfahrt besuchen.«

»Wird erledigt.«

Sie schnappte sich die Mappe mit der Provenienzgeschichte. In ihr war auch ein Foto des Matisse. Natürlich ein ganz normales, nicht jenes unter dem Infrarotlicht.

»Ich geh heim und pack meine Sachen. Anschließend fahre ich nach Le Lavandou und versuche, ein Zimmer im Crystal zu bekommen.«

»Crystal?«
»Ja, so heißt das Hotel, in dem Roux seine letzte Nacht verbracht hat. Morgen komme ich auf dem Rückweg im Kommissariat vorbei, anschließend fahre ich weiter zu Hilferding nach Menton.«
»Straffes Programm.«
Sie lächelte. »Klassischer Fall von Betriebsferien. Sie können mich jederzeit über mein *portable* erreichen.«
»*Bien sûr*. Der Polizeiwagen ist vollgetankt.«
»Den nehme ich morgen für Menton. Nach Le Lavandou fahre ich mit meinem privaten Auto. Halten Sie die Ohren steif.«
Er langte sich verständnislos an die Ohren. »Wie bitte? Stimmt was nicht?«
Sie lachte. »Nein, alles gut. *Bon courage!*«

11

Das Crystal war ein formidables Hotel, etwas außerhalb von Le Lavandou gelegen, direkt am Strand, mit großem Pool und luxuriösem Wellnessbereich. Der hohe Standard war nicht überraschend. Roland Roux war Staatssekretär, leitete einen Untersuchungsausschuss und war entsprechend gut besoldet. Warum sollte er in einem preiswerteren Hotel absteigen? Im Zweifelsfall zahlte sowieso der Steuerzahler, jedenfalls, wenn die Übernachtung dienstlich begründet war – oder sich so darstellen ließ. Isabelle lenkte ihren unscheinbaren Renault auf den Parkplatz für neu eintreffende Gäste. Von unterwegs hatte sie bei der Rezeption angefragt. Dank einer Absage hatte sie ein Zimmer ergattert, nach hinten raus und ohne Meerblick. Das machte nichts, sie würde morgen früh wieder aufbrechen.

Sie checkte als Isabelle Bonnet ein, mit ihrer Adresse in Fragolin, beim Beruf machte sie keine Angabe. Noch wusste sie nicht, wie sie vorgehen wollte. Sie hatte Balancourts Wunsch im Ohr, »diskret« zu handeln. Und wenn nötig »unkonventionell«. Es stellte sich die Frage, warum er das wollte? Nun, es hing ganz sicher mit dem geheimen Untersuchungsausschuss zusammen, dem Roux vorsaß und der sich mit Waffengeschäften befasste. So etwas war per se heikel, über die Arbeit durfte nichts an die Öffentlichkeit dringen. Und das Letzte, was man brauchen könnte, war eine neugierige Presse. Ein Staatssekretär, der beim Joggen tot umfiel, schaffte es gerade ein paar Tage als Nachricht in die Medien. Das war es dann.

Sollte aber durchsickern, dass die *Police nationale* die Umstände seines Todes näher unter die Lupe nahm, würden die Journalisten aufmerksam – und womöglich nicht nur sie.
Ihr Zimmer hatte im Hotel zwar die falsche Seite, aber per Zufall die richtige Etage. Aus den Unterlagen kannte sie Roux' Zimmernummer. Seine Juniorsuite lag schräg gegenüber. Aber das half jetzt auch nicht weiter. Für eine erste Erkundung zog sie ihren Bikini an und darüber den weißen Frotteebademantel, der im Schrank bereit hing: *À votre convenance*, zu Ihrer Bequemlichkeit. Dann machte sie sich auf die Suche nach dem Swimmingpool. Es war die natürlichste Sache der Welt, dass sie sich dabei verlief. Freilich hätte sie nicht in der Wäschekammer nach dem Lift suchen müssen. Auch gab es genug Hinweisschilder zur *piscine*. Aber es zählte zu ihren Gepflogenheiten, das Terrain zu sondieren. Zum Beispiel interessierte sie, ob man das Hotel auch betreten konnte, ohne am Empfang vorbeizumüssen. Eine Etage tiefer lernte sie sogar den Hotelmanager kennen, dem sie beim gezielten Umherirren begegnete. Der ließ es sich nicht nehmen, ihr ganz persönlich den Weg zu zeigen. Und weil sie ihn so nett anlächelte oder warum auch immer, lud er sie an der Poolbar zu einem Willkommensdrink ein. Er wollte wissen, ob sie das erste Mal hier sei und warum sie nur eine Nacht bleibe. Das Crystal sei eine Oase des Wohlbefindens, das nächste Mal müsse sie unbedingt länger bleiben. Während ihm also ohne weiteres eine leichte Konversation gelang, was bei einem Hotelmanager zur Berufsroutine zählen dürfte, musste sie sich all jene Fragen verkneifen, die sie gerne gestellt hätte. Als Mann hätte sie ihn kumpelhaft fragen können, ob er für die kommende Nacht einen charmanten Damenbesuch vermitteln könnte. Immerhin war das eines der denkbaren Szenarien: Roland Roux hatte sich ein leichtes Mädchen aufs

Zimmer bestellt und sich zuvor mit einem wilden Medikamentencocktail in Stimmung und in Form gebracht. Aber ganz so simpel wird es nicht gewesen sein. Als viel beschäftigter und durchgeplanter Staatssekretär reiste man nicht einfach für eine Nacht an die Côte d'Azur in der vagen Hoffnung auf eine sexuelle Dienstleistung.

Der Hotelmanager verabschiedete sich überaus charmant, nicht ohne ihr das abendliche Barbecue auf der Hotelterrasse ans Herz zu legen. Sie überlegte, dass sich ein guter Kontakt zu ihm noch als vorteilhaft erweisen könnte – spätestens dann, wenn sie wüsste, was sie ihn fragen könnte.

Im Pool schwamm gerade keiner. Also ignorierte sie das Verbotsschild und tauchte mit einem Hechtsprung ins Wasser. Sie kraulte einige Bahnen und fühlte sich mit jedem Meter besser. Aber nicht klüger.

Es war noch nicht sehr spät, als sie nach dem Barbecue aufs Zimmer kam. Sie hatte einen angenehmen Abend hinter sich. Angenehm, aber langweilig. Gerade war das Zimmermädchen dabei, ihr Bett für die Nacht aufzudecken und auf dem Kopfkissen rote Schokoladenherzchen zu drapieren. Sie entschuldigte sich für die Störung und wünschte ihr einen erholsamen Schlaf.

»Warten Sie!«, sagte Isabelle, als das Zimmermädchen gehen wollte. »Haben Sie immer auf dieser Etage Dienst?«

»*Oui*, Madame, nur nicht am Montag, da habe ich frei.«

»Und Sie arbeiten immer am Abend?«

»Nein, oft auch in der Früh, das wechselt. Warum?«

Isabelle hüstelte verlegen. »Darf ich ehrlich sein? Von Frau zu Frau?« Sie merkte, dass das Zimmermädchen neugierig wurde.

»Aber natürlich. Wie kann ich Ihnen helfen?«

»Sie wissen von dem Hotelgast, der vor kurzem beim Joggen einen Herzinfarkt erlitten hat?«

»Monsieur Roux? Ich kann mich gut an ihn erinnern. Er war sehr nett. Ich habe ihn noch am Morgen kurz vor dem Joggen gesehen. Er hat mir ein großzügiges Trinkgeld gegeben. Wie gesagt, er war sehr nett. Sein Tod ist wirklich tragisch. Kannten Sie ihn?«

Isabelle warf einen Blick auf ihr Namensschild.

»Joseline, das muss unter uns bleiben, versprochen?«

Das Zimmermädchen sah sie mit großen Augen an und nickte.

Isabelle überlegte nur kurz. »Ich war seine langjährige Geliebte«, erklärte sie dann. »Roland war verheiratet, aber ich war *son amour secret,* seine heimliche Freundin, Sie verstehen?«

»Aber natürlich. Er war nicht nur nett, sondern auch sehr attraktiv. Ich verstehe Sie gut.«

»Ich bin hier, weil ich rauskriegen will, ob er mich in seiner letzten Nacht mit einer anderen Frau betrogen hat.« Ihr war klar, dass das irgendwie unlogisch war. Als vorgebliche Geliebte hätte sie ihn ja in der Vergangenheit selbst zum Ehebruch verführt. Trotzdem war sie jetzt eifersüchtig auf eine Dritte. Einem Mann wäre das schwer zu erklären. Aber eine junge Frau wie Joseline würde sie verstehen. »Haben Sie am Morgen sein Zimmer gemacht?«

»Ja, bei der Gelegenheit hat er mir das Trinkgeld gegeben. Er hatte bereits seinen Joggingdress an. Dann ist er los.«

Isabelle sah sie fragend an. »Und? Was war mit seinem Bett? Hat Roland da mit einer Frau geschlafen? Sie sehen doch so was, oder?«

»Klar sehe ich so was. Darüber könnte ich Bücher schreiben. Aber ich kann Sie beruhigen, er hatte in seinem Bett garantiert keinen Sex.«

»Sie sind sich sicher?«

»Hundertprozentig, weil er nämlich selbst nicht im Bett geschlafen hat. Es war am Morgen unberührt, sogar noch mit den Schokoladenherzchen auf dem Kopfkissen. Und auch sein Aktenkoffer lag noch genauso am Fußende wie am Abend zuvor.«

Hoppla, das war nun wirklich interessant. Ihr Lügenmärchen von der heimlichen Geliebten hatte sich überraschend schnell bezahlt gemacht.

»Also doch«, stellte sie mit zitternder Stimme fest. »Wenn Roland nicht in seinem Bett war, hat er woanders geschlafen. Ich hab's geahnt, er hat mich betrogen. Vielleicht mit einer Frau in einem anderen Hotelzimmer?«

»Beruhigen Sie sich«, sagte Joseline. »Womöglich hat er in jener Nacht überhaupt nicht geschlafen und ist bis zum Morgen mit Freunden in einer Bar rumgehangen. Männer machen so was. Er muss Sie nicht betrogen haben.«

Isabelle biss sich auf die Lippe. »Ja, das könnte sein. Es wäre ihm zuzutrauen, aber ich glaub's nicht. Sah er am Morgen so aus, als ob er die Nacht durchgemacht hätte?«

Joseline lächelte. »So genau habe ich ihn mir nicht angeschaut, das gehört sich nicht. Aber er sah schon etwas geschafft aus, doch, doch, daran erinnere ich mich. Gut ausgesehen hat er trotzdem.«

Isabelle deutete auf einen Sessel. »Joseline, bitte nehmen Sie Platz, ich hoffe, Sie haben noch eine Minute.«

Das Zimmermädchen warf einen schnellen Blick auf die Uhr. »Aber bitte ganz kurz, sonst schaffe ich die restlichen Zimmer nicht mehr in der vorgeschriebenen Zeit.«

»Sie haben gesagt, Roland habe Ihnen ein großzügiges Trinkgeld gegeben. Von mir können Sie ein sehr viel größeres bekommen. Ich will die Gästeliste von jener Nacht. Vielleicht findet sich darauf ein Name, den ich kenne.«

Joseline sah sie empört an. »Madame, wo denken Sie hin? Das ist unmöglich.«
»Tausend Euro!«
»Tausend Euro? Wirklich?«
»Sie haben richtig gehört. Ich will ganz sicher sein, dass mich Roland nicht betrogen hat. Dann kann ich sein Andenken bewahren.«
Joseline wiegte den Kopf hin und her.
»Das kann mich meinen Job kosten.«
Isabelle sagte nichts. Wo die Kleine recht hatte, da hatte sie recht.
»Ich kenne den Nachtportier. Wir hatten mal was. Ist vorbei, doch er mag mich.«
Isabelle nickte auffordernd.
»Aber ich muss ihm was abgeben. Tausendfünfhundert?«
Jetzt begann sie sogar zu handeln. Das war ein gutes Zeichen.
»Einverstanden. Geht's bis morgen?«
»Ich kann's nicht versprechen.«
Isabelle drückte ihr einige Hunderteuroscheine in die Hand.
»Nehmen Sie das als Anzahlung.« Sie sah ihr in die Augen.
»Ich habe Ihnen ein Geheimnis anvertraut. Ich hoffe, es ist bei Ihnen gut aufgehoben.«
»Aber natürlich, Madame, *je promets!*«
»Joseline, ich mag Sie.«
»Wie gesagt, ich kann nichts versprechen, aber ich werde es versuchen. Ich komme morgen früh gegen acht, um Ihr Zimmer zu machen. Warten Sie auf mich!«
»Ich werde da sein. Und das Geld habe ich auch.«
Beim Rausgehen deutete Joseline einen Knicks an. »Madame, schlafen Sie gut. *Bonne nuit!*«

Weil Isabelle noch nicht müde war, ging sie hinunter in die Hotelbar. Sie setzte sich auf einen Hocker und bestellte einen Daiquiri. Einerseits war sie bester Stimmung, da sie mit ihren Ermittlungen unversehens einen Schritt weitergekommen war. Dass der Staatssekretär nicht in seinem Bett genächtigt hatte, war zweifellos ein erster Erkenntnisgewinn, ließ aber vielfältige Interpretationen zu. Andererseits nagten Zweifel an ihr, ob es richtig gewesen war, Joseline auf die Gästeliste anzusetzen. Immerhin hatte sie sie zu einer Straftat animiert. Blieb zu hoffen, dass es glattging. Natürlich hätte sie die Übernachtungsgäste auch auf dem offiziellen Dienstweg in Erfahrung bringen können, aber das hätte Balancourts Wunsch nach Diskretion widersprochen. Also bedurfte es einer unkonventionellen Vorgehensweise. Was erwartete sie sich von der Liste? Eigentlich weniger, dass ihr Roland Roux' letzte Gespielin ins Auge springen könnte. Das wäre zwar möglich, aber ein besonderer Glücksfall. Vielmehr interessierte sie, ob zur selben Zeit irgendwelche »wichtigen« Menschen im Hotel abgestiegen waren, die was mit Roux' politischer Arbeit und mit seinem Untersuchungsausschuss zu tun haben könnten. Denn das war ja die entscheidende Prämisse für ihre Recherchen: nämlich die Annahme, dass Roux' Tod kein unglückseliges Verhängnis war, sondern jemandem ausgesprochen gelegen kam – so sehr, dass er sein Ableben mit nüchternem Kalkül herbeigeführt haben könnte.
Der Barkeeper servierte ihr den Rumcocktail in einem Martiniglas, garniert mit einer Limette. Weil sie der einzige Gast war, der an der Theke saß, versuchte er, sie in ein Gespräch zu verwickeln. Sie hatte nichts dagegen. Sie erfuhr, dass er Jules hieß und seinen Beruf liebte. Er mochte das Gespräch mit den Gästen und hatte einige amüsante Anekdoten zu erzählen.

Isabelle bestellte einen zweiten Daiquiri und fragte wie beiläufig, ob er zufällig den Hotelgast gekannt habe, der vor kurzem beim Joggen gestorben sei. Sie könne sich nicht mehr an seinen Namen erinnern, aber sie habe von dem Vorfall in der Zeitung gelesen und dass er hier im Crystal gewohnt habe.
Jules nickte. Monsieur Roux habe er natürlich gekannt, der habe schon häufig bei ihnen gewohnt, ein interessanter Mann, mit ihm habe man gut über Rugby reden können, da sei er ein großer Fan gewesen. Sein Lieblingsdrink sei übrigens Whisky Sour gewesen. Aber diesen wunderbaren Drink könne der Monsieur nun nie mehr bestellen. Ein tragischer Fall. Er habe immer so vital gewirkt. Das Leben könne jeden Augenblick vorbei sein, dessen solle man sich immer bewusst sein.
Isabelle dachte, dass Barkeeper viel Gelegenheit hatten, mit Gästen über das Leben zu philosophieren, über die Höhen und vielleicht noch mehr über die Tiefen, mit vom Alkohol gelöster Zunge und vernebeltem Geist.
Zwei Männer kamen an die Bar und verabschiedeten sich von Jules. Er solle die Drinks aufs Zimmer schreiben, sie würden jetzt in den Salon Pigalle gehen.
Jules grinste wissend und schnalzte mit der Zunge. Er wünschte ihnen viel Vergnügen. *Amusez-vous bien!*
Isabelle nippte trübsinnig an ihrem Daiquiri. Nach einer Weile fragte sie, ob dieser … Wie hieß er doch gleich? Ach ja, Roux, so war sein Name. Ob dieser Monsieur Roux in seiner letzten Nacht auch bei ihm an der Bar gewesen sei. Sie tat so, als ob sie nicht mehr ganz nüchtern wäre und ihren Melancholischen hätte. Es würde sie interessieren, ob Menschen merkten, dass sie nicht mehr lange zu leben hatten. Oder andersherum gefragt, ob man es ihnen anmerkte? Sie starrte auf ihr Cocktailglas. Bevor die Kerze des Lebens verlischt, müsse

es doch ein Flackern geben, oder würde die Flamme einfach mir nichts, dir nichts ausgepustet?
Jules schüttelte nachdenklich den Kopf. Bei einer langen Krankheit könne es wohl ein Flackern geben, überlegte er laut, das ganz sicher sogar, aber Monsieur Roux sei beim Joggen einfach umgefallen, da sei die Kerze schlagartig erloschen. Monsieur sei tatsächlich am Abend vor seinem Tod bei ihm an der Bar gewesen, erinnerte er sich, aber nicht lange, nur für einen Drink. Er habe ihm nichts angemerkt, er sei wie immer gewesen. Nein, das Ende komme oft ohne Ankündigung, einfach so, aus heiterem Himmel. Der Barkeeper runzelte die Stirn. Und wenn man ehrlich sei, sei das am besten. Plötzlich und unerwartet aus dem Leben scheiden, vor oder hinter dem Tresen einer Bar, meinetwegen auch beim Joggen, das sei doch nicht schlecht?
»Ah oui, c'est vrai«, bestätigte Isabelle und trank ihren Daiquiri aus. »Hoffentlich war er an seinem letzten Abend nicht alleine«, sagte sie mit belegter Stimme, »so wie ich es heute bin. An seinem letzten Abend sollte man nicht alleine sein.«
Er sah sie besorgt an. »Madame, Sie haben doch nicht vor zu sterben?«
»Sterben? Doch, das habe ich vor, aber erst in vielen Jahren.«
»Sie haben mich erschreckt.« Er dachte nach. »Monsieur Roux war übrigens wirklich alleine.« Ein leises Lächeln umspielte seine Lippen. »Aber ich denke nicht, dass er es geblieben ist.«
»Nicht alleine geblieben? Das ist schön. Aber wie kommen Sie darauf?«
Er sah sie schmunzelnd an. »Madame, für Sie kommt das leider nicht in Frage.«
»Wie meinen Sie das?«
»Sie erinnern sich an die beiden Herren gerade eben? Die sind in den Salon Pigalle. Da wollte auch Monsieur Roux an sei-

nem letzten Abend noch hin. Jedenfalls hat er das gesagt. Aber für Sie müssten wir uns was anderes überlegen. Soll ich Sie mit einem netten Begleiter bekannt machen? Ich müsste nur kurz telefonieren.«

»Jules, Sie sind sehr zuvorkommend, vielen Dank. Aber ich hab schon zu viel getrunken, ich bleibe heute Nacht lieber alleine. Der Salon Pigalle, was ist das?«

»Ein Privatclub mit Tabledance und mit sehr charmanten und willigen Damen, wenn Sie verstehen?«

»Ich verstehe. Jules, Sie haben recht, das ist wirklich nichts für mich. Ich geh jetzt ins Bett. Es war nett, mit Ihnen zu plaudern. Das nächste Mal komme ich auf Ihre Vermittlungsdienste zurück. Man sollte nicht zu viel allein sein. Männer haben es da leichter.«

Jules protestierte. »Madame, so gut, wie Sie aussehen ...«

Isabelle rutschte vom Barhocker. »Sparen Sie sich Ihre Komplimente. Glauben Sie mir, Männer haben es leichter. *Bonne nuit!*«

Am nächsten Morgen lag sie schon sehr früh wach. In ihrem Kopf gingen zu viele Gedanken durcheinander, die ließen sie nicht mehr schlafen. Roland Roux, der seine letzte Nacht nicht im Bett verbracht hatte, jedenfalls nicht in seinem eigenen. Daiquiri und Whisky Sour. Ein privater Club namens Salon Pigalle, in dem Stripperinnen an der Stange tanzten und den Männern zu Diensten waren. Hatte sich der werte Herr Staatssekretär dort so verausgabt? Das würde sie möglichst bald in Erfahrung bringen müssen. Nicht nur ob, sondern vor allem mit wem? Plötzlich spukte Henri Matisse durch ihren Kopf und seine Muse Rosalie Grasson, die auch gerne nackt war, aber bestimmt nicht an der Stange tanzte. War sie das auf dem Gemälde der Galerie Saint Jallobert? Unsinn, das konnte sie nicht sein, das

Bild war ja gefälscht, nur wenige Monate alt – und die wunderbare Rosalie schon lange tot, ebenso wie Matisse. Aber der Fälscher lebte noch, jedenfalls bis vor kurzem und hoffentlich noch immer. Tristan de Jong. Ihn galt es zu finden. Ob ihr heutiger Besuch bei dem Enkel in Menton weiterhalf, war zu bezweifeln. Aber irgendwo musste sie ja anfangen. Morgen vielleicht der Trödelhändler in Saint-Paul-de-Vence. Dann würde man weitersehen. Sie glaubte Ballancourts Stimme zu hören. Dieser Fall sei allenfalls die Kür, die Ermittlungen zum Tod des Staatssekretärs Roux hingegen die Pflicht. So gesehen machte sie gerade einen Spagat zwischen Kür und Pflicht. Das war nicht ungefährlich, sie durfte sich keine Fehler erlauben.
Um sechs Uhr beschloss sie, aufzustehen. Statt im Bett herumzuliegen und wirre Gedanken zu wälzen, könnte sie es dem Staatssekretär gleichtun und zum Joggen gehen. Auf seiner Strecke. Und an der Stelle vorbei, wo er gestorben war. Sie hatte keine obskuren Medikamente intus, auch keine Drogen. Die beiden Daiquiris und zuvor das bisschen Wein sollten längst abgebaut sein. Es stand also nicht zu befürchten, dass sie Roux' Schicksal teilen würde.

Sie kam von ihrer Runde rechtzeitig zurück für ihr Treffen mit dem Zimmermädchen Joseline. Sie konnte sogar noch duschen und ihre Sachen packen. Viel hatte sie eh nicht dabei. Sie hoffte inständig, dass Joseline bei dem Versuch, sich die Gästeliste zu beschaffen, nicht aufgeflogen war. Die tausendfünfhundert Euro beziehungsweise den Rest nach Abzug der Anzahlung hatte sie dank einiger Bankautomaten parat.
Es klopfte. Isabelle machte auf – und war froh, dass nicht der Hotelmanager vor ihr stand, sondern Joseline.
Das Zimmermädchen schlüpfte herein.
»Wie ist es gelaufen?«, fragte Isabelle.

»*Tout va bien,* alles gut.« Sie langte mit verschwörerischer Miene unter ihre weiße Schürze und brachte einige Blätter zum Vorschein. »*Et voilà,* die Gästeliste.«
»Joseline, Sie sind ein Schatz.« Isabelle erinnerte sich an ihre Rolle als eifersüchtige Liebhaberin. »Haben Sie schon geschaut, ob allein reisende Damen daraufstehen?«
»Nein, dazu hatte ich keine Gelegenheit.«
»Eigentlich hoffe ich ja, dass ich niemanden finde. Ich könnte es nicht ertragen, wenn er mit einer anderen Frau eine Affäre hatte.«
Joseline sah sie erwartungsvoll an.
»Ach so, natürlich, das Geld.«
Sie zählte ihr die Scheine in die Hand. Mit einer schnellen Bewegung unter die Schürze waren sie verschwunden.
»*Merci,* Madame. Ich wünsche, dass Sie gut über seinen Tod hinwegkommen.«
Isabelle schaute schwermütig. »Ja, das ist schwierig. Einer Ehefrau wird kondoliert, mit ihr hat man Mitleid. Aber eine *amour secret* ist auf sich alleine gestellt.«
»Das habe ich mir so nie überlegt.« Joseline schaute verlegen. »Ich möchte Ihnen noch was sagen. Ich glaube nicht, dass sich Monsieur Roux im Hotel mit einer anderen Frau vergnügt hat. Vielleicht beruhigt Sie das.«
»Wie kommen Sie zu dieser Annahme?«
»Mein Freund, der an der Rezeption auch in jener Nacht Dienst hatte, glaubt sich zu erinnern, dass Monsieur erst am frühen Morgen ins Hotel zurückgekommen ist. Offenbar hat er die Nacht auswärts verbracht.«
»Auswärts? *Mon Dieu,* er hatte also eine Affäre mit einer Frau, die nicht im Hotel gewohnt hat?«
Isabelle musste sich anstrengen, die Rolle einer betrogenen und krankhaft eifersüchtigen Geliebten durchzuhalten. Aber

sie hatte nun mal damit angefangen, da sollte sie es auch glaubhaft zu Ende bringen. Außerdem war sie auf diese Weise gerade schon wieder ein Stückchen klüger geworden. Die Gästeliste hatte demnach für sie keinen Wert mehr. Sie musste innerlich schmunzeln. Deshalb hatte Joseline erst das Geld kassiert, bevor sie damit rausrückte. Kein Problem, sie interessierte sich für die Hotelgäste aus ganz anderen Gründen. Roux war also erst am frühen Morgen heimgekommen. Auf direktem Weg vom Salon Pigalle, oder war er danach noch woanders gewesen? Jedenfalls fügten sich die ersten Puzzlesteine langsam zusammen. Sie war mit ihren »diskreten« Recherchen viel weiter gekommen, als sie das in der kurzen Zeit hätte erwarten können.

»Madame, beruhigen Sie sich. Ich habe schon gestern angedeutet, dass er vielleicht mit Freunden durch Bars und Nightclubs gezogen ist. Männer machen so was. Das ist doch nicht so schlimm wie eine Affäre, oder?«

»Nein, das wäre es nicht, das könnte ich Roland verzeihen.«

Joseline nickte auffordernd. »So wird es gewesen sein. Behalten Sie Ihren Geliebten in guter Erinnerung.«

Isabelle biss sich auf die Unterlippe. »Ich wünschte, dass Sie recht haben.« Sie sah auf die Uhr. »Ich muss jetzt zum Frühstück. Und gleich danach muss ich losfahren. Joseline, ich danke Ihnen für Ihre Hilfe. Ich bin froh, dass wir uns begegnet sind. Und bitte nicht vergessen …«, sagte sie und verschloss mit dem Zeigefinger ihre Lippen.

Das Zimmermädchen lächelte. »Von mir erfährt niemand was, darauf können Sie sich verlassen.«

12

Von Le Lavandou fuhr Isabelle zunächst nach Fragolin. In Menton musste sie um neunzehn Uhr sein, erst dann hatte sie ihren Termin mit dem amerikanischen Literaturprofessor Hilferding, der in der Dokumentation des gefälschten Matisse als Verkäufer aufgeführt war, aber nach eigener Aussage nie einen besessen hatte. Das war natürlich schon deshalb glaubhaft, weil der Matisse gar keiner war und außerdem erst jüngeren Datums. Der geistige Sprung vom Staatssekretär Roland Roux zum entführten Kunstfälscher Tristan de Jong war nicht leicht. Sie war keine Befürworterin des Multitasking. Ihre Erfahrungen bestätigten wissenschaftliche Untersuchungen, wonach die gleichzeitige Erledigung mehrerer Aufgaben die Fehlerquote erhöhte und zu schlechteren Ergebnissen führte. Statt also simultan über zwei Kriminalfälle nachzudenken, die miteinander nichts zu tun hatten, hielt sie es für besser, sich für eine bestimmte Zeit immer auf einen Fall zu konzentrieren. Sie musste also im Gehirn quasi zwei Dateien anlegen und nacheinander mal die eine, mal die andere öffnen und bearbeiten. Das war kein Problem, das hatte sie schon oft gemacht, sogar mit viel mehr »Dateien«. Ergo war es gescheiter, gleich mit Balancourt zu telefonieren und ihm Bericht zu erstatten, bevor sie wieder in den Fall mit dem gefälschten Matisse eintauchte. Sie fuhr an der nächsten Ausbuchtung rechts ran und wählte seine Nummer.

Er war hocherfreut, von ihr zu hören. Sie war sich nicht si-

cher, woher dieser Überschwang kam. Hatte er tatsächlich befürchtet, sie habe seinen Auftrag vergessen?
Sie schilderte ihren aktuellen Ermittlungsstand, ohne ihm jeden einzelnen Schritt darzulegen. Er musste nicht wissen, wie einfach es gewesen war. Sie bat ihn um eine Liste mit den Personen, die direkt oder indirekt mit dem Untersuchungsausschuss zu tun hatten. Sie hatte die Absicht, diese mit der Gästeliste abzugleichen. Von Balancourt erfuhr sie, dass Roux im Herzen einen Stent hatte, das sei bis jetzt nicht bekannt gewesen. Er habe also mal ein Gefäßproblem gehabt, aber durch den Stent sei es behoben. Aus medizinischer Sicht sei er wieder so gut wie gesund gewesen. Balancourt hustete. Er könne das aus persönlicher Erfahrung bestätigen, er selbst habe einen Bypass und zwei Stents und sei so fit wie ein Turnschuh. Na ja, fast.
Sie kündigte an, als Nächstes die verbliebenen Stunden von Roux' letzter Nacht zu beleuchten. Balancourt schien zufrieden. Sie atmete erleichtert durch. Dann gestand sie, dass sie heute Abend nach Menton müsse, um im Fall des Matisse und des entführten Fälschers weiterzukommen. Zu ihrer Überraschung nahm er das klaglos hin. Er wünschte ihr sogar viel Erfolg bei diesem Fall, der ja auch nicht ohne sei.
Woher dieser Sinneswandel?
Die Erklärung ließ nicht lange auf sich warten. Er habe gestern mit der Kulturministerin zu Abend gegessen, erzählte Balancourt. Dabei sei das Gespräch auf das Thema Kunstfälschung gekommen. Für eine Kulturnation wie Frankreich sei es eine herausragende Aufgabe, Fälschern das Handwerk zu legen und das nationale Kulturgut zu schützen, habe die Ministerin mit Leidenschaft zum Ausdruck gebracht. Sie sei übrigens eine sehr aparte Person mit einem scharfen Intellekt. Nicht nur deshalb sei er zur Überzeugung gelangt, dass er

Isabelles geheimnisvolles Bild in der politischen Bedeutung unterschätzt habe. Es stehe gewissermaßen exemplarisch für ein Verbrechen am kulturellen Erbe der Menschheit.
Isabelle musste ein Lachen unterdrücken. Da war er jetzt wirklich von einem Extrem ins andere gefallen. Was doch ein Abendessen mit einer aparten Ministerin so alles bewirken konnte.
Zudem habe dieser de Jong schon mal für einen veritablen Skandal gesorgt, fuhr er fort, mit personellen Konsequenzen im Kulturbetrieb. Das sei ihm nicht gegenwärtig gewesen. Und *finalement* sei eine Entführung ein Delikt der Freiheitsberaubung. Er könne ihr Engagement also nicht nur verstehen, er müsse es auch ausdrücklich gutheißen.
Wieder hustete er. Um dann abschließend festzustellen, dass sich an den Prioritäten selbstredend nichts geändert habe. Der Tod des Staatssekretärs bereite ihm wirklich Sorgen. Ein entführter Kunstfälscher gehe ihm, Kulturministerin hin oder her, immer noch relativ am Arsch vorbei. Ein kurzes Räuspern. Isabelle möge bitte seine drastische Formulierung entschuldigen, sie sei ihm gerade so rausgerutscht. Wie auch immer, er wünsche ihr eine gute Fahrt nach Menton. *Au revoir, chérie!*

Nach dem Telefonat mit Maurice Balancourt fühlte sie sich wie beschwingt. Zwar hatte er am Schluss wieder einen dezenten Rückzieher gemacht, aber er hatte ihr das schlechte Gefühl genommen, im Falle de Jong gegen seinen Willen zu ermitteln.
In Fragolin fuhr sie direkt zu ihrem Kommissariat im *Hôtel de ville*. Apollinaire, der noch nicht mit ihrem Kommen gerechnet hatte, robbte gerade auf allen vieren auf dem Boden herum. Hatte er jetzt seine infantile Phase? Erst auf den zwei-

ten Blick erkannte sie, dass er vor sich eine riesige Landkarte ausgebreitet hatte. Zur Begrüßung hielt er einen Zirkel in die Höhe und ein Lineal.

»*Pardon,* Madame, ich versuche mich gerade an einer diffizilen Aufgabe, die Sie selbst sehr zutreffend als wenig erfolgversprechend eingeschätzt haben.«

Sie erkannte, dass es sich um eine Karte der Provence handelte. Sie war wirklich außergewöhnlich groß.

»Wo haben Sie denn dieses Exemplar her?«

Er deutete nach hinten. »Neben der Kühltruhe, wo jetzt der Matisse drin ist. Da hat die Forstverwaltung ihre alten Karten gelagert. Diese hier ist ziemlich geeignet. Aber das Unterfangen ist aussichtslos. Sie hatten wieder mal recht.«

Sie sah viele Linien, die er durch die Provence gezogen hatte, schraffierte Flächen und eine Unzahl von Kreisen.

»Sagen Sie bloß, Sie versuchen …?«

»Richtig, genau das versuche ich. Tristan de Jong behauptet, er könne zur vollen Stunde Kirchenglocken hören und er sehe am Himmel Kondensstreifen. Außerdem muss es innerhalb weniger Minuten frische Croissants geben. Das Problem bei Kirchenglocken ist die Reichweite des Schalls.« Im Knien fuchtelte er mit Zirkel und Lineal dozierend durch die Luft. »Große Glocken sind viel weiter zu hören, nach der Formel: je größer, desto tiefer. Bässe überwinden größere Entfernungen als hohe Frequenzen.«

Isabelle hörte seinem Vortrag ungläubig zu. Wie konnte er sich allen Ernstes diese Sisyphusarbeit aufhalsen?

»Da wäre noch die Höhe des Kirchturms ins Kalkül zu ziehen. Zur vollen Stunde? Ich habe mich erkundigt, aber es gibt keine validen Übersichten, offenbar wissen heutzutage selbst die Kirchen nicht mehr, was sie tun. Na ja, ich hab mal eine durchschnittliche Reichweite definiert, die dieser Zirkelspanne entspricht. Dann die Sache mit den Kondensstreifen. Wie jedes Kind weiß, entstehen diese streifenförmigen Cirruswolken bei Flugzeugen in Reiseflughöhen ab acht Kilometer. Ich hab alle gängigen Flugrouten, die über die Provence führen, eingetragen. Es kommen also nur Kirchen in diesen Korridoren in Frage. Da wäre noch das Problem mit den Croissants …«

Sie schüttelte lachend den Kopf. »Apollinaire, geben Sie es auf, das wird nie was.«

Er stand auf, wischte sich die Hosenbeine sauber und kratzte sich nachdenklich am Kopf. »Wahrscheinlich habe ich die falsche Vorgehensweise gewählt. Das muss man am Computer machen. Am besten schreibe ich ein kleines Programm, das sollte nicht so schwierig sein. Mit dem richtigen Algorithmus …«

»Apollinaire, bitte lassen Sie es sein. Wir haben Wichtigeres zu tun. Falls wir mit allem anderen scheitern sollten, können Sie es ja immer noch versuchen.«

»Gewissermaßen als Ultima ratio? Doch, das wäre eine Option.«

»Und selbst dann, wie soll das gehen? Sie werden vielleicht tausend mögliche Standorte finden. Wollen Sie die alle mit Ihrem 2CV abklappern und überall de Jongs Namen rufen?«

»Madame le Commissaire, Sie nehmen mir jede Illusion.«

Während er wehmütig seine Landkarte aufrollte, gab sie ihm einen kurzen Bericht ihres Besuchs in Le Lavandou. Nur die wesentlichen Fakten, damit er sich nicht übergangen fühlte. Im Gegenzug schilderte er seine Ermittlungen mit und um den Matisse. Auf seinem Chart hatte er weitere Pfeile angebracht, deren Sinn sich ihr trotz seiner Erläuterungen nicht wirklich erschloss. Aber das machte nichts, denn es gab schlicht und einfach keine wirklich neuen Erkenntnisse. Offenbar hatte er tatsächlich die meiste Zeit in seine Landkarte investiert.

Apollinaire war seine Enttäuschung anzusehen. Wobei sie überzeugt war, dass er nicht so einfach aufgeben würde. Wahrscheinlich dachte er schon jetzt darüber nach, wie sich die Methode verfeinern ließ. Um ihn auf andere Gedanken zu bringen, lud sie ihn zum Mittagessen ins Bistro *Chez Jacques* ein. Heute gab es *moules marinières,* Muscheln in Weißwein.

13

Menton gilt als die italienischste Stadt Frankreichs. Das ist insofern wenig überraschend, als es nicht weit zur Grenze ist. Bis San Remo sind es nur dreißig Kilometer. Tatsächlich verbreitet die Altstadt mit ihren schmalen Gassen und pastellfarbenen Fassaden italienisches Flair – und ist doch immer auch und vor allem französisch. Eben *vieille ville* und nicht *centro storico*.

Weil sie früh dran war, hatte Isabelle Zeit für eine Pause. Sie parkte am *vieux port* in unmittelbarer Nähe der Bastille mit dem Musée Jean Cocteau. Im Vorbeigehen bewunderte sie am Eingang die verspielten Mosaiken des Künstlers, der in Menton fast allgegenwärtig schien, denn schon wenige Schritte später kam sie zu dem modernen Bau der Collection Séverin Wunderman, in dem ein weiteres Cocteau-Museum untergebracht war. Gegenüber befand sich eine alte Markthalle, die ihr wegen der bunt angemalten Fassade gefiel.

Isabelle schlenderte am Meer die Promenade du Soleil entlang, setzte sich an einen Tisch und bestellte *menthe à l'eau*. Dabei bedauerte sie, dass ihr zurzeit nur wenig beschauliche Momente wie diese blieben. Aber das war nicht zu ändern, außerdem hatte sie es nicht anders gewollt.

Wenig später ließ sie sich vom Navi zur Villa Hilferding leiten. Sie befand sich in einer bevorzugten Lage oberhalb der Altstadt, mit einer charmanten Jugendstilfassade und einer kleinen, aber gepflegten Gartenanlage.

Sie parkte vor einem schmiedeeisernen Tor, in dem sie die ineinander verschlungenen Initialen der Großmutter entdeckte: T und H für Tara Hilferding. Sie wollte gerade läuten, da ging schon ein Flügel des Tores elektrisch auf. Sie schenkte der Überwachungskamera ein freundliches Lächeln.

Im Eingang wurde sie von einem Mann erwartet, der nicht ihren Erwartungen entsprach. Obwohl er sich als Herr des Hauses vorstellte, sah er aus wie sein eigener Gärtner. Er war braun gebrannt, hatte keine Schuhe an, trug verwaschene Bermudashorts und ein T-Shirt mit dem Konterfei Che Guevaras. Die langen Haare hatte er im Nacken zum Zopf gebunden. Sein Alter war schwer einzuschätzen, irgendwo zwischen dreißig und fünfzig. Obwohl er also eher aussah wie ein Surfer aus Hawaii, war er laut Apollinaires Recherche Professor für moderne Literatur in Berkeley. Menton war sein ererbtes Feriendomizil. Sein Hauptwohnsitz war San Francisco.

Er begrüßte sie in fließendem Französisch und bat sie ins Haus. Sie durchquerten eine große Eingangshalle, um auf der anderen Seite wieder hinauszutreten und auf einer schattigen Terrasse auf verwitterten Korbstühlen Platz zu nehmen. Er bot ihr aus einer Karaffe Zitronenwasser mit Eiswürfeln an. Sie hatte das Gefühl, dass er sie mit besonderem Interesse und Wohlgefallen musterte. Das war ihr unangenehm.

»Ihre Großmutter hieß Tara? Wie die Baumwollplantage in *Vom Winde verweht*?«

»Ganz genau.« Er lächelte. »Ich glaube, sie hätte lieber Scarlett geheißen. In ihrem Leben gab es keinen Rhett Butler, nur meinen Großvater, und der ist früh gestorben.«

»Dafür ist ihr eine tragische Liebesgeschichte erspart geblieben.«

Er sagte nichts, sah sie nur schmunzelnd an. Er machte sie nervös. Sie fürchtete, dass das Gespräch in eine falsche Richtung gehen könnte.

»Sie fliegen morgen nach Atlanta? Schön, dass ich Sie noch erwischt habe.«
Er grinste. »Das war gelogen. Ich fliege erst in zwei Wochen.«
»Gelogen? Warum denn das?«
»Vielleicht konnte ich es nicht erwarten, Sie kennenzulernen?«
»Unsinn.«
»Die Wahrheit ist, dass ich in den nächsten Tagen nicht gestört werden will. Ich muss an einem Manuskript arbeiten. Aber wenn ich es recht bedenke, ist es nun doch nicht so wichtig.«
Sie dachte, dass sie mit dem Small Talk besser aufhörte und auf den Punkt kam.
»Wir müssen uns über den Verkauf eines Bildes unterhalten.«
»Ich weiß, deshalb habe ich ja Zeit für Sie. Was wollen Sie wissen?«
»Wir ermitteln im Fall eines Gemäldes von Henri Matisse. Uns interessiert seine Herkunft.«
»Matisse? Ich fürchte, da kann ich Ihnen nicht weiterhelfen. Meine Großmutter hatte viele schöne Bilder, leider auch weniger schöne, aber ganz sicher keinen Matisse. Zu meinem höchsten Bedauern.«
Sie legte ihm die Dokumente vor, die sie von Nicolas Jallobert bekommen hatte und die ihren Gastgeber als Verkäufer eines Bildes von Henri Matisse auswiesen, mit dem Motiv einer Tänzerin, Öl auf Leinwand, gehalten in den Farben Karminrot, brauner Ocker und Azurblau.
»Das ist ein nettes Stück Papier«, sagte er entspannt. »Das Einzige, was stimmt, ist das Verkaufsdatum. An dem Tag habe ich tatsächlich ein Gemälde verkauft. Ich habe Ihnen den Verkaufsbeleg rausgesucht.«
»Könnte ich ihn mal sehen?«
Er deutete grinsend auf ihr Glas. »Sie haben Ihr Zitronenwasser darauf abgestellt.«

Wie hatte ihr das passieren können? Allerdings hätte er das Blatt nicht zweimal zusammenlegen müssen. So hatte es tatsächlich die Größe eines Untersetzers angenommen.

Sie faltete den Beleg auseinander, strich ihn glatt und verglich ihn mit ihrem Dokument. Die beiden Blätter waren in vielen Punkten identisch, nur stand bei Hilferding nichts von einem Matisse, auch nichts von einer Tänzerin. Sein Maler hatte den unverfänglichen Namen Jean Baptiste. Als Motiv wurde die Kirche Saint Michel in Roussillon angegeben, Öl auf Leinwand, ohne Erwähnung irgendwelcher Farben. Und als Käufer war kein Kunsthändler in Zürich angegeben, sondern ein gewisser Paullinac in Saint-Paul-de-Vence. Das war der Trödelhändler, von dem Apollinaire gesprochen hatte.

»Da wurde kräftig retuschiert«, stellte sie fest. »Eines der beiden Verkaufsdokumente ist gefälscht.« Sie sah ihn aufmerksam an.

Er reagierte völlig gelassen. »Meines ist das Original, ich muss es ja wissen. Außerdem drücken sich die Unterschriften durchs Papier. Die einzige Verfremdung ist der feuchte Abdruck Ihres Wasserglases.«

Das mit dem Wasserglas stimmte. Sie betrachtete das Blatt von der Rückseite. Es bedurfte keiner kriminaltechnischen Untersuchung. Hilferding hatte recht, das hier war das Original. Später hatte jemand aus dem unbekannten Jean Baptiste einen Henri Matisse gemacht. Und aus dem Namen Paullinac in Saint-Paul-de-Vence einen Kunsthändler in Zürich. Natürlich gab es einen weiteren Unterschied: Zum Verkaufspreis waren einige Nullen hinzugekommen.

»Haben Sie ein Foto vom Baptiste-Gemälde?«, fragte sie.

»Natürlich. Meine Großmutter hat es geliebt. Es hing im Schlafzimmer über ihrem Bett.«

Sie war überrascht, dass dieser Teil der Geschichte stimmte. Aber schon immer waren jene Lügen am glaubwürdigsten, die

nicht völlig erfunden, sondern so weit als möglich der Wahrheit entsprachen, auch und gerade bei Nebensächlichkeiten.
»Vorher würde ich aber doch gerne wissen, warum Sie sich so sehr für das Bild interessieren?«, sagte er. »Sie kommen aus Fragolin? Ich habe erst auf der Karte suchen müssen, wo das überhaupt liegt. Andererseits sehen Sie nicht aus wie eine Dorfpolizistin, wenn mir die Bemerkung erlaubt ist.«
»Sie sehen auch nicht aus wie ein Literaturprofessor«, konterte sie.
»*Touché!* Aber von meiner Seite war das als Kompliment gemeint. Gibt es in Fragolin eine geheime Außenstelle der *Police nationale*, die sich mit gestohlener Kunst beschäftigt? Oder sind Sie vom Finanzamt?«
Isabelle lachte. »Finanzamt? So sehe ich wohl auch nicht aus.« Sie dachte kurz nach. »Das mit der Außenstelle ist insofern richtig, als sie zwar nicht geheim ist, aber Spezialermittlungen durchführt. Diese müssen nichts mit Kunst zu tun haben. Mir persönlich sind Mord und Totschlag lieber, da weiß man, woran man ist.«
Er schmunzelte. »Sie meinen, eine Leiche ist eine Leiche. Aber ein Matisse ist kein Matisse, sondern ein Baptiste. Ich verstehe.«
»Ja, so ähnlich.«
Er stand auf. »Ich hole mir jetzt einen Whisky, wollen Sie auch einen?«
»Erst würde ich gerne das Foto von dem Baptiste-Gemälde sehen.«
»Ach ja, richtig. Dann kommen Sie mal mit. Ich habe es im Arbeitszimmer. Später sind Sie mir immer noch die Erklärung schuldig, warum Sie sich für das Bild interessieren.«
»Für welches Bild? Für den Baptiste oder den Matisse?«
»Ist mir egal. Ich höre gerne gute Geschichten.«

Sie schüttelte den Kopf. »Sie wissen, dass ich Ihnen überhaupt keine Erklärung schuldig bin. Wir stehen am Beginn einer Ermittlung. Mehr werden Sie von mir nicht erfahren.«
»Auch nicht nach einigen Whiskys?«
»Die ich nicht trinken werde. So, und jetzt zeigen Sie mir das Foto!«

Auch wenn er äußerlich nicht dem Klischee eines Literaturprofessors entsprach, sein Arbeitszimmer dafür umso mehr. Alle Wände waren mit Bücherregalen zugestellt, selbst auf dem Boden stapelten sich die Bücher. Aus einer Schublade seines Schreibtisches holte er einen Farbabzug von dem Bild. Die Kirche war hübsch gemalt, das schon, aber das Gemälde sah nicht nach großer Kunst aus. Sie glaubte den Rahmen wiederzuerkennen. Auch gab es ein Foto von der Rückseite der Leinwand. Den verblichenen Sammlerstempel kannte sie vom Matisse. Sie verstand es trotzdem nicht. Wäre das Baptiste-Bild zu Tristan de Jong gelangt und er hätte es übermalt, dann hätte man doch bei der Infrarotuntersuchung die Kirche Saint Michel sehen müssen?
Hilferding zeigte ihr noch ein Foto, und zwar von seiner Großmutter Tara beim Frühstücken im Bett. Sie lächelte fröhlich in die Kamera. Über ihrem Kopf hing an der Wand das Baptiste-Gemälde.
Es bedurfte keines weiteren Beweises mehr, seine Geschichte war plausibel und wasserdicht. Er hatte mit dem Schwindel nichts zu tun.
»Wie sind Sie auf diesen Paullinac gekommen, der Ihnen das Bild abgekauft hat?«, fragte sie.
»Den hab ich im Internet gefunden. Auf seiner Website gab's viele Gemälde mit Kirchen. Da dachte ich, er könnte interessiert sein. Ich habe ihn angerufen und ihm dann einige Fotos

gemailt. Ein paar Tage später kam er vorbei. Er hat mir das Geld cash auf den Tisch gelegt und den Baptiste mitgenommen. Das war's. Hinterher hatte ich fast ein schlechtes Gewissen.«

»Wegen Ihrer Großmutter?«

»Ja, vielleicht hätte sie nicht gewollt, dass ich ihr Schlafzimmerbild verkaufe? Aber *peu à peu* muss ich mich von dem alten Zeug trennen, das geht nun mal nicht anders.«

»Was ist das für ein Typ, dieser Paullinac?«, fragte sie.

Er zog die Schultern nach oben. »Schwer einzuschätzen. Er hat mir erzählt, dass er in Saint-Paul eine Art Galerie hat und mit allem Möglichen handelt, mit altem Spielzeug, mit Porzellanfiguren, mit antiken Möbeln und eben auch mit alten Bildern. Sein Laden heißt *Bric-à-Brac*. So steht's auch auf der Quittung.«

»Netter Name.«

»Wie wär's jetzt mit einem Whisky?«

»Einverstanden, aber nur einen kleinen.«

»Warum? Müssen Sie heute Abend noch zurück nach Fragolin?«

»Nein, ich werde mir ein Hotel suchen und erst morgen fahren.«

Warum hatte sie das gesagt? Das ging ihn wirklich nichts an. Prompt bekam sie die Quittung.

»Im Haus gibt es viele Gästezimmer. Ich schlage vor, Sie übernachten hier, und wir betrinken uns.«

»Danke für die Einladung. Aber ich fürchte, Sie müssen sich alleine betrinken.«

»Macht aber keinen Spaß.«

»Da haben Sie recht, das weiß ich aus Erfahrung. Aber manchmal bleibt einem nichts anderes übrig.«

14

Als sie am nächsten Morgen aufwachte, lag sie sittsam und alleine in einem Hotelzimmer. Es gab nichts, wofür sie sich schämen müsste. Sich schämen? Nun, sie war eine erwachsene Frau und konnte tun und lassen, was sie wollte. Derzeit war sie weder Rouven noch Thierry rechenschaftspflichtig. Dennoch hatte sie den Avancen des Literaturprofessors aus Berkeley ohne größere Anstrengung widerstanden. Auch nach einigen Gläsern Whisky wusste sie immer noch, was sie tat – und vor allem, was sie nicht zu tun beabsichtigte. Es war Zeit aufzustehen. Sie ging unter die Dusche, dann mit nassen, nach hinten gekämmten Haaren hinunter in den Frühstücksraum. Ihr reichte zum *petit déjeuner* ein Croissant und ein Café au lait.

Vor dem Auschecken ging sie an der Promenade du Soleil einige Schritte spazieren und erledigte die dringlichsten Telefonate. Frank Lloyd Hilferding stand nicht auf ihrer Liste. Sie ahnte, dass er sich von selbst melden würde. Dafür hatte ihr Apollinaire einiges zu sagen. Mit dem Trödelhändler Josbert Paullinac habe er für den heutigen Tag einen Termin vereinbaren können. Leider erst um vierzehn Uhr, in seinem Laden in Saint-Paul-de-Vence. Sie dachte, dass das erstens auf dem Weg lag, und zweitens war das der logisch nächste Schritt, wenn sie der Spur des Bildes folgen wollte. Fragte sich nur, wie der Baptiste aus dem Besitz der Hilferdings über den Umweg eines Trödelhändlers zu Tristan de Jong gelangen konnte? Und warum von der Kirche in Roussillon nichts zu sehen war?

Sie rief Rouvens Mitarbeiter Pascal an. Der war bei der Arbeit und immer noch damit beschäftigt, die Gemälde einer Privatsammlung zu katalogisieren.
Sie erzählte ihm vom Gespräch mit Hilferding und vom Kirchenbild eines gewissen Jean Baptiste. Der schien wirklich ziemlich unbekannt zu sein, nicht mal Pascal kannte ihn.
Er sagte, dass es eine gängige Methode sei, Bilder vom Flohmarkt, die vom Alter her ungefähr passten, zu übermalen. Natürlich eigne sich dafür auch ein Bild wie jenes aus dem Besitz von Hilferding. Damit hatten schon mal die Leinwand und der Keilrahmen die richtige Patina. Und eine nette Provenienzgeschichte bekam man gratis dazu.
Aber warum sei dann auf der Infrarotaufnahme kein Kirchturm zu sehen?, fragte sie.
Womöglich habe die Farbschicht unter der aufgetragenen Botschaft eine zu hohe Dichte, erklärte Pascal, das wäre möglich. Die Infrarotreflektografie habe ihre Grenzen. Um sicherzugehen, müsse man das Bild einer tiefer gehenden Untersuchung unterziehen, zum Beispiel mittels Röntgenstrahlen. Falls sie das wolle, könne er das erledigen. Allerdings brauche er dafür das Bild in Cannes, wo ihm in einem Institut für Restaurierung ein Röntgenapparat zur Verfügung stehe.
Sie bat ihn, die Untersuchung so schnell wie möglich durchzuführen. Ihr Assistent Apollinaire könne ihm das Bild bringen. Sie werde veranlassen, dass er sich umgehend bei ihm melde. Es sei ziemlich eilig, aber das wisse er ja selbst.

Kaum hatte sie Apollinaire entsprechend instruiert, bekam sie einen Anruf von Rouven. Auf ihre Frage, wo er gerade sei, sagte er, dass er das selbst nicht genau wisse. Irgendwo über dem Atlantik. Sein Pilot durchfliege gerade einige Turbulen-

zen. Er wolle vor einem möglichen Absturz wenigstens noch einmal ihre Stimme hören.
Sie gab ihm zur Antwort, dass er sich besser anschnallen solle. Dann erzählte sie ihm vom aktuellen Stand ihrer Ermittlungen. Sehr viel weiter war sie ja nicht gekommen, aber ein kleines bisschen eben doch.
Rouven stimmte ihr zu, dass der Matisse genauer untersucht gehöre. Pascal sei dafür der richtige Mann. Er wünschte ihr viel Erfolg.
Sie wollte sich gerade verabschieden, da gab es in der Leitung laute Knackgeräusche, dann ein Knattern. Dann war nichts mehr zu hören. Sie ging nicht davon aus, dass Rouven jetzt wirklich abgestürzt war. Im schlimmsten Fall hatte er seinen Champagner verschüttet.

15

Von Menton nach Saint-Paul-de-Vence hätte sich ein Abstecher nach Nizza angeboten, wo Henri Matisse die letzten eineinhalb Jahrzehnte seines Lebens verbracht hatte. Ermittlungstechnisch würde das keinen Fortschritt bringen, also ließ sie es sein. Gleiches galt für Vence mit der von Matisse gestalteten *Chapelle du Rosaire.* Es war nicht Henri Matisse, den sie suchte, sondern Tristan de Jong.

In Saint-Paul-de-Vence angekommen, fand sie einen Parkplatz in der Nähe des Friedhofs, wo Marc Chagall begraben lag. Sie war als junges Mädchen schon mal in Saint-Paul gewesen, konnte sich aber nicht mehr so recht erinnern. Ganz sicher hatte es damals nicht so viele Touristen gegeben. Unwillkürlich zog sie einen Vergleich mit Fragolin, das an normalen Tagen wie ausgestorben wirkte. Plötzlich konnte sie *le vieux Georges* besser verstehen, den alten Georges, der immer davor gewarnt hatte, bei Urlaubern allzu populär zu werden. Genau aus diesem Grund hätte er wohl auch gegen Thierrys kleines Matisse-Museum opponiert. Touristen seien der Anfang vom Ende, hatte er gesagt, dann einen Pastis getrunken, sich eine Gitanes angesteckt und verächtlich auf den Boden gespuckt.

Aber schön war das mittelalterliche Saint-Paul dennoch, trotz der vielen Besucher, das musste sie zugeben. Eine komplett erhaltene Festungsmauer führte um den Ort mit seinen malerischen und verwinkelten Gassen. Sie lief durch die Rue Grande, die sich durch den ganzen Ort zog, aber alles andere

Unter der grünen Markise des Café de la Place ergatterte sie einen kleinen Tisch. Dort überbrückte sie die Zeit bis zu ihrem Treffen. Sie sah den Boulespielern zu. Wie lange war es her, dass sie in Fragolin mit Thierry und seinen Freunden gespielt hatte? Schade, sie sollte die Tradition wieder aufleben lassen.

Josbert Paullinac erwartete sie in seinem Trödelladen. Er hatte einen weißen, verknitterten Leinenanzug an, der mindestens zwei Nummern zu groß war. Oder er selbst war entschieden zu dünn. Er hatte eine spitze Nase und näselte. Auf dem Kopf trug er einen ausgefransten Strohhut. Obwohl sich kein Mensch über einen Besuch der Polizei freute, zumal er nicht wusste, worum es ging, war er ausgesprochen freundlich, geradezu charmant. Isabelle konnte nicht einschätzen, ob das ehrlich war oder nur die Gewohnheit eines Händlers, der berufsbedingt zu allen Menschen nett sein musste.
Sie setzten sich an einem wackligen Art-déco-Tisch in alte, zerschlissene Ledersessel, die laut Paullinac aus einer kubanischen Zigarren-Lounge stammten.
»Nun, was kann ich für Sie tun?«, fragte er. »Ich nehme an, Sie sind nicht hier, um etwas zu kaufen.«
Sie schüttelte den Kopf. »Ich habe einen lästigen Routinevorgang zu bearbeiten«, erklärte sie, »den ich schnell zum Abschluss bringen möchte. Ich hoffe, Sie können mir dabei helfen.« Ganz bewusst spielte sie die Bedeutung ihres Besuchs herunter. Den gefälschten Matisse würde sie mit keinem Wort zur Sprache bringen, so viel war sicher. »Es geht um ein Bild, das sich im Besitz eines gewissen Frank Lloyd Hilferding befand«, fuhr sie mit gelangweilter Stimme fort. »Er behauptet, dass er es an Sie verkauft habe. Wir wollen wissen, ob das stimmt.«

Paullinac lächelte wissend. »Hat der ehrenwerte Professor etwa bei seiner Steuer gemogelt? Oder bei der Versicherung?«

»Ich darf nichts sagen. Das fällt unter die Schweigepflicht. Sie verstehen?«

»Na klar. Darf ich Ihnen ein Glas Wasser anbieten?«

»Nein danke. Konkret handelt es sich um ein Gemälde eines gewissen Jean Baptiste. Muss man den eigentlich kennen?«

Er winkte ab. »Ich kannte ihn selber nicht, ein vollkommen unbedeutender Maler.«

»Demnach stimmt es, dass Hilferding Ihnen das Bild verkauft hat?«

»Korrekt. Er hat mich über meine Website kontaktiert und mir das Gemälde zum Kauf angeboten. Er hat mir eine rührende Geschichte erzählt. Das Bild habe lange im Schlafzimmer seiner verstorbenen Großmutter über dem Bett gehangen. Jetzt wollte er es loswerden.«

»Schade, ich hatte gehofft, er hat gelogen.«

Er lachte. »Mit dem Schlafzimmer?«

»Vielleicht auch, aber ich meinte mit dem Verkauf. Dann ist ja alles korrekt gelaufen, und ich kann hinter dem Bild auf meiner Liste einen Haken machen. Erledigt.«

»Das hätten wir auch am Telefon klären können.«

Sie zuckte mit den Schultern. »Da stimme ich Ihnen zu. Aber die Vorschriften sind nun mal so. Ab und zu hasse ich meinen Beruf.«

»Da geht's mir besser. Ich liebe meinen Beruf. Mit Alltagskunst und Sammelgegenständen zu handeln ist eine schöne Tätigkeit.«

»Das glaube ich Ihnen.« Sie sah ihn grübelnd an. »Aber macht das auch bei einem unbekannten Maler wie Baptiste Spaß? Dürfte doch schwierig sein, für das Bild einen Käufer zu finden, oder?«

Paullinac zögerte mit der Antwort, nur ganz kurz, aber doch so, dass es ihr auffiel.
»Hätte ich auch gedacht«, antwortete er. »Aber ich hatte Glück. Nach wenigen Tagen war es weg.«
»Tatsächlich? Wie schön für Sie. Hat sich ein Baptiste-Fan in Ihre Galerie verirrt?«
»Baptiste-Fan? Ich weiß nicht, ob es so jemanden überhaupt gibt. Aber das Bild mit der Kirche Saint Michel war ja hübsch gemalt, sehr stimmungsvoll und emotional. Es gibt Menschen, die mögen so was.«
»Wie hat man sich so einen Menschen vorzustellen?«, spielte sie weiter die Naive.
Paullinac sah sie scheinbar entspannt an, gleichzeitig aber rutschte er mit seinem Hintern auf dem kubanischen Ledersessel hin und her. Und er brauchte einen Moment, bis er eine Antwort parat hatte. Oder benötigte er die Zeit, um sich zu erinnern?
»Im konkreten Fall«, erklärte er, »war es ein älteres Ehepaar, das vor meinem Schaufenster stehen geblieben ist und sich in das dort ausgestellte Bild verliebt hat. So einfach kann es gehen. Vielleicht haben sie in Roussillon geheiratet? Keine Ahnung. Jedenfalls haben sie nicht lange verhandelt und das Bild gleich mitgenommen.«
»Ist ja rührend, erst hängt es in einem Schlafzimmer, dann erinnert es womöglich an eine Hochzeit. Ich verstehe immer mehr, dass Sie Ihren Beruf lieben. Kannten Sie das Ehepaar?«
Paullinac schüttelte verneinend den Kopf. »Das waren Touristen, die zufällig vorbeigekommen sind. Ich weiß nicht mal ihren Namen.« Er sah auf seine Uhr. »Madame, wenn Sie keine weiteren Fragen mehr haben, würde ich mich gerne entschuldigen. Ich habe noch eine Verabredung.«

»Nein, keine Fragen mehr. Ach so, könnten Sie mir für meine Unterlagen noch eine Kopie vom Kaufvertrag mit Herrn Hilferding machen, das wäre sehr freundlich.«
Paullinac stand auf. »Kein Problem. Ich hole schnell den Ordner. Bei mir hat alles seine Ordnung.«
»Vielen Dank. Wenn Sie schon dabei sind, könnten Sie bitte auch die Quittung über den Verkauf an das ältere Ehepaar raussuchen. Dann hätte ich alles komplett, und ich bekomme keinen Anpfiff von meinen Vorgesetzten.«
Er warf ihr einen schrägen Blick zu. »Selbstverständlich, ist auch in meinem Ordner.«
Er ging nach hinten zu seinem Schreibtisch und schloss einen Aktenschrank auf. Sie tat so, als ob sie sich in der Zwischenzeit den ausgestellten Trödel ansähe. Das Sammelsurium war unglaublich, so, wie man es von Flohmärkten kannte, aber alles auf kleinstem Raum. Einige Bilder waren auch darunter. In Wahrheit dachte sie über das gerade geführte Gespräch nach. Leider hatte es kein eindeutiges Ergebnis gebracht. Könnte gut sein, dass er das Bild tatsächlich an ein ihm unbekanntes Ehepaar von der Straße verkauft hat. Dann hätte sich hiermit die Spur verloren. Aber genauso war es möglich, dass die Geschichte ein fauler Trick war, um das Bild elegant verschwinden zu lassen. In diesem Fall wüsste er sehr genau, bei wem es gelandet war. Er könnte sogar in direktem Auftrag der Entführer gehandelt haben, die nach passenden Gemälden für Übermalungen suchten, im konkreten Fall für einen Matisse.
»*Et voilà*, hier sind die Belege, alle beide. Wie gesagt, bei mir hat alles seine Ordnung.«
»Oh, vielen Dank.«
Den Kaufvertrag mit Hilferding kannte sie bereits, dennoch tat sie so, als ob er für sie wichtig wäre. Auf die Kopie des

Verkaufsbelegs hingegen warf sie nur einen kurzen Blick. Aber lange genug, um zu erkennen, dass der Name des Käufers unleserlich war, eine Adresse gab es auch nicht. Dafür einen Stempel mit Unterschrift, ein Verkaufsdatum und der bezahlte Preis. Paullinac hatte recht: Bei ihm hatte alles seine Ordnung. Nur war sie nicht besonders erhellend. Oder eben doch, denn perfekter könnte eine Verschleierung nicht sein. Falls sich bei der Untersuchung mit Röntgenstrahlen bestätigte, dass der Matisse wirklich auf Hilferdings Baptiste aufgemalt wurde, dann gab es genau zwei Möglichkeiten: Entweder das ältere Ehepaar war für die Kunstbetrüger als Materialbeschaffer tätig, mit der Variante, dass sie selbst dazugehörten, oder eben, dass Paullinac der Mittelsmann war. Ihr Bauchgefühl tendierte zur zweiten Annahme. In diesem Fall war sie gut beraten, jetzt wirklich zu gehen.

Sie gab ihm zum Abschied die Hand. »Vielen Dank, dass Sie sich die Zeit genommen haben. Wie es scheint, hat Herr Hilferding eine reine Weste. Als ob es keine wichtigeren Polizeiaufgaben gäbe, als so etwas herauszufinden? Ich hab definitiv den falschen Beruf gewählt. *Au revoir.*«

16

Das Kontrastprogramm hätte kaum größer sein können. Wieder zurück in Fragolin, sah sie auf der Straße fast nur bekannte Gesichter. Was natürlich auch daran lag, dass es bereits Abend war. Da gehörte Fragolin ohnehin den Einheimischen und den wenigen Übernachtungsgästen. Clodine sperrte gerade ihren Laden zu. Gemeinsam bummelten sie zum *Café des Arts,* um dort ein Eis zu schlecken. Thierry kam vorbei und setzte sich dazu. Er bevorzugte *bière pression,* ein frisch gezapftes Bier. Es interessierte ihn, was sie nach Menton geführt und warum sie dort übernachtet hatte. Clodine hatte auch schon gefragt – und keine Antwort bekommen. Von ihrer Abwesenheit in der Nacht zuvor, jener in Le Lavandou, hatte offenbar keiner was mitbekommen. Isabelle widerstand der Versuchung, vom smarten Literaturprofessor Frank Lloyd Hilferding zu erzählen, von seinen Avancen und von den Whiskys, die sie zusammen getrunken hatten. Clodine hätte an ihren Lippen gehangen. Und Thierry hätte den lässigen Zuhörer spielen müssen, obgleich er zur Eifersucht neigte. Kaum war Rouven weg, tauchte plötzlich ein anderer auf. Diese Hiobsbotschaft hätte er erst mal verkraften müssen. Apropos Hilferding: Ihr Gefühl hatte nicht getrogen, er hatte sich tatsächlich wieder gemeldet, sogar mehrmals. Das schmeichelte ihr. Prompt kam ihr Rouven in den Sinn. Vor einigen Minuten hatte sie von ihm eine Textnachricht erhalten. Er war gut in Amerika angekommen, sein Flieger war erwartungsgemäß nicht abgestürzt.

Statt also über Menton zu berichten, über Hilferding und ihren Abstecher nach Saint-Paul-de-Vence, verwies sie ganz vage auf eine laufende Ermittlung, die zwar langweilig sei, aber dennoch unter die Verschwiegenheitspflicht falle. Damit meinte sie die Suche nach de Jong. Dass es noch einen zweiten Fall mit und um einen toten Staatssekretär gab, war nun wirklich so geheim, dass sich jede Andeutung verbot.
Clodine und Thierry blieb nichts anderes übrig, als ihre Neugier zu zügeln und über andere Themen zu reden. Thierry brachte einen politischen Skandal in Paris zur Sprache, was Clodine naturgemäß wenig interessierte. Als es Clodine gelang, die Unterhaltung auf eine Modenschau in La Croix-Valmer zu lenken, machte dagegen Thierry ein langes Gesicht. Isabelle amüsierte sich über die unterschiedlichen Interessen, die Welten voneinander trennten. Sie selbst hatte auch ihre Vorlieben – Modenschauen zählten nicht dazu. Aber Clodine zuliebe hörte sie eine Weile zu. Dann sagte sie *bonne nuit* und verabschiedete sich. Sie war müde. Sollten die beiden doch alleine herausfinden, ob es ein Thema gab, das sie beide begeisterte. Viel Hoffnung hatte sie nicht. Allerdings wusste sie, dass Clodine den Bürgermeister anhimmelte. Vielleicht gab es also doch Berührungspunkte – auf einer anderen Ebene? Und wenn es so wäre? Dann würde sie trotzdem gut schlafen und müsste im Leben eine Entscheidung weniger treffen.

Am nächsten Morgen ging sie nicht sofort ins Büro. Sie saß auf ihrer kleinen Terrasse und studierte die Namensliste, die sie von Balancourt per E-Mail bekommen hatte. Mit dem Zusatz: *Confidentiel, très secret, top secret!* Hier waren alle Personen aufgelistet, die direkt oder indirekt mit Roux' Untersuchungsausschuss zu tun hatten. Zudem waren jene Namen rot unterstrichen, die dem Lager seiner Gegner zuzurechnen waren. Das waren nicht wenige.

Es war ihr wichtig, Roland Roux nicht aus den Augen zu verlieren. Auch hier wollte sie weiterkommen. Ihre Recherchen hatten so vielversprechend begonnen. Sie legte die Gästeliste aus dem Hotel neben den Computer und begann die Namen zu vergleichen. Apollinaire hätte dafür sicher irgendein Programm. Sie machte es auf die herkömmliche Art, Zeile für Zeile. Zuvor hatte sie die Gästeliste schon auf allein reisende Damen durchgesehen. Fehlanzeige. Nur eine gab es, aber die war über achtzig Jahre alt und kam für eine stürmische Liebesnacht wohl kaum in Frage. Und auch bei den anderen Gästen führte ihr Namensabgleich zu keinem Ergebnis. Das war nun doch enttäuschend. Sie hatte gehofft, dass es so einfach weiterging, wie es begonnen hatte. Hatte sie jemanden übersehen? Es gab ein Ehepaar, das aus einem der autokratisch geführten Länder stammte, das im Untersuchungsausschuss am Pranger stand. Aber das konnte Zufall sein. Dennoch strich sie den Namen an.

Sie lehnte sich zurück, verschränkte die Hände über dem Kopf und dachte nach. Langsam ließ sie ihren Aufenthalt im Crystal Revue passieren. Die Gespräche mit dem Zimmermädchen Joseline, der bemühte Hotelmanager, der Barkeeper Jules und seine Daiquiris. Die beiden Männer, die sich von ihm verabschiedet hatten, um in den Salon Pigalle zu gehen. Die Information, dass auch Roland Roux in seiner letzten Nacht dort gewesen sei. Sein unbenutztes Bett am nächsten Morgen, mit den Schokoladenherzchen auf dem Kopfkissen und dem Aktenkoffer am Fußende.

Sie stockte. Aktenkoffer? Was für ein Aktenkoffer? Sie schaute im Protokoll nach, das sie von Balancourt mit den ersten Unterlagen bekommen hatte. Dort war der Hergang genau geschildert, der Zusammenbruch beim Joggen, die Feststellung des Todes. An einer Stelle wurde auch seine Reisetasche erwähnt, die man auf seinem Zimmer gefunden hatte. Von einem Aktenkoffer war nirgends die Rede. Aber Joseline hatte ihn gleich zweimal gesehen, sowohl am Abend als auch am nächsten Morgen kurz vor dem Joggen.

Isabelle griff zum Telefon und rief Balancourt an. Jacqueline nahm ab, seine Vorzimmerdame, zu deren wichtigsten Aufgaben es zählte, unliebsame Anrufer abzuwimmeln. Aber Jacqueline und Isabelle waren befreundet. Balancourt sei gerade erst in sein Büro gekommen. Mittlerweile lasse er es am Morgen etwas gemütlicher angehen. Sie plauderten kurz miteinander, dann stellte Jacqueline das Gespräch durch.

Isabelle machte es kurz und kam gleich auf den Punkt. Sie wisse definitiv, dass Roux einen Aktenkoffer auf seinem Zimmer hatte, aber sie könne im Protokoll keinen Hinweis darauf finden. Habe man vergessen, den Aktenkoffer zu registrieren?

Statt einer Antwort bekam sie ein heftiges Räuspern zu hören. Dann raschelte Papier.

Er bat sie, einen Moment zu warten. Sie hörte, wie er mit dem anderen Apparat ein Telefonat führte. Schließlich war er wieder da.

»Da war kein Aktenkoffer«, stellte er fest, »nur eine Reisetasche.«

»Jetzt wird's interessant.«

Wieder ein Räuspern. Dann mit heiserer Stimme: »Finde ich auch. Demnach hat sich jemand den Aktenkoffer unter den Nagel gerissen. Den Aktenkoffer eines Staatssekretärs, der einen geheimen Untersuchungsausschuss leitete. Das ist nicht gut, gar nicht gut.«

»Aber das bestätigt deinen Verdacht, dass hier was faul ist«, sagte Isabelle.

»O ja, das tut es. Ich weiß nicht, ob ich mich darüber freuen soll, nein, ganz sicher nicht. Fragt sich, was er im Aktenkoffer drinhatte. Und warum er überhaupt einen dabeihatte, wenn er nur vögeln wollte.«
Seine Ausdrucksweise überraschte sie. »Maurice, warum so vulgär?«
»Weil ich mich ärgere, und außerdem stimmt's.«
»Vielleicht hatte er ein geheimes Treffen mit einem Informanten? Könnte doch sein. Und erst danach hat er sich mit einer Frau vergnügt?«
»Du sagst es, das genau könnte sein. Vielleicht hat man ihm belastendes Material zugespielt?«
»Das er dann im Aktenkoffer auf seinem Bett liegen lässt? Ganz schön leichtsinnig.«
»So sind sie, die werten Herren Staatssekretäre. Alles neunmalkluge Dilettanten. Andererseits, was soll er machen? Er kann den Koffer doch nicht mit ins Puff nehmen.«
»Ob der Salon Pigalle ein Puff ist, weiß ich noch nicht.«
»Du sagtest, es sei ein Privatclub mit Tabledance und dienstbaren Damen. Das ist dasselbe, nur teurer.«
»Ich werde mich dort umsehen«, sagte Isabelle, »das hatte ich sowieso vor.«
»Konntest du was mit der Namensliste anfangen?«
»Mir ist nichts aufgefallen. Kann aber noch kommen.«
»Wie meinst du das?«
Sie dachte an das Ehepaar aus dem verdächtigen Herkunftsland, aber das war zu vage, um es zu erwähnen.
»Na ja, mal sehen, wer noch so alles im Salon Pigalle war, zur gleichen Zeit wie Roux.«
»Das wird man dir nicht so einfach sagen. Bitte denk daran, ich will kein Aufsehen.«
»Ist schon klar. Ich werde mir was einfallen lassen.«

»*Chérie*, so gefällst du mir. Gute Arbeit, mach weiter so!«
Sie freute sich über sein Lob. Auch über sein *chérie*.
»*Au revoir*, Maurice.«
»*À bientôt!*«

Auf dem Fußweg von ihrer Wohnung zum Kommissariat dachte sie noch ein wenig über den verschwundenen Aktenkoffer nach, der den Fall tatsächlich in einem anderen Licht erscheinen ließ. Dann versuchte sie, im Kopf umzuschalten. Ganz langsam, Schritt für Schritt. Von Roland Roux zu Matisse und de Jong. Ihr schwante, dass das wieder ein anstrengender Tag werden würde. Wenn das so weiterging, war sie am Ende wirklich urlaubsreif.
Apollinaire erwartete sie im Büro. Diesmal ohne irgendwelche Verhaltensauffälligkeiten, er hatte nicht einmal einen Kopfstand zu bieten. Auch lehnte die zusammengerollte Landkarte in der Ecke. Stattdessen saß er konzentriert an seinem Schreibtisch und legte gerade den Telefonhörer auf.
»*Bonjour*, Madame, wir kommen voran.«
»Sehr schön. Haben Sie gerade mit Tristan de Jong telefoniert?«, scherzte sie. »Was sagt er so, wie geht's ihm?«
Sie stellte fest, dass ihre Späße schon mal besser waren. Aber wahrscheinlich nicht zu dieser Tageszeit.
Er kicherte höflich. »*Mais non*, nicht mit de Jong, aber immerhin mit seiner Frau Françoise.«
»Sie haben sie gefunden? *Formidable.* Erzählen Sie!«
»Sie lebt mit ihren Kindern in Aix-en-Provence.«
»So nah? Wie praktisch.«
»Sie war über meinen Anruf nicht gerade erfreut. Sie habe es satt, von der Polizei immer wieder auf ihren Mann angesprochen zu werden. Sie wisse auch nicht, was aus ihm geworden sei. Es sei ihr auch egal. Wir sollten sie doch endlich in Ruhe lassen.«

»Den Gefallen können wir ihr nicht tun.«
»Ich weiß, deshalb habe ich sie überredet, einem Gesprächstermin zuzustimmen. Heute geht es bei ihr nicht, aber morgen Vormittag, da sind die Kinder im Kindergarten. Sie erwartet Sie um zehn Uhr.«
»Das passt. Wollte sie wissen, warum wir mit ihr reden wollen?«
»Nein. Es ist ihr sowieso klar, dass es um ihren Mann geht.«
»Haben Sie eigentlich mit Pascal wegen der Röntgenuntersuchung gesprochen?«, wechselte sie das Thema.
»Ach so, Röntgenuntersuchung, natürlich.« Er warf einen Blick auf die Uhr. »Ich muss in einer halben Stunde weg. Pascal erwartet mich mit dem Bild in Cannes.«
Sie nickte. »Das passt, ich fahr mit und besuche in der Zeit Jallobert in seiner Galerie. Ich will dem Mann noch mal auf den Zahn fühlen. Auch wenn er nicht den Eindruck macht, zählt er prinzipiell zu den Verdächtigen. Immerhin hat er den gefälschten Matisse auf den Markt gebracht. Die Geschichte mit seinem geheimnisvollen Auftraggeber dürfte zwar stimmen, ist aber reichlich dubios. Da er von der Fälschung weiß, ist es aus seiner Sicht nur folgerichtig, dass ich weiter nachfrage und mehr über den Verkäufer des Bildes erfahren will. Da würde er selbst dann keinen Verdacht schöpfen, wenn er mit den Entführern unter einer Decke stecken sollte.«
Apollinaire schüttelte den Kopf. »Das tut er nicht. In diesem Fall hätte er die Infrarotuntersuchung verweigert.«
»Ja, hätte er wohl.«
Um Apollinaires Mundwinkel zuckte es. »Dann hätten wir mit Jallobert also doch jemanden, den Sie hart rannehmen können.«
»Ich muss mich schon sehr wundern. Haben Sie wieder einen amerikanischen Kriminalfilm gesehen?«

»Erst gestern Abend«, gab er zu, »mit Sylvester Stallone.«
»Wir sind an der wunderschönen Côte d'Azur, nicht in der Bronx«, sagte sie lächelnd. »Meine Verhörmethoden sind subtiler, das wissen Sie.«

In Cannes ließ sie sich von Apollinaire beim Palais des Festivals et des Congrès absetzen, von wo sie den Boulevard de la Croisette entlangspazierte, um dann zur Galerie Saint Jallobert abzubiegen. Sie amüsierte sich über Apollinaires Vorschlag, Jallobert hart ranzunehmen. Der Galerist war ein feiner älterer Herr mit gepflegten Umgangsformen. Rüde Befragungsmethoden würden ihm vermutlich akute Atembeschwerden bereiten.
Sie hatte sich bewusst nicht angemeldet. Sie hatte ja angekündigt, wieder von sich hören zu lassen. Wahrscheinlich dachte er sowieso jede freie Minute an seinen beschlagnahmten Matisse und an das entgangene Geschäft. Und ihm dürfte davor grauen, seinen Auftraggebern über den Verbleib des Bildes Rechenschaft ablegen zu müssen.
Sie hatte Glück, die Galerie hatte geöffnet, und Jallobert war anwesend. Das letzte Mal hatte er sie mit einem Handkuss begrüßt. Diesmal fiel die Begrüßung weniger galant aus. Kein Wunder, jetzt war sie nicht mehr die bezaubernde Begleiterin eines Rouven Mardrinac, sondern eine kleine Polizeikommissarin, die ihm das Leben schwermachte. Tatsächlich war ihr diese Rolle sehr viel sympathischer. Und Handküsse hasste sie sowieso. Lieber boxte ihr jemand kumpelhaft gegen den Oberarm.
Seine gute Kinderstube hatte Jallobert freilich nicht vergessen. Er blieb höflich, wirkte aber angespannt und hatte einen unsicheren Blick.
»Wie geht es dem Matisse?«, fragte er. »Hat sich der Verdacht der Fälschung bestätigt?«

»Das ist kein Verdacht, sondern hundertprozentige Gewissheit«, stellte sie klar.
»Wie können Sie sich da so sicher sein? Was haben Sie auf dem Infrarotbild gesehen?«
»Das darf ich Ihnen nicht sagen. Aber Sie können mir glauben, dass es auch für Sie überzeugend wäre.«
»Das ist für mich inakzeptabel«, erregte er sich. »Ich bestehe auf einem naturwissenschaftlichen und nachprüfbaren Beweis. Anderenfalls werde ich die Beschlagnahmung des Bildes anfechten.«
Sie zuckte mit den Schultern. »Das steht Ihnen selbstverständlich frei. Aber das wird dauern und in der Sache nichts ändern.«
»Wir werden ja sehen«, gab sich der alte Herr von seiner störrischen Seite.
In gewisser Weise konnte sie ihn verstehen. Wer ließ sich schon ohne weiteres ein wertvolles Gemälde aus der Hand nehmen? So groß war das Vertrauen in die Polizei nun auch nicht. Und aus seiner Sicht machte die Geheimniskrämerei keinen Sinn. Warum präsentierte man ihm keinen hieb- und stichfesten Beweis? Was war dabei so schwierig?
Sie sah ihn forschend an. »Sie haben gesagt, dass Sie das Bild aus anonymer Quelle in Kommission genommen haben, richtig?«, fragte sie.
Jallobert nickte. »Das ist korrekt. Das ist eine Vorgehensweise, die ich zwar nicht schätze, die aber im Kunsthandel immer wieder mal vorkommt. Das hat Ihnen ja auch Monsieur Mardrinac bestätigt.«
»Schwer zu glauben, aber ist wohl wahr. Damit ich das besser verstehe: Wie lief das konkret ab? Hat bei Ihnen jemand angerufen und gesagt, hallo, ich hätte da einen unbekannten Matisse, wollen Sie ihn für mich verkaufen?«

»Sie werden lachen, aber genauso war es.«
»Wie ging es weiter?«
»Nun, ich habe mir das Bild beschreiben lassen und die Provenienzgeschichte abgefragt. Sie schien lückenlos dokumentiert, und außerdem gab es ein Echtheitszertifikat einer renommierten Gutachterin und die Aufnahme in einen Auktionskatalog. Natürlich springt man als Galerist darauf an. Am nächsten Tag war ein Umschlag mit Fotos und allen Unterlagen in meinem Briefkasten.«
»Per Post?«
»Nein, der Umschlag wurde direkt eingeworfen. Ich habe alles überprüft und mich zudem mit einem befreundeten Matisse-Experten beraten. Grundsätzlich passt das Gemälde in die datierte Schaffensperiode, wenn Sie verstehen, was ich meine?«
»Nein, muss ich auch nicht verstehen. Und dann?«
»Nach zwei weiteren Anrufen haben wir vereinbart, dass mir das Bild zur Prüfung in meine Galerie gebracht wird. Das ist dann am darauffolgenden Tag erfolgt.«
»Spätestens jetzt müssen Sie doch den Anbieter des Bildes kennengelernt haben?«
»Nur einen Bevollmächtigten.«
Es nervte, ihm alles einzeln aus der Nase ziehen zu müssen.
»Aber der hatte einen Namen, außerdem zwei Beine und einen Kopf, oder?«
»Tut mir leid, wenn ich Ihre Geduld auf die Probe stelle«, sagte er, »aber Sie wollen alles genau wissen, da muss ich mich konzentrieren. Wenn ich mich recht erinnere, hatte er tatsächlich zwei Beine und einen Kopf.«
Jetzt wurde er auch noch witzig.
»Und er hatte einen Namen: Sébastien«, fuhr er fort.
»War das der Vor- oder Nachname?«

»Keine Ahnung. Er hat sich nicht ausgewiesen. Ich habe ihn als Monsieur Sébastien angesprochen.«
»Nicht ausgewiesen? Das heißt, der Name muss nicht stimmen?«
»Vielleicht, vielleicht auch nicht. Ist mir egal. Jedenfalls habe ich den Matisse mit der größten Sorgfalt und mit all meiner Expertise genauestens inspiziert. Ich bin zum Schluss gekommen, dass er echt ist. Auch habe ich mich vergewissert, dass kein passender Matisse als gestohlen gemeldet ist.«
»Wie haben Sie das gemacht?«
»Dafür gibt es spezielle Register. Wir haben uns über einen realistischen Verkaufspreis verständigt und einen Kommissionsvertrag unterschrieben. Das war's.«
Sie schüttelte entgeistert den Kopf. »Ein Kommissionsvertrag, bei dem namentlich kein Auftraggeber genannt ist. Wo gibt's denn so was?«
»In meiner Branche, da gibt es so was. Für den Anbieter ist ja entscheidend, dass ich die treuhänderische Übernahme des Bildes bestätige und persönlich dafür hafte. Er bleibt rechtmäßiger Besitzer des Bildes. Das ist im Kommissionsvertrag klipp und klar dargelegt. Für ihn muss gewährleistet sein, dass er zu seinem Geld kommt. Im Zweifelsfall könnte er es bei mir einklagen oder das Kunstwerk zurückfordern, umgekehrt muss ich keine Sorge haben, von ihm nichts mehr zu hören. Auf seine Personalien kommt es also nicht an, er wird mir den Matisse nicht schenken.«
»Okay, das habe ich verstanden. Wie oft hat sich dieser Sébastien seitdem bei Ihnen gemeldet?«
»Er hat zufälligerweise wenige Stunden vor Ihrem ersten Besuch angerufen.«
Sie sah ihn prüfend an. Sie hatte das sichere Gefühl, dass Jalobert etwas verschwieg.

als *grande* war, sondern schmal und den Fußgängern vorbehalten. Eine junge Frau vor ihr hatte hohe Stöckelschuhe an. Für den mit kleinen Steinen kunstvoll gepflasterten Untergrund gab es kein ungeeigneteres Schuhwerk. Hoffentlich brach sie sich keinen Knöchel.

Eine kleine Galerie reihte sich an die andere. Sie folgte einem Schild und gelangte in einer Seitengasse zu Paullinacs Trödelladen *Bric-à-Brac*. Im Schaufenster wurden eng gedrängt die unglaublichsten Artikel feilgeboten: Jugendstillampen, ein rot-weißer Rettungsring, blumenverziertes Geschirr, Porzellanfiguren und afrikanische Masken. Sie lächelte. Einen Matisse gab es hier ganz bestimmt nicht. Der Laden war noch geschlossen. Ihren Termin hatte sie erst um vierzehn Uhr.

Die vielen Souvenirgeschäfte erinnerten sie an ihre Freundin Clodine und ihren Laden *Aux saveurs de Provence*. In Fragolin hatte sie oft stundenlang keine Kunden, das könnte ihr hier nicht passieren. Und trotzdem würde sie nie und nimmer tauschen wollen. Isabelle betrachtete die Auslagen und machte einige Fotos. Vielleicht konnte Clodine die eine oder andere Anregung brauchen. Naturschwämme hatte sie keine, auch keine *Savon Liquide de Marseille,* Säckchen mit *Fleurs de Lavande* dagegen schon, und natürlich *Herbes de Provence: Thym, Romarin, Basilic, Origan …*

Am anderen Ende der Rue Grande gelangte Isabelle schließlich zum Bouleplatz vor dem Café de la Place. Schräg gegenüber lag das Restaurant Colombe d'Or, wo einst Yves Montand und Simone Signoret ihre Hochzeit gefeiert hatten. Schon zuvor hatte der kunstsinnige Wirt den Gasthof zur Legende gemacht, indem er malenden Gästen die Zeche im Tausch eines Bildes erließ. So hingen an den Wänden Gemälde von Braque, Dufy oder Miró.

»Und danach? Seitdem hat er sich nicht mehr gemeldet?«
Er tat so, als ob er nachdächte. »Nein, hat er nicht.«
Was gab es da nachzudenken? Jallobert war ein schlechter Schauspieler. Sie beschloss, ihn etwas härter ranzunehmen.
»Ich mag es nicht, wenn man mich anlügt«, sagte sie so laut, dass er zusammenzuckte. »Reden Sie also keinen Mist!«
Sie konnte förmlich sehen, wie er mit sich rang. »Doch, heute Morgen, da hat er sich noch mal gemeldet«, gab er plötzlich zu. »Tut mir leid, ich hatte es gerade vergessen.«
»Unfug, natürlich haben Sie sich daran erinnert.« Sie sah ihn scharf an. »Sie haben jetzt genau zwei Möglichkeiten: Entweder Sie kooperieren mit mir, und zwar uneingeschränkt und ohne Gedächtnislücken, oder ich nehme Sie in Untersuchungshaft wegen fortwährender Behinderung polizeilicher Ermittlungsarbeit, vorsätzlicher Falschaussage und wegen des Versuchs, einen gefälschten Matisse zu veräußern. Sie müssen erst mal beweisen, dass Sie davon keine Ahnung hatten und selber betrogen wurden. Vielleicht stecken Sie ja mit den Fälschern unter einer Decke?«
Mit jedem Wort schien er ein Stück kleiner zu werden. Der Bluff schien Wirkung zu erzielen. Denn natürlich gab es keine Handhabe, ihn zu verhaften.
»Das dürfen Sie nicht denken«, sagte er mit schwacher Stimme. »Ich mache doch nicht mit Fälschern gemeinsame Sache.« Er rückte verlegen seinen Krawattenknoten zurecht und sah hilfesuchend an die Decke. »Sie müssen mich verstehen«, fuhr er fort, »ich stecke in einer ausgesprochen delikaten Situation. Monsieur Sébastien möchte seinen Matisse zurück, und ich hab ihn nicht mehr.«
»Er will ihn zurück? Hat er das gesagt?«
»Ja, deshalb hat er angerufen. Er will den Kommissionsvertrag kündigen und das Bild bei mir abholen.«

»So plötzlich? Das ist merkwürdig, oder?«

»Ja, eigentlich schon. Ich habe mehrere Interessenten für das Bild. Einen Scheich aus Abu Dhabi zum Beispiel und einen russischen Millionär. Dass Monsieur Blès das Bild kauft, hielt ich sowieso für unwahrscheinlich. Schon eher, dass Mardrinac auf den Matisse anspringt. Nun ja, vielleicht hat Sébastien selber einen Käufer an der Hand? Damit würde er sich die Provision sparen.«

»Ja, das wäre möglich. Trotzdem kommt der Rückzieher ziemlich überraschend. Was haben Sie ihm geantwortet?«

»Ich habe ihn hingehalten und behauptet, das Bild sei zwar da, aber der Rahmen gerade beim Restaurieren.«

»Hat er Ihnen das abgenommen?«

»Ich glaube nicht. Er will sich morgen Nachmittag wieder melden. Vielleicht kommt er auch vorbei.«

»Sieht man bei seinen Anrufen auf dem Display eine Nummer?«

»Nein, anonym.«

»Und was wollen Sie ihm morgen sagen?«, fragte Isabelle.

»Ich denke, ich werde ihm die Wahrheit sagen, nämlich, dass die Polizei hier war, den Matisse für eine Fälschung hält und beschlagnahmt hat.«

»Sie erinnern sich, dass ich Sie um etwas anderes gebeten habe?«

Er zuckte hilflos mit den Schultern. »Ich weiß, doch irgendwie muss ich mich ja aus der Affäre ziehen.«

»Das verstehe ich, aber Sie machen das zu meinen Bedingungen. Ich lasse mir bis morgen etwas einfallen. Und dann tun Sie genau das, was ich Ihnen sage.«

»Sie wollen diesen Sébastien festnehmen, richtig?«

»Nein, das möchte ich nicht«, antwortete sie.

Er sah sie überrascht an.

»Ich möchte, dass er mich zum Fälscher führt, und zwar so, dass Sébastien nichts bemerkt und keinen Verdacht schöpft.«

»Vielleicht ist er selber der Fälscher?«, spekulierte Jallobert.

»Wie sah er aus?«

»Klein, dürr.« Er überlegte. »Wenig Haare. Ein Allerweltsgesicht.«

»Das ist nicht der Fälscher«, stellte sie fest.

»Woher wollen Sie das wissen?«

Das war ihr so rausgerutscht. Sie konnte ihm nicht sagen, dass Tristan de Jong ziemlich groß war und eine wallende Haarpracht hatte.

»Na, ich denke, so sieht kein Fälscher aus.«

»Da kann man sich täuschen. Doch ich muss Ihnen zustimmen, Sébastien hat das Auftreten eines Geschäftemachers. Wer in der Lage ist, einen Matisse zu fälschen, und zwar so gut, dass sogar ich darauf hereinfalle, muss aber selber ein Künstler sein. Anders geht es nicht.«

Sie nahm zur Kenntnis, dass er die Fälschung plötzlich nicht mehr in Frage stellte. Sie sah sich im Raum um.

»Was ist mit Ihrer Videoüberwachung?«, fragte sie. »Die müsste Ihren Besucher doch aufgezeichnet haben.«

»Hat sie wohl, aber die Festplatte überschreibt sich alle vierundzwanzig Stunden. Es gab für mich keinen Grund, eine Kopie zu machen.«

»Sie sollten sich eine modernere Anlage zulegen.«

»Ich habe einen Vorschlag«, sagte er nach kurzer Überlegung. »Warum geben wir ihm den Matisse nicht einfach zurück. Dann ist Sébastien zufrieden und schöpft keinen Verdacht. Sie müssen ihn nur noch verfolgen. Später können Sie das Bild ja wieder beschlagnahmen und endgültig aus dem Verkehr ziehen.«

Aus seiner Sicht war die Idee plausibel, dachte sie. Dennoch ging es nicht. Falls die Kunstbetrüger auf irgendeine Weise Lunte gerochen hatten und deshalb das Bild Knall auf Fall zurückwollten, würden sie es einer genauen Untersuchung unterziehen und de Jongs Botschaft finden.

»Kommt leider aus ermittlungstechnischen Gründen nicht in Frage«, antwortete sie, ohne eine wirkliche Begründung zu geben.

Sie war mit ihren Gedanken schon weiter und überlegte, wie sie das morgen managen könnte. Um zehn Uhr musste sie bei Françoise de Jong in Aix-en-Provence sein. Den Termin wollte sie ungern verschieben, er war wichtig. Sébastien wollte sich bei Jallobert am Nachmittag wieder melden. Das war zu schaffen. Wobei es zunehmend nervte, ständig hin- und herzufahren. Im Fall des Staatssekretärs musste sie auch am Ball bleiben. Sie musste aufpassen, nicht den Überblick zu verlieren.

»Ich werde mich morgen Vormittag bei Ihnen melden und sagen, wie wir es machen. Auf jeden Fall komme ich rechtzeitig nach Cannes und stehe Ihnen zur Seite. Falls Sébastien leibhaftig auftaucht, kann ich mich an seine Fersen heften.«

»Und was sage ich ihm, wo das Bild ist?«

»Das teile ich Ihnen noch mit. Ich muss darüber schlafen. Keine Sorge, Sie hören von mir.«

Jallobert sah sie skeptisch an. Er schien nicht wirklich beruhigt. Sie gab ihm ihre Handynummer und schärfte ihm ein, sie sofort anzurufen, falls sich Sébastien vorzeitig melden sollte. Es gebe keinen Grund zur Panik, er solle sich entspannen.

17

Der »Patient«, den es zu untersuchen galt, lag auf dem Röntgentisch und verhielt sich vorbildlich. Es stand nicht zu befürchten, dass er sich bewegen und die Aufnahme verwackeln würde. Auch musste ihm kein Kontrastmittel gespritzt werden, um Organe sichtbar zu machen. Und als Befund war weder mit einem Knochenbruch noch mit einer Arthrose im Kniegelenk zu rechnen. Dies allein deshalb, weil in diesem Institut noch nie Untersuchungen an Menschen stattgefunden hatten. Hier war man einzig darauf eingerichtet, Kunstwerke zu durchleuchten.

Isabelle, die sich ein Taxi genommen hatte, war gerade noch rechtzeitig im Institut für Restaurierung angekommen, um der Röntgenuntersuchung des falschen Matisse beizuwohnen. Sie waren alleine im Raum, Pascal führte die Analyse selbst durch.

Apollinaire deutete auf einen großen Bildschirm. Auf diesem waren zwar verwischt, aber unverkennbar die Konturen einer Kirche zu sehen.

»*Quod erat demonstrandum*«, sagte er, »was zu beweisen war.«

Neben dem Röntgenbild pinnte das Foto vom Gemälde mit der Kirche Saint Michel in Roussillon. Es gab keinen Zweifel. Die Vermutung bestätigte sich, dass der Matisse von heute im Ursprung ein Baptiste aus dem Besitz der Hilferdings war. Pascal erklärte, warum man das nicht auf der Infrarotreflektografie gesehen hatte. Offenbar habe Tristan de Jong auf dem

Ursprungsbild zunächst eine flächendeckende Grundierung aufgetragen. Erst die Röntgenstrahlen seien imstande, diese Farbschicht zu durchdringen. Was durchaus in seiner Absicht gelegen haben dürfte, denn ihm sei es ja vor allem darauf angekommen, dass seine Textbotschaft gut zu lesen war. Die Untersuchung mit Infrarotreflektografie sei ein schnelles und deshalb häufig angewandtes Verfahren und in diesem Fall sozusagen der »Brieföffner« gewesen.

Isabelle fand, das war eine schöne und passende Formulierung. Sie hatten den »Umschlag« in Form des Gemäldes schon in Jalloberts Galerie geöffnet und ihm den »Brief« des Fälschers entnommen.

Apollinaire und Pascal verstauten das Gemälde wieder in der Transportkiste. Eigentlich war es widersinnig, dass sie es so vorsichtig behandelten wie einen echten Matisse. Sie alle wussten, dass es keiner war – und dennoch brachten sie dem Werk Respekt und Wertschätzung entgegen. Tristan de Jong würde sich freuen. Er hatte ein schönes Gemälde geschaffen. Vielleicht würde sogar Henri Matisse, wäre er noch am Leben, es für möglich halten, dass er es selbst gemalt hatte.

Rouven hatte erzählt, dass es das immer mal gegeben habe. Dass nämlich alte und schon etwas gedächtnisschwache Maler, denen Fälschungen vorgelegt wurden, diese mit Stolz als echt bestätigt hatten.

Zurück in Fragolin, saßen Apollinaire und Isabelle im Kommissariat zusammen, um den aktuellen Stand ihrer Ermittlungen zu resümieren. Sie berichtete von ihrem Gespräch mit Jallobert. Als sie erwähnte, dass der Verkäufer das Bild plötzlich wieder zurückhaben wollte, schnalzte Apollinaire mit der Zunge.

»Madame, das kann kein Zufall sein.«

»Kann schon, ist aber unwahrscheinlich.«
»Ausgehend von der Prämisse, dass den Herren und Damen Entführer respektive Kunstbetrüger die Information zugetragen wurde, dass …«
Sie unterbrach ihren Assistenten. »In einfachen Worten: Jemand hat Sébastien gesteckt, dass sich die Polizei für das Bild interessiert, und deshalb will er es aus dem Verkehr ziehen.«
Er nickte. »Ich hätte es nicht besser formulieren können. Genau das wollte ich sagen.«
»Ist trotzdem nicht präzise. Von welchem Bild sprechen wir? Dieser Sébastien, der bestimmt anders heißt, kann nur wissen, dass die Polizei der Spur des Baptiste mit der Kirche von Roussillon folgt. Das aber könnte gefährlich werden. Also muss der Matisse verschwinden.«
»Korrekt. Dieses Ansinnen wäre hinfällig, wenn er wüsste, dass wir den Matisse bereits als Fälschung enttarnt und beschlagnahmt haben.«
»So ist es.«
Apollinaire stand auf, ging zum Flipchart und verband mit einer entschlossenen Linie den Trödelladen von Josbert Paullinac in Saint-Paul-de-Vence mit der Galerie von Jallobert in Cannes. Er gab der Linie noch einen Pfeil, dann trat er zurück, betrachtete sein Werk und dachte nach.
»*Pardon,* Madame, die Linie ist nicht korrekt. Sie müsste zu den Entführern führen, die ich mit XY markiert habe. Von denen wiederum müsste es einen weiteren Pfeil zu Jallobert geben. Dann würde es stimmen. Sie sind doch meiner Meinung, oder?«
»Wenn Sie damit zum Ausdruck bringen wollen, dass Paullinac die undichte Stelle sein könnte, dann stimme ich Ihnen zu. Vorausgesetzt, unsere Annahme trifft zu, dass Sébastien von jemandem informiert wurde.«

»Sébastien, richtig. Ich schreibe den Namen in Klammern hinter XY.«

»Hilferding war es sicher nicht, Jallobert wohl auch nicht. Pascal und Rouven scheiden aus. Bleibt nur Paullinac, sonst weiß keiner von der Fälschung.«

»Doch, unser wertgeschätzter Bürgermeister Thierry Blès, der weiß von der Fälschung, kommt aber auch nicht in Frage.«

Isabelle lachte. »Nein, der ist maßlos enttäuscht, dass seine Tänzerin nur eine Fata Morgana ist.«

»Fata Morgana? Eine falsche Sinneswahrnehmung aufgrund einer optischen Täuschung? Ja, genau das ist unsere Tänzerin. Eine Imagination. Eigentlich schade.«

Sie war froh, dass er ihr unbedachtes Stichwort nicht zum Anlass nahm, ein Kurzreferat über das zugrunde liegende physikalische Phänomen einer Fata Morgana zu halten. Tatsächlich plagte sie ein anderes Problem: Sie hatte für den morgigen Tag schon Françoise auf ihrer Agenda, musste direkt im Anschluss bei Jallobert in Cannes präsent sein, gleichzeitig sollte sie Josbert Paullinac auf den Zahn fühlen. Das war etwas viel auf einmal. Aber nicht genug. Sie würde später nach Le Lavandou fahren, um sich am Abend im Salon Pigalle umzuschauen. Morgen früh ging es dann weiter nach Aix-en-Provence.

»Apollinaire, ich möchte, dass Sie morgen nach Saint-Paul-de-Vence fahren und Paullinac und seinen Trödelladen *Bric-à-Brac* observieren.«

Auf seinem Gesicht machte sich ein Strahlen breit. »Ein Außeneinsatz? Mit dem größten Vergnügen.«

»Keine Uniform, in Zivilkleidung, so unauffällig wie möglich.«

»So unauffällig wie möglich? *Je comprends,* ich verstehe.«

Sie sah ihn lächelnd an. Schon allein aufgrund seiner himmellangen hageren Statur war es ihm unmöglich, nicht aufzufallen. Dass er als Zivilkleidung neuerdings bunte Hawaiihemden bevorzugte, machte die Sache auch nicht einfacher. Als Sous-Brigadier, der früher nur im Archiv gearbeitet hatte, fehlte ihm auf der freien Wildbahn jegliche Erfahrung. Aber sie sah keine andere Möglichkeit. Sie konnte sich nicht vierteilen. Einen Job musste Apollinaire übernehmen, es ging nicht anders. Die Observation war noch die einfachste Aufgabe. Außerdem hatte er in der relativ kurzen Zeit ihrer Zusammenarbeit schon mehrfach seine Lernfähigkeit unter Beweis gestellt – und sein Talent zur Improvisation.

18

Sie hatte sich wieder ein Zimmer im Crystal genommen. Auf ihren Wunsch in derselben Etage wie beim letzten Mal. Vielleicht begegnete ihr das Zimmermädchen Joseline? Auch wenn ihr aktuell keine neuen Fragen einfielen. Der Hotelmanager begrüßte sie mit Handschlag und wusste sogar noch ihren Namen. Weil es noch zu früh für den Salon Pigalle war, ging sie erst eine Runde schwimmen. Dann nahm sie am Pool einen Imbiss zu sich und schlenderte bei Jules an der Bar vorbei, der sich freute, dass sie offenbar zu den neuen Stammgästen des Hauses zählte. Er wollte ihr einen Daiquiri mixen. Sie lehnte lächelnd ab. Vielleicht später.

Das Bett war bereits für die Nacht aufgedeckt, mit den obligatorischen roten Schokoladenherzchen auf dem Kopfkissen. Isabelle hatte bereits in Fragolin überlegt, was sie in den Salon Pigalle anziehen sollte. Sie wollte ja nicht mit den leichten Mädchen verwechselt werden. Außerdem hatte sie sich einen Auftritt ausgedacht, dem sie mit ihrer Kleidung Rechnung tragen musste. Sie zwängte sich in hautenge Jeans, an den Füßen derbe Cowboy-Boots, wählte ein ausgeschnittenes Top und darüber eine abgeschabte Lederjacke. Dazu eine Halskette mit einem schweren Kreuzanhänger und am Mittelfinger ein großer Ring mit Totenkopf. Den Ring liebte sie, nicht nur, weil ihr die Goldschmiedearbeit gefiel, sondern weil man mit ihm sehr effektiv zuschlagen konnte. Zwar erwartete sie im Salon Pigalle keinen Ärger, aber sie würde auch keinem Streit aus dem Weg gehen. Sie gelte die Haare nach hinten und

musterte sich im Spiegel. Sie fand, dass sie cool aussah. Thierry würde bei ihrem Anblick der Schlag treffen. Den Polizeiausweis versteckte sie im Slip.
Sie hatte nicht nur scharfe Klamotten mitgebracht, sondern sich zuvor auch eine beträchtliche Summe Bargeld besorgt. Für solche Zwecke hatte sie aus früheren Zeiten noch Zugriff auf ein spezielles Konto der *Police nationale,* ein Konto, das es offiziell nicht gab. Es war genau für solche Ermittlungen bestimmt. Sie brauchte dafür keine Genehmigung. Balancourt hatte ja gewollt, dass sie unkonventionell vorging.
So, sie war bereit, sich ins Nachtleben zu stürzen. Sie hatte keine besonders verruchten Erwartungen, Le Lavandou war nicht Marseille oder Paris, nicht einmal Toulon. Eigentlich konnte sie sich in dieser biederen Umgebung überhaupt keinen Nachtclub vorstellen.
Zum Salon Pigalle war es nicht weit. Jules hatte ihr den Weg erklärt. Von außen sah das hohe, aus Natursteinen gemauerte Haus völlig harmlos aus, fast unbewohnt. Die Fensterläden waren geschlossen. Kein rotes Licht, keine blinkenden Leuchtbuchstaben. Aber sie hörte gedämpfte Discomusik. Neben der schweren Tür befand sich ein kleines Messingschild: Salon Pigalle. Daneben ein Klingelknopf. Diskreter ging es kaum.
Sie läutete, es dauerte eine Weile, bis aufgemacht wurde.
Vor ihr stand ein tätowierter Türsteher, der sie skeptisch von oben bis unten musterte. Na bitte, plötzlich stimmte das Bild. *Belle bague,* stellte er mit Blick auf ihren Ring mit dem Totenkopf fest. Dann ließ er sie hinein.
Sie lief eine Treppe hinauf in den ersten Stock, wo rund um eine kleine Showbühne Tischchen mit Kerzen gedeckt waren. Eigentlich ganz nett, fast romantisch, wären da nicht die Discokugel und wild hin und her schwenkende Spotlights. Aus den Lautsprechern wummerten Bässe. An einer Stange ver-

suchte sich gerade eine vollbusige, aber dennoch überaus gelenkige Person an einer gewagten Turnübung. Nackt bis auf einen Schlüpfer. In dem steckten Geldscheine. Männer beugten sich über die Tanzfläche und feuerten sie an.
Vorbei war es mit der Romantik.
Isabelle sah sich um. Soweit sie im schummrigen Licht erkennen konnte, war sie unter den Gästen die einzige Frau. Nun, es gab schon weibliche Wesen im Publikum, aber diese waren ganz eindeutig nicht zu Besuch hier.
Sie schlängelte sich durch die Tische, von denen nur wenige belegt waren. Im Moment spielte sich alles unmittelbar an der Bühne ab. Die akrobatische Dame an der Stange schien sehr begabt zu sein und zog die uneingeschränkte Aufmerksamkeit der Männerwelt auf sich.
»Hallo, Schätzchen, was kann ich dir Gutes tun?«
Isabelle drehte sich um. Eine Frau mit Irokesenfrisur und roten Lippen lächelte sie an. Sie hatte ein geschnürtes Korsett an, das oben aus allen Nähten platzte.
»Schön habt ihr es hier«, antwortete Isabelle. »Gibt's auch was zu trinken?«
»Wie wär's mit Champagner, *ma chérie coco?*«
»Champagner, natürlich. Willst du auch einen?«
Isabelle kannte die Usancen in Etablissements dieser Art. Erstens würden sie keinen Champagner bekommen, zweitens die Irokesenfrau wahrscheinlich gespritzten Apfelsaft, und drittens würde der Fusel ein Vermögen kosten.
»Lieb von dir, gerne.«
Die Irokesenfrau hakte sich bei Isabelle unter und zog sie nach hinten zu einer Bar.
»Ich bin Ziska, und wie heißt du?«
»Isabelle«, antwortete sie wahrheitsgemäß. »Meine Freundinnen sagen Isa zu mir.«

Ziska musste nur zwei Finger heben, schon wurden ihnen die Gläser gereicht.
»Isa-Schatz, du suchst keinen Mann, richtig?«
Isabelle zog die Lederjacke aus, behielt sie aber bei sich.
»Nein, ich mag keine Männer«, antwortete sie. »Und du?«
Ziska verzog das Gesicht. »Ich muss so tun, als ob ich sie mögen würde, aber eigentlich steh ich auf Frauen. Deshalb habe ich dich ja angesprochen.«
Sie fuhr Isabelle mit der Hand unter das Top. Isabelle tat so, als ob ihr das gefallen würde. Bis zu einem bestimmten Punkt konnte sie mitspielen, es war nicht das erste Mal.
Ziska wollte sie in eine dunkle Nische bugsieren. Was hatte Jules gesagt? Die Damen im Salon Pigalle seien charmant und willig. Da hatte er wohl recht, willig auch gegenüber Frauen.
»Oder willst du gleich rauf?«, fragte Ziska. »Wir haben im nächsten Stock kleine Séparées.«
Isabelle kam ihr ganz nah. »Später gerne«, sagte sie so leise, wie das bei der Musik möglich war. »Aber ich will ehrlich zu dir sein. Ich bin nicht nur deshalb hier.«
»Das spüre ich«, entgegnete Ziska, die mit ihrer Hand immer weiterwanderte. »Du bist noch nicht locker. Deine Muskeln sind ganz verspannt. Aber du hast schöne Muskeln, du gefällst mir.«
Isabelle überlegte, auf welche Seite sie den Polizeiausweis in den Slip gesteckt hatte. Außerdem reichte es jetzt. Sie packte Ziska am Handgelenk und befreite sich.
»Au, du tust mir weh«, protestierte Ziska. »Bist du immer so brutal?«
Isabelle gab keine Antwort.
»Ich hoffe, dass du es bist«, sagte Ziska nach einer Weile. »Ich liebe starke Frauen.« Sie rieb sich das Handgelenk. »Nun sag schon, warum bist du sonst noch hier? Lass uns das schnell

erledigen, dann gehen wir rauf und haben es schön miteinander.«

»Kannst du schweigen?«, fragte Isabelle.

»Wie ein Grab.«

»Ich habe einen Bruder.« Isabelle biss sich in gespielter Verlegenheit auf die Unterlippe. »Besser gesagt, ich hatte einen Bruder. Roland Roux. Der war in der Nacht vor seinem Tod hier bei euch. Ich will wissen, mit wem er gevögelt hat. Und mit welchem Gast er sich getroffen hat.«

Ziska ging auf Distanz. »Warum willst du das wissen?«

»Weil mein Bruder ein Idiot war. Er hat jemandem Geld geliehen, das eigentlich mir gehört. Das will ich wiederhaben. Er hat mir gesagt, er würde sich mit dem Typen im Salon Pigalle treffen. Ich möchte wissen, wie er heißt.«

So, jetzt war das Kaninchen aus dem Hut. Gleich würde sie wissen, ob der Trick funktionierte.

»Roland war dein Bruder?«

»Sag ich doch.« Isabelle grinste schief. »Von Geburt an. Ich war zwei Jahre älter. Ich hab immer auf ihn aufgepasst.«

Ziska sah sie skeptisch an. »Dein Bruder war Politiker, warum musste er sich von dir Geld leihen?«

Gute Frage, sie hatte recht, das war wenig wahrscheinlich.

»Weil er ein Leben lang Schulden hatte«, erklärte Isabelle. »Er hatte teure Leidenschaften. Der Salon Pigalle war noch am billigsten.«

»Stimmt, so was geht ins Geld. Aber warum willst du wissen, mit wem Roland seinen Spaß hatte?«

»Du wirst es nicht glauben, aber ich will mich bei ihr bedanken. Wenigstens hatte mein Bruder eine schöne letzte Nacht.«

»Wirklich? Du bist ganz schön schräg drauf.«

»Ist doch wahr. Ich möchte in der Nacht vor meinem Tod auch wilden Sex haben. Besser geht's doch nicht. Wenn ich von dem Typen mein Geld wiederbekomme, kriegt sie von mir eine Prämie ab. Und du auch, du erst recht, ich schwöre es.«

Ziska sah sie skeptisch an. »Eine Prämie? Aber dir ist schon klar, dass ich schon jetzt kostenpflichtig bin?«

Isabelle zog sie mit festem Griff an sich und gab ihr einen fetten Kuss. »Na klar, meine Liebe, das sowieso. Und wenn du im Bett annähernd so gut bist, wie du ausschaust, zahl ich das Doppelte.«

Was machte sie gerade? War sie von allen guten Geistern verlassen? Sich als lesbische Schwester von Roland Roux auszugeben war schon an sich eine völlig verrückte Idee. Und jetzt noch die harte Tour. Aber sie konnte nicht mehr zurück. Sie musste die Nummer durchziehen und Ziska richtig heißmachen – nicht auf Sex, aber auf Geld. Alle Mädchen hier wollten nichts anderes als Geld, viel Geld, und das möglichst schnell. Wenn sie genügend Euros vor Augen hatten, schaltete sich ihr Gehirn aus. Dann konnten sie nicht mehr logisch denken, dann taten sie alles, was man von ihnen wollte.

Isabelle drängte Ziska gegen die Wand und presste sich an sie. Dann nannte sie ihr eine Summe. Die war schwindlig hoch.

»Die Hälfte zahle ich dir, wenn ich den Namen von dem Arschloch bekomme, mit dem sich Roland im Salon Pigalle getroffen hat. In der Nacht vor seinem Tod, du weißt, wann das war?«

»Ja, weiß ich.«

»Die andere Hälfte kriegst du, wenn ich meine Kohle wiederhabe. Das ist der Deal.«

»Du machst keinen Scheiß, du meinst es ernst, oder?«

Isabelle hielt ihr den Ring mit dem Totenkopf unter die Nase. »Ich meine es total ernst. Ich schwöre es!« Sie fürchtete, dass sie es jetzt endgültig übertrieben hatte. Sie sah zwar nicht aus wie eine auf Krawall gebürstete Lesbe, aber sie konnte so auftreten, das hatte sie schon früher bei Undercover-Einsätzen durchgezogen. Allerdings war es nicht hilfreich, wenn es Ziska wirklich mit der Angst bekam. »Ich kann aber auch ganz lieb sein«, sagte sie sanft und biss Ziska ins Ohrläppchen. Sie holte einen Fünfhunderter aus der Jackentasche und steckte ihn Ziska ins Korsett.

Mit einer schnellen Bewegung ließ Ziska den Geldschein verschwinden.

Isabelle blickte sich um. Die meisten Männer im Raum starrten immer noch wie gebannt auf die Bühne. Dort turnten mittlerweile zwei Frauen an der Stange. Ihre Leiber hatten sich so verknotet, dass man sie kaum auseinanderhalten konnte. Von Ziska und ihr nahm niemand Notiz.

»Lass mich frei«, sagte Ziska. »Ich brauch ein paar Minuten, dann kann ich dir vielleicht was sagen. Kannst dir in der Zeit noch einen Champagner bestellen. Bin gleich wieder da.«

Isabelle setzte sich auf einen Barhocker und wartete. Auf das zweite Glas Champagner, der keiner war, verzichtete sie. Wenn es dumm lief, brauchte sie gleich einen klaren Kopf. Vielleicht verständigte Ziska soeben die Betreiber dieses Schuppens? Diese wussten womöglich genau, was in jener Nacht abgelaufen war, mit wem Roland gesprochen und mit welcher Frau er sich vergnügt hatte. Den Drogencocktail mit dem Extraschuss Viagra hatten sie womöglich selbst gemixt. Wenn Isabelle Pech hatte, wussten sie auch, dass Roland Roux keine Schwester hatte. Und wenn sie noch größeres Pech hatte, standen sie im Sold von seinen Kontrahenten. Sie spielte mit ihrem schweren Ring. Sie machte sich wenig Sorgen um sich. Nur fürchtete sie, dass sie sich umsonst so ins Zeug gelegt hatte. Und dass die Drahtzieher, die es hinter Roux' Tod geben mochte, gewarnt würden.

Ziska blieb verschwunden. Zwei Männer kamen vorbei und versuchten, sie anzubaggern. Isabelle sagte, sie sei schon gebucht. Weil es genug leicht bekleidete Alternativen gab, zogen sie schnell wieder Leine.

Nach weiteren zehn Minuten tauchte Ziska auf. Soweit Isabelle erkennen konnte, war sie alleine. Es gab einige Männer im Raum, die sie als Ordnungskräfte einstufte. Aber auch bei ihnen hatte sich das Verhalten nicht geändert. Sie stierten wie all die anderen auf die Tanzbühne. Offenbar wurde gerade ein besonders sehenswertes Kunststück gezeigt.

Ziska holte sich zwei Gläser von der Bar und verzog sich mit Isabelle in eine Ecke.

»Champagner, diesmal echter, und zwar für uns beide.«

Sie stießen an.

Isabelle sah sie fragend an. »Und? Was rausbekommen?«

Ziska lächelte. »Der Abend wird für dich teuer, so viel steht fest. Klar hab ich was rausbekommen. Dein Glück, dass du an mich geraten bist.«

»Ist auch dein Glück.«

»Wollen es hoffen, Isa-Schatz. Also, die Kollegin, mit der dein Bruder seine letzte Nacht verbracht hat, heißt Chantal. Sie ist oben, hat aber gerade einen Freier. Roland war immer bei Chantal. Sie wusste, wie man ihn glücklich macht.«

»Schön für ihn. Was ist mit dem Idioten, mit dem sich Roland getroffen hat?«

»Ob das der Typ ist, dem er dein Geld geliehen hat, weiß ich nicht. Aber er hat lange mit einem Kerl gequatscht. Dahinten, in der Ecke.«

»Kennst du seinen Namen?«

Ziska grinste verschlagen. »Den Namen? Ich habe mich schlaugemacht, jetzt kenne ich ihn. Ich weiß aber nicht, ob ich ihn dir sagen soll.«

»Denk an die Prämie.«
»Ich denk an nichts anderes.«
»Ist doch ganz einfach, du sagst mir den Namen, und ich gebe dir zusätzlich zu meiner Anzahlung die erste Rate.«
»Hast du das Geld dabei?«
»Logisch.«
»Kann ich es sehen?«
»Nicht hier, lass uns raufgehen.«
Ziska kniff die Augen zusammen. Ihre Irokesenfrisur bebte.
»Wie wär's mit einer Erhöhung?«
Isabelle schüttelte den Kopf. »Handeln gibt's nicht. Mein Angebot ist großzügig. Das alles wegen meines blöden Bruders.«
Ziska gab sich einen Ruck. »Einverstanden. Den Champagner können wir mitnehmen.«
Isabelle folgte ihr hinter einen Vorhang. Von dort führte eine Treppe in den nächsten Stock. Die Discomusik wurde leiser. Auf den Stufen brannten Kerzen.
Sie kamen an einer roten Tür vorbei. »Das ist Chantals Zimmer. Wie gesagt, sie hat gerade Besuch.«
Ziskas Tür war metallisch silbern. Ihr Raum bestand eigentlich nur aus einem großen Bett mit Leopardenfell. An der Wand hingen Peitschen und Fesseln. Da war sie ja an die Richtige geraten. Es wurde Zeit, die Geschichte zu Ende zu bringen.
Isabelle zog aus der Innentasche ihrer Jacke ein Bündel Geldscheine. Sie konnte die Gier in Ziskas Augen sehen.
»Erst den Namen. Und lüg mich nicht an!«
»Würde ich nie tun. Bei mir bekommt jeder für sein Geld eine ehrliche Gegenleistung. So sind die Spielregeln.«
Isabelle legte das Geld aufs Leopardenfell, zog die Cowboy-Boots aus und den Gürtel aus ihren Jeans.
»Mach's nicht so spannend«, sagte sie, »ich will endlich meinen Spaß haben.«

»Gregori Gregorian, so heißt der Typ. War zum ersten Mal bei uns. Hat sich auch seitdem nicht mehr sehen lassen.«
Isabelle dachte, dass das ein merkwürdiger Name war. Sie öffnete den Reißverschluss ihrer Jeans.
»Hört sich an wie ein Künstlername. Vielleicht heißt er in Wahrheit ganz anders?«
Ziska grinste. Auch sie begann sich auszuziehen. Das Korsett ging schneller auf als erwartet.
»Gregori Gregorian«, bestätigte Ziska, »so heißt er wirklich.« Sie reichte Isabelle den Durchschlag einer Kreditkartenzahlung. »Das ist der Beweis.«
Ups, das war nicht schlecht. Ziska hatte nicht übertrieben, bei ihr bekam man was für's Geld.
»Und du bist sicher, dass das der Mann war, mit dem sich mein Bruder getroffen hat?«
»Ganz sicher. Ich bin doch nicht blöd und häng einen anderen hin. Komm, zieh dich aus!«
»Willst du nicht erst das Geld zählen?«
Ziska fauchte wie eine Katze, der Irokesenschopf bebte.
»Isa-Schatz, ich vertraue dir. Jetzt lassen wir es krachen.«
Den Kreditkartenbeleg hatte Isabelle in die Jacke gesteckt. Von Ziska würde sie nichts mehr erfahren. Nur noch Dinge, die sie nicht wissen wollte.
Ziska ließ das Korsett zu Boden gleiten. Sie hatte ein tolles Tattoo auf dem flachen Bauch. Ein Raubvogel, der sich mit gespreizten Schwingen nach unten stürzte. Das hatte eine tiefe Symbolik. Isabelle wehrte sich nicht dagegen, dass ihr von Ziska das Top über den Kopf gezogen wurde. Die Irokesenfrau presste sich mit ihrem Raubvogel an ihren Körper. Isabelle ließ sich mit ihr aufs Bett fallen.
Ziska stöhnte – dann war Ruhe.
Isabelle stand langsam auf und kleidete sich in aller Seelen-

ruhe wieder an. Es würde dauern, bis Ziska aus der Ohnmacht erwachte. Sie würde nicht wissen, was geschehen war. Sie konnte nicht ahnen, dass Isabelle mal Ausbilderin im Nahkampf gewesen war. Und sie hatte ganz sicher noch nie was von einem Griff gehört, der zur sofortigen Bewusstlosigkeit führte. Isabelle nahm das Bündel Geldscheine vom Leopardenfell und steckte es Ziska in den Slip. Dort war es sicher aufgehoben, und dort würde sie es ganz sicher finden.

Isabelle warf einen letzten Blick auf Ziska. Sie atmete ruhig. Man konnte sie unbesorgt alleine lassen. Leise zog sie die Tür ins Schloss und ging den Flur entlang. Chantals Tür war angelehnt. Isabelle klopfte und trat ein. Der Freier war gegangen, Chantal stand vor dem Spiegel und zog ihren Lidschatten nach.

Isabelle fragte, ob sie die Tür schließen dürfe, sie habe mit ihr was zu besprechen. Offenbar hatte Ziska vorhin kurz mit ihr geredet. Jedenfalls wusste Chantal, dass sie Rolands Schwester war. Sie bestätigte, dass er seine letzte Nacht mit ihr verbracht hatte. Bis zum frühen Morgen. Er sei unheimlich gut drauf gewesen, er habe einfach nicht genug bekommen können. Nur einmal habe er eine Atemnot gehabt, aber die sei gleich wieder vorbei gewesen. Sie könne immer noch nicht verstehen, dass er wenige Stunden später beim Joggen gestorben sei.

Isabelle fragte, ob er sich aufgeputscht habe. Das würde es vielleicht erklären.

Chantal meinte, dass er ganz sicher was eingeworfen habe, das sei normal. Aber er sei schon total high bei ihr aufgetaucht und habe sich an der Wand abstützen müssen, weil ihm schwindlig war. Offenbar habe er zuvor mit seinem Freund an der Bar zu viel getrunken.

»Mit Gregori?«, fragte Isabelle.

Ja, so habe er geheißen, bestätigte Chantal. Roland habe seinen Namen erwähnt. Sei wohl halb geschäftlich gewesen. Muss gut gelaufen sein. Roland sei ganz euphorisch gewesen.
Ob sie sich ganz sicher sei, dass Roland von ihr keine Drogen oder Medikamente bekommen habe, fragte Isabelle.
Ganz sicher. Roland habe eine Herzerkrankung gehabt und einen Stent. Da sei sie vorsichtig.
Chantal sah Isabelle mitfühlend an. Es tue ihr leid, dass sie ihren Bruder verloren habe. Sie habe gar nicht gewusst, dass er eine Schwester gehabt habe, noch dazu eine so nette. Sie selbst sei auch deprimiert, mit Roland, das sei etwas Besonderes gewesen. Er sei schon ihr Kunde gewesen, als sie noch in Paris gearbeitet habe. Jetzt komme er nie mehr.
Isabelle sah, dass sie tatsächlich eine Träne verdrückte. Sie erinnerte sich an ihr Versprechen. Obwohl es keine Notwendigkeit gab, es auch einzuhalten, steckte sie Chantal einige Scheine zu. Als Informantin hatte sie es sich verdient.
Isabelle verabschiedete sich und ging hinunter an die Bar. Dort zahlte sie den »Champagner«. Die Rechnung konnte sie nicht überraschen.
Der Türsteher grinste sie an. Ob Ziska ihren Erwartungen entsprochen habe, fragte er.
Isabelle nickte. In jeglicher Hinsicht. Und das war nicht einmal gelogen.

19

Am nächsten Morgen wurde Isabelle nur langsam wach. Sie hatte tief und traumlos geschlafen. Andere Menschen schliefen nach einem ereignisreichen Abend oft schlecht, weil es dauerte, bis sie zur Ruhe kamen. Bei ihr war es genau umgekehrt. Über einem Stuhl hing ihre Lederjacke. Am Boden lagen ihre Stiefel und die Jeans. Ganz gemächlich erinnerte sie sich an die Vorkommnisse im Salon Pigalle. Auch daran, dass sie anschließend an der Hotelbar noch einen Daiquiri getrunken hatte. Jules hatte sich über ihr Outfit gewundert. Fand es aber toll. Vor allem auch den Ring mit dem Totenkopf. Später hatte sie sich intensiv geduscht, länger als sonst und mit viel Seife. Sie hatte vom Kopfkissen zwei Schokoladenherzchen genascht – und war danach sofort weggenickt.

Isabelle stand auf und streckte sich. Sie könnte zum Joggen gehen. Aber sie könnte es auch sein lassen. Merkwürdigerweise hatte sie Lust aufs Frühstücksbüfett. Nur Kaffee und Croissants würden heute nicht reichen. Nach der morgendlichen Dusche, die sie am Schluss ganz kalt aufdrehte, hatte sie endlich einen klaren Kopf. Es war zu früh, Balancourt anzurufen. Aber sie hatte gute Nachrichten. So gut, dass sie hoffte, dass der Fall Roux damit für sie erledigt war. Später musste sie nach Aix-en-Provence fahren, um Tristan de Jongs Ehefrau Françoise zu treffen. Bis dahin wollte sie den Staatssekretär endgültig abgehakt haben.

Joghurt mit Erdbeeren, Spiegeleier mit Speck, frisch ausgepresster Orangensaft … Auch so konnte man einen Tag beginnen. Das Frühstück war inklusive.

Zurück auf dem Zimmer, traf sie ein Zimmermädchen an. Joseline war es nicht, sie hatte frei. Sie packte ihre Reisetasche, setzte sich auf den Balkon und dachte nach. Irgendetwas hatte sie vergessen, etwas Entscheidendes. Sie erinnerte sich, dass sie schon gestern Abend daran gedacht hatte. Aber dann war sie eingeschlafen. Sie holte die Gästeliste vom Crystal hervor, legte sie auf den Tisch und fuhr mit dem Zeigefinger die Namen entlang. Bingo. Volltreffer. Der Name Gregorian war ihr bekannt vorgekommen, sie hatte nur nicht sofort geschaltet. Hier stand schwarz auf weiß, dass in der fraglichen Nacht ein Gregori Gregorian im Crystal genächtigt hatte, zusammen mit seiner Gattin Ilona. Isabelle hatte den Namen sogar schon bei ihrer ersten Durchsicht angestrichen, weil besagtes Ehepaar aus einem der Länder stammte, die laut Balancourt in die Waffengeschäfte verstrickt waren. Plötzlich passte alles zusammen.
Sie wollte nicht länger warten und rief in Paris an. Jacqueline sagte, dass der Alte schon im Büro sei, aber schlechte Laune habe. Vielleicht wurde sie gleich besser? Sie ließ sich durchstellen.
»*Bonjour, chérie*«, begrüßte sie Balancourt mit belegter Stimme. »Hier regnet es, sag bloß, bei dir scheint die Sonne?«
»Ich kann dich nicht anlügen. Keine Wolke am Himmel.«
»Ich wollte heute Nachmittag seit langem wieder mal eine Runde Golf spielen. Zusammen mit dem Innenminister. Und jetzt regnet es ohne Unterlass. Selbst wenn es noch aufhört, bräuchten wir Gummistiefel.«
»Solltest dich vielleicht doch zur Ruhe setzen und mit Giselle in die Provence ziehen.«
»Zur Ruhe setzen? Ich denke nicht daran. Nur über meine Leiche.«
Isabelle lachte. »Als Leiche hättest du es geschafft, dann wärst du definitiv außer Dienst.«

»Deine Witze waren auch schon mal besser. Hast du Neuigkeiten im Fall Roux?«
»Ja, habe ich, deshalb rufe ich an.«
»Schieß los!«
In den nächsten Minuten erzählte sie ihm alles, was sie wusste, aber nicht, wie sie es herausbekommen hatte. Dass Roland Roux seine letzte Nacht in einem Nachtclub namens Salon Pigalle verbracht habe, dass er sich dort mit einem Gregori Gregorian getroffen habe. Dieser habe ihm heimlich den lebensgefährlichen Medikamentencocktail verabreicht, was sehr wahrscheinlich, aber nicht zu beweisen sei. Mit einer Prostituierten namens Chantal habe sich Roland Roux bis zum frühen Morgen vergnügt. Er habe nur Gleichgewichtsstörungen und einmal Atemnot gehabt, sonst sei er gut drauf gewesen. Besagter Gregori Gregorian habe mit seiner Frau Ilona ebenso wie Roland Roux im Crystal genächtigt. Er stamme aus einem jener diktatorischen Länder, die laut Balancourts Liste in die Waffengeschäfte verstrickt seien. Vielleicht habe Gregorian so getan, als ob er wertvolle Informationen hätte? Deshalb habe sich Roux mit ihm getroffen, nicht ahnend, dass Gregorian, der offenbar von seiner Herzkrankheit gewusst habe, ihn lieber tot sehen wollte. Vermutlich habe Gregorian gedacht, dass Roux schon die Liebesnacht nicht überstehen würde. Wie sie wüssten, sei der Medikamentencocktail stark genug gewesen. Aber dann habe sich Gregorian bis zur Joggingrunde gedulden müssen. Der verschwundene Aktenkoffer gehe sicher auch auf seine Rechnung, oder seine Frau habe ihm geholfen und sich Zugang zu Roux' Zimmer verschafft. Womöglich habe Roux belastendes Material bei sich gehabt? Weshalb es auch ganz anders gewesen sein könnte: Roland Roux könnte Gregorian erpresst haben. Der habe ihn daraufhin abserviert und den

Aktenkoffer mit den Beweisen verschwinden lassen. Auch das sei möglich. Sie hätten für all das keine Beweise, nur Indizien, aber die seien schlüssig. Mehr sei auf dem »diskreten« Weg nicht herauszubekommen, für jeden weiteren Schritt müsse man ganz offiziell die Polizei ins Spiel bringen. So, das wär's.

Balancourt hatte sich Isabelles Ausführungen angehört, ohne sie ein einziges Mal zu unterbrechen. Das hatte sie noch selten erlebt.

Sie hörte, wie er leise klatschte.

»*Bon travail, chérie*. Gute Arbeit. Ich wusste doch, du bist mein bester Mann.«

»Danke für die Blumen. Wie geht's weiter?«

Balancourt musste sich heftig räuspern. Das war überfällig.

»Wie es weitergeht, weiß ich noch nicht. Das Ganze ist politisch äußerst heikel und muss mit dem Untersuchungsausschuss abgestimmt werden. Aber diesen Gregorian werden wir schnappen und uns zur Brust nehmen, davon kannst du ausgehen. Hoffentlich genießt er keine diplomatische Immunität.«

»Was ist mit mir? Brauchst du mich noch?«

»*Chérie,* natürlich brauche ich dich. Aber was Roux betrifft, bist du draußen. Ab jetzt übernehmen wir.«

Das war es, was sie zu hören gehofft hatte. Sie war den Fall los. Ab jetzt konnte sie sich uneingeschränkt auf den Matisse und auf Tristan de Jong konzentrieren.

Ihr fiel noch was ein. »Ich musste einige Zahlungen leisten, und zwar …«

Balancourt unterbrach sie: »Genehmigt!«

»Ich könnte dir noch erzählen, wie ich zu meinen Informationen gekommen bin.«

»Ist besser, wenn ich es nicht weiß.«

Da hatte er recht. Aber sie konnte davon ausgehen, dass er ihr im Zweifelsfall jegliche Rückendeckung geben würde. Er hatte es ja selbst so gewollt.

»Dann mach ich jetzt mit meinem anderen Fall weiter«, schlug sie vor.

»Die Kunstfälschungssache? Ja, ja, mach das. Ich bin demnächst auf einen Empfang eingeladen, da treffe ich wieder einmal unsere charmante Kulturministerin. Vielleicht kann ich ihr bis dahin was erzählen.«

Isabelle lachte. »Ich halte dich auf dem Laufenden.«

»Wunderbar. Aber das nächste Mal ruf bitte nicht so früh an.«

»Viel Spaß beim Golfspielen.«

»Ich glaube, es hat gerade aufgehört zu regnen. *Chérie, au revoir et bonne journée!*«

20

Aix-en-Provence war ein Ort, den sie mochte. Damit war sie nicht alleine. Umfragen zufolge würde ein Großteil der Franzosen am liebsten in der ehemaligen Hauptstadt der Provence leben. Schon allein aufgrund der Studenten hatte Aix ein spezielles Flair. Dazu die vielen Musikfestivals, die alten Stadtpaläste und der von Platanen gesäumte Cours Mirabeau mit seinen Buchhandlungen, Antiquitätengeschäften und Cafés. Es würde Spaß machen, etwas herumzubummeln. Sie könnte sich auf die Terrasse der Brasserie *Les Deux Garçons* setzen und wie einst Pablo Picasso die vorbeiflanierenden Passanten beobachten.

Ein anderes Mal. Heute fehlte dafür die Zeit. Françoise de Jong wohnte am Stadtrand im dritten Stock eines alten Mietshauses. Der Fassade sah man an, dass es schon bessere Zeiten gesehen hatte. Isabelle hatte ihren Wagen in einiger Entfernung außer Sichtweite geparkt und war das letzte Wegstück zu Fuß gegangen. Nachbarn konnten sehr neugierig sein. Nach dem Läuten wurde der Summer betätigt. Den altertümlichen Lift verschmähte sie und nahm die Treppe.

Oben angekommen, öffnete ihr Françoise de Jong. Sie war eine schöne Frau mit blonden Haaren und hohen Wangenknochen – und einem sorgenvollen Blick. Auch wollten die Falten auf ihrer Stirn nicht zu ihrem Alter von Ende dreißig passen. Man sah ihr an, dass sie es im Leben nicht immer leicht gehabt hatte. Als Frau eines begnadeten Kunstfälschers hatte sie gewiss schöne und aufregende Zeiten verlebt, aber auch große

Enttäuschungen und Rückschläge. Jetzt hatte sie die Verantwortung für zwei kleine Töchter. Und sie hatte einen Mann, der ihr auf die eine oder andere Weise abhandengekommen war. Auf welche? Das genau galt es herauszufinden.

Françoise führte sie in die Küche, wo sie an einem kleinen Tisch Platz nahmen. Isabelle ließ sich mit ihren Fragen Zeit. Stattdessen erzählte sie zur Auflockerung ein wenig von sich selbst, natürlich nicht ihre wahre Geschichte, aber dass sie nach einem Burn-out von Paris in die Provence geflüchtet sei, um hier wieder zu sich selbst zu finden, das gab sie preis. Nur ein Burn-out? Schön wäre es. Aber der Rest stimmte.

Isabelle registrierte, wie Françoise ihre anfängliche Anspannung langsam überwand und lockerer wurde. Nicht viel, aber immerhin. Und sie spürte, dass sie sich gegenseitig nicht unsympathisch waren. Sie sprachen noch ein wenig über die Töchter, die gerade in der *école maternelle* waren, im Kindergarten. Die Zwillinge hießen Marguerite und Maya.

Isabelle sah sie fragend an. »Marguerite und Maya? Wie sind Sie auf diese schönen Namen gekommen?«

»Wir haben unsere Zwillinge nach den Töchtern von Henri Matisse und Pablo Picasso benannt.« Über Françoises Gesicht huschte ein leises Lächeln. »Lag doch irgendwie nahe, finden Sie nicht?«

»Ich verstehe. Ein romantischer Bezug zur Tätigkeit Ihres Mannes.«

»Sie können gerne aussprechen, dass er ein Kunstfälscher war. Matisse und Picasso mochte er besonders.«

»Soviel ich weiß auch Georges Braque, Wassily Kandinsky und Marc Chagall.«

»Ida, so hätten wir unser drittes Mädchen genannt, nach der Tochter von Chagall. Aber sie ist bei der Geburt gestorben.«

»Das tut mir leid.«

Eine bessere Antwort fiel ihr nicht ein. Sie tat sich zunehmend schwer, den Modus ihres Gesprächs zu wechseln. Es widerstrebte ihr, Françoise harte und direkte Fragen zu stellen. Doch war das überhaupt nötig? Nein, war es nicht. Aber angesichts der fortschreitenden Zeit sollte sie langsam auf den Punkt kommen.

»Es ist Ihnen klar, dass ich wegen Ihres Mannes hier bin?«

»Natürlich. Die Polizei kommt immer wegen Tristan. Aber wie ich schon Ihrem Kollegen sagte, kann ich Ihnen nicht weiterhelfen. Ich habe meinen Mann seit knapp einem Jahr nicht gesehen. Ich weiß nicht, wo er ist. Ich bin es leid, immer wieder auf ihn angesprochen zu werden. Ich habe nur den Wunsch, in Ruhe gelassen zu werden.«

Isabelle sah sie nachdenklich an. »Hätten Sie nicht auch den Wunsch, ihn wiederzusehen?«

Françoise zögerte. »Wollen Sie eine ehrliche Antwort? Ich weiß es nicht. Immerhin hat er mich von heute auf morgen verlassen. Seitdem habe ich nichts mehr von ihm gehört. Der Stachel sitzt tief. Ob ich ihn wiedersehen will? Eher nicht, aber für Marguerite und Maya wäre es schön.«

»Wie war das vor einem Jahr?«

»Wie das war? Nun, Tristan war einfach weg.«

»In den Polizeiakten steht, dass Sie mit den Kindern über das Wochenende bei Ihren Eltern in Paris waren. Stimmt das?«

»Warum fragen Sie? Sie wissen doch schon alles. Lassen Sie uns lieber über das Wetter reden.«

»Als Sie am Sonntagabend nach Hause gekommen sind, lag ein Zettel auf dem Esstisch.«

»Ein schlichtes Stück Papier. Tristan war nie ein Mann der vielen Worte, aber noch knapper ging's nicht.«

Isabelle hatte in den Protokollen über de Jongs Verschwinden ein Foto mit dem Zettel und der Nachricht gesehen.

»Muss eilig abtauchen. Ich melde mich. Kuss. Dein Tristan«, zitierte sie aus dem Gedächtnis.

»Nicht ›dein‹ Tristan, nur Tristan«, korrigierte Françoise.

»War Ihr Mann immer so unpersönlich?«

Françoise musste lächeln. »Nein, war er nicht.«

»Ich denke, er hätte selbst in großer Eile liebevollere Worte finden können. Wenn Sie mir diese Bemerkung erlauben.«

Françoise biss sich auf die Unterlippe. »Ja, das denke ich auch«, sagte sie schließlich.

»Keine Grüße an Marguerite und Maya?«

Sie schüttelte wortlos den Kopf.

»Aber es ist seine Schrift?«

»Tristan hat viele Schriften, er kann sogar spiegelverkehrt schreiben wie da Vinci. Wenn er gerade einen Picasso fälscht, schreibt er wie Picasso, Sie verstehen?«

»Aber Sie haben keinen Zweifel, dass die Nachricht von Ihrem Mann stammt?«

Françoise sah sie verständnislos an. »Nein, natürlich nicht. Von wem sollte der Zettel sonst stammen?« Nach einer kurzen Pause fuhr sie fort. »Sie haben mir noch nicht verraten, warum Sie eigentlich hier sind. Das ist keine Routinebefragung, oder?«

»Keine Routine, nein. Ihr Mann hat seine Reisetasche mitgenommen, seinen Ausweis, etwas zum Anziehen und seinen Rasierapparat. Stimmt das?«

Françoise nickte. »Aber er hat seine Unterhosen vergessen.«

»Seine Unterhosen? So etwas vergisst man doch nicht.«

»Er war wohl wirklich in großer Eile.«

»Aber warum? Die Polizei war gar nicht hinter ihm her. Er hat seine Strafe abgesessen, und zu diesem Zeitpunkt ist keine Ermittlung gegen ihn gelaufen.«

»Ich habe mich auch gewundert, als am nächsten Tag kein Polizist vor der Tür stand.«

»Es hat sich auch sonst niemand bei Ihnen gemeldet, vor dem Ihr Mann geflüchtet sein könnte?«

»Nein, niemand. Deshalb ist mir ja schon der Gedanke gekommen, dass …« Sie schluckte und sprach nicht weiter.

»Dass Ihr Mann Sie einfach verlassen haben könnte?«, ergänzte Isabelle den Satz.

Françoise nickte stumm.

»Aber Sie hatten keine Ehekrise, oder?«

»Keine Krise, ganz im Gegenteil, wir waren eine glückliche Familie. Jedenfalls schien es mir so. Tristan hat keine Bilder mehr gefälscht, sondern als Restaurator gearbeitet. Ich war halbtags in meinem alten Beruf als Arzthelferin tätig und nachmittags für die Kinder da.«

»Eine kleine Idylle, die gibt man doch nicht so ohne weiteres auf?«

»Vielleicht hatte er eine Freundin?«, spekulierte Françoise. »Tristan war nicht nur ein meisterhafter Fälscher, er konnte sich auch gut verstellen.«

»So gut, dass Sie nichts bemerkten?«

Françoise sah sie fragend an. »Worauf wollen Sie hinaus?«

Das war eine schwierige Frage. Natürlich wusste Isabelle, worauf sie hinauswollte. Aber noch wusste sie nicht, wie offen sie sein sollte.

»Ich sage es Ihnen«, versprach sie, »aber vorher habe ich noch einige Fragen. Sie haben damals nicht in dieser Wohnung gelebt?«

»Nein, wir hatten ein hübsches Haus mit Garten, aber nach Tristans Verschwinden konnte ich es mir nicht mehr leisten, deshalb bin ich umgezogen. Ist nicht schlecht hier, und die Kinder haben es nicht weit zum Kindergarten.«

»Sie arbeiten weiterhin als Arzthelferin?«

»Ja, etwas anderes habe ich nicht gelernt.« Sie zeigte den Anflug eines Lächelns. »Nun ja, ich wüsste, wie man gefälschte Gemälde im Backofen altern lässt und noch so einige Tricks, doch das ist vorbei.«

Isabelle glaubte ihr. Aber glauben war nicht wissen. Allerdings sprach schon diese Wohnung für den Wahrheitsgehalt ihrer Aussagen.

»Sie haben von Ihrem Mann wirklich seit einem Jahr nichts mehr gehört?«, hakte sie nach.

Françoise schüttelte verneinend den Kopf.

»Auf dem Zettel stand doch, dass er sich melden wolle.«

»Leere Versprechung.«

»Hatten Sie nie Angst, dass ihm was passiert sein könnte?«

Sie zögerte mit der Antwort. »Doch, natürlich schon. Aber ich gehe davon aus, dass es ihm gutgeht.«

»Wieso?«

Françoise zuckte mit den Schultern. »Einfach so, ich kann es nicht erklären.«

»Weibliche Intuition?«

»Ja, vielleicht.«

»Sie hätten eine Vermisstenmeldung aufgeben können.«

»Ist nicht Ihr Ernst, oder? Mein Mann ist ein verurteilter Kunstfälscher, der von der Polizei in Ruhe gelassen werden möchte. Und ihn soll ich vermisst melden und ihm die Polizei auf den Hals hetzen? Keine gute Idee.«

Isabelle hatte keine andere Antwort erwartet, hatte die Begründung aber trotzdem hören wollen.

»Bitte seien Sie mir nicht böse, doch rein theoretisch könnte es sein, dass Sie uns an der Nase herumführen. Sie könnten mit Ihrem Mann gemeinsame Sache machen und nur so tun, als ob er Sie verlassen hätte und Sie keinen Kontakt mehr haben. In Wahrheit fälscht er wieder munter Bilder. Irgendwann hat er so viel Geld gebunkert, dass auch Sie mit Ihren Kindern

verschwinden und mit ihm auf einer fernen Karibikinsel Ihren Wohlstand genießen. Ich sage nicht, dass es so ist, aber es könnte so sein. Geben Sie mir ein Argument, das diese Annahme widerlegt. Dann sage ich Ihnen, warum ich hier bin.«
Françoise machte große Augen. »So etwas halten Sie wirklich für möglich?«
»Ich halte grundsätzlich alles für möglich. Also?«
Françoise dachte nach. Dann stand sie auf und holte aus dem Wohnzimmer ein gerahmtes Foto. Darauf war ihr Mann zu sehen, der seine freudestrahlenden Töchter in den Armen hielt.
»Das Bild habe ich wenige Wochen vor seinem Verschwinden aufgenommen.« Ihre Hände zitterten. »In drei Stunden hole ich sie vom Kindergarten ab«, fuhr sie fort. »Ich schlage vor, dass Sie mich begleiten. Dann fragen Sie Marguerite und Maya, wann sie das letzte Mal von ihrem Papa gehört haben, wann sie ihn das letzte Mal gesehen haben, wann er ihnen das letzte Mal einen Gutenachtkuss gegeben hat. Sie werden Ihnen die Wahrheit sagen, und sie werden weinen. Es gibt nichts Ehrlicheres auf der Welt als die Tränen kleiner Mädchen.«
Die Antwort machte Isabelle beklommen. Denn dass ein junger Vater es fast ein Jahr fertigbrachte, seine kleinen Zwillingstöchter aus freien Stücken nicht mehr in die Arme zu schließen, das war nun wirklich fern jeglicher Realität. Außerdem war Tristan nach allem, was sie wusste, kein seelenkalter Holzklotz, sondern ein sensibler Künstler. Er würde an der Trennung zerbrechen. Was war die Schlussfolgerung? Die Nachricht auf dem Bild war authentisch, Tristan de Jong war wirklich entführt worden. Die Verbrecher hatten ihn gezwungen, den »Abschiedsbrief« zu schreiben. Und sie hatten vergessen, seine Unterhosen einzupacken.
»Sie wollten mir sagen, warum Sie hier sind?«, wurde sie von Françoise an ihr Versprechen erinnert.

Noch immer zögerte Isabelle. Was brachte es, Françoise einzuweihen? Umgekehrt gefragt: Was konnte es schaden? Vielleicht konnte sie irgendwelche Hinweise geben? Sie kannte das Vorleben ihres Mannes so genau wie niemand sonst – und sie kannte seine früheren Kontakte in der Szene. Es war mehr als wahrscheinlich, dass die Entführer Tristan de Jong zuvor gekannt hatten. Sie wussten, auf was und auf wen sie sich einließen. Und sie wussten, dass sie mit seiner Hilfe viel Geld scheffeln konnten, sehr viel Geld.

Isabelle gab sich einen Stoß.

»Ich bin hier, weil ich glaube, dass Sie und Ihre Töchter von Ihrem Mann nicht freiwillig verlassen wurden.«

»Wie bitte? Nicht freiwillig? Wie meinen Sie das?«

»Nun, ich habe Anlass zur Annahme, dass er entführt wurde und an einem unbekannten Ort gefangen gehalten wird.«

Françoise sah sie entsetzt an.

»Warum sollte jemand Tristan entführen? Wir sind nicht reich, wir können kein Lösegeld bezahlen.«

»Das nicht, aber Ihr Mann kann in der Gefangenschaft gezwungen werden, das zu tun, was er am besten kann, nämlich Bilder großer Maler fälschen, bevorzugt jene der klassischen Moderne.«

»Warum sollte er das tun?«

»Vielleicht drohen seine Entführer, Ihnen und Ihren Töchtern Leid zuzufügen. Um das zu verhindern, würde er alles tun, was von ihm verlangt wird. Zum Beispiel einen Matisse fälschen und danach einen Picasso und dann einen Cézanne und so weiter.«

Françoises Gesicht war kreidebleich. »Das halten Sie für möglich?«

Isabelle hielt es für klüger, ihr nicht alles zu sagen. Von der versteckten Botschaft in einem gefälschten Matisse musste sie nichts wissen.

»Dafür gibt es sehr konkrete Anhaltspunkte. Wenn er entführt wurde, müssen wir versuchen, Ihren Mann aufzuspüren und ihn zu befreien. Das ist meine Aufgabe, deshalb bin ich hier. Ich denke, Sie sollten das wissen.«

Françoise zitterte. »Mein Tristan wurde entführt? Warum bin ich nie auf diese Idee gekommen? Aber natürlich, das würde alles erklären.«

»Eigentlich ist das eine gute Nachricht«, sagte Isabelle leise. »Ihr Mann hätte Sie nicht aus freien Stücken verlassen, er hätte Sie nicht im Stich gelassen.«

»Nein, das hat er nicht. Ich habe es immer gespürt, bin aber nicht auf die Lösung gekommen.« Françoise knetete nervös ihre Finger. »Ich habe Ihnen was verschwiegen«, sagte sie nach einer Weile. »Hoffentlich macht das nicht alles zunichte.«

»Das wäre?«

»Kann ich Ihnen vertrauen?«

»Sie *müssen* mir vertrauen.«

Ihr war anzusehen, dass es ihr nicht leichtfiel, damit herauszurücken.

»Ich bekomme jeden Monat einen anonymen Umschlag mit zweitausend Euro zugeschickt. Seit Tristans Verschwinden. Ich dachte, mein Mann würde sich auf diese billige Weise ein gutes Gewissen verschaffen wollen. Am liebsten hätte ich das Geld verbrannt, aber es hilft mir über die Runden. Zweitausend Euro, jeden Monat. Wie passt das ins Bild einer Entführung?«

Das war eine gute Frage. Aber die Antwort fiel nicht schwer. »Das passt, sehr gut sogar. Ihr Mann hat sich vermutlich nicht einschüchtern lassen und sich geweigert, einen Pinsel anzurühren. Es war ihm nicht genug, dass die Entführer Ihnen und Ihren Kindern nichts antun wollten, er hat verlangt, dass Ihnen eine regelmäßige Zahlung zugeht. Zweitausend Euro sind angesichts der Verkaufspreise seiner Bilder ein Klacks, darauf haben sich die Kidnapper eingelassen.«

»Das sähe ihm ähnlich. Doch, so könnte es sein. Sie haben mich vorhin gefragt, warum ich nicht daran glaube, dass ihm was passiert sein könnte. Mich haben diese regelmäßigen Zahlungen beruhigt. Jeder Umschlag war wie eine kleine Botschaft: Hallo, ich lebe noch, und ich denke an euch.«

»Er hätte was Liebes dazuschreiben können?«

»Darauf habe ich immer gehofft. Jetzt verstehe ich es. Die Entführer erlauben es ihm nicht.«

»So könnte es sein«, stimmte Isabelle zu. »Kommen die Umschläge per Post?«

»Ja, sie sehen immer gleich aus. Gelbe Umschläge ohne Absender, abgestempelt in Nizza. Ohne eine einzige Erklärung, nur das Geld in großen Scheinen. Ich kann Ihnen einen Umschlag mitgeben.«

»Das wäre gut. Obwohl ich nicht glaube, dass er uns weiterhilft. Auch hat der Poststempel nichts zu bedeuten. Nizza ist groß, und man kann auch organisieren, dass der Brief irgendwo im Stadtbezirk eingesteckt wird, von Freunden oder wie auch immer. In Wahrheit ist man ganz woanders.«

Françoise sah sie traurig an. »Ich muss Ihnen was gestehen. Ich bin die letzten Monate immer wieder mal nach Nizza gefahren und habe Tristan dort gesucht, in den Bars und Restaurants, in denen wir früher zusammen waren, auf dem Fischmarkt Saint-François, wo wir *rascasse* gekauft haben. Ich war auf dem Marché artisanal nocturne, dem abendlichen Kunst- und Trödelmarkt am Cours Saleya. Ich habe in der Kathedrale eine Kerze angezündet und gebetet, dass Tristan wieder zurückkommt. Alles vergebens. Jetzt weiß ich, warum.«

»Seine Entführer werden Ihren Mann nicht frei herumlaufen lassen.«

»Das wird er vermissen, er braucht seine Freiheit. Tristan liebt es, herumzustreunen und sich inspirieren zu lassen.«
Isabelle sah sie forschend an. »Sonst gibt es keine Geheimnisse mehr, die Sie mir besser erzählen sollten?«
»Nein, keine. Was meinen Sie, soll ich den Mädchen sagen, dass ihr Papa vielleicht bald wiederkommt?«
»Sie erzählen nichts, weder Ihren Töchtern noch sonst irgendjemandem. Wenn Sie Ihren Mann wiedersehen wollen, müssen Sie schweigen und so tun, als ob nichts wäre. Das müssen Sie mir versprechen.«
»Sie haben ja recht. Ich verspreche es.«
»Aber wirklich, ich verlasse mich auf Sie.«
»Das können Sie. Wie wollen Sie meinen Mann finden?«
»Es gibt einige Hinweise, die wir verfolgen«, antwortete Isabelle ausweichend. »Wir dürfen nichts überstürzen, die Entführer dürfen nicht merken, dass wir ihnen auf der Spur sind. Aber ich bin zuversichtlich. Wir schaffen das.«
»Wie hoch ist Ihre Erfolgsquote?«, fragte Françoise.
Isabelle dachte nach. Tatsächlich hatte sie in ihrer Funktion als Madame le Commissaire bislang jeden Fall aufgeklärt. Zugegeben, allzu viele waren es nicht, aber das musste sie nicht verraten. Es gab keinen Grund, Françoise die Zuversicht zu nehmen.
Lächelnd antwortete sie: »Meine Erfolgsquote? Sie liegt bei hundert Prozent.«
»Wirklich? Ich hoffe, das bleibt so.«
»Das wünsche ich mir auch.«
Zum Abschied umarmten sie sich. Das war bei Zeugenvernehmungen ungewöhnlich. Aber Françoise war keine normale Zeugin, sondern eine Betroffene. Und Isabelle war keine normale Kommissarin. Auch daran wollte sie nichts ändern.

21

Auf der Fahrt nach Cannes freute sie sich, dass sie nur noch diesen einen Fall zu bearbeiten hatte. Natürlich interessierte sie, wie es mit Roux weiterging und was aus Gregorian wurde. Aber sie würde nicht fragen. Zu gegebener Zeit würde es ihr Balancourt von selbst erzählen.

Isabelle sah auf die Uhr. Sie würde rechtzeitig bei Jallobert eintreffen. Wenn sie Glück hatte, würde dieser mysteriöse Sébastien höchstpersönlich auftauchen, um seinen Matisse abzuholen. Und dann? Was war ihr Plan? Sie musste sich eingestehen, dass sie keinen hatte. Wahrscheinlich war es am besten, Sébastien einfach zu verhaften. Es reichte völlig, ihn der Hehlerei mit gefälschter Kunst zu bezichtigen. Einen Tristan de Jong musste sie ebenso wenig erwähnen wie seinen im Bild versteckten Hilferuf. Anschließend könnte sie ihn verhören, sich dabei aber ahnungslos geben. Vielleicht kam dabei was raus? Wenn nicht, würde sie ihn bald wieder auf freien Fuß setzen müssen, aber mit der Option, ihm heimlich zu folgen – im Idealfall auf direktem Weg zu de Jong.

War das ein guter Plan? Genial war er nicht, aber praktikabel. Vielleicht kam ihr später noch eine bessere Idee. Es könnte auch sein, dass sich Sébastien bei Jallobert nur per Telefon meldete. In diesem Fall müssten sie so tun, als ob der Matisse zur Abholung bereitstünde. Wie auch immer. Irgendwas würde ihr schon einfallen – ob gescheit oder gescheitert, wusste man wie immer erst hinterher.

Eigentlich hatte sie vorgehabt, bei Jallobert nur kurz vorbeizuschauen, um dann bei einem Bistro um die Ecke eine Kleinigkeit zu essen. Aber es kam anders. Der Galerist befand sich in einem Zustand fortgeschrittener Konfusion. Die Krawatte war verrutscht, der Hemdkragen stand offen, und die Achselhöhlen waren verschwitzt. Sie hatte ihn als älteren Herrn kennengelernt, der größten Wert auf ein gepflegtes Äußeres legte. Es musste etwas Schlimmes passiert sein. Isabelle schoss der Gedanke durch den Kopf, dass sie womöglich zu spät gekommen war. Doch Jallobert erklärte, dass sich Sébastien noch nicht gemeldet habe, seine Aufregung habe einen anderen Grund. Er deutete auf eine Sitzgruppe in der Ecke. Sie möge entschuldigen, aber er müsse sich dringend setzen. Er zog sein Einstecktuch aus dem Sakko und tupfte sich die Stirn ab.

Es dauerte eine Minute, bis er sich in der Lage sah, für Aufklärung zu sorgen. Bis vor kurzem seien ihre Kollegen von der Gendarmerie im Laden gewesen und hätten Spuren gesichert, berichtete er.

Sie unterdrückte die Bemerkung, dass Beamte der Gendarmerie aus Sicht der *Police nationale* keine »Kollegen« waren.

Weil er nicht mehr weitersprach, ganz so, als ob bereits alles gesagt wäre, wiederholte sie fragend seine letzten Worte: »Spuren gesichert?«

Er nickte. »Von den Einbrechern, Sie verstehen?«

Nun, das immerhin verstand sie. In Jalloberts altehrwürdiger Galerie hatte es keinen Mord gegeben, auch keinen Überfall, sondern ganz offenbar einen schlichten Einbruch.

»Wann wurde bei Ihnen eingebrochen?«, fragte sie.

»In der letzten Nacht. Die Gendarmerie glaubt, so zwischen zwei und vier Uhr morgens.«

»Was wurde gestohlen?«

»Nichts, das ist ja das Merkwürdige. Aber sie haben alles durchwühlt, sogar mein Büro.«
Isabelle sah zur Eingangstür und zum Schaufenster. Sie konnte keine Einbruchsspuren erkennen.
»Wie sind sie reingekommen?«
»Von hinten, durch das Kippfenster der Toilette.«
»Was ist mit der Alarmanlage?«
Jallobert hüstelte verlegen. »Ich habe überall Fensterkontakte. Leider nicht auf der Toilette. Das Kippfenster ist ganz klein und dient nur der Frischluftzufuhr. Ich hätte nicht gedacht, dass man da durchpasst.«
Sie ließ ihren Blick erneut durch den Raum schweifen. »Bewegungsmelder gibt's keine, aber eine Videoüberwachungsanlage. Was ist mit ihr?«
»Sie stellen die gleichen Fragen wie Ihre Kollegen.«
Isabelle zog eine Augenbraue nach oben. »Die Fragen sind so einfach, dass sogar die Gendarmerie draufkommt. Also?«
»Die Videoaufzeichnung hat wohl funktioniert, aber die Einbrecher haben den Rekorder gefunden und die Festplatte zerstört.«
»Na prima. Ich habe Ihnen schon mal gesagt, dass Sie sich eine modernere Anlage anschaffen sollten. Warum eigentlich *die* Einbrecher? Vielleicht war's nur einer?«
»Ja, könnte auch sein. Die Gendarmerie war sich nicht schlüssig.«
»Apropos Gendarmerie, haben Sie den Beamten vom Matisse erzählt, von mir und von der Beschlagnahmung des Bildes?«
»Nein, das habe ich in meiner Aufregung vergessen.«
»Gut so, die müssen nicht alles wissen. Sie sind sich ganz sicher, dass nichts gestohlen wurde?«
»Definitiv. Ich kann mir das nur so erklären, dass ich momentan keine wirklich lohnenswerten Bilder in der Ausstellung

habe. Den Miró habe ich Gott sei Dank gestern verkauft. Die Skulpturen sind zu schwer, außerdem so groß, dass sie nicht durchs Klofenster passen.«

»Sie sagten, es wurde alles durchwühlt, sogar Ihr Büro, richtig?«

»Ja, keine Ahnung, was sie gesucht haben.«

»Wo bewahren Sie die polizeilichen Unterlagen zur Beschlagnahmung des Matisse auf? Auch in Ihrem Büro?«

»Natürlich. Den Aktenschrank haben die Einbrecher aufgehebelt, ich hatte ihn wie immer abgesperrt.«

»Und? Sind die Unterlagen zum Matisse noch da?«

»Habe ich nicht überprüft. Ich sehe da keinen Zusammenhang.«

Nun, das konnte man so sehen. Sie sah das entschieden anders. Sie machte eine auffordernde Handbewegung. »Schauen wir nach!«

Jallobert rückte seinen Krawattenknoten zurecht und erhob sich ächzend aus seinem Sessel. Er ging schleppenden Schrittes voraus und zeigte ihr den aufgebrochenen Aktenschrank. Dann entnahm er ihm einen Ordner und suchte das entsprechende Register.

»*Voilà,* hier ist die gesamte Dokumentation zum Bild, die Kopien zur Provenienz, der Kommissionsvertrag und die Beschlagnahmung durch die *Police nationale*. Alles da.« Er klappte den Bügel auf. »Pardon, da habe ich ein Blatt schief abgelegt und ein Loch vergessen.«

»Passiert Ihnen das häufiger?«

»Eigentlich nicht. So, jetzt stimmt's.«

Auch diese kleine Unachtsamkeit passte ins Bild, dachte Isabelle. Denn dass dieser rätselhafte Einbruch, bei dem nichts geklaut wurde, kein Zufall und durchaus zu erklären war, schien ihr so gut wie sicher.

»Kann ich mal die Toilette sehen?«, fragte sie.
Jallobert stöhnte. »Ja, aber dann ist Schluss. Ich muss mich von den Strapazen erholen. Am liebsten würde ich die Galerie für den restlichen Tag schließen, aber wir warten ja noch auf Sébastien.«
»Er wird nicht kommen«, sagte sie, »und auch nicht anrufen.«
»Warum?«
»Erst möchte ich die Toilette sehen.«
Sie folgte ihm nach hinten, stieg auf die Kloschüssel und begutachtete das aufgebrochene Kippfenster, das nur noch mit einer Schraube am Scharnier hing.
»Ich würde gut durchpassen«, stellte sie fest. »Seien Sie froh, dass nichts gestohlen wurde. Die Versicherung würde nichts zahlen.«
»Ich darf gar nicht daran denken.«
»Sie wollen wissen, warum ich glaube, dass Sie nichts von diesem Sébastien hören oder sehen werden? Ich kann's Ihnen sagen: weil nicht nur ich durch dieses Toilettenfenster passen würde, sondern auch er. Sie haben ihn als klein und dürr beschrieben, richtig?«
»Das stimmt.« Er sah sie verständnislos an. »Aber warum sollte er?«
»Ganz einfach, er wollte den Matisse zurück, und zwar so schnell wie möglich. Er hatte Grund zur Annahme, dass im Zusammenhang mit dem Bild ermittelt wird. Er hat Ihnen nicht geglaubt, dass der Rahmen beim Restaurieren ist. Außerdem war ihm der Rahmen egal. Das Gemälde bei Ihnen persönlich abzuholen erschien ihm zu riskant. Er musste fürchten, dass die Polizei auf ihn wartet. Also ist er des Nachts durchs Klofenster eingestiegen. Wahrscheinlich war er bei seinem ersten Besuch auf der Toilette, kann das sein?«
»Daran erinnere ich mich nicht mehr. Doch, ich glaube schon.«

»Bei der Gelegenheit hat er das ungesicherte Kippfenster gesehen. Den Matisse hat er nicht gefunden. Daraufhin hat er im Büro nach den Unterlagen gesucht. Jetzt weiß er alles, nämlich, dass der Matisse als Fälschung entlarvt und von der *Police nationale* beschlagnahmt wurde. Das Bild ist für ihn verloren. Keine Chance, es auf anderen Kanälen zu Geld zu machen.«

Jallobert sah sie ungläubig an. »Wie sollte Sébastien darauf kommen, dass das Bild beschlagnahmt wurde? Ich habe nichts gesagt.«

»Von der Beschlagnahmung hat er nichts gewusst, sonst wäre er nicht eingestiegen. Aber die Fälschung ist durch Übermalung eines anderen Bildes erfolgt. Und die Spur dieses Gemäldes haben wir verfolgt, davon könnte er erfahren haben.«

»Versteh ich nicht.«

Das machte nichts, sie hatte ihm ohnehin schon mehr erzählt als nötig. Von einem Josbert Paullinac musste er nichts wissen. Sie dachte an Apollinaires Pfeil auf dem Chart, der von Paullinac zu den Entführern führte. Damit hatte er wohl ins Schwarze getroffen. Der Trödelhändler aus Saint-Paul-de-Vence dürfte Sébastien nicht nur kennen, womöglich suchte er sogar in seinem Auftrag gezielt nach alten Gemälden, die sich als Unterlage für Fälschungen eigneten. Er hatte Sébastien von der Kommissarin erzählt und von ihren komischen Fragen zum Bild des Jean Baptiste. Offenbar war Sébastien ein misstrauischer Mann und hatte die richtigen Schlüsse gezogen. Umso wichtiger war es, dass sich Apollinaire gerade in Saint-Paul-de-Vence befand und Paullinac observierte.

»Die Geschichte ist kompliziert«, entgegnete sie. »Aber so wird es sein.«

»Die Gendarmerie vermutet hinter dem Einbruch eine Bande, die derzeit an der Côte d'Azur ihr Unwesen treibt.«

»Ist ja grundsätzlich nicht auszuschließen. Sollen sie nur in diese Richtung ermitteln.«

»Was ist mit Sébastien und dem gefälschten Matisse? Müssen wir die Gendarmerie nicht von Ihrer Theorie in Kenntnis setzen? Zugegeben, ich habe nicht daran gedacht, aber jetzt erscheint es mir wichtig.«

»Besser nicht. Das würde sie nur verwirren.«

»Sie nehmen das auf Ihre Kappe?«

»Natürlich, keine Sorge. Ich habe noch eine andere Frage: Hat die Gendarmerie den Rekorder mit der zerstörten Festplatte mitgenommen?«

»Nein, die ist total kaputt. Nichts zu machen.«

»Kann ich mir das Gerät ausleihen?«

»Klar. Ich werde sowieso Ihrem Rat folgen und in neue Technik investieren.«

»Sehr vernünftig.« Sie sah auf die Uhr. »Ich geh jetzt was essen.«

»Mir ist der Appetit vergangen. Was mach ich, falls sich dieser Sébastien doch noch meldet, um den Matisse abzuholen?«

»Dann erreichen Sie mich jederzeit auf meinem *portable*, aber wie ich schon sagte, das wird nicht passieren.«

22

Die Zeit im Bistro brauchte Isabelle, um ihre Gedanken zu sortieren. Deshalb gönnte sie sich nach einem *croque monsieur* noch eine Kugel Eis und einen *petit noir*. Sie dachte über den bisherigen Tag nach. Erst das Gespräch mit Françoise. Jetzt der Einbruch bei Jallobert. Alles fügte sich wie bei einem Puzzle zusammen. Einige Mosaiksteinchen fehlten noch. Blieb die entscheidende Frage, ob sich aus alldem irgendein Hinweis ergab, der zu Tristan de Jong führen könnte. Da schaute es leider finster aus. Sébastien war ihr durch die Maschen geschlüpft. Blieb nur noch Paullinac.

Sie rief Apollinaire an. Der war vor Ort und berichtete, dass sich der Mann ganz sicher und definitiv in seinem Trödelladen befand. Er könne ihn sogar gerade durch das Schaufenster sehen, hinter einem Rettungsring und einer afrikanischen Maske.

Das war beruhigend. Dennoch wurde es höchste Zeit. Sie zahlte und machte sich auf den Weg.

Von Cannes nach Saint-Paul-de-Vence waren es laut ihrem Navi knapp dreißig Kilometer. Trotzdem berechnete der Computer bei der derzeitigen Verkehrslage mindestens eine Stunde. Über den Boulevard Carnot auf die A8 Richtung Nizza, dann die Ausfahrt bei Cagnes-sur-Mer. Die Autofahrerei konnte einem wirklich auf den Geist gehen. Aber es ging nicht anders. Sie war kein Rouven Mardrinac, der einfach über die Blechkarawanen hinwegschwebte. Auch kommandierte sie keine Spezialeinheit mehr, die über eine eigene Hubschrauberstaffel verfügte. Sie war nur eine kleine Kommissarin, die in einem Fall ermittelte, der sie im Zickzackkurs durch die Provence und entlang der Côte d'Azur führte. Von Françoise in Aix-en-Provence bis zu Frank Lloyd Hilferding in Menton. Weiter östlich ging es nicht, da kam die italienische Grenze. Apropos Hilferding, er hatte vorhin angerufen und sie zum Abendessen eingeladen. An einem Ort ihrer Wahl. Ganz schön leichtsinnig. Sie könnte ihn ja nach Fragolin beordern, da würde er Augen machen. Aber nicht nur er, sondern auch Thierry und Clodine würden staunen. Das wäre also keine gute Idee. Aber die Vorstellung war amüsant, das immerhin. Nun, sie hatte sowieso abgesagt.

Dass sich kurz danach Rouven Mardrinac mit einer Textnachricht meldete, um ihr einen guten Morgen und *une bonne journée* zu wünschen, war eine nette Zufälligkeit – und ließ den Schluss zu, dass er in fernen Regionen weilte und dort jegliches Gefühl für die französische Zeit verloren hatte.

Fehlte nur noch Thierry Blès. Aber der ließ nichts von sich hören. Wahrscheinlich war er noch immer beleidigt, dass sie ihm seine hübsche Tänzerin ausgespannt hatte. Oder er war in Clodines Fänge geraten.

In Saint-Paul-de-Vence angekommen, traf sie Apollinaire an einem Stehtischchen vor einer kleinen *Crêperie*, die Paullinacs Trödelladen fast gegenüberlag. Wie befürchtet hatte Apollinaire ein buntes Hawaiihemd an. Die dunkle Sonnenbrille hatte sie bei ihm noch nie gesehen. Aber irgendwie passte alles, er sah aus wie ein ganz normaler Tourist. Das Beste an seiner »Tarnung« war, dass er ziemlich unverhohlen und erstaunlich begabt mit der Bedienung flirtete. Diese hatte entfernte Ähnlichkeit mit seiner Shayana. Isabelle, die sich zu ihm an den Tisch stellte, allerdings mit dem Rücken zum Laden und so, dass sie von einem großen Topf mit Geranien verdeckt wurde, verstand kein Wort. Apollinaire schäkerte mit der Bedienung auf Arabisch. Keinem Beobachter würde es komisch vorkommen, dass er hier schon den ganzen Nachmittag verbracht hatte. Das Anbaggern einer *Mademoiselle* brauchte eben Zeit.

»Können Sie ihn sehen?«, fragte Isabelle.

»Nein, gerade nicht. Aber er muss im Geschäft sein, ich habe die Tür keine Sekunde aus den Augen gelassen. Vor einer Viertelstunde hat er auf der Straße eine Zigarette geraucht, dann ist er wieder rein.«

Am besten wäre es, dachte sie, Paullinac rund um die Uhr zu beschatten in der Hoffnung, dass er sich irgendwann mit Sébastien treffen würde oder gleich direkt mit einem der Entführer. Aber das war nicht praktikabel, dazu fehlten ihr die personellen und technischen Ressourcen. Also blieb nur, ihn unter einem fadenscheinigen Vorwand zu verhaften und zu befragen. Dabei würde voraussichtlich nichts herauskommen, schon deshalb, weil sie Tristan de Jong mit keinem Wort erwähnen durfte. Wieder auf freiem Fuß, standen die Chancen gut, dass er als unmittelbare Reaktion etwas Unbedachtes tat. Das würde hoffentlich bald geschehen – oder es passierte das Gegenteil, nämlich nichts. Das freilich wäre fatal, denn damit würde offenbar, dass sie sich auf dem Holzweg befand. Ihre schöne Theorie würde in sich zusammenfallen wie ein Kartenhaus. Aber daran wollte sie nicht denken.

23

Beim Betreten des Trödelladens *Bric-à-Brac* war sie noch voller Zuversicht. Apollinaire, der voller Tatendrang vorausschritt, stieß mit dem Kopf gegen einen antiken Kronleuchter. Sie hatte Ähnliches erwartet. Auch, dass es glimpflich ausging. Ganz und gar unerwartet war indes die Begrüßung durch eine alte Verkäuferin – und ihre Auskunft, dass Monsieur Paullinac das Geschäft vor wenigen Minuten verlassen habe. Er sei auf unbestimmte Zeit in Urlaub. Bis zu seiner Rückkehr führe sie den Laden.

Das Geschäft verlassen? Apollinaire hatte den Eingang immer im Blick gehabt. Gab es einen Hinterausgang? Bei ihrem vorangegangenen Besuch hatte sie keinen gesehen.

Auf ihre Frage deutete die alte Frau etwas tattrig auf ein Bärenfell an der Wand. Tatsächlich verbarg sich dahinter eine Tür. *Merde!*

Apollinaire öffnete sie und rannte hinaus. Isabelle fragte die Verkäuferin nach der privaten Adresse von Paullinac. Offenbar wohnte er auf dem Land in unmittelbarer Nähe von Saint-Paul. Sie ließ sich noch sein Auto beschreiben, er fuhr einen roten Citroën mit weißem Dach, dann eilte sie ihrem Assistenten hinterher. Der stand ratlos in einer menschenleeren Gasse und raufte sich die Haare.

»Der Mistkerl ist uns entwischt.«

»Noch nicht«, stellte Isabelle fest. »Ich hol mein Auto und fahr zu ihm nach Hause. Sie können sich derweil nach einem roten Citroën mit weißem Dach umschauen. Vielleicht kauft er noch

was ein? Leider gibt es mehrere Straßen, die aus Saint-Paul-de-Vence herausführen. Sie können auf gut Glück eine auswählen.«
»Auf gut Glück? *Je comprends!* Aber Sie müssen wissen, dass ich im Leben selten Glück habe.«
»Das ist die falsche Einstellung. Darüber müssen wir uns mal unterhalten, aber nicht jetzt. Achten Sie auf Ihr *portable,* ich melde mich.«
Isabelle rannte zu ihrem Polizeiauto. Apollinaire versuchte sich zu erinnern, wo er seinen *deux chevaux* geparkt hatte.
Sie gab Paullinacs Privatadresse ins Navi ein und fuhr los. Nach wenigen Metern musste sie scharf bremsen und einem entgegenkommenden Auto ausweichen. Es handelte sich um einen roten Citroën mit weißem Dach – und mit Paullinac am Steuer, den sie unzweifelhaft erkannte. Ihre Blicke trafen sich nur für einen Moment, dann gab er Gas.
Isabelle musste erst weiter bis zu einer Möglichkeit, in der engen Straße zu wenden. Dann fuhr sie ihm hinterher. Der Citroën war längst außer Sichtweite. Eine Frau mit Kinderwagen überquerte die Straße. Ein Lieferwagen stand im Weg. Paullinac war auf und davon.
Ihr *portable* klingelte. Apollinaires Stimme überschlug sich.
»Man sollte ihm, doch, doch, ganz sicher … Sie verstehen? Man sollte dem Wahnsinnigen die Fahrerlaubnis entziehen, er gefährdet den Straßenverkehr … Was ich sagen will, er hätte mich gerade fast gerammt.«
»Paullinac? Wo haben Sie ihn gesehen?«
»Am Steuer seines Autos. Er hat seinen dämlichen Strohhut auf …«
»Apollinaire! Wo? Auf welcher Straße? Wo fährt er hin?«
»Ach so, natürlich, das wollte ich gerade mitteilen. Er fährt auf der D2 nach Süden. Die *Route des Serres*. Aber er ist weg. Bei meinem 2CV ist vor Schreck der Motor abgestorben …«

»*Route des Serres?* Ich bin unterwegs.«

Rechts ging es zur *Fondation Maeght*, links war auf einer blauen Tafel die *Route des Serres* ausgeschildert. Isabelle machte das Blaulicht an und nahm die Verfolgung auf. Nach einer Kurve kam sie an Apollinaire vorbei, der bei seinem 2CV die Kühlerhaube aufgemacht hatte und die Hände gen Himmel hob. Ob es sich dabei um einen Gruß handelte oder um eine Geste der Verzweiflung, war Auslegungssache. Sie drückte zum Gruß kurz auf die Sirene und raste weiter. Allzu groß konnte Paullinacs Vorsprung nicht sein. Offenbar fuhr er schnell, aber es hatte ihr schon im Fahrertraining Spaß gemacht, ihre männlichen Kollegen zu düpieren. Wenn sie meinten, sie führen schnell, fuhr sie einfach noch schneller. Wäre doch gelacht, wenn sie Paullinac nicht einholen könnte. Sie mochte es nicht, an der Nase herumgeführt zu werden. In den Laden vorne reingehen und hinten wieder raus – wo gab es denn so was? Auf unbestimmte Zeit im Urlaub? Und nun der Versuch, sich mit Karacho aus dem Staub zu machen. Das kam einem Schuldeingeständnis gleich. Paullinac hing mit drin, ganz sicher. Entweder kannte er die Entführer, oder er gehörte selbst dazu.

Die *Route des Serres* war eng und kurvig. Die Landstraße wurde von Mauern gesäumt und immer wieder von direkt angrenzenden Hauswänden. Zwar war wenig Verkehr, dennoch konnte sie nicht richtig Tempo machen, das war zu gefährlich. Endlich kam eine Kurve, die übersichtlicher war. Sie bremste erst spät, das Heck ihres Fahrzeugs brach aus. Routiniert steuerte sie dagegen und beschleunigte schon wieder. Die Wände reflektierten ihr Blaulicht.

Es folgte eine längere Gerade. Am Ende erspähte sie einen roten Citroën. Das war er! Gleich hatte sie ihn.

Isabelle drückte das Gaspedal voll durch. Sie näherte sich einer weiteren Kurve. Der Citroën verschwand für einen Mo-

ment aus ihrem Blick. Erneut ein spätes Anbremsen, runterschalten, gegensteuern. Jetzt war sie direkt hinter ihm. Sie ließ die Sirene aufheulen. Paullinac musste klar sein, dass es vorbei war. Sein »Urlaub« war auf unbestimmte Zeit verschoben.
Der Mann war entweder schwer von Begriff oder total verrückt. Statt aufzugeben, zeigte er ihr aus dem offenen Seitenfenster einen Stinkefinger und gab wieder Gas.
Ihr blieb nichts anderes übrig, als ihn zu überholen und zum Bremsen zu zwingen. Warum fuhr der Idiot nicht einfach rechts ran? Was hatte er zu befürchten? Er war ja kein gesuchter Massenmörder, der Angst haben musste, sein restliches Leben hinter Gittern zu verbringen. Er war nur ein kleiner Trödelhändler aus dem hübschen Saint-Paul-de-Vence, der in eine Kunstfälschung verwickelt war. Die Beteiligung an einer Entführung war ebenso ungewiss wie leicht zu leugnen. Warum also diese kamikazehafte Flucht?
Wie zum Beweis seiner Kopflosigkeit setzte Paullinac zu einem gewagten Überholmanöver an. Dabei kam er ins Schleudern und schaffte es nur mit Mühe, den Wagen auf der Straße zu halten.
Das war nicht gut, gar nicht gut. Wenn er so weiterfuhr, passierte noch was. Isabelle konnte nicht verantworten, das Leben Unschuldiger zu gefährden. Kurz entschlossen brach sie die Verfolgung ab. Sie schaltete das Blaulicht aus und ließ sich zurückfallen.
Sie würde ihn über Funk zur Fahndung ausschreiben. Weit würde er nicht kommen.
Die nächste Kurve durchfuhr sie in gemäßigter Geschwindigkeit. Sekunden später ereignete sich vor ihren Augen eine filmreife Katastrophe. Obwohl alles ganz schnell ging, nahm sie die Szene wie in Zeitlupe wahr. Sie sah einen entgegenkommenden schweren Lastwagen mit riesiger Kühlerfront

und gewaltigem Stoßfänger. Schwarz und bedrohlich. Und sie sah den erneut schleudernden roten Citroën, der im Vergleich zum Lastwagen wie ein Spielzeugauto wirkte. Der Zusammenprall war unvermeidlich. Der Citroën bohrte sich frontal in den Truck. Das Dach des Kleinwagens wurde abgerissen, Teile flogen durch die Luft, das Chassis verschwand unter dem Laster. Es kam zu einer kleinen Explosion.

Dann war alles vorbei.

Isabelle hielt an, schaltete das Blaulicht ein und atmete tief durch.

Es war still, fast gespenstisch ruhig, nur ein leichtes Sirren lag in der Luft. Es kam nicht von den Zikaden.

Beim Truck setzte sich aus unerfindlichen Gründen der Scheibenwischer in Gang. Sie sah, wie der Fahrer aus seiner Kabine stieg und nach unten kletterte. Ihm war nichts passiert. *Dieu merci!*

Es gab keinen Grund zur Eile, für niemanden. Auch war es egal, wie schnell die Rettung eintraf. Dass Paullinac nicht mehr lebte, stand außer Zweifel. Vermutlich gab es zwei Teile von ihm. Mindestens. Isabelle wollte nicht daran denken. Schließlich war das einer der Gründe, warum sie sich nach Südfrankreich zurückgezogen hatte. Sie hatte in ihrem Leben schon zu viele Tote gesehen, auf jeden weiteren konnte sie verzichten. Und jetzt war es doch geschehen. Wieder einmal. *Merde, merde, merde …*

24

Es gab gute und schlechte Tage. Und es gab Tage, die fingen gut an und nahmen ein beschissenes Ende. So wie gestern. Isabelle saß am Schreibtisch in ihrem Kommissariat und trank schon die vierte Tasse Kaffee. Die Formalitäten waren erledigt. Sie hatte ein ausführliches Protokoll zum Unfallhergang geschrieben. Natürlich hatte sie dargelegt, warum sie Josbert Paullinac verfolgt hatte. Weil er nämlich ein wichtiger Belastungszeuge und zudem Tatverdächtiger in einer laufenden Ermittlung gewesen sei. Er habe sich einer Befragung durch Flucht entziehen wollen. Dabei sei es zu dem tödlichen Zusammenstoß gekommen. Wobei sie die Verfolgung zu diesem Zeitpunkt bereits abgebrochen hätte, um keine anderen Verkehrsteilnehmer zu gefährden.

Isabelle hatte unmittelbar nach dem Crash bei der *Police nationale* in Toulon angerufen und Capitaine Richeloin persönlich Bericht erstattet – ohne ihm zu verraten, worum es in ihrem aktuellen Fall ging. Das hätte er zwar allzu gerne gewusst, aber der Polizeichef des Département Var hatte in der Vergangenheit auf schmerzhafte Weise gelernt, dass sie ihre Anweisungen von höherer Stelle bekam und sich seiner Zuständigkeit entzog. Er wollte sich nicht schon wieder die Finger verbrennen. Auch mit der für den Unfallort bei Saint-Paul-de-Vence zuständigen Gendarmerie hatte sie sich ins Einvernehmen gesetzt. Blieb noch Balancourt, den sie informieren sollte. Wobei ihn der Unfall wahrscheinlich kaum bis gar nicht interessierte. Trotz seiner Begeisterung für die Kulturministerin hatte dieser dubiose Entführungsfall für ihn keine Relevanz. Wenn ein Trödelhändler in der fernen Provinz zu dumm zum Autofahren war, juckte ihn das so wenig wie eine Fliege den Elefanten. Sie blickte hinüber zu Apollinaire. Der wirkte auch nicht so, als ob er eine gute Nacht hinter sich hätte. Er sah noch zerzauster aus als sonst. Er hatte schon zweimal den Kaktus auf dem Fensterbrett gegossen, was auf eine tiefgreifende Verwirrung schließen ließ. Denn er predigte immer, dass man sukkulente Stachelgewächse nur sehr zurückhaltend gießen dürfe. Zu viel Wasser sei fast die einzige Methode, einem Kaktus den Garaus zu machen.

Apollinaire machte sich Vorwürfe, dass er beim Trödelladen *Bric-à-Brac* das Vorhandensein eines Hinterausgangs übersehen hatte. Außerdem hätte er dem flüchtigen Paullinac mit dem Auto den Weg abschneiden können. Leider sei der Motor seines 2CV just in diesem Moment abgestorben.

Sie beruhigte ihn, er könne nichts dafür. So etwas passiere eben. Vor allem bei einem Auto, dessen Produktion vor über einem Vierteljahrhundert eingestellt wurde.

Er stand auf, murmelte vor sich hin und steuerte wie ein Schlafwandler zur Gießkanne. Sie musste ihn anschreien, um ihn von seinem Vorhaben abzubringen. Er sah sie verstört an und wollte nicht glauben, dass er den Kaktus schon zweimal gegossen hatte. Besorgt eilte er zur Pflanze und prüfte die Feuchtigkeit der Erde.

»Tut mir leid«, entschuldigte er sich beim Kaktus. *»Je suis désolé, je m'excuse mille fois.«*

Es wurde Zeit, ihn wieder in die Spur zu bringen. »Sind Sie mit den Recherchen zur Person Josbert Paullinac weitergekommen?«, fragte sie.

»Recherchen, Paullinac, Person? Ich verstehe, natürlich.« Er verabschiedete sich von seinem stachligen Freund und eilte zu

seinem Schreibtisch. »Ich hab nicht viel herausbekommen. Er ist geschieden, hat keine Kinder, wohnhaft bei Saint-Paul-de-Vence, wo auch sein Laden ansässig ist. Aber Letzteres wissen wir bereits. Er ist vorbestraft. Doch, das ist interessant, das wollte ich Ihnen sowieso berichten.«
Sie sah ihn auffordernd an.
»Dann tun Sie es bitte!«
»Ach so, ja, wissen Sie, warum?«
»Wie soll ich das wissen? Wegen Trunkenheit am Steuer?«
»Trunkenheit? Madame, Sie haben übersinnliche Fähigkeiten. Tatsächlich scheint Paullinac ein Alkoholproblem gehabt zu haben. Dazu gibt es einen Hinweis in den Unterlagen …« Er begann hektisch in den Ausdrucken auf seinem Tisch zu blättern.
»Apollinaire, ich habe schlecht geschlafen, bitte kommen Sie auf den Punkt.«
»Auf den Punkt, *je comprends*. Richtig, ich wollte Ihnen sagen, warum Paullinac vorbestraft war. Um es kurz zu machen, er hat mal versucht, ein gestohlenes Bild zu verkaufen, ist schon Jahre her. Dabei wurde er erwischt.«
Ein gestohlenes Bild? Das war nun wirklich interessant. Der Mann war also kein unbeschriebenes Blatt. Und er hatte sich schon früher auf kriminelle Weise in der Szene bewegt. Ob gestohlen oder gefälscht, machte in ihren Augen keinen großen Unterschied.
»Ist was über mögliche Hintermänner bekannt?«
»Nein, da hat er sich blöd gestellt.«
»Schade, da hätten wir einhaken können. Sonst noch was?«
»Ich habe einige Fotos von ihm ausgedruckt. Hätte nicht gedacht, dass er so wenig Haare auf dem Kopf hat. Ohne Strohhut sieht er ganz anders aus.«
»Zeigen Sie mal her!«

Sie betrachtete die Fotos. Tatsächlich wirkte er ohne Kopfbedeckung verändert. Älter und weniger witzig. Sie überlegte, dass sie ihn nur mit seinem zerfransten Strohhut gesehen hatte. Auch bei ihrem Gespräch im Laden hatte er ihn nicht abgesetzt. Sogar am Steuer hatte er ihn getragen.
Sie stand auf und holte sich erneut eine Tasse Kaffee. Ein Gedanke geisterte durch ihren Kopf. Erst hielt sie ihn für abwegig, dann plötzlich für so plausibel, dass sie schon früher hätte draufkommen können. Wie hatte der Galerist Jallobert den Verkäufer des falschen Matisse beschrieben? Sie erinnerte sich genau. Der Mann, der sich Sébastien nannte, sei klein, dürr, habe eine spitze Nase und wenig Haare. Genau das traf auch auf Paullinac zu. Der verknautschte Anzug, den er bei ihrem Besuch getragen hatte, war mindestens zwei Nummern zu groß gewesen. Ihr fiel noch was ein.
Isabelle nahm das Telefon und rief bei Jallobert in Cannes an. Der erklärte zunächst, dass sich Sébastien gemäß ihrer Erwartung bis jetzt nicht gemeldet habe. Das empfinde er als große Erleichterung. Er habe keine Lust, sich bei ihm rechtfertigen zu müssen.
Als er ausgeredet hatte, stellte sie ihm eine einfache Frage. Ob er sich an Sébastiens Stimme erinnern könne, wollte sie wissen, ob ihm da was aufgefallen sei.
Er habe seltsam genäselt, sagte Jallobert nach kurzem Nachdenken, wie mit einer verstopften Nase. Vielleicht habe er Polypen. Aber das sei alles, mehr sei ihm nicht aufgefallen.
Genäselt? Genau das hatte sie hören wollen. Sébastien und Paullinac waren ein und dieselbe Person. Der Trödelhändler hatte sich in Cannes nur besser angezogen und auf seinen Strohhut verzichtet. Er war klein und dünn genug, um durchs Klofenster zu passen.
Sie schickte Jallobert ein Foto von Paullinac auf sein Smartphone, eines ohne Hut.

Sekunden später hatte sie Gewissheit. Richtig, das sei Sébastien, bestätigte Jallobert. Woher sie dieses Foto habe?
Sie blieb ihm die Antwort schuldig. Aber sie versicherte ihm, dass sich Sébastien unter Garantie nicht mehr melde, denn er sei gestern bei einem Autounfall ums Leben gekommen.

Apollinaire stand vor seinem Flipchart und verband mit kühnen Pfeilen die eingekringelten Namen Paullinac und Sébastien. Es sei eine bodenlose Unverschämtheit, stellte er fest, sich einfach für jemand anderen auszugeben und auf diese hinterhältige Weise die Polizeiarbeit zu erschweren.
Isabelle schmunzelte. Unverschämt und hinterhältig war es schon, aber nicht einmal verboten. Sébastien hatte sich ja nie ausgewiesen. Sogar Jallobert hatte nicht wirklich geglaubt, dass das sein richtiger Name war.
Welche Schlussfolgerung ergab sich aus dieser neu gewonnenen Erkenntnis? Paullinac alias Sébastien war wie eine Schnur, die gleichzeitig zu den Entführern von Tristan de Jong hinführte wie auch wieder weg. Hin mit dem Gemälde von Jean Baptiste, das als Untergrund für die Fälschung gedient hatte. Und weg mit dem fertiggestellten Matisse, den er Jallobert zum Verkauf angeboten hatte. Eine Schnur, die einen großen Nachteil hatte: Sie war in der Mitte gleichsam durchgeschnitten. Und Isabelle sah keine Möglichkeit, die beiden losen Enden miteinander zu verknoten. Paullinacs Tod ließ ihre bisherigen Ermittlungen wertlos erscheinen. Das war bitter. Ihr Gefühl hatte nicht getrogen, dieser Fall war gewiss nicht so bedeutungsvoll, aber weitaus komplizierter als jener mit dem Staatssekretär. Da hatte sie gleichsam im Vorbeigehen Licht ins Dunkel gebracht, während sie hier weiter ziellos umherirrte.
Nun ja, nicht ganz ziellos. Da sie nun wusste, dass Paullinac mit Sébastien identisch war, hatte er das unscheinbare Bild

aus dem Besitz der Hilferdings ganz sicher nicht an ein älteres Ehepaar verkauft, das zufällig bei seinem Laden vorbeikam. Es gab keinen Zweifel mehr, dass er ganz eng mit de Jongs Entführern zusammengearbeitet hatte – oder sogar einer von ihnen war. Also mussten sie jetzt erst recht seinen Trödelladen sowie seine private Wohnung auf den Kopf stellen und nach Hinweisen suchen. Sie riss Apollinaire aus seinen Gedanken und gab ihm den dringlichen Auftrag, am Nachmittag erneut nach Saint-Paul-de-Vence zu fahren, eine sorgfältige Hausdurchsuchung durchzuführen und nach Hinweisen zu suchen. Leider müssten sie so lange warten, weil die erforderliche Genehmigung noch nicht vorlag. Diese hatte sie routinemäßig schon gestern Abend beantragt, noch nicht ahnend, dass Paullinac viel tiefer in die Affäre verstrickt war als gedacht. Auch solle sich Apollinaire um die Auswertung der Handydaten kümmern. Allerdings sei zu befürchten, dass Paullinacs *portable* beim Unfall zerstört worden sei. Vielleicht gehe ja was über den Netzbetreiber.
Wie es seine Art war, wiederholte Apollinaire die Stichwörter: Trödelladen, Wohnung, Hausdurchsuchung, Hinweise, Handydaten, Netzbetreiber … Notizen machte er sich keine. Sie wusste, dass er nichts vergessen würde.
Isabelle legte den Kopf zur Seite und betrachtete Apollinaires Chart. Sie machte ihn darauf aufmerksam, dass es auf seinem Chart noch einen Namen gab, einen einzigen nur, den sie noch nicht näher unter die Lupe genommen hatten: Giselle Richemond. So hieß die Gutachterin in Nizza, die die Echtheit des Matisse zertifiziert hatte. Entweder war auch dieses Gutachten gefälscht, oder die renommierte Expertin für französische Maler der klassischen Moderne hatte sich täuschen lassen und die Fälschung nicht bemerkt. Was angesichts der Meisterschaft eines Tristan de Jong durchaus möglich war. Es

gab aber noch eine dritte Möglichkeit, und diese war mit Abstand die spannendste: Giselle Richemond hatte sich von den Kunstbetrügern bezahlen lassen und vorsätzlich ein falsches Gutachten erstellt. Dann nämlich gäbe es plötzlich doch wieder eine vielversprechende Spur, der sie folgen könnte.
Sie nahm sich vor, Erkundigungen über die Dame einzuziehen – und einen Besuchstermin zu vereinbaren.

Ihr fiel wieder der Staatssekretär ein. Ob es was Neues gab? Für sie war der Fall zwar abgeschlossen, aber neugierig war sie dennoch. Oder stellte sich die Wissbegier nur deshalb ein, weil sie beim Matisse gerade nicht weiterkam? Gut möglich, doch sie war Balancourt sowieso einen Anruf schuldig.
Er war nicht im Büro. Jacqueline stellte ihren Anruf auf sein Handy durch. Das war ihr gar nicht recht. Es gab ja keinen wichtigen Anlass.
Wie sich herausstellte, war Balancourt auf dem Golfplatz. Aber er habe noch nicht abgeschlagen und könne sprechen. Vom gestrigen Unfall habe er schon erfahren, sagte er gleich. Vielleicht, damit sie gar nicht erst auf die Idee kommen könnte, er würde etwas nicht wissen. Sie solle sich keine Vorwürfe machen, auch Kaninchen rennten auf der Flucht gelegentlich gegen einen Baum.
Davon hatte sie noch nie gehört, schon eher, dass sie einen Herzschlag erlitten. Sie solle sich keine Vorwürfe machen? Balancourt erahnte wieder mal ihre geheimen Gefühle. Tatsächlich war ihr in der vergangenen Nacht immer wieder der Gedanke gekommen, dass Paullinac noch leben würde, hätte sie ihn nicht verfolgt und zum Rasen verleitet. Früher hätte sie keine Sekunde darüber nachgedacht, weil bei den Einsätzen einer Antiterroreinheit viel Schlimmeres passierte. Aber sie war dünnhäutiger geworden, auch sensibler. Oder war das

dasselbe? Eigentlich störte sie sich nicht daran. Sie empfand es als spannende Erfahrung, eine andere Seite an ihr zu entdecken, die weicher war und Empathie zuließ. Nach außen musste das ja keiner merken.

»Isabelle, *chérie,* bist du noch dran?«

»Ja, natürlich, bitte entschuldige. Hätte mir denken können, dass du schon wieder Bescheid weißt.« Sie lachte. »Bekommst du eigentlich auch auf dem Golfplatz regelmäßige Updates?«

»Selbstverständlich, immer zwischen den Schlägen. Nur beim Putten will ich ungestört sein.«

»Andere Frage: Wie geht's im Fall des Staatssekretärs voran? Was habt ihr über Gregori Gregorian herausgefunden?«

Balancourt bekam einen Hustenanfall. »Isabelle, du kannst einem die schönste Golfrunde verderben, bevor sie überhaupt begonnen hat.«

»Warum?«

»Warte einen Augenblick, ich muss mal einige Schritte zur Seite gehen, damit wir ungestört reden können.«

»Muss ja nicht jetzt sein.«

»Doch, doch, kein Problem. So, jetzt geht es. Dieser Gregorian macht uns gerade großen Kummer. Er ist nämlich abgetaucht, wir können ihn nicht finden.«

»Wirklich? Euch schlüpft doch sonst keiner so leicht durch die Maschen. Hat sich wenigstens bestätigt, dass er sich mit Roux im Salon Pigalle getroffen hat?«

»O ja, das hat sich bestätigt. Und einiges mehr. Gregorian ist einer der entscheidenden Hintermänner bei den Waffengeschäften, um die es im Untersuchungsausschuss geht. Das haben wir dank deines Hinweises herausgefunden. Und er ist ein Mann, der die Drecksarbeit offenbar selber erledigt. Im Klartext: Wahrscheinlich hat er Roux höchstpersönlich den Killer-Cocktail eingeflößt. Zur Zusammensetzung liegt übrigens eine neue Analyse vor. Die Experten wundern sich, dass Roux die Liebesnacht überstanden hat. Ein guter Stent hält eben einiges aus. Dass es ihn dann beim Joggen umgelegt hat, sei quasi überfällig gewesen.«

»Und Gregorian hat Roux' Aktenkoffer?«

»Davon ist auszugehen. Leider wissen wir nicht, was drin war. Wir haben nur eine Vermutung, und die gefällt uns nicht. Isabelle, *chérie,* ich muss leider aufhören, ich muss zum Abschlag. Sei froh, dass du mit dem Fall nichts mehr zu tun hast. Ich fürchte, er wird noch richtig unappetitlich.«

»Ich wünsch dir viel Erfolg.«

Er lachte. »Mit Gregorian oder beim Golfspielen? Genau in der Landezone meines Drives ist ein großer Bunker. Ich habe schon den Antrag gestellt, dass er zugeschüttet wird.«

25

Balancourt war beim Golfspielen, Paullinac war tot, Apollinaire hatte bis zur Hausdurchsuchung in Saint-Paul-de-Vence noch etwas Zeit, die Gutachterin hatte eine Vorlesung und war erst später erreichbar – Isabelle dachte, dass es in dieser Situation nicht schaden könnte, wenn sie mit ihrem Assistenten zum Mittagessen ging. Bei Jacques stand Bouillabaisse auf der Tageskarte. Die gab es selten und war immer gut.

Anfangs sprachen sie noch über ihre Arbeit. Apollinaire berichtete, dass die zerstörte Festplatte aus dem Rekorder in Jalloberts Galerie tatsächlich nicht wiederherzustellen sei. Allerdings spielte das keine Rolle mehr. Bestenfalls würden sie auf der Videoaufzeichnung einen dünnen Mann mit spitzer Nase erkennen. Für Isabelle stand außer Frage, dass Paullinac alias Sébastien in die Galerie eingestiegen war, um sich den Matisse zurückzuholen. Eines Beweises bedurfte es nicht. Und zur Rechenschaft konnte man ihn auch nicht mehr ziehen.

Plötzlich fiel Apollinaire ein, dass er vergessen hatte, von einem bemerkenswerten Telefonat zu erzählen. Er fuhr mit dem Löffel bedeutungsvoll durch die Luft. Er habe nämlich vorhin Paullinacs geschiedene Frau erreicht. Isabelle sei gerade beim Bürgermeister gewesen, darum habe sie das Gespräch nicht mitbekommen. Paullinacs Ex-Frau habe schon von Josberts Tod gewusst und sei ausgesprochen gefasst gewesen. Für sie sei er schon am Tag ihrer Trennung gestorben, habe sie gesagt, deshalb sei es jetzt nicht mehr schlimm. Natürlich sei er früher mal nett gewesen, habe sie auf seine Frage eingeräumt, sonst hätte sie ihn ja nicht geheiratet. Irgendwann aber habe er angefangen, krumme Geschäfte zu machen, er habe sich die falschen Freunde gesucht und zu viel getrunken. Oft habe er völlig verrückte Dinge getan, die er hinterher selbst nicht verstand. Und er habe cholerische Anfälle gehabt. So einen Mann habe sie nicht gebraucht. Aber im Grunde seines Herzens sei er ein guter Kerl gewesen, sie könne nicht wirklich schlecht über ihn reden. Außerdem gehöre sich das nicht, jetzt, wo er tot sei.

Isabelle hörte ihm staunend zu. Und so was vergaß Apollinaire zu erzählen? Er war immer wieder für Überraschungen gut. Auch für solche. Sie bat ihn, sich die Ex-Frau noch mal vorzunehmen, morgen, nach der Hausdurchsuchung. Die besagten »falschen Freunde« seien interessant, vielleicht könne sie sich noch an Namen erinnern.

Apollinaire nickte. »Das habe ich mir schon gedacht. Ich bleibe dran.« Dann stürzte er sich wieder auf den Teller mit der Bouillabaisse.

Stimmt, während Apollinaires Telefonat war sie kurz bei Thierry gewesen. Er hatte sie zum nachmittäglichen Boulespiel vor dem Rathaus eingeladen. Sie solle endlich mal wieder daran teilnehmen. Sie hatte zugesagt.

»Die Charakterisierung von Paullinac erklärt einiges«, sagte Isabelle. »Ich habe mich gefragt, wie er so blöd sein konnte, in der Historie des Matisse Hilferding beim Namen zu nennen und damit eine Spur zu sich selber zu legen. Womöglich war er betrunken und wusste nicht, was er tat?«

»Das gibt es«, bestätigte Apollinaire. »Übermäßiger Alkoholkonsum kann zu irrationalen Entscheidungen führen. Das hängt mit den Synapsen zusammen. Sie müssen sich das so vorstellen …«

Isabelle unterbrach ihn lachend. »Bitte nicht, ich muss mir gar nichts vorstellen. Es reicht mir zu wissen, dass es so was gibt.«
»Jawohl, so was gibt es, definitiv, vor allem bei Gewohnheitstrinkern.«
»Mit Alkohol wird man leichtsinnig. Wahrscheinlich hat er es nicht für möglich gehalten, dass die Fälschung auffliegt. Deshalb hat er jede Vorsicht fahren lassen. Die Geschichte mit der alten Dame Hilferding und dem Matisse über ihrem Bett hat ihm gefallen. Deshalb hat er sie für seine Provenienz übernommen.«
»Vielleicht war Paullinac ein Romantiker?«, überlegte Apollinaire laut, »ein spitznasiger, cholerischer, alkoholkranker und irrationaler Romantiker, aber immerhin ein Romantiker.«
Sie lächelte. »Ja, das könnte sein. Übrigens wäre noch eine andere Erklärung denkbar. Die gefälschte Dokumentation zum Bild wird er ja nicht selbst erstellt haben. Vermutlich haben das de Jongs Entführer gemacht ...«
»Und denen war es egal, ob Paullinac auffliegt?«
Isabelle schüttelte den Kopf. »Glaube ich nicht, damit brächten sie sich ja selbst in Gefahr. Außerdem brauchten sie ihn, er war ja ihr Kontakt zur Außenwelt. Erst durch seine Verkaufsbemühungen wurden die Fälschungen zu Geld. Jetzt haben sie ein Problem. Wie wollen sie das in Zukunft bewerkstelligen?«
Apollinaire fuhr wieder mit seinem Löffel durch die Luft – was bei einer Bouillabaisse mit gewissen Risiken verbunden war. Isabelle suchte hinter ihrer Serviette Deckung.
»Oder Paullinac war selber einer der Entführer?«, schlussfolgerte er.
»Ganz genau, darauf wollte ich hinaus. Auch in diesem Fall kämen jetzt seine Komplizen unter Stress. Vielleicht war er der Einzige, der was von dieser ganzen Fälscherei verstand. De Jong wird ihnen nicht wirklich helfen.«

Apollinaire nickte. »Das ist wie beim Schach. Nimmt man eine wichtige Figur vom Brett, werden die Karten neu gemischt …«
»Die Karten, beim Schach?«
Er sah sie mit großen Augen an. »Sie haben recht, das war so dahingesagt, ich wollte zum Ausdruck bringen …«
»Dass jetzt neu gewürfelt wird?«, fiel sie ihm grinsend erneut ins Wort.
»In der Tat«, antwortete er mit unverändert ernster Miene. »Mit Paullinacs Ableben wird neu gewürfelt. Wir sind weiter im Spiel.«
Sie sah auf die Schiefertafel mit den Mittagsgerichten. »Zum Dessert nehme ich *Crème brûlée.*«
»À la lavande, mit Lavendel. Ich bin dabei.«

Am Nachmittag hatte sie das Büro für sich allein. Nur der Kaktus auf der Fensterbank leistete ihr Gesellschaft. Und der staatsmännisch dreinblickende Charles de Gaulle an der Wand. Apollinaire meldete sich aus Saint-Paul-de-Vence. Er teilte ihr mit, dass er gut angekommen sei und mit der Durchsuchung des Trödelladens beginne. Die alte Verkäuferin habe ihn hereingelassen. Übrigens sei sie völlig verzweifelt, sie wisse nicht, was sie tun solle, jetzt, da ihr Chef tot sei. Aus Pflichtbewusstsein habe sie das Geschäft am Morgen geöffnet. Aber das mache ja keinen Sinn. Später werde sie ein Schild an die Tür hängen: *Fermé en raison d'un décès!* Geschlossen wegen Todesfall. Die Verkäuferin habe mit Paullinacs geschiedener Frau telefoniert, die es aber abgelehnt habe, ihr zu helfen. Bleibe nur noch seine Schwester Claire. Leider wisse sie nicht, wie man diese Claire erreichen könne. Apollinaire meinte, das könne auch daran liegen, dass sie schon etwas dement sei. Wie auch immer. Vielleicht finde er im Büro einen

Hinweis oder später in der Wohnung. Von der Verkäuferin habe er einen Zweitschlüssel erhalten, den Paullinac in einem Kistchen mit kubanischen Zigarren aufbewahrt habe.
Isabelle hatte aufmerksam zugehört. Josbert Paullinac hatte eine Schwester namens Claire? Das war neu. Und interessant. Vielleicht kannte sie seine alten Freunde? Um das zu erfahren, mussten sie sie aber erst mal finden. Isabelle suchte auf Apollinaires Schreibtisch die Telefonnummer von Paullinacs Ex-Frau. Er hatte sie auf einem karierten Blatt notiert, mit einem handschriftlichen Kurzprotokoll des geführten Telefonats.
Isabelle hatte Glück und erreichte sie sofort. Aber damit war es mit dem Glück auch schon vorbei. Denn ihr wurde zwar bestätigt, dass es diese Claire gebe, aber Josbert habe sich mit ihr zerstritten und schon lange keinen Kontakt mehr zu seiner Schwester gehabt. Sie selbst habe Claire das letzte Mal bei ihrer Hochzeit mit Josbert gesehen, erklärte seine Ex, und diese Eheschließung liege so lange zurück, dass sie quasi prähistorisch sei. Nein, sie habe nicht den blassesten Schimmer, wo Claire lebe. Und es interessiere sie auch keine Sekunde.
Isabelle legte auf. Wenn es stimmte, dass Paullinac schon vor langem den Kontakt zu seiner Schwester abgebrochen hatte, dann würde diese kaum über Informationen verfügen, die ihnen weiterhalfen. Es war also unnütz, nach ihr zu suchen.
Sie überlegte. Unnütz vielleicht schon, weshalb man es trotzdem versuchen könnte. Nicht zum ersten Mal ärgerte sie sich, dass es in Frankreich keine Meldepflicht und Einwohnermeldeämter gab. Um jemanden zu finden, blieben nur einschlägige Internetseiten mit Adressen und Telefonnummern privater Haushalte. Als Erstes rief sie die *pages blanches* auf, ohne Ergebnis, eine Claire Paullinac gab es nicht. Was schon daran liegen konnte, dass sie geheiratet hatte und mittlerweile ganz

anders hieß. Auch die anderen Verzeichnisse brachten sie nicht weiter. Sie dachte nach. Dann rief sie in Paris an und bat Jacqueline um Hilfe. Balancourts Sekretärin war exzellent vernetzt. Sie wusste, wie man Leute fand. Nur bei diesem Gregori Gregorian schien die zuständige Abteilung zu versagen.

Jacqueline fragte, ob sie den Chef informieren solle.

Sie waren sich schnell einig, dass sie Balancourt damit nicht behelligen sollten. Die unbedeutende Schwester eines nicht minder unbedeutenden Trödelhändlers würde ihn im Moment noch weniger interessieren als eine umgefallene Pagode in Hinterindien. Jacqueline lachte. Außerdem mache die Vorstellung Spaß, dass der allwissende Balancourt eben doch nicht über alles Bescheid wusste.

Isabelle gab ihr recht.

Sie plauderten noch etwas über die schönen und schlechten Seiten des Lebens in Paris. Jacqueline war eine überzeugte Hauptstädterin und liebte den urbanen Lifestyle. Dennoch beneidete sie Isabelle um das mediterrane *laissez faire* unter der Sonne der Provence. Um sich dann zu korrigieren: Irgendwie schaffe es Isabelle ja nicht wirklich, den Dingen einfach entspannt ihren Lauf zu lassen. Sie habe ein großes Talent darin, sich in Arbeit zu verstricken.

Isabelle musste ihr recht geben. Aber sie gelobte Besserung.

Nach dem Telefonat ging sie zu Apollinaires Flipchart und betrachtete seine bizarren Aufzeichnungen, die vielen Linien, Pfeile und Kreise. Sie bezweifelte, dass er selbst verstand, was er im Einzelnen zum Ausdruck bringen wollte. Eindrucksvoll war es dennoch, fast könnte man es für ein kryptisches Kunstwerk halten. Immerhin waren die Namen eindeutig zu identifizieren. In diesem Kriminalfall waren es ganz besonders viele. Sie alle auseinanderzuhalten und zuzuordnen erforderte einige Konzentration. Noch schwieriger war es zu ermessen, welche Namen wirklich wichtig waren. Die Kunstexpertin und Gutachterin Giselle Richemond war es ganz sicher. Jedenfalls in der aktuellen Phase der Ermittlungen. Erneut versuchte Isabelle, sie zu erreichen. Vergeblich. Isabelle hinterließ eine Nachricht auf dem *répondeur* und bat um Rückruf.

Sie säuberte ihre Boulekugel mit einem kleinen Lappen und fixierte das Ziel. Um sie herum standen ihre Mitspieler. Unter ihnen Thierry Blès, der Bürgermeister, der sie zur Teilnahme am heutigen Boulespiel überredet hatte. Und natürlich der alte Jules mit seiner roten Baseballkappe und der obligatorischen filterlosen Zigarette im Mundwinkel. Mit den beiden bildete sie eine Mannschaft. Sie spielten *trois contre trois,* drei gegen drei. Ihre »Gegner« kannte sie kaum weniger gut: der Briefträger, ein pensionierter Schullehrer und ein Kellner aus Jacques' Bistro. Alle waren schon reif an Jahren, aber oder vielleicht gerade deshalb verteufelt gute Boulespieler. Genau genommen spielten sie Pétanque, wie die provenzalische Variante des Boule genannt wird, bei der mit geschlossenen Schenkeln und Füßen geworfen wird. Sie war auf dem Platz vor dem Rathaus nicht nur heute die einzige Frau. Eigentlich verteidigten die Männer ihr Terrain. Nur bei Isabelle machten sie eine Ausnahme. Sie konnte stolz darauf sein. Viel mehr konnte man in Fragolin nicht erreichen. Isabelle hatte einen Wurf, mit dem sie die Partie siegreich beenden könnte. Thierry feuerte sie an. Jules biss auf seine Zigarette. Der Kellner aus dem Bistro drohte ihr, sie nie mehr zu bedienen, wenn sie Erfolg hatte. Isabelle ließ die Kugel von einer Hand in die andere gleiten, das *cochonnet,* das hölzerne Schweinchen, fest im Blick. Sie war voller Zuversicht.

Dann passierte es: Genau in der Vorwärtsbewegung läutete ihr *portable,* das in der Hosentasche steckte und das sie auszuschalten vergessen hatte. Einen gröberen Fauxpas konnte es beim Boule kaum geben. Das kam einer Todsünde gleich. Weil sie nicht mehr abbrechen konnte, nahm das Verhängnis seinen Lauf. Ihre Kugel landete so unglücklich, dass nicht nur der Sieg verspielt war, sondern prompt die gegnerische Mannschaft gewann. Der pensionierte Schullehrer reckte seine Faust in den Himmel. *»Treize points, fin!«* Der Briefträger klatschte in die Hände. »*Gagné,* gewonnen!« Jules nahm seine zerkaute Zigarette aus dem Mund und zischte ein provenzalisches Schimpfwort, das Isabelle zwar nicht kannte, aber auch so verstand. Thierry schüttelte verzweifelt den Kopf.

Isabelle nahm Jules entschuldigend in die Arme. Bei Thierry ließ sie sich zu einem Kuss hinreißen. Das *portable* klingelte unverdrossen weiter. Weil es jetzt schon egal war, nahm sie das Gespräch entgegen. Apollinaire war dran, das hatte sie schon auf dem Display gesehen. Wenigstens war es ein dienstlicher Anruf.

»Madame, störe ich?«, fragte er.

»Sous-Brigadier Apollinaire, was gibt es so Wichtiges?«, antwortete sie förmlich und so, dass es alle hören konnten. »Sie hatten Anweisung, mich nur bei äußerster Dringlichkeit anzurufen.«

Das war gemein. Natürlich hatte sie keine derartige Anweisung ausgesprochen.

»Madame, also, das tut mir leid«, verhaspelte sich Apollinaire, »eine betreffende Anweisung ist mir entgangen. Sonst hätte ich es nie gewagt …«

»Tatsächlich?«, fiel ihm Isabelle ins Wort. »Nun, das ist wirklich wichtig und von ermittlungstechnischem Belang. In die-

sem besonderen Fall durften Sie mich selbstverständlich stören. Die Polizeiarbeit geht vor.«
Jetzt verstand Apollinaire gar nichts mehr. Wie sollte er auch?
»Äh, von ermittlungstechnischem Belang? Aber ich habe doch noch gar nichts gesagt.«
»Bringen Sie es bitte noch mal auf den Punkt!«, forderte sie ihn auf.
Ihre Mitspieler sahen sie neugierig an.
»Auf den Punkt? Noch mal? Also, was ich Ihnen berichten will, ist … Madame, Sie haben mich völlig durcheinandergebracht.«
»Hm, hm, ich verstehe.«
»In Paullinacs Laden habe ich nichts von Belang gefunden, auch keinen Hinweis auf seine Schwester. Jetzt bin ich in seiner Wohnung. Madame, deshalb rufe ich an. Ich bin nicht der Erste, da war vor mir schon jemand hier. Die Wohnung ist ganz offensichtlich durchwühlt worden, und zwar bis in den letzten Winkel. Wenn es hier irgendwas von Relevanz gegeben haben sollte, dann ist es jetzt ganz sicher weg, davon können wir ausgehen.«
»Wurde das Türschloss aufgebrochen?«
»Nein, aber das Fenster zum Schlafzimmer. Über den Balkon, Sie verstehen? Paullinacs Wohnung ist im ersten Stock.«
Isabelle dachte, dass sie nicht gelogen hatte. Das war nun wirklich von ermittlungstechnischem Belang. Leider brachte das keinen Fortschritt, sondern einen Rückschritt. Man könnte es aber auch so sehen, dass Apollinaire mit seiner Ahnung von heute Vormittag recht hatte: Es tat sich was auf dem Schachbrett, die Karten wurden neu gemischt.
»Sehen Sie sich bitte dennoch genau um! Vielleicht wurde was übersehen. Ich melde mich später. Vielen Dank und *au revoir.*« Sie steckte das *portable* ein und machte ein betretenes

Gesicht. »Bitte entschuldigt«, sagte sie zu ihren Mitspielern. »Wird hoffentlich nie wieder vorkommen. Aber ich bin nun mal Polizistin. Jetzt lade ich euch alle ins *Café des Arts* ein. Trinkt so viel Bier, Wein oder Pastis, wie ihr wollt. Geht alles auf meine Rechnung.«

»*Ah bon,* wenn das so ist, kannst du auch das nächste Mal dein *portable* eingeschaltet lassen. Vielleicht bekommst du wieder einen Anruf? Dann bekommen wir was zu trinken, und du verlierst!«

26

Fast wären sie am nächsten Tag aneinander vorbeigefahren: Apollinaire, der bis spät in die Nacht Paullinacs Wohnung in Saint-Paul-de-Vence durchstöbert hatte, und Isabelle, die sich mit der Gutachterin Giselle Richemond treffen wollte. Diese hatte endlich zurückgerufen und ihr widerstrebend einen Termin eingeräumt. Eigentlich habe sie keine Zeit und verstehe auch nicht, was Isabelle von ihr wolle. Nun, das erfahre sie schon noch, aber nicht am Telefon. Natürlich hatte sie überlegt, dass sich der Einfachheit halber auch Apollinaire mit ihr treffen könnte. Er war ja fast vor Ort. Aber bei aller Wertschätzung seiner Talente, die investigative Führung eines Gesprächs zählte nicht dazu. Das machte sie lieber selbst. Schon deshalb, weil Giselle Richemond für den Augenblick ihre einzige und letzte Chance war.

Isabelle war gerade dabei, das Kommissariat abzuschließen, da kam ihr Apollinaire durchs Rathaus entgegengestolpert. Er entschuldigte sich, aber bei längeren Autofahrten würden ihm regelmäßig die Beine einschlafen, was neurologische Ursachen habe, aber weiter nicht besorgniserregend sei. Statt Mitleid zu zeigen, musste sie lächeln. Apollinaire war viel zu groß für seinen museumsreifen 2CV. Zwar hatte er eine Technik entwickelt, seine hagere Gestalt hinter das Steuer zu falten, doch dass diese Haltung nicht frei von Nebenwirkungen war, konnte nicht überraschen.

Da sie alles Wichtige schon am Telefon besprochen hatten und Isabelle spät dran war, gaben sie sich ohne größere Unterredung gewissermaßen die Klinke in die Hand. Sie schlug ihm vor, sich die nächsten Stunden freizunehmen, um sich von den Strapazen der Autofahrt zu erholen. Sobald sie bei Richemond fertig sei, würde sie sich melden.

Sophia Antipolis ist ein bedeutender Forschungs- und Wissenschaftspark an der Côte d'Azur. Viele Franzosen hätten es gerne, wenn er im selben Atemzug wie das kalifornische Silicon Valley genannt würde. Sophia Antipolis, so heißt auch die Universität von Nizza, die im Département Var mehrere Standorte hat. Das griechische Wort Sophia steht für Weisheit, und Antipolis verweist auf Antibes, weil der von den Griechen gegründete Ort an der weiten Engelsbucht der »Polis« Nizza quasi gegenüberliegt. Aber das waren etymologische Feinheiten, für die sich Isabelle keine Sekunde interessierte. Es war ihr wichtig, dass sie rechtzeitig auf dem Campus eintraf, wo Giselle Richemond einen Lehrauftrag hatte, der so gar nichts mit modernen Technologien zu tun hatte. Sie hielt Vorträge und Seminare, die der Kunst gewidmet waren, vorzugsweise den Malern der klassischen Moderne. Isabelle hatte im Internet einiges über die Professorin herausgefunden. Sie hatte viele Bücher veröffentlicht, bemerkenswerterweise auch über Matisse, sie war bei verschiedenen Museen im Beirat, arbeitete als Gutachterin für große Auktionshäuser und war Kuratorin einer Stiftung – alles sehr seriös und überaus respektabel.
Als Isabelle ihr in einem Atelier, das als Seminarraum diente, gegenüberstand, kam zur gelesenen Biographie der persönliche Eindruck. Und dieser fiel entschieden anders aus, als sie das vermutet hatte. Giselle Richemond war arrogant, aber das passte. Entgegen ihrer Erwartung trug sie sehr teuren Schmuck und eine protzige Uhr. Das wild gemusterte Kleid

stammte nach Isabelles Einschätzung von einem bekannten Couturier. Bei den Schuhen kannte sie sich nicht aus, aber es gab dezentere Modelle. Auf dem Tisch lag ein Autoschlüssel mit dem Anhänger einer bekannten Sportwagenmarke. All das erfasste Isabelle auf den ersten Blick. Und noch einiges mehr. Sie war geübt darin, Menschen einzuschätzen und sich ein schnelles Bild zu verschaffen. Das war immer dann interessant, wenn dabei Unstimmigkeiten auftraten.

Richemond mochte ja eine hochkarätige Kunstexpertin sein, aber wenn man das nicht wusste, würde man sie für eine neureiche Tussi halten, die auf Statussymbole abfuhr – und dabei sogar einen schlechten Geschmack hatte.

Giselle Richemond sah Isabelle betont gelangweilt an. »Was kann ich für Sie tun?«, fragte sie. »Hat die Polizei ein Problem, bei dem sie meine Hilfe braucht?«

Isabelle ließ sich mit der Antwort Zeit. Sie bemerkte, dass sich Richemond schwertat, ihr in die Augen zu blicken. Die Kunstprofessorin spielte nervös mit den Fingern. Das mochte vieles bedeuten, aber eines war klar: Die Langeweile und das zur Schau getragene Desinteresse waren nicht echt. Die gute Dame stand unter Anspannung.

Isabelle zog eine Augenbraue nach oben. »Ein Problem? Ja, so könnte man sagen. Ob Sie mir helfen können, wird sich gleich herausstellen.«

Sie legte eine mitgebrachte Kopie ihres Gutachtens zum Matisse auf den Tisch. Richemond warf einen kurzen Blick darauf. Sie schien gleich zu wissen, worum es sich handelte. Ihr nervöses Fingerspiel beschleunigte sich.

»Dank Ihrer Expertise wissen wir, dass das Gemälde echt und demnach ziemlich wertvoll ist. Nun ja, das erklärt, warum es gestohlen wurde. Und weil es ein teurer Matisse ist, müssen wir der Sache nachgehen.«

War da gerade eine große Erleichterung zu spüren? Ihr Körper entspannte sich.
»Gestohlen? Wirklich?«
Isabelle nickte. »Höchst bedauerlicherweise, aus einer Galerie in Cannes. Das Bild war nicht versichert, jetzt ist es weg.«
»Große Kunst weckt Begehrlichkeiten. Das war schon immer so.«
Isabelle dachte, dass das eine Plattitüde war. Von einer Kunstprofessorin hätte sie eine intelligentere Bemerkung erwartet. Sie deutete auf das Gutachten.
»Sie wissen, um welches Bild es sich handelt?«
»Natürlich, ich habe es ja begutachtet. Das wieder aufgetauchte Gemälde einer Tänzerin. Ein für diese Schaffensperiode überaus charakteristischer Matisse.«
Richemond schien endgültig beruhigt. Offenbar wurde von der Polizei weder ihr Gutachten noch die Echtheit des Matisse in Zweifel gezogen. Also bestand keine Notwendigkeit, sich vom Gutachten zu distanzieren und zu behaupten, es stamme nicht von ihr. Alles gut. Keine Gefahr im Verzug.
Mit den Schlussfolgerungen, dachte Isabelle, durfte sie es sich nicht ganz so einfach machen. Sie war von der Prämisse ausgegangen, dass die Kunstprofessorin den Matisse für echt erklärt hatte, obwohl sie wusste, dass es sich um eine Fälschung handelte. Das konnte so sein, musste aber nicht. Vielleicht wurde ihre Fachkenntnis maßlos überschätzt, und sie hatte die Fälschung schlicht nicht bemerkt?
»Wie genau haben Sie sich das Bild angeschaut?«, fragte Isabelle.
Schon war sie wieder da, die Nervosität.
»Sehr genau, warum fragen Sie?«
Isabelle musste sich entscheiden. Sie könnte Richemond jetzt frontal angehen, die arrogante Schnepfe mit der Tatsache

konfrontieren, dass es sich bei diesem Matisse nachweislich um eine Fälschung handelte, und dann knallhart fragen, wie viel man ihr für das gekaufte Gutachten bezahlt habe? Doch war es klug, so vorzugehen? Nein, klug war es nicht. Die Alternative? Sich weiterhin blöd stellen? Aber was brachte das?

»Sie würden das Bild also zweifelsfrei identifizieren können, sollte es wieder auftauchen?«

»Natürlich könnte ich das.« Richemond lächelte überheblich. »Niemand könnte das besser als ich.«

Aufgeplusterte Kuh!

»Wer könnte so ein Bild stehlen?«

»Das dürfen Sie mich nicht fragen. Meine Expertise liegt auf einem anderen Gebiet, für das Verbrechen sind Sie zuständig.«

Spätestens jetzt hatte die Professorin ihre Selbstsicherheit vollends zurückgewonnen. Es wurde Zeit, diese wieder ins Wanken zu bringen.

»Stimmt es, dass rund die Hälfte aller bedeutenden Gemälde gefälscht sind?«, fragte Isabelle.

Es gab keinen Grund, auf diese ebenso überfallartig wie naiv gestellte Frage verunsichert zu reagieren. Jedenfalls dann, wenn man ein reines Gewissen hatte. Fälschungen zu entlarven gehörte ja zum Beruf einer Gutachterin. Gäbe es keine, würde man ihre Fachkenntnis nicht benötigen. Aber Richemond zuckte förmlich zusammen. Wieder begannen ihre Finger nervös aneinanderzureiben. Bei ihr brauchte man keinen Lügendetektor.

»Das halte ich für sehr übertrieben«, antwortete Richemond.

»Selbst wenn der Anteil geringer sein sollte, frage ich mich, wie das möglich ist. Da müssten doch viele Ihrer Kollegen Tomaten auf den Augen haben.«

»Fälschungen zu erkennen ist nicht immer einfach. Und nicht jeder selbst ernannte Experte ist dazu in der Lage. Aber ich kann nicht verstehen, was Ihre Frage mit dem gestohlenen Matisse zu tun hat. Das von mir zertifizierte Bild war zweifelsfrei echt.«

Isabelle lächelte. »Ist mir nur gerade eingefallen. Das hat natürlich nichts mit dem Diebstahl zu tun, da haben Sie recht.« Sie machte eine kurze Pause, dann wechselte sie unvermittelt das Thema: »Verdient man eigentlich gut in Ihrem Beruf?«

»Es geht so. Wahrscheinlich besser als in Ihrem.«

Autsch, das war frech und ging unter die Gürtellinie. Warum hatte sich Richemond dazu hinreißen lassen? Weil sie einen wunden Punkt getroffen hatte? Die protzige Uhr, der Sportwagen …

Isabelle kam zu dem Schluss, dass sie genug erfahren hatte. Sie war sich fast sicher: Giselle Richemond wusste ganz genau, dass sie ein gefälschtes Bild für echt erklärt hatte. Dafür hatte sie sich vermutlich bezahlen lassen. Wenn der Eindruck nicht sehr täuschte, wohl nicht zum ersten Mal. Ob sie mit den Entführern Tristan de Jongs schon seit längerem Geschäfte machte? Womöglich tat sie das noch immer. Dies herauszufinden war jetzt eine vordringliche Aufgabe. Über das Wie war sich Isabelle noch nicht im Klaren. Da gab es mehrere Optionen. In jedem Fall war jetzt ein strategischer Rückzug angesagt.

Isabelle lachte. »Oh, dass Sie um Lichtjahre besser verdienen als eine kleine Kommissarin der *Police nationale* dürfte klar sein. Entschuldigen Sie meine Frage, sie war unhöflich. Sie haben eingangs wissen wollen, wie Sie mir helfen könnten. Wo könnten die Diebe den geklauten Matisse zu Geld machen? Wer käme als Käufer in Frage?«

»Keine Ahnung. Wie ich schon sagte, meine Expertise liegt auf einem anderen Gebiet. Aber wenn mir jemand einfällt oder mir was zu Ohren kommen sollte, sage ich Ihnen gerne Bescheid.«

»Das genau wäre meine Bitte. Jetzt will ich Ihre kostbare Zeit nicht länger in Anspruch nehmen. Ich darf mich verabschieden.«

Giselle Richemond reichte ihr die Hand. Am liebsten hätte Isabelle sie eine Weile festgehalten und den Puls gefühlt. Aber es reichte, dass die Hand kalt war. Fein manikürt und mit einem lila schimmernden Nagellack. Sie bezweifelte, dass sich Henri Matisse für diesen Farbton hätte begeistern können.

27

Auf der Rückfahrt nach Fragolin dachte sie an Richemonds freche Bemerkung über ihre unterschiedlichen Einkommensverhältnisse. Vermutlich hatte sie recht, aber so klar war das gar nicht, denn Isabelle bezog noch immer ihr Gehalt, das sie als hochrangige Leiterin einer Antiterroreinheit erhalten hatte. Das würde auch so bleiben. Sie vergaß das gelegentlich, weil sie ausgesprochen genügsam lebte und kaum Kosten hatte. Sie musste lächeln. Eine protzige Uhr, geschmacklose Designerklamotten und einen Sportwagen könnte auch sie sich spielend leisten. Dafür müsste sie nicht einmal falsche Gutachten ausstellen.

Im Kommissariat angekommen, verblüffte sie Apollinaire auf die einfachste Weise: Er saß ganz zivilisiert am Schreibtisch! Nach seinen neurologisch-orthopädischen Problemen vom Vormittag hätte sie zumindest einen Kopfstand erwartet oder irgendwelche bizarren Dehnübungen.

»Bonjour, Madame, tout s'est bien passé?«

Ob alles gut gelaufen sei? Nun, die Frage war schwer zu beantworten.

»Wir müssen die werte Dame genauer unter die Lupe nehmen«, stellte sie fest. »Giselle Richemond ist nicht sauber, da bin ich mir ziemlich sicher.«

Apollinaire grinste. »Ich habe mir Selbiges schon gedacht und den Namen der Gutachterin auf unserem Flipchart bereits rot markiert. Sozusagen im vorauseilenden Gehorsam.«

»Mit etwas Glück führt sie uns zu den Entführern.«

Er riss begeistert die Augen auf. »Soll ich sie observieren?«
»Sie meinen wie bei Paullinac? Nun, vielleicht besser nicht.«
»Ich verstehe, da habe ich Mist gebaut.«
Es war fast rührend, wie sich in seinem Gesicht plötzlich eine ehrliche Zerknirschung widerspiegelte.
»So würde ich das nicht ausdrücken, aber sagen wir mal so, die Observierung hat einen unglücklichen Verlauf genommen. Das ist aber nicht der Grund, ich denke an eine andere Vorgehensweise.«
»Die wäre?«
»Ich muss noch darüber schlafen. Wie geht's Ihren Beinen?«
»Meinen Beinen? Ach so, Sie meinen wegen heute Morgen?« Er winkte ab. »Alles gut. Vielleicht sollte ich bei meinem *deux chevaux* den Fahrersitz ausbauen und vom Rücksitz aus fahren? Denken Sie, das wäre erlaubt?«
Bei der Vorstellung musste Isabelle lachen. »Keine Ahnung. Haben Sie hinten einen Sicherheitsgurt?«
»Madame, das ist ein guter Hinweis, vielen Dank. Außerdem fürchte ich, dass es zwar von den Beinen her gehen würde, aber meine Arme könnten zu kurz sein.«
»Probieren Sie es aus. Aber ich möchte ein Foto davon.«
Er kratzte sich am Kinn. »Nein, ich lasse es sein. Ich möchte nicht zur Belustigung meiner Mitmenschen beitragen.«
»Für längere Strecken nehmen Sie das nächste Mal unser Einsatzfahrzeug«, schlug sie vor. »Falls nötig, kann ich mit meinem privaten Renault fahren. Themenwechsel: Was gibt's Neues bei der Arbeit?«
»Die Auswertung von Paullinacs Handy können wir vergessen. Laut Gendarmerie wurde es komplett zerstört. Und über den Netzbetreiber kommen wir auch nicht weiter. Ich will Ihnen gerne erklären, warum ...«
»Nein, müssen Sie nicht«, unterbrach sie ihn, einen längeren

Vortrag über die technischen Hintergründe der mobilen Telefonie fürchtend.

Apollinaire schlug sich mit der flachen Hand gegen die Stirn. »Ich hab vergessen, Ihnen was zu sagen. Sie hatten Besuch. Ich soll Ihnen einen schönen Gruß ausrichten.«

»Besuch? Von wem?«

»Er wartet im *Café des Arts* auf Sie. Ich hab ihm gesagt, dass Sie bald zurückkommen müssten.«

Sie zog eine Augenbraue nach oben. Das genügte.

»O ja, der Name, richtig. Unser Zeuge aus Menton, Sie wissen schon, dieser Amerikaner mit dem Gemälde aus dem Schlafzimmer seiner Großmutter.«

»Hilferding?«

»Ganz genau, Frank Lloyd Hilferding. Er hatte wohl einen Termin in Saint-Tropez und wollte Sie überraschen.«

Überraschen? Das war dem Mann gelungen. Mit einem unangemeldeten Besuch hatte sie bei Hilferding nicht gerechnet. Nicht einmal mit einem angekündigten. Und jetzt saß er im Café und wartete auf sie? Sie könnte ihn einfach warten lassen, und zwar so lange, bis er wieder fuhr. Das wäre eine kluge Entscheidung.

Sie stand auf. »Nun gut, dann gehe ich mal rüber. Vielleicht ist ihm noch was Sachdienliches eingefallen.«

Das war eine faule Ausrede. Sie wusste genau, dass er nicht deshalb hier war.

Fast hätte sie ihn nicht wiedererkannt. Sie hatte ihn mit verwaschenen Bermudashorts und einem T-Shirt mit dem Konterfei Che Guevaras in Erinnerung. Jetzt hatte er einen blauen Blazer an, trug eine schicke lange Hose – und hatte Schuhe an den Füßen. Braun gebrannt war er natürlich noch immer. Aber er sah nicht mehr wie sein eigener Gärtner aus. Jetzt entsprach er sehr viel mehr dem Klischee eines amerikanischen Literaturprofessors. Dazu der Zopf im Nacken, der Dreitagebart und eine runde Sonnenbrille à la John Lennon. Wahrscheinlich hatte er viele Studentinnen, die für ihn schwärmten.

Er begrüßte Isabelle mit einer herzlichen Umarmung und zwei Küssen auf die Wange. Das ging so schnell, dass sie es nicht verhindern konnte. Grundsätzlich hatte sie nichts dagegen, aber in Fragolin würde diese Vertraulichkeit schnell die Runde machen. Egal, jetzt war es zu spät. Zu allem Überfluss entdeckte sie im Café weiter hinten ihre Freundin Clodine, die natürlich alles gesehen hatte. Sie würde ihr nicht glauben, dass es sich bei Hilferding um einen harmlosen Zeugen in einem Kriminalfall handelte. Wenn sie vor Neugier getrieben bald an ihren Tisch kam, würde sie zudem feststellen, dass sie sich mit dem unbekannten Mann duzte. Dazu war es in Menton nach dem dritten Drink gekommen.

Hilferding, den sie Frank nannte, entschuldigte sich für seinen Überfall, aber er habe sich in Saint-Tropez mit seiner Lektorin getroffen, um das Manuskript für sein neues Buch zu besprechen. Da sei ihm die spontane Idee gekommen, sie in Fragolin zu besuchen. Und zwar auf die althergebrachte Art, nämlich ohne sich mit modernen Kommunikationsmitteln anzukündigen.

Nun, das war ihm gelungen.

Er hatte einen Whisky vor sich stehen und fragte, ob sie auch einen wolle. Das war ein toller Vorschlag. Sie hatte im *Café des Arts* noch nie einen Whisky getrunken. Auch das würde sich schnell herumsprechen.

Sie lächelte und stimmte zu. Wenn schon, denn schon.

Hilferding war charmant und amüsant. Ihr gefiel seine Gesellschaft, sogar hier in Fragolin. Aber sie war darauf bedacht, nicht allzu ausgelassen zu wirken. Er merkte das. Und er zog die richtigen Schlüsse. Mehr noch, er konnte Beispiele aus der amerikanischen Literatur zitieren, die ihren Rollenkonflikt beschrieben. Vielleicht sei sein Besuch in Fragolin keine wirklich gute Idee gewesen, räumte er ein. Saint-Tropez wäre besser gewesen, oder sonst wo, nur nicht hier, wo offenbar jeder jeden unter Beobachtung habe – und wie es schien Isabelle im Besonderen.

Da hatte er recht, aber er konnte nicht ahnen, dass das erst der Anfang war. Es geschah, was sie erwartet hatte. Clodine konnte sich nicht länger zurückhalten und kam zu ihrem Tisch. Nachdem Isabelle die beiden miteinander bekannt gemacht hatte und Hilferding Clodine freundlich anlächelte, setzte sie sich einfach dazu. Wie sie sagte, nur für einen Augenblick. Aber Isabelle wusste genau, dass dieser »Augenblick« ewig dauern konnte.

Es kam noch schlimmer. Während Hilferding mit Clodine höfliche Konversation machte, tauchte plötzlich Thierry Blès auf. Vergeblich sehnte Isabelle die Anonymität einer Großstadt herbei. Natürlich wurde sie von Thierry sofort entdeckt, und selbstredend steuerte er direkt auf sie zu. Wie sie wusste, wurde er seit einigen Tagen heftig von Clodine umgarnt. Dessen ungeachtet hätte er sie selbst gerne zurück. Und jetzt saßen Clodine und sie mit einem gutaussehenden Fremden zusammen und hatten offenbar Spaß miteinander. Da konnte er nicht anders, als sich einzubringen.

Hilferding tat hocherfreut, dass er jetzt auch noch den Bürgermeister dieses entzückenden Ortes kennenlernen durfte. Prompt holte sich Thierry einen Stuhl und setzte sich dazu. Er war bass erstaunt, dass Isabelle Whisky trank. Clodine fand das total abgefahren und bestellte auch einen. Hilferding schlug vor, gleich eine Flasche auf den Tisch zu stellen. Der

Tag war gelaufen. Der smarte Professor würde wohl kaum mehr mit dem Auto nach Menton fahren. Die *Auberge des Maures* war sicher ausgebucht. Im Kommissariat gab es ein Klappbett, aber darauf würde ihr amerikanischer Freund nicht schlafen wollen. Isabelle sah einige Probleme auf sich zukommen. Zwar tat Hilferding kund, dass er Isabelle erst vor kurzem und zwar im Zuge ihrer Ermittlungsarbeit kennengelernt hatte, aber weder Clodine noch Thierry schenkten seiner Bemerkung viel Aufmerksamkeit. Beide spürten, dass da mehr in der Luft lag. Und um ehrlich zu sein, auch Isabelle spürte es, hatte aber keine Ahnung, wie sie sich aus der Affäre ziehen könnte.

28

Sie saßen auf ihrer kleinen Terrasse über den Dächern von Fragolin und frühstückten. Isabelle hatte einen Kimono an, Frank Lloyd Hilferding hing das Hemd aus der Hose, und er war ungekämmt und barfuß. Isabelle musste lächeln. Wüsste sie es nicht besser, könnte man glauben, sie hätten die Nacht zusammen verbracht. Aber dem war nicht so. Dafür hatte am gestrigen Abend zu fortgeschrittener Stunde Thierry gesorgt, indem er seine besonderen Beziehungen spielen ließ und in der *Auberge des Maures* ein Zimmer organisierte für seinen *cher ami* Frank – obwohl das Hotel eigentlich ausgebucht war. Es war klar, warum er sich so ins Zeug gelegt hatte. Wobei er nicht ahnen konnte, dass er Isabelle damit einen Gefallen tat, denn trotz einiger Whiskys hätte sie Frank nie und nimmer in ihrer Wohnung übernachten lassen. Nicht in Fragolin, wo das sofort die Runde machen würde. Ein Frühstück bei ihr ging in Ordnung, gerade mal so, und auch nur deshalb, weil jeder sehen konnte, dass ihr Gast aus dem Hotel kam.

Er hatte frische Croissants mitgebracht. Der Kaffee duftete. Der Himmel war so klar und blau wie auf einem Gemälde von Cézanne. Postkartenidylle. In der Provence gab es diese auch in der Realität, zum Beispiel am heutigen Morgen. Sie plauderten angeregt, wohl wissend, dass sie womöglich etwas verpasst hatten – und auch, dass die Gelegenheit nicht so bald wiederkommen würde. Denn Frank Lloyd Hilferding würde in den nächsten Tagen zurück nach Amerika fliegen. Also kein Whisky mehr und auch keine Überraschungsbesuche, weder hier noch in Menton. Vielleicht war sie deshalb so entspannt? Manchen Beziehungen tat es gut, wenn sie gar nicht erst zustande kamen. Außerdem machte es das Miteinander so wunderbar einfach und unbeschwert. Noch ein Glas Orangensaft? Kaffee? Croissant? Wann waren die nächsten Semesterferien, in denen er wieder nach Europa kam? Wie wäre es umgekehrt? Isabelle lachte. Nein, antwortete sie auf seine Einladung, sie komme ganz bestimmt nicht nach Berkeley, das müsse er verstehen. Sie wolle auf absehbare Zeit nichts anderes als hierbleiben. Unter der Sonne der Provence, ihretwegen auch im Regen oder bei Mistral. Wenn es also zu einem erneuten Treffen kommen sollte, dann auf dieser Seite des Atlantiks. *On verra*, man würde sehen.

Eine Stunde später saß sie im Büro, als Jacqueline anrief, die gute Seele von Maurice Balancourt. Sie hatte keine guten Nachrichten. Erstens habe sie bislang nichts über Paullinacs Schwester Claire herausgefunden, vor allem nicht ihren Wohnort. Aber das sei kein Problem. Nur seien die Spezialisten gerade mit Wichtigerem beschäftigt, als eine unbescholtene Bürgerin zu suchen. Was sie unmittelbar zur zweiten schlechten Nachricht brachte, denn Balancourt habe seinen Leuten Feuer unterm Hintern gemacht, endlich diesen Gregori Gregorian zu finden. Offensichtlich gebe es gesicherte Informationen, dass er sich noch in Frankreich aufhalte, aber er sei untergetaucht und unauffindbar. Balancourt ärgere sich darüber maßlos, und zwar so sehr, dass er schon Sodbrennen habe. Sie müsse gleich los und ihm Tabletten besorgen. Mittlerweile wisse man, dass Gregorian ein ganz übler Typ sei, der nicht nur tief in die Waffengeschäfte verstrickt sei, die von Roux' Ausschuss untersucht wurden, sondern in seinem Heimatland schon mal wegen Mordes angeklagt worden sei.

Trotz erdrückender Beweise sei er freigesprochen worden, wohl auf Intervention des autokratischen Präsidenten seines Landes, mit dem Gregorian befreundet sei.
Isabelle dachte, dass diese Nachricht zum Bild des Mannes passte, der Roux mit einem tödlichen Cocktail in den Tod befördert hatte. Gregorian war skrupellos und offenbar mit allen Wassern gewaschen – sonst hätte ihn Balancourt längst am Haken.
Sie hoffte, dass sich Gregorian nicht ins Ausland absetzte. Blieb die Frage, warum er überhaupt noch hier war, vorausgesetzt, die Information stimmte. Hatte er noch was zu erledigen? War noch ein Mitglied des Untersuchungsausschusses gefährdet? Nun, darüber musste sie sich keine Gedanken machen, darum würde sich Balancourt mit seinen Leuten kümmern.
Isabelle sagte Jacqueline, dass die Suche nach Claire wirklich keine Priorität habe. Wahrscheinlich könne ihr Paullinacs Schwester sowieso nicht weiterhelfen. Jetzt solle sie sich beeilen und Balancourts Tabletten besorgen. Sodbrennen sei beim Alten ein ernstzunehmendes Warnsignal. Die nächste Eskalationsstufe wäre ein veritabler Wutausbruch mit Stechen in der Herzgegend.

Den weiteren Tag verbrachte Isabelle mit Telefonaten, mit zumeist ergebnislosen Recherchen und konfusen Gesprächen mit Apollinaire. Sie war froh, heute mal nicht mit dem Auto unterwegs sein zu müssen. Sie dachte darüber nach, wie sie mit der arroganten Gutachterin Giselle Richemond weiter vorgehen wollte. Sie hatte eine Idee, die noch nicht ausgegoren war, aber trickreich und vielversprechend. Im Ergebnis würde sie wissen, ob Richemond wirklich korrupt war und die Entführer Tristan de Jongs kannte. Dumm wäre nur, wenn

der Kontakt einzig über den »Trödelhändler« Josbert Paullinac alias Sébastien gelaufen war. Aber das glaubte sie nicht, wollte sie nicht glauben.
Später bekam sie einen Anruf von de Jongs Ehefrau. Das war nicht überraschend, denn Françoise meldete sich fast täglich. Ihre Unruhe war verständlich. Seit Isabelles Besuch stellte sich ihr aktuelles Leben in einem ganz anderen Licht dar. Sie war nicht mehr von ihrem Mann verlassen und jämmerlich im Stich gelassen worden. Stattdessen hatte man ihn gekidnappt. Er war nicht Täter, sondern Opfer. Ihr Sehnen und Trachten ging nun einzig dahin, ihn möglichst bald und unversehrt zurückzubekommen. Allerdings konnte Françoise dazu keinen Beitrag in Form von verwertbaren Hinweisen leisten. Kontakte ihres Mannes aus früheren Kunstfälscherzeiten waren in ihrer Erinnerung entweder zu vage oder stellten sich als Schuss in den Ofen heraus. Ein »Mitarbeiter« war vor Jahren beim Tauchen ertrunken. Ein anderer Komplize lebte mittlerweile nachweislich auf Martinique. Womöglich hatte er mit den gefälschten Bildern ihres Mannes so viel verdient, dass er sich das leisten konnte. Nur Françoise hatte kein Geld übrig behalten, weil bei der Verurteilung ihres Mannes horrende Schadensersatzforderungen hatten beglichen werden müssen. Das Telefonat mit ihr hatte denn auch eher therapeutische Bedeutung, indem Isabelle versuchte, Françoise zu beruhigen und ihr klarzumachen, dass man etwas Geduld brauche, aber die Ermittlungen kämen voran. Dass es mit Paullinac schon einen Toten gegeben hatte, verschwieg sie. Ebenso, dass es zu Optimismus keinen wirklichen Anlass gab.

29

Am späten Nachmittag machte sich Isabelle auf den Weg nach Hause. Ihr kam Thierry entgegen, der noch im Rathaus zu tun hatte und ihr grinsend versicherte, dass dieser Frank von gestern Abend ein wirklich netter Kerl sei. Er habe sich prächtig mit ihm unterhalten. Schade, dass er schon wieder weg sei und zurück nach Amerika müsse.

War das Schadenfreude? Oder war hier jemand erleichtert, dass ein möglicher Rivale genauso schnell wieder weg war wie aus dem Nichts aufgetaucht? Wahrscheinlich beides.

Thierry setzte noch eins drauf und fragte, ob er sie heute Abend zum Grillen einladen dürfe. Er habe Lammkoteletts mit Kräutern mariniert und einen wunderbaren Rosé kalt gestellt.

Isabelle fand, dass nichts dagegen sprach, aber ganz so leicht wollte sie es ihm auch nicht machen. Es ging zwar nur um ein Abendessen, aber er sollte noch etwas zappeln. Also bat sie um Bedenkzeit. Sie melde sich später bei ihm.

Sie war guter Dinge, als sie durch den Ort nach Hause schlenderte. Zugegeben, ihr aktueller Fall erwies sich als harte Nuss, aber davon würde sie sich nicht den Abend verderben lassen. Und ob ihre Kollegen Gregorian schnappten, konnte ihr auch egal sein. Für Balancourts Sodbrennen wäre es nicht schlecht.

Auf halber Strecke merkte sie, dass sie ihre Handtasche im Büro vergessen hatte. Ihr war das deshalb nicht gleich aufgefallen, weil sie sowieso meistens ohne rumlief. Sie mochte keine Handtaschen. Einige Geldscheine hatte sie meistens ein-

stecken, dazu der Wohnungsschlüssel und ihr *portable*. Mehr brauchte sie nicht. Isabelle hatte Bermudashorts an, ein rotes Poloshirt, und an den Füßen trug sie leichte Sneakers aus Leinen. Sie sah ganz bestimmt nicht aus wie eine Kommissarin, die aus der Arbeit kam. Schon für diese Freiheit liebte sie Fragolin und ihre derzeitige Tätigkeit.
Zu Hause angekommen, nahm sie im Treppenhaus mehrere Stufen auf einmal. Sie steckte den Schlüssel ins Schloss ihrer Wohnungstür. Plötzlich nahm sie hinter sich ein Geräusch wahr, aber da war es schon zu spät. Ein Stromstoß durchfuhr ihren Körper – dann wurde ihr schwarz vor Augen.

Das Aufwachen war kein Vergnügen. Sie hatte am ganzen Körper heftige Schmerzen, ihr Herz raste, am Hals brannte es höllisch, ihre Beine zuckten unkontrolliert. Sie schnappte nach Luft. Sie konnte nur unscharf sehen, kleine Lichtpunkte durchblitzten ihre Augen. Obwohl sie also keine Kontrolle über sich hatte, wusste sie sofort, was passiert war. Jemand hatte sie mit einem Elektroschocker außer Gefecht gesetzt, und zwar von hinten gegen ihren Hals. In ihrer früheren Polizeiarbeit hatten sie Erfahrungen mit Elektroimpulswaffen gesammelt, weshalb sie auch wusste, dass ihr momentaner Zustand vorübergehend war. Fragte sich nur, wie lange er andauern würde. *Merde,* die Schmerzen waren hundsgemein. Bei Elektroschockern hing die Wirkung von der Spannung ab. Sie hatte offenbar eine volle Ladung abbekommen.
Langsam beruhigte sich ihr Atem. Auch ihr Sehvermögen besserte sich. Und das Zucken ihrer Beine nahm ab. Im gleichen Maße gelang es ihr, sich zu orientieren. Sie stellte fest, dass sie in ihrer Wohnung am Boden saß, mit dem Rücken gegen die stählerne Treppe, die hinauf zu ihrer Terrasse führte – mit nach hinten gebogenen Armen und gefesselten Hän-

den. Sie spürte die robuste Eisenverstrebung im Kreuz. Da war nichts zu machen, sie war auch nach Rückkehr ihres Bewusstseins in einer beschissenen Situation.

»Na, du dumme Hure, wieder bei Bewusstsein? Kannst du mich verstehen?«

Und ob sie ihn verstehen konnte. Sogar die »dumme Hure« hatte sie ganz genau gehört. Die männliche Stimme war tief und hatte einen osteuropäischen Akzent. Gerade war ihr noch durch den Kopf geschossen, dass ihr Tristan de Jongs Entführer aufgelauert hatten. Irrtum, es war der andere Fall, der sie soeben eingeholt hatte, jener, mit dem sie eigentlich nichts mehr zu tun hatte. Ein kräftiger Mann trat aus dem Nebel ihres Blickfelds. Er sah sie hämisch grinsend an.

Isabelle hustete und versuchte zu nicken. Sprechen konnte sie nicht. Irgendwas lag ihr schwer im Mund. Erst dachte sie, es wäre ihre Zunge. Dann kam sie darauf, dass es sich um einen Knebel handelte.

»Sehr schön, ist nämlich wichtig, dass du mich verstehst.«

Gregori Gregorian war nach Balancourts Informationen noch in Frankreich. Ihr Chef hatte recht. Genauer gesagt war Gregorian gerade in Fragolin, um ganz präzise zu sein, in ihrer Wohnung.

Ein zweiter Mann tauchte auf. Er war schlanker und hielt eine Pistole in der Hand. Ihre konnte es nicht sein, die war im Kommissariat weggesperrt.

»Dein Name ist Isabelle Bonnet, das weiß ich mittlerweile«, sagte Gregorian. »Du warst im Salon Pigalle und hast Ziska vorgelogen, dass du Rolands Schwester wärst. Das ist Bullshit, Roland hatte keine Schwester. Wer bist du?«

In Isabelles Kopf, in dem es immer noch seltsam brummte, überschlugen sich die Gedanken. Gregorian fragte tatsächlich, wer sie war. Das ließ nur einen Schluss zu: Er hatte keine

Ahnung, dass sie bei der Polizei war. Sie sah nicht so aus, und in ihrer Wohnung gab es auf den ersten Blick keine Hinweise. Wie hatte er sie gefunden? Im Salon Pigalle hatte sie Ziska leichtsinnigerweise ihren richtigen Vornamen genannt. Jules, der Barkeeper im Hotel Crystal, hatte sie in ihrem Outfit gesehen, mit Jeans und Lederjacke, auch das schwere Kreuz und den großen Ring mit Totenkopf. Gregorian hatte zur Tatzeit im selben Hotel gewohnt, er kannte es. Dort fand sich im Anmeldeformular ihr Name und ihre Adresse in Fragolin. Das Feld mit dem Beruf hatte sie unausgefüllt gelassen. Egal, so oder so, jetzt war er hier – und hielt sie für irgendeine Spionin, die gut getarnt in Fragolin lebte. Im Internet war unter ihrem Namen nichts zu finden. Offiziell gehörte sie immer noch einer Spezialeinheit an, deren Anonymität professionell sichergestellt wurde. Wenn ihr Name mal auf irgendeiner Website auftauchen sollte, wurde er sofort gelöscht. Aber Gregorian hätte nur irgendjemanden auf der Straße fragen müssen, jeder wusste, wer sie war. Doch das hatte er offenbar unterlassen. Er wusste, dass nach ihm gesucht wurde, er wollte nicht auffallen.

Mit dem Knebel im Mund brachte Isabelle nur einige Würgegeräusche zustande.

Gregorian gab seinem Gehilfen ein Zeichen. Der kam zu ihr und drückte ihr die Pistole gegen die Schläfe.

»Wenn du schreist, bist du tot. Verstanden?«

Sie nickte. Das war nicht schwer zu verstehen.

»Marek, nimm ihr den Knebel raus.«

Isabelle musste sich erst freihusten. Dass sie gleichzeitig prüfte, wie fest ihre Handfesseln waren, versuchte sie zu verbergen. Sie tippte auf Kabelbinder. Sie waren extrem fest zugezogen, ließen sich aber erstaunlicherweise lockern. Sie erinnerte sich an einen Anfängerfehler: Wer in der Aufregung nicht aufpasste, zog sie womöglich verkehrt herum durchs Loch, und dann rasteten sie nicht ein.

»Ich wiederhole: Wer bist du? Für wen arbeitest du?«

»Ich arbeite für niemanden«, japste sie. »Es stimmt, Roland hatte keine Schwester. Ich habe mich für sie ausgegeben, weil ich nicht verraten wollte, dass ich seine Geliebte war.«

In ihrem Hals würgte es. Sie musste ausspucken.

Gregorian verstand das falsch. »Du spuckst mir vor die Füße, du dumme Nutte. Dafür schneide ich dir den Kopf ab.«

Isabelle musste erneut husten. Der Stromstoß war ihr offenbar quer durch den Hals gefahren.

»War nicht so gemeint. Ich krieg nur keine Luft …«

»Scheißegal, du Hure hast mich ans Messer geliefert. Jetzt ist die Polizei hinter mir her. Die Geschichte mit der Geliebten kannst du dir in den Hintern stecken. Ich will wissen, für wen du arbeitest. Und zwar sofort.«

Isabelle simulierte einen Erstickungsanfall. Sie röchelte. Dann tat sie so, als ob sie erneut ohnmächtig würde. Ihr Körper erschlaffte, der Kopf fiel ihr auf die Brust.

»Keine Sorge, die ist gleich wieder da«, hörte sie Gregorian sagen. »Marek, pass auf sie auf, ich gehe kurz pinkeln.«

»Keine Sorge, Gregori, die Schlampe rührt sich nicht.«

Isabelle stellte fest, dass ihre Hände im Rücken frei waren. Sie fühlten sich taub an. Vorsichtig probierte sie, ob sie die Beine bewegen konnte.

Aus halb geschlossenen Augen sah sie, dass Marek gerade über sie drüberstieg, offenbar, um sich in einen Sessel zu setzen. Gregorian war im Bad verschwunden. Jetzt oder nie. Gleich würde sie wissen, ob ihr die Beine gehorchten.

Der Scherenschlag zählte in ihrem früheren Leben zu den Standards im Kampfsport. Schon hatte sie Mareks Kopf zwischen ihren Beinen. Mit der Faust traf sie ihn mit voller Wucht

auf die Nase. Die Pistole flog durchs Zimmer und schlitterte unter das Sofa.
Isabelle sprang auf, nicht ganz so dynamisch, wie sie sich das vorgestellt hatte, aber immerhin kam sie auf die Beine. Marek war vorübergehend außer Gefecht. Gleich würde Gregorian aus dem Bad stürzen. In ihrer momentanen Verfassung wollte sie es nicht mit ihm aufnehmen. Sie stolperte die Treppe hinauf, die zu ihrer Terrasse führte. Oben angekommen, zögerte sie nicht lange und stieg über das Geländer aufs Dach. Diesen Fluchtweg hatte sie schon einmal gewählt. Sie wusste, wie man aufs Nachbarhaus und von dort über einen Balkon ins Treppenhaus gelangen konnte. Sie rannte los, ihre Beine gaben nach, sie rutschte, hielt sich an einer Antenne fest, fand ihr Gleichgewicht zurück, klammerte sich schwer atmend an einen Kamin und zog ihr Smartphone aus der Hosentasche. Gregorian und Marek hatten vergessen, es ihr abzunehmen. Sie drückte die Taste mit Apollinaires abgespeicherter Nummer. Er war sofort dran. In kurzen Sätzen erklärte sie ihm die Situation. Er solle sich bewaffnen und so schnell wie möglich zu ihrem Haus kommen. Er solle die Gendarmerie um Amtshilfe bitten. Höchste Alarmstufe. Gregorian und dieser Marek seien gefährlich. Im Zweifelsfall von der Schusswaffe Gebrauch machen.
Sie rieb sich die Handgelenke. Plötzlich hörte sie Geräusche auf dem Dach. *Merde*, sie wurde verfolgt. Wohl eher von Gregorian, Marek dürfte Probleme mit seiner gebrochenen Nase haben.
Isabelle rannte weiter, stolperte über ein Kabel, eine Schindel löste sich. Die Dächer in der Provence genügten keinen baupolizeilichen Vorschriften. Beherzt sprang sie über einen schmalen Lichthof, dann lief sie über das nächste Dach und hangelte sich an einer Regenrinne hinunter auf den Balkon, der zum benachbarten Treppenhaus führte.

Sie spürte ihr Herz klopfen, ihre Knie zitterten, noch immer hatte sie Probleme beim Luftholen. Aber gemessen an diesen Handicaps durfte sie mit ihrer Leistung zufrieden sein. Sie dachte an Apollinaire und hoffte, dass er keinen Fehler machte. In Stresssituationen neigte er zu kopflosem Leichtsinn. Hoffentlich wurde er von Gendarmen begleitet. Fragolin war klein, jetzt war das ein Vorteil. Im Spurt war man in einer Minute hier.

Wieder hörte sie Geräusche auf dem Dach, dann ein Fluchen in einer ihr unbekannten Sprache. Gregorian war ihr immer noch auf den Fersen.

So schnell wie möglich eilte sie die Stufen hinunter, sich mit den Händen am Geländer abstützend. Ihre Knie waren so weich wie Butter und gaben immer wieder mal nach. Sie trat hinaus auf die Gasse, stützte sich auf und atmete durch.

Zu ihrer Überraschung kam Thierry angerannt, mit einem Jagdgewehr in den Händen. Er sei Apollinaire vor dem Rathaus begegnet, der habe ihn alarmiert, erklärte er gehetzt. Das Gewehr sei aus der *Boucherie,* die liege auf dem Weg. Jean-Pierre, der Metzger, habe die Flinte immer unter dem Tresen. Wahrscheinlich sei sie nicht geladen.

Sie hörte, wie jemand polternd die Treppe herunterkam. Die fremdländischen Flüche kannte sie bereits.

Isabelle nahm Thierry das Gewehr ab und presste sich an die Wand. Obwohl sie Thierry Zeichen gab, sofort zu verschwinden, blieb dieser wie angewurzelt stehen und starrte auf die Haustür. Schon wurde diese aufgestoßen, und Gregorian stolperte ins Freie. Von hinten konnte sie nicht sehen, ob er eine Waffe in der Hand hielt. Auf dem Dach hatte er nicht geschossen, aber das hatte nichts zu besagen. Er wollte ja ihren vermeintlichen Auftraggeber in Erfahrung bringen. Mit einer Kugel im Kopf ging das nicht mehr.

Schon zuvor hatte Isabelle das Gewehr umgedreht. Sie hielt es am Lauf wie einen Baseballschläger. Der Schlag traf Gregorian seitlich am Hals. Er ging sofort zu Boden.
Aus der Nebengasse waren Schüsse zu hören. Sie kamen aus der Richtung ihres Hauseingangs. Das gefiel ihr nicht, sie machte sich Sorgen.
Weiter vorne sah sie einen Gendarmen herumirren. Sie pfiff durch die Finger. Der Gendarm eilte herbei. Sie brauchte ihn nicht – aber seine Handschellen. Gregorian begann sich wieder zu regen. Seine Pistole, er hatte wirklich eine, lag unter ihm. Isabelle nahm sie an sich.
Thierry versuchte, ihr zu helfen, was eher hinderlich war. Außerdem gab es nicht mehr viel zu tun. Das Gewehr gab sie ihm zurück. Es war tatsächlich ungeladen. Als Schusswaffe unbrauchbar, aber als Schlagstock sehr wirkungsvoll.
Gregorian rollte sich ächzend auf den Rücken, blickte in die Mündung seiner eigenen Pistole und sah sie mit aufgerissenen Augen an.
»Sie wollen wissen, für wen ich arbeite«, sagte sie. »Die Antwort ist einfach: für die *Police nationale*. Sie sind verhaftet!«

30

Eine Stunde später war alles vorbei. Die ersten Schüsse, die sie gehört hatte, stammten von Marek, der mit blutender Nase aus dem Haus fliehen wollte, dabei aber Apollinaire und zwei Gendarmen direkt in die Arme lief. In Panik hatte Marek einige Schüsse abgefeuert, aber niemanden getroffen. Ganz im Unterschied zu Apollinaire. Der hatte ihn aufgefordert, die Waffe fallen zu lassen und sich zu ergeben. Um dem Nachdruck zu verleihen, hatte er einen Warnschuss abgegeben, der ins Leere gehen sollte – aber Marek ins Bein traf. Das war ein unfreiwilliger Meisterschuss. Auf dem Schießstand verfehlte Apollinaire schon mal die Scheibe, ins Schwarze traf er nie. Hätte er auf Mareks Bein gezielt, hätte er womöglich eine Straßenlaterne getroffen. Aber so war das der perfekte Schuss. Die Bewunderung der Kollegen von der Gendarmerie war ihm für alle Ewigkeit gewiss.

Weil der einzig zugelassene Arzt von Fragolin schon Feierabend hatte und nicht erreichbar war, übernahm der Apotheker die Aufgabe, Marek notdürftig zu verarzten. Jetzt saß der Komplize mit Gregorian in einer Gefängniszelle der Gendarmerie. In Isabelles Kommissariat hätte es nur eine absperrbare Besenkammer gegeben. An Gregori Gregorians Identität gab es im Übrigen keinen Zweifel, er hatte freundlicherweise seine Brieftasche mit Kreditkarten und Ausweis bei sich.

Thierry Blès versprach, eine Kerze zu stiften, weil niemandem etwas passiert war. Als Bürgermeister von Fragolin liege ihm das Wohl eines jeden einzelnen Bürgers am Herzen – je-

nes von Isabelle natürlich insbesondere. Das hörte sie gerne. Aber auf die Idee, speziell für sie eine zweite Kerze zu stiften, kam er nicht. Dabei war er sonst so großzügig.
Isabelle litt noch unter den Folgen des Elektroschockers. Sie hatte Muskelzuckungen, dann wieder plötzliche Lähmungserscheinungen, die aber nur kurz andauerten. Am Hals hatte sie vom Elektroschocker eine Brandverletzung, die der Apotheker mit einer Salbe behandelt hatte. Ihre Handgelenke hatten vom Schlauchbinder harmlose Striemen. Und die Knöchel ihrer rechten Hand schmerzten – sicher kein Vergleich zu Mareks zertrümmerter Nase. Alles in allem konnte sie also zufrieden sein. Das Intermezzo hätte in jeder Hinsicht anders und vor allem viel schlimmer ausgehen können.
Dennoch war sie nicht in der Verfassung, Thierrys Essenseinladung, die er für den heutigen Abend ausgesprochen hatte, anzunehmen. Natürlich konnte er das nachempfinden.
Nun stand ihr nur noch eine Pflicht bevor. Eine Pflicht? Nein, ein ganz besonderes Vergnügen.
Isabelle wählte die Handynummer von Balancourt. Erwartungsgemäß traf sie ihn nicht mehr im Büro an, sondern zu Hause.
»Hallo, *chérie*, was verschafft mir das Vergnügen deines Anrufs?«
»*Bonsoir,* Maurice. Stör ich?«
»Nein, aber wärst du hier, könntest du mir meine Fliege binden. Giselle ist schon vorausgefahren. Wir haben Premierenkarten für die Oper.«
»Da wäre ich keine große Hilfe. Fliegen binden ist nicht mein Metier.«
Balancourt lachte heiser. »Fliegen erschlagen schon eher, habe ich recht?«

»Unschuldige Fliegen? Nein, so was mache ich nicht. Ich will dich nicht lange aufhalten. Ich hab nur eine kurze Info für dich.«
»Schieß los!«
»Du bist doch auf der Suche nach diesem Gregori Gregorian, richtig?«
»Willst du mir den Abend verderben?«
»Nein, ganz im Gegenteil.«
»Wieso? Hast du vielleicht eine Idee, wo der Bastard sein könnte?«
Es machte ihr Spaß, Balancourt etwas zappeln zu lassen.
»Nicht nur eine Idee, ich habe sogar hundertprozentige Gewissheit.«
»Wirklich? *Chérie,* du bist der einzige Mensch, der mich immer wieder überraschen kann.«
»Deine Frau kann das auch.«
»Giselle? Nein, nicht mal zum Geburtstag. Ich weiß immer schon zuvor, was sie mir schenken wird. Jetzt sag schon endlich! Wo ist der Kerl? Ich schicke eine Sondereinheit und lasse ihn auf der Stelle verhaften.«
Isabelle lachte. »Das wird nicht gehen.«
»Warum? Ist er nicht mehr in Frankreich?«
»Doch, doch, aber du kannst ihn nicht verhaften, weil er schon verhaftet ist.«
»Verhaftet? Von wem?«
»Von mir, vor einer guten Stunde, und zwar hier in Fragolin.«
»Von dir?« Er bekam seinen längst überfälligen Hustenanfall. »In Fragolin? Jetzt versteh ich gar nichts mehr.«
Isabelle dachte, dass es mit dem unterhaltsamen Hin- und Hergeplänkel nun vorbei war. Balancourt mochte zwar dieses Spiel, aber nur bis zu einem bestimmten Punkt. Er hatte ein Anrecht auf die Fakten. Deshalb berichtete sie ihm von den aktuellen Vorkommnissen, im Telegrammstil, unter Weglas-

sung von Nebensächlichkeiten. So schätzte er das. Als sie fertig war, konnte sie sein ungläubiges Gesicht fast durchs Telefon sehen.

Dann stellte er lakonisch fest: »Wenn der Prophet nicht zum Berg kommt, kommt der Berg zum Propheten.«

»Klappt leider nur selten.«

»Bin froh, dass dir nichts passiert ist. Nach allem, was ich weiß, ist dieser Gregorian ein ganz übler Geselle.«

»Na ja, auf den Elektroschocker hätte ich verzichten können. Ich komme mir immer noch vor wie ein Epileptiker unter Drogen.«

»*Chérie,* das hört sich doch gar nicht so schlimm an.« Und nach erneutem Husten: »Sag den Kollegen von der Gendarmerie, dass sie noch heute Abend Besuch aus Toulon bekommen. Die Gefangenen werden von der *Police nationale* übernommen.«

»Dachte ich mir schon. Die Gendarmerie weiß Bescheid.«

Sie hörte, wie er in die Hände klatschte. »Ich bin entzückt. Meine Isabelle hat den Gregorian geschnappt. Meine überforderten Mitarbeiter werden Augen machen.«

»Das war Zufall, Glück gehabt.«

»Papperlapapp, Glück haben nur die Tüchtigen. Gott, bin ich spät dran. Giselle ist wahrscheinlich schon stinkesauer. Ich muss mich wohl mit Blaulicht zur Oper bringen lassen. Was mach ich nur mit der verdammten Schleife?«

»Hast du keine vorgebundene Schleife mit Gummiband?«

»Das wäre ein *faux pas.*«

»Besser als zu spät mit offenem Hemdkragen.«

»Da hast du auch wieder recht. Ich habe tatsächlich eine fertige Fliege, ich weiß sogar, wo.«

»Na also. Ich wünsch dir einen schönen Opernabend. Grüß Giselle von mir. Und nimm Bonbons gegen deinen Husten mit.«

31

In der darauffolgenden Nacht kämpfte Isabelle immer noch mit den Folgen des Elektroschocks. Sie hatte immer wieder Krämpfe, die zwar nur kurz waren, sie aber vom Schlafen abhielten. Außerdem surrte und zischte es in ihrem Kopf, was womöglich Einbildung war, aber dennoch nervte. Von diesen körperlichen Malaisen abgesehen, war sie eigentlich guter Dinge. Es war alles gut ausgegangen, sie durfte mehr als zufrieden sein.

Als sie nach Stunden dann doch endlich in einen unruhigen Schlaf fiel, wurde sie immer wieder von bizarren Träumen geweckt. An einen konnte sie sich noch am nächsten Morgen erinnern: Sie sah sich unter einem Boot als Köder an einer Angelleine im Wasser treiben. Ein hässlicher Fisch kam angeschwommen. Beim Näherkommen erkannte sie Gregori Gregorian. Er hatte Zähne wie ein Barrakuda, aus seinem Fischmaul stiegen Blasen auf, und er blubberte Wörter durchs Wasser, die sich wie Hure oder Schlampe anhörten. Kurz bevor er zubeißen und sie verspeisen konnte, wurde sie von der Angelleine weggerissen. Sie sauste hinauf zur Wasseroberfläche, der Gregorian-Fisch war nicht schnell genug. Oben flog sie durch die Luft. Dabei erkannte sie, dass Balancourt der Angler war, der sie an der Leine hatte. Er trug einen Smoking und hatte eine schief sitzende Schleife am Kragen. Balancourt lachte ausgelassen. Als der hinterherjagende Gregorian-Fisch aus dem Wasser sprang, fing er ihn mit einem großen Kescher. Dazu tönte aus einem Grammofon eine Opernarie. Balan-

court nahm einen Hammer und erschlug den Fisch. Sie selbst war längst kein Köder mehr und ließ sich von Balancourt umarmen. Dann bekam er einen schrecklichen Hustenanfall.
Wie sollte man bei derartigen Träumen einen ruhigen, erholsamen Schlaf finden? Entsprechend zerschlagen fühlte sie sich am nächsten Morgen. Aber vom Stromstoß war nichts mehr zu spüren. Nur noch die Brandverletzung am Hals erinnerte daran.
Sie ließ sich mit dem Frühstück Zeit. Auf der Terrasse sitzend, dachte sie über ihre gestrige Flucht nach, die sie von hier aufs Geländer und dann über das Dach geführt hatte. Sie rieb sich ihre Handgelenke. Dann goss sie sich eine zweite Tasse Kaffee ein und beschloss, nicht länger über das gestrige Abenteuer nachzudenken. *Le passé, c'est le passé,* vorbei ist vorbei.
Jetzt sollte sie sich wieder auf ihren eigentlichen Fall konzentrieren. Es ging darum, Tristan de Jong zu finden und ihn zu befreien. Hatte sie eine heiße Spur? Nein, hatte sie nicht, aber eine Gutachterin namens Giselle Richemond. Leider war die werte Dame heute auf einer Kunstauktion in Genf, aber gleich morgen Vormittag würde sie bei ihr in Nizza auf der Matte stehen, um in die Tat umzusetzen, was sie sich überlegt hatte.
Und heute? Da hatte sie sich einen Urlaubstag verdient, den sie der vollständigen Wiederherstellung ihrer Gesundheit widmen wollte. Sie würde hinunter ans Meer fahren und an ihrem Lieblingsstrand ausspannen. Ganz alleine, völlig ungestört. Das war der Plan. Und diesmal würde nichts dazwischenkommen.

Wenig später wusste sie, dass sie sich getäuscht hatte. Aber nur, was das Alleinsein betraf. Sie hatte ja nicht ahnen können, dass Clodine für ihren Laden ausgerechnet heute eine Vertretung hatte. Der Rest ergab sich von selbst. Nun waren sie halt zu zweit am Strand. Clodine war erstaunlich rücksichtsvoll. Sie respektierte, dass Isabelle keine Lust auf Konversation hatte. Clodine setzte sich einen Kopfhörer auf und hörte Musik. Und immer wenn am Strand ein Mann vorbeikam, egal, ob jung oder alt, zog sie den Bauch ein und lächelte.

Mittags gingen sie die Stufen hinauf zur *Crêperie,* wo Isabelle das letzte Mal mit Rouven Mardrinac gegessen hatte. Auf welchem Erdteil er sich wohl gerade herumtrieb? Damals hatte sie noch an die bevorstehenden *vacances annuelles* geglaubt, an Tage oder Wochen ohne Arbeit. Aber ausgerechnet Rouven hatte ihr einen Strich durch die Rechnung gemacht, indem er einen Matisse als Fälschung erkannte und eine versteckte Botschaft fand. Aber auch sonst wäre aus den Betriebsferien nichts geworden, weil Balancourt wieder mal einen Sonderauftrag aus dem Ärmel gezaubert hatte.

Clodine brach ihr »Schweigegelübde« und wurde immer redseliger. Spätestens nach den herzhaften *galettes,* die mit Käse, Schinken und Spiegelei belegt waren, fand sie wieder zu ihrem gewohnten Sprechmodus zurück – und der war schnell und voller Gedankensprünge. Isabelle hatte schon häufiger festgestellt, dass das Zuhören zwar anstrengend war, aber in bestimmten Situationen auch einen fast schon therapeutischen Nutzen hatte. Weil es einiger Konzentration bedurfte, ihr zu folgen, vergaß man, was einem selbst gerade Unangenehmes oder Belastendes durch den Kopf ging.

Clodines Versuch, die Hintergründe des gestrigen Zwischenfalls zu erfragen, blockte Isabelle ab. Was ihre Freundin maßlos enttäuschte, denn noch größer als ihre Redseligkeit war ihre Neugier. Wobei es nach Clodines Überzeugung einen Zusammenhang gab. Denn nur wer notorisch wissbegierig sei und auf diese Weise neue Dinge erfahre, habe auch was zu erzählen. So ihre Argumentation. An der Theorie war was dran, allerdings interessierte sich Clodine fast nur für Klatsch und Tratsch. Entsprechend einseitig waren ihre Gesprächsthemen. Grundsätzlich falsch war selbst das nicht, denn auch bei der Aufklärung von Kriminalfällen ging es sehr häufig um genau diese zwischenmenschlichen Verwirrungen und Verstrickungen, um Eifersüchteleien, um üble Nachrede, geheime Liebschaften, um Neid und Missgunst. Nur waren die Folgen drastischer als in Clodines Seifenoper. Bei Isabelle kam es in der Folge zu Mord und Totschlag oder anderen Gewaltdelikten. Zählten auch Entführungen dazu wie im Falle Tristan de Jongs? Hier stand wohl Gewinnstreben im Vordergrund, also der schnöde Drang, sich mit Hilfe des begnadeten Kunstfälschers zu bereichern. Das Motiv lag also auf der Hand. Folgte man aber der auf Alltagserfahrungen basierenden Logik Clodines, dann könnten auch andere Beweggründe hinzukommen, zwischenmenschliche, emotionale. Fragte sich nur, auf welche Weise? Welches Szenario ließe sich konstruieren? Zum Beispiel …

»Hallo, Isa«, unterbrach Clodine ihre Gedankenflüge mit wedelnden Händen, »hörst du mir überhaupt zu?«

»Wie bitte? Aber natürlich höre ich dir zu.«

Das war gelogen, die letzten Minuten war Clodines Redeschwall wie ein Wasserfall an ihr vorbeigerauscht.

»Warum antwortest du dann nicht auf meine Frage?«

»Welche Frage?«

»Ob du gestern Abend noch Thierrys Essenseinladung angenommen hast. Er wollte doch Lammkoteletts grillen?«

Isabelle schüttelte lächelnd den Kopf. »Woher weißt du von seiner Einladung?«

»Mein Geheimnis.«

»Nein, natürlich habe ich abgesagt. Nach dem Elektroschock war ich wirklich nicht in der Verfassung für ein gemütliches Barbecue.«

Clodine kicherte. »Schade, dann hätte er ja mich einladen können.«
Isabelle dachte, dass sie sich um Thierrys private Zukunft keine Sorgen machen musste. Sollte sie ihm endgültig den Laufpass geben, würde er rasch Trost finden. Allerdings wusste sie nicht, ob sie das wollte. Sich von Thierry unwiderruflich trennen, trotz seiner fortwährenden Bemühungen und obwohl sie ihn immer noch mochte? Das war eine schwierige Entscheidung, die Zeit brauchte. Falls es dazu kommen sollte, hätte Clodine freie Bahn – aber erst dann.
Clodine schaute sie vorwurfsvoll an. »Du hörst schon wieder nicht zu.«
»Tut mir leid. Seit dem Elektroschock schwirrt mir der Kopf, und in meinen Ohren pfeift's.«
Clodine umarmte sie. »Pardon, das habe ich vergessen.«
Das Mitleid, dachte Isabelle, hatte sie nicht verdient. Weder schwirrte es in ihrem Kopf, noch pfiff es in den Ohren. Aber eine bessere Ausrede war ihr gerade nicht eingefallen.

Zurück in Fragolin, verabschiedeten sie sich, aber nur flüchtig. Auch das war eine Besonderheit des kleinen Ortes. Weil man sich sowieso bald wieder über den Weg lief, war es unüblich, sich zum Abschied zu umarmen oder zu küssen. In Paris tat man das, weil man sich womöglich über Monate nicht mehr sah. In Fragolin konnte es sich nur um Stunden handeln oder um Minuten. Auf dem Weg zur *Boulangerie,* zur *Alimentation* oder im *Café des Arts.* Man traf sich automatisch, ob man wollte oder nicht.
Clodine ging zu ihrem Laden, um dort nach dem Rechten zu sehen. Isabelle schlenderte zum Kommissariat im *Hôtel de ville.* Zwar hatte sie keine Lust zu arbeiten, es stand auch nichts Vordringliches an, aber Apollinaire sollte im Büro

nicht vereinsamen. Sie wollte ihm wenigstens kurz Gesellschaft leisten.

Im Büro vereinsamen? Als sie die Bürotür öffnete, erkannte sie auf einen Blick, dass ihre Sorge unbegründet war. Immerhin enttäuschte Apollinaire nicht ihre Erwartung, ihn in einer unorthodoxen Körperhaltung anzutreffen. Aber sie hatte ihn noch nie auf allen vieren herumkriechen sehen. Auf seinem Rücken ritten zwei niedliche kleine Mädchen, wobei die vordere Apollinaires Krawatte als Zügel missbrauchte.

Vor ihnen stand Françoise und klatschte in die Hände. *»En avant, Monsieur le Brigadier!«*

Isabelle schüttelte lachend den Kopf. »Was ist denn hier los?«

»Ich hab es nicht mehr ausgehalten, ich musste Sie einfach besuchen und mit Ihnen über meinen Mann reden«, antwortete Françoise. »Maya und Marguerite, bitte kommt runter und lasst den netten Polizisten mal in Ruhe!«

Maya zog noch mal kurz an der Krawatte, Apollinaire wieherte – dann war der Spuk vorbei. Eine Minute später saßen sie alle relativ geordnet im Kommissariat, Apollinaire noch etwas zerrupft und mit rotem Gesicht.

»Hätte ich gewusst, dass Sie hier sind, wäre ich eher gekommen«, sagte Isabelle.

»Ich wollte nicht stören. Monsieur Apollinaire hat angedeutet, dass Sie gestern ein schreckliches Erlebnis hatten und sich davon erholen müssten.«

Ein schreckliches Erlebnis? Nun, so könnte man den Überfall mit dem Elektroschocker zutreffend bezeichnen. Aber mittlerweile sah sie Gregorians ungebetenen Besuch als Glücksfall an. Er hatte sich sozusagen selbst der Polizei ausgeliefert. Außerdem war ihr im Leben schon viel Schlimmeres widerfahren, da war das gestern ein Klacks. Im Nachhinein dankte sie Gregorian für sein Gastspiel. Nur hätte Marek den Elektroschocker nicht auf volle Leistung stellen müssen.

»Halb so schlimm«, sagte Isabelle. »Trotzdem darf ich Sie bitten, sich in Zukunft anzumelden.«

»Ich hoffe, Ihr Erlebnis hatte nichts mit Tristan zu tun?«

»Mit Ihrem Mann? Nein, überhaupt nicht.« Isabelle machte eine kurze Pause und warf den Mädchen einen nachdenklichen Blick zu. »Wie Sie ja von unseren Telefonaten wissen«, fuhr sie fort, »haben wir noch keine ganz heiße Spur. Aber ich bleibe zuversichtlich. Wir finden Ihren Mann, davon bin ich überzeugt. Es dauert halt ein bisschen.«

»Sie verstehen, dass wir ungeduldig sind. Wir wollen ihn so bald wie möglich wieder in unsere Arme schließen, ich meinen Mann und meine Mädchen ihren Papa.«

»Aber natürlich, ist ja klar.« Isabelle sah zwischen ihr, Apollinaire und den Kindern hin und her. Es wäre besser, dachte sie, wenn die Kinder diesem Gespräch nicht beiwohnen würden, dann könnte sie offener reden. Sie wandte sich an Maya und Marguerite. »Habt ihr Lust, den Bürgermeister bei der Arbeit zu stören? Sein Büro ist einen Stock höher. Apollinaire kann mit euch hochgehen. Einverstanden?«

Die Begeisterung hielt sich in Grenzen. Aber mit Apollinaire hatten sie schon zuvor ihren Spaß gehabt, also ließen sie sich von ihm an den Händen nehmen und aus dem Büro führen.

»Ich will nicht darum herumreden«, sagte Isabelle, als sie draußen waren, »wir haben zwar viele neue Erkenntnisse, aber noch keinen konkreten Hinweis, wo Ihr Mann stecken könnte. Weil wir aber kontinuierlich mehr über das Umfeld seiner Entführer erfahren, schätze ich unsere Chancen ziemlich gut ein. Doch ich kann Ihnen nicht versprechen, dass wir Ihren Mann in den nächsten Tagen finden. Ich muss Sie wirklich um Geduld bitten.«

Françoise machte eine fahrige Handbewegung. »Aber ich mache mir Sorgen«, sagte sie mit unsicherer Stimme. »Hoffentlich ist ihm nichts passiert.«

»Das hoffe ich auch. Machen Sie sich gerade mehr Sorgen als sonst? Gibt es einen Anlass?«

Françoise knabberte nervös an ihren Fingernägeln. »Ja, den gibt es.«

Isabelle sah sie fragend an.

»Ich habe Ihnen doch von den gelben Umschlägen erzählt, die ich jeden Monat bekomme, mit zweitausend Euro. Die sind immer pünktlich eingetroffen. In diesem Monat habe ich keinen bekommen, zum ersten Mal. Und der Monat ist bald vorbei. Deshalb habe ich Angst, dass ihm was passiert sein könnte.«

Isabelle nahm ihre Hand und beruhigte sie. »Das hat nichts zu bedeuten. Tristans Entführer sind keine Buchhalter, die werden es vergessen haben, oder es ist ihnen was dazwischengekommen.«

»Meinen Sie? Trotzdem beunruhigt mich das sehr. Außerdem fehlt mir das Geld.«

Isabelle konnte sie gut verstehen. In Wahrheit dachte sie auch, dass das kein gutes Zeichen war. Aber natürlich könnte es dafür ganz triviale Gründe geben. Wie auch immer, es war eine Mahnung, keine Zeit zu verlieren. Ihren »Nebenjob« mit dem toten Staatssekretär und dem Widerling Gregorian war sie endgültig los. Morgen war Giselle Richemond wieder in Nizza. Dann ging es mit ihr in die nächste Runde.

»Ist Ihnen sonst noch was eingefallen?«, fragte Isabelle. »Nach einem Trödel- und Kunsthändler namens Josbert Paullinac hatte ich Sie ja schon am Telefon gefragt. Von dem haben Sie noch nie gehört, richtig?«

Françoise nickte. »Der Mann ist mir unbekannt. Ganz sicher

war er niemand, mit dem Tristan früher zusammengearbeitet hat, sonst würde ich seinen Namen kennen. Was ist mit ihm?«

»Er ist tot.«

Françoise sah sie verständnislos an. »Was hat der Tod dieses Mannes mit Tristan zu tun?«

»Nichts, das war ein Unfall. Hätte nur sein können, dass Tristan ihn von früher kannte.«

»Das will ich nicht ausschließen, Tristan kannte viele Menschen, aber wie gesagt, von einem Mann mit diesem Namen war nie die Rede.«

»Ihr Mann braucht keine Tabletten, haben Sie mir am Telefon gesagt. Er leidet an keiner chronischen Erkrankung?«

»Nein, und wenn, dann wüsste er nichts davon. Tristan geht nie zum Arzt. Ab und zu bekommt er von den Farbausdünstungen allergisch entzündete Augen. Da helfen ganz normale Augentropfen, die bekommt man ohne Rezept in jeder Apotheke.«

Isabelle begrub endgültig ihre Hoffnung, von Françoise etwas Zielführendes zu erfahren. Sie machte eine auffordernde Handbewegung.

»Françoise, jetzt besuchen wir den Bürgermeister und holen Maya und Marguerite ab. Dann gehen wir zusammen ins *Café des Arts*, dort gibt es für die Kinder ein Eis. Und dann sollten Sie zurück nach Aix fahren. Bleiben Sie zuversichtlich, schon wegen der Mädchen.«

Françoise nickte. »Ich versuche es, aber es fällt mir mit jedem Tag schwerer.«

32

Den Termin hatte Isabelle mit einigen Telefonaten vorbereitet und schließlich per SMS fix vereinbart. Und zwar für den Vormittag nach Giselle Richemonds Rückkehr von der Kunstauktion in Genf. Diesmal nicht auf dem Campus von Sophia Antipolis, sondern in ihrer Wohnung in Nizza, die zugleich als Büro diente. Begeistert war die Kunstprofessorin nicht gewesen, sogar ausgesprochen abweisend. Sie hatte erst nachgegeben, als ihr Isabelle angedroht hatte, sie anderenfalls zwangsweise in Fragolin vorzuladen.

Richemonds Wohnung befand sich im hoch gelegenen Ortsteil Cimiez inmitten von noblen Parkanlagen und feudalen Anwesen. Das passte in mehrerlei Hinsicht. So entsprach die luxuriöse Umgebung ihrer neureichen Selbstinszenierung, die Isabelle bei ihrem ersten Treffen als ebenso merkwürdig wie unpassend empfunden hatte. Vor allem aber war Cimiez eine geradezu geniale Adresse für eine Matisse-Expertin, befand sich dort doch sowohl das Musée Matisse als auch das frühere Hotel Régina Palace, in dem Henri Matisse seine letzten Lebensjahre verbracht hatte und am 3. November 1954 gestorben war. Auch war er auf dem Friedhof von Cimiez begraben. Giselle Richemond erwies also schon qua Wohnort dem großen Meister ihre Referenz.

Weil ihr Dienstauto am Morgen nicht angesprungen war – Apollinaire tippte auf einen Marder, der das Zündkabel durchgenagt hatte –, war Isabelle mit ihrem privaten Renault unterwegs. Auch ohne Navi fand sie über den Boulevard de

Cimiez und die Avenue Villebois Mareuil zur angegebenen Adresse. Sie hatte sich eine Strategie überlegt, mit der sie Richemond überführen wollte.

Isabelle war nicht nur pünktlich, sondern auch zuversichtlich – bis sie um die letzte Kurve bog und die Polizeiwagen sah, die vor Giselle Richemonds Haus standen. Nein, nicht schon wieder. Bitte nicht.

Sie kurvte durch die Einsatzfahrzeuge, fuhr durch das offene Tor direkt vor den Eingang, parkte und stieg aus. Ein dicker Polizist kam ihr mit rotem Kopf entgegengeeilt. Erst jetzt wurde ihr bewusst, dass sie sich mit einem zivilen Renault ganz nach vorne gedrängt hatte. Das war die Macht der Gewohnheit – aber in den Augen des Polizisten eine dreiste Unverschämtheit. Bevor sie Gelegenheit bekam, etwas zu sagen oder sich auszuweisen, wurde sie schon massiv angegangen. Sie sei wohl von allen guten Geistern verlassen, sogar ein Blinder könne sehen, dass hier ein Polizeieinsatz im Gange sei. Der Polizist schnappte nach Luft, aber nur kurz, so kurz, dass sie nicht zu Wort kam. Das sei wieder mal typisch Frau, fuhr er hitzig fort, immer mittendurch, ohne eine Sekunde nachzudenken. Sie solle sich auf der Stelle mit ihrer Blechkiste verkrümeln. Aber dafür müsse sie ja rückwärtsfahren, was Frauen nachgewiesenermaßen nicht könnten.

Was war denn das für ein hinterwäldlerischer Macho? Eigentlich hatte sie vorgehabt, sich zu entschuldigen, aber jetzt nicht mehr. Ganz bestimmt nicht. Was bildete sich der Kerl ein?

Sie warf ihm ihren Zündschlüssel zu, den er perplex auffing. Dann solle doch er das Fahrzeug wegfahren und ordnungsgemäß parken, schlug sie vor. Falls er mit seinem Leibesumfang hinter das Lenkrad passe.

Sein Kopf wurde noch röter, er machte den Mund auf, bekam aber keinen Ton heraus.

Isabelle musste grinsen, was ihn noch mehr zur Weißglut brachte und um Atem ringen ließ. Sie drehte ihm den Rücken zu, ging schnellen Schrittes ins Haus und hörte, wie ihr der Polizist schnaufend hinterhereilte. Im Treppenhaus standen zwei Uniformierte der *Police nationale*. Sie hielt ihnen ihren Polizeiausweis unter die Nase. Und bevor der Dickwanst sie erreichen konnte, war sie vorbei – nicht ohne den Kollegen die Anweisung zu geben, ihr den Schwachkopf vom Leib zu halten.

Ihr kamen zwei Spurensicherer entgegen, die weiße Schutzanzüge trugen, aber offenbar mit ihrer Arbeit fertig waren. Sie unterhielten sich über Fußball und das letzte Spiel des lokalen Vereins OGC Nice.

Isabelle hielt sie auf, zeigte ihren Ausweis und fragte, was passiert sei.

»Eine Tote, oben im ersten Stock«, bekam sie lakonisch zur Antwort.

»Geht's genauer?«

»Letale Schädelfraktur am Hinterkopf, hervorgerufen durch einen mutmaßlich gewaltsam herbeigeführten Sturz gegen einen Marmortisch. Täter oder Täterin unbekannt und flüchtig. Reicht das?«

Natürlich reichte das nicht. Waren denn heute nur Verhaltensgestörte im Einsatz?

»Name?«

»Alain Pellicard, das ist mein Kollege Roger Duponne.«

Sie schüttelte fassungslos den Kopf.

»Nicht Ihren Namen will ich wissen, sondern den der Toten.«

»Ach so, natürlich. Richemond, Giselle Richemond.«

Warum war sie nicht überrascht? Sie hatte es geahnt!

»Gibt es am Tatort verwertbare Spuren?«

Pellicard klopfte auf seinen Alukoffer. »Reichlich, alles hier drin. Mit der Auswertung gibt's einiges zu tun. Aber vorher haben wir Mittagspause.«

Isabelle sah den beiden hinterher. Giselle Richemond war tot. Ihre letzte Hoffnung. Was war denn das für ein beschissener Fall? Erst fuhr sich Josbert Paullinac zu Tode. Jetzt machte die Gutachterin Richemond den Abflug. Mit dem Hinterkopf auf einen Marmortisch. Zufall? Sie glaubte nicht an Zufälle.

Sie ging hinauf in die Wohnung, wo sich der leitende Kommissar gerade mit einem Mitarbeiter beratschlagte. Eigentlich hatte sie erwartet, dass das Panoptikum seltsamer Käuze auch auf dieser Ebene seine Fortsetzung finden würde. Aber sie hatte Glück. Commissaire Richard Moreau kannte sie sogar persönlich. Er hatte früher in Toulon gearbeitet. Offenbar war er nach Nizza versetzt worden.

»Madame Bonnet, welche Überraschung«, begrüßte er sie.

»Moreau, schön, Sie zu sehen. *Comment allez-vous?*«

»Wie es mir geht? Hervorragend. Sogar noch besser als in Toulon. Vor allem kann man hier wunderbar essen.« Er küsste seine Fingerspitzen. »Ich liebe die *cuisine niçoise*. Gefüllte Zucchiniblüten, *fleurs de courgettes farcies* …«

»Das freut mich«, unterbrach sie ihn, einen längeren Exkurs über die Spezialitäten der regionalen Küche fürchtend. »Giselle Richemond ist tot, richtig?«

»Stimmt, sie ist tot. Schon seit geschätzt dreizehn Stunden.« Moreau kratzte sich am Kopf. »Was verschafft mir eigentlich die Ehre Ihres Besuches? Hat man Sie benachrichtigt? Gibt es was, das ich wissen sollte?«

Isabelle wusste, woher seine unterwürfige Art kam. Moreau hatte wie die meisten anderen Kollegen in Toulon mitbekommen, dass sie einen unerklärlichen Sonderstatus genoss und ihre Anweisungen direkt aus Paris bekam. Außerdem hatte sie den Mord an seinem früheren Chef Commandant Bastian aufgeklärt. Das nötigte allen großen Respekt ab. Madame le Commissaire gab zwar Rätsel auf, aber sie wurde auch bewundert – und keiner traute sich, ihr auf die Füße zu treten. Früher schon, jetzt schon lange nicht mehr. Das war in höchstem Maße angenehm. Sie musste nicht viel erklären.

»Nein, ich wurde nicht benachrichtigt. Bis gerade eben wusste ich nicht, dass Giselle Richemond tot ist. Ich hatte einen Termin mit ihr.«

»Einen Termin?«

»Nichts Wichtiges. Ich wollte ihre Meinung als Kunstprofessorin. Nun, jetzt muss ich mir einen anderen Experten suchen.«

Moreau nickte. »Ja, das müssen Sie wohl.«

Sie sah ihm an, dass er gerne nachgebohrt hätte, es aber für klüger hielt, sich zurückzuhalten.

»Nur aus Neugier«, sagte Isabelle. »Wie ist sie ums Leben gekommen?«

Moreau gab bereitwillig Auskunft. Er berichtete, dass es in der Wohnung wohl einen heftigen und lauten Streit mit einem Mann gegeben habe. Das hätten Aussagen von Nachbarn bestätigt. Dann sei es offenbar zu einem Handgemenge gekommen. Dabei sei Richemond unglücklich gestürzt und mit dem Kopf auf den Marmortisch geschlagen. So jedenfalls stelle sich der Tathergang bislang dar. Es spreche vieles für eine Beziehungstat.

Isabelle sah herausgerissene Schubladen und Aktenordner, die auf dem Boden verstreut lagen. Die Wohnung sah ziemlich verwüstet aus.

Eine Beziehungstat? Wirklich?

Moreau räumte ein, dass nicht alles ins Bild passte. Es sehe ganz so aus, als ob der Täter etwas gesucht hätte. Aber dafür

wären viele Erklärungen denkbar, auch in gestörten Partnerbeziehungen.
Isabelle gab ihm recht. Aber nur zum Schein. In Wahrheit glaubte sie nicht an einen Beziehungsstreit, vielmehr an eine gescheiterte Geschäftsbeziehung. Geschäfte der besonderen Art, die betrügerisch waren, aber in höchstem Maße einträglich. Dazu gehörte es, einem gefälschten Matisse die Echtheit zu bestätigen. Wider besseres Wissen, aber mit aufgehaltener Hand. Um sich einen Sportwagen leisten zu können, eine teure Uhr und geschmacklose Klamotten. Womöglich hatte sie sich mit ihrem Auftraggeber angelegt? Oder dieser hatte umgekehrt die »Geschäftsbeziehung« aufgekündigt? Wie auch immer, es war dabei zum Streit gekommen. Ihr Tod mochte ein Unglück gewesen sein, vielleicht aber auch nicht. Jedenfalls musste der Täter hinterher alle Hinweise finden und vernichten, die zu ihm führen könnten. Der Täter? In ihrem Szenario war das einer der Kunstbetrüger und Entführer Tristan de Jongs. Wahrscheinlich derselbe, der schon Paullinacs Wohnung nach dessen Unfall auf den Kopf gestellt hatte.
Isabelle wollte Moreau gerade bitten, sie über seine Ermittlungsarbeit auf dem Laufenden zu halten, dann dachte sie, dass sie damit endgültig sein Misstrauen wecken würde. Damit könnte alles komplizierter werden. Sie entschied sich, weiter Desinteresse zu heucheln. Moreau würde intern ohnehin seine Berichte schreiben und nach oben rapportieren müssen. Für sie war es ein Leichtes, darauf zuzugreifen und sich zu informieren. Wenn Moreau den Täter fand, dann hätte sie wieder eine Spur. Mehr noch, dann wäre sie schon fast am Ziel – vorausgesetzt, sie lag mit ihren Überlegungen richtig.

33

Von Apollinaire waren nur seine langen Beine zu sehen, Oberkörper und Kopf verschwanden unter der geöffneten Kühlerhaube des Polizeiwagens. Auf dem Boden stand ein Werkzeugkasten. Gedämpfte Flüche drangen an ihr Ohr. Das war, dachte Isabelle, ein Bild für die Götter oder für die lokale Presse: Ein Sous-Brigadier der *Police nationale* legte vor dem Rathaus höchstpersönlich Hand an den streikenden Motor seines Dienstfahrzeugs, um baldmöglichst wieder einsatzfähig zu sein. Bis dahin möge das Verbrechen bitte pausieren. Fehlte nur noch, dass er aus Versehen das Blaulicht laufen ließ.

Ihre Begrüßung führte dazu, dass er mit dem Kopf gegen die Kühlerhaube stieß. Sie hörte, wie ein Werkzeug in den Motor fiel. *Putain de merde!* Verdammte Scheiße! Apollinaire tauchte auf, seine Haare waren noch zerzauster als sonst. Er wischte sich mit einer ölverschmierten Hand über die schweißnasse Stirn.

»Madame, ich habe Sie noch nicht zurückerwartet.«

»Es ging schneller, als ich dachte.«

»Ist das eine gute Nachricht?«

»Nein, ist es nicht. Giselle Richemond hat sich meiner Befragung entzogen, weil sie …«

»Soll ich sie zur Fahndung ausschreiben?«, unterbrach sie Apollinaire eilfertig.

»Das wird nichts bringen. Sie ist tot!«

»*Oh mon Dieu.* Das tut mir leid. Hatte sie ein schwaches Herz?«

»Sie wurde gewaltsam in den Tod befördert. Täter unbekannt. Die Ermittlung leitet Moreau, Sie kennen ihn wahrscheinlich aus Toulon.«

»Gewaltsam? Täter unbekannt? Moreau?«, wiederholte Apollinaire, in seine alte Gewohnheit verfallend. »Moreau, ja, ich kenne ihn, ein fähiger Mann.«

Isabelle deutete auf das Auto. »Sagen Sie bloß, Sie reparieren das Auto selbst? Dafür gibt's doch Roger und seine Werkstätte.«

»Roger hat einen Bandscheibenvorfall. Wir können nicht bis zu seiner Gesundung warten. Es müssen nur die Zündkabel ausgewechselt werden, das ist ganz einfach. Im Internet gibt es detaillierte Beschreibungen, sogar Videos. Man darf sie nur nicht verwechseln. Das krieg ich hin. Die Kabel habe ich von Roger.«

»Und es war wirklich ein Marder?«

»*Sans aucun doute,* ohne Zweifel. Ein Kabel ist total durchgefressen, die anderen sind angenagt. Ich zeig sie Ihnen später.«

Isabelle winkte ab. »Nicht nötig, ich glaube Ihnen. Hauptsache, der Wagen springt wieder an und Sie ziehen sich keine Verletzungen zu.«

»Ich bemühe mich.« Er langte sich an den Kopf. »Jetzt muss ich erst mal mental verarbeiten, dass die Kunstprofessorin umgebracht wurde. Sehen Sie einen Zusammenhang mit unserem Fall?«

Zwei Mitarbeiter aus dem Rathaus kamen vorbei und sahen grinsend auf den defekten Polizeiwagen.

Isabelle riet ihnen, sich jegliche spöttische Bemerkung zu verkneifen. Dann forderte sie Apollinaire auf, die Reparatur in Ruhe zu beenden, sich danach zu säubern – und anschließend setze sie ihn im Büro unter vier Augen ins Bild. Eines könne sie aber vorwegnehmen: Ja, sie sehe ganz definitiv einen Zusammenhang.

Im Kommissariat goss sie sich einen Kaffee ein. Sie checkte ihre E-Mails. Ihre Freundin Jacqueline aus Balancourts Vorzimmer bat um Rückruf.

»*Bonjour,* meine Liebe, wie geht's?«

»Alles gut«, antwortete Jacqueline. »Der Alte brütet gerade über Akten, das macht ihm Spaß, da hat er gute Laune.«

Isabelle lachte. »Maurice ist ein Phänomen, außer ihm macht das keinem Spaß. Warum soll ich dich anrufen?«

»Du wolltest doch, dass ich was über die Schwester von Josbert Paullinac herausfinde?«

»Über Claire, richtig. Sag bloß, du hattest Erfolg?«

»Nicht wirklich. Wir haben nämlich keine Ahnung, wo sie sich aktuell aufhält. Bis vor einem Jahr hatte sie eine Wohnung in Nîmes und hat dort als Kosmetikerin gearbeitet, so viel steht fest. Dann hat sie gekündigt und ist weggezogen.«

»Und seitdem keine Spur mehr?«

»Normalerweise finden wir Zielpersonen sehr schnell, zum Beispiel über die Krankenversicherung oder das Finanzamt. Aber Claire ist wie vom Erdboden verschwunden. Ich habe mit ihrer früheren Chefin in Nîmes telefoniert, die hat auch keine Ahnung, wo sie sein könnte. Offenbar hat sich Claire in einen Mann verliebt, das hat sie erzählt. Vermutlich ist sie zu ihm gezogen. Vielleicht lebt sie jetzt im Ausland?«

»Dann wäre sie für uns wertlos. Wahrscheinlich ist sie es ohnehin, weil sie nach Auskunft von Paullinacs Ex-Frau keinen Kontakt mehr zu ihrem Bruder hatte. Also wird sie auch nichts wissen, was uns weiterhelfen könnte.«

»Ich bleib trotzdem dran, wir haben dafür unsere Leute. Wäre doch gelacht, wenn wir diese Claire nicht aufspüren könnten. Die Kollegen haben ein kleines Brevier zu ihrer Person zusammengestellt, mit allem, was man über sie durch Quellenrecherche in Erfahrung bringen kann. Bist du daran interessiert?«

Isabelle dachte, dass sie das eigentlich nicht war. Was sollte es bringen? Aber wenn man sich schon die Arbeit gemacht hatte.
»Danke, schick mir das Brevier rüber, ich schau mal drauf.«
»Mach ich. Und wie geht's sonst?«
»Alles gut.« Isabelle zögerte. »Könnte aber noch besser sein. Ich komme bei meinem Fall nicht weiter. Ist langsam frustrierend.«
»Wird schon, da hab ich bei dir keine Sorgen.«
»Der tote Staatssekretär war viel einfacher. Apropos, was macht Gregorian?«
»Der sitzt in einer Einzelzelle. Da ist uns offenbar ein großer Fisch ins Netz gegangen. Gegen ihn sind diverse Ermittlungsverfahren eingeleitet worden.«
Isabelle langte sich unwillkürlich an den Nacken, dort, wo ihr Marek den Elektroschocker aufgesetzt hatte.
»Gut so, dann hat sich's ja gelohnt. Richte Maurice liebe Grüße aus. Ach so, kannst ihm noch sagen, dass ich heute Vormittag eine Informantin in Nizza befragen wollte. Als ich kam, war sie tot. Moreau leitet die Ermittlung. Ich möchte über seine Fortschritte auf dem Laufenden gehalten werden.«
»Damit müssen wir Maurice nicht behelligen. Das erledige ich. Wie heißt die tote Informantin?«
»Giselle Richemond. Sie ist Kunstgutachterin und Professorin.«
»Alles klar, ich kümmere mich darum.«
»Sag Maurice trotzdem Bescheid. Er will doch immer alles wissen.«
»Mach ich, aber erst, wenn er aus seinem Zimmer kommt. Das kann ich momentan nicht betreten.«
»Warum?«
»Du kennst ihn doch, beim Aktenstudium qualmt er sich mit Zigarren zu. Nur er kann in dieser menschenfeindlichen Atmosphäre überleben.«

Eine Stunde später hatte sie das übermittelte Brevier über Claire gelesen und anhand der Fotos festgestellt, dass es sich bei ihr um eine ausgesprochen attraktive Frau handelte. Das war insofern überraschend, als ihr kahlköpfiger und spitznasiger Bruder Josbert Paullinac nicht gerade ein Schönling gewesen war. Sonst gab die Akte nicht viel her. Vielleicht noch den Hinweis, dass Claire einen älteren, namentlich nicht genannten Halbbruder hatte, aus einer früheren Beziehung ihrer Mutter. Was zugleich bedeutete, dass dieser auch Josberts Halbbruder war. Aber er war bei seinem Vater aufgewachsen, und eine Verbindung zwischen den Geschwistern gab es offenbar seit der Kindheit nicht.

Isabelle mahnte sich zur Konzentration aufs Wesentliche, sie durfte sich nicht verzetteln.

Apollinaire kam freudestrahlend herein, um vom erfolgreichen Abschluss seiner Reparaturarbeit zu berichten. Er zeigte ihr das Corpus delicti, also das durchgenagte Zündkabel. Sehr beeindruckend. Dann folgte sie seinem dringlichen Wunsch, ging hinaus und startete den Peugeot. Sie spendete ihm das erhoffte Lob – und fand es tatsächlich bemerkenswert, dass ihr linkischer Apollinaire in der Lage war, nach Anweisungen im Internet Zündkabel auszuwechseln.

Zurück im Büro, schilderte sie ihm die Vorkommnisse in Nizza. Sie machte deutlich, dass sie an einen direkten Zusammenhang mit dem gefälschten Matisse glaubte, nicht nur mit diesem Bild, sondern vielleicht noch mit vielen anderen von de Jong gefälschten Gemälden, deren Echtheit Giselle Richemond bestätigt hatte.

Apollinaire stimmte ihr nach kurzem Grübeln zu. Das gewalttätige Ableben der Professorin schien ihn nicht besonders zu beeindrucken, das hatte er einfach so hingenommen. Er ging an sein Flipchart, nahm verschiedenfarbige Filzstifte in die Hand, wusste aber nicht so recht, wo er in der bestehenden Schemazeichnung neue Linien, Pfeile oder Kreise anbringen sollte. Bereits jetzt war alles so unübersichtlich und verwirrend, dass sie längst aufgegeben hatte, die Darstellung verstehen zu wollen.

Während er leise vor sich hin redete, schweiften ihre Gedanken ab. Weil Apollinaire nicht alles wissen musste, vor allem ging ihn ihre aktuelle Gemütslage nichts an, verschwieg sie ihm ihre Überlegung, dass Giselle Richemond ohne ihre Ermittlungen wohl noch leben würde. Sie würde weiterhin betrügerische Echtheitsbestätigungen ausstellen und sich damit ein nettes Zubrot verdienen. De Jongs Gemälde würden fortgesetzt munter auf dem Kunstmarkt zirkulieren, und alle wären glücklich. Isabelles überraschendes Auftauchen in Sophia Antipolis und ihre seltsamen Fragen hatten Giselle Richemond aufgeschreckt. Die Ankündigung eines erneuten Besuches hatte sie wohl in leichte Panik versetzt. Dann hatte sie womöglich einen folgenschweren Fehler begangen, indem sie ihre Auftraggeber informierte. Es kam zu einem Treffen in ihrer Wohnung. Die beidseitige Anspannung führte zum Streit, die Situation eskalierte – und am Ende war Giselle Richemond tot. Für ihren Kontrahenten war dieser Ausgang rational betrachtet nicht der schlechteste. Die Professorin würde nichts mehr ausplaudern können. Noch schnell die Wohnung durchwühlt, um sicherzustellen, dass keine verdächtigen Unterlagen oder Aufzeichnungen existierten. Dann auf und davon. Blieb für Isabelle die bittere Erkenntnis, dass Giselle Richemond ein Opfer ihrer Nachforschungen geworden war. Unbeabsichtigt, nicht vorherzusehen – aber eben doch. Genauso wie Josbert Paullinac ohne ihr Auftauchen in Saint-Paul-de-Vence keine überstürzte Flucht angetreten hätte und ergo auch noch leben würde. Zwei Todesfälle, die sie nicht zu verantworten hatte, natürlich nicht, aber die es ohne ihre Aktivitäten nicht gegeben hätte. Machte es Sinn, darüber zu philosophieren? Durfte sie sich damit belasten? Früher hätte sie keine Sekunde darüber nachgedacht. Die Polizeiarbeit hatte klare Vorgaben und die Aufklärung von Verbrechen zum Ziel sowie die Verhinderung weiterer Straftaten. Wenn im Zuge der Ermittlungen straffällig gewordene Personen durch eigene Dummheit oder im Streit mit Komplizen zu Tode kamen, war das bedauerlich, aber hinzunehmen. So einfach war das. Dennoch schlug ihr der Gedanke auf den Magen. Sie war nicht mehr die coole und im Job abgehärtete Leiterin einer Sondereinheit. Heute konnte sie sich an blühenden Lavendelfeldern erfreuen, sie nahm den Geruch des Rosmarins wahr und liebte es, am Strand, im Schatten einer Pinie liegend, mit geschlossenen Augen der sanften Brandung zu lauschen. Die veränderte Stimmungslage brachte es mit sich, dass man Überlegungen anstellte und Skrupel bekam, die einem früher fremd waren. Sie fand nichts Schlechtes dabei – ganz im Gegenteil.

»*Et voilà!* Es ist vollbracht!«

Apollinaire reckte triumphierend einen roten Filzstift in die Höhe. Sie konnte nicht erkennen, auf welche Weise die aktuellen Vorkommnisse im Allgemeinen und Giselle Richemonds Tod im Speziellen auf seinem Chart zeichnerisch Ausdruck gefunden hatten. Aber es freute sie, dass er zufrieden war.

Pascals Besuch kam für Isabelle überraschend, was daran lag, dass Apollinaire vergessen hatte, ihr den Termin mitzuteilen. Aber sie fand es gut, dass Rouvens Analyseexperte den Weg nach Fragolin gefunden hatte. Noch stand ja aus, dass er den gefälschten Matisse einer erneuten Untersuchung unterzog.

»Schön habt ihr es hier«, sagte Pascal zur Begrüßung grinsend, wobei man nicht wusste, ob er den Ort Fragolin meinte oder ihr Büro. »Ist mal was anderes. Wie aus der Zeit gefallen. Immerhin habt ihr schon Telefon, und die Zufahrtsstraße war geteert. Ich bin beeindruckt.« Er deutete auf das Bild von Charles de Gaulle an der Wand. »Ihr wisst schon, dass der Mann bereits eine ganze Weile nicht mehr unser Präsident ist?«

Isabelle spielte die Überraschte. »Wirklich? Das hat uns noch niemand gesagt.«

»Wir haben sogar einen Kühlschrank und eine Kaffeemaschine«, erklärte Apollinaire. »Darf ich Ihnen was zu trinken anbieten?«

Pascal fuhr sich durch die schulterlangen Haare und ließ sich in einen alten Sessel fallen, den Apollinaire erst gestern in einem anderen Büro des Rathauses abgestaubt hatte.

»Können wir uns nicht duzen?«, schlug Pascal vor. »Ich gehöre jetzt ja quasi zu eurem Team.«

»Na klar«, antwortete Apollinaire.

Isabelle hatte auch kein Problem damit. Obwohl sie sich erinnerte, dass Pascal zwar von Rouven geduzt wurde, aber sich das umgekehrt nicht herausnahm.

Apollinaire holte erst eine Flasche Wasser aus dem *frigo*, dann brachte er den Matisse und lehnte ihn an die Wand.

Die nackte Tänzerin, die sich entrückt im Kreis drehte, hatte merkwürdigerweise nichts an Ausstrahlung verloren. Isabelle fand das Gemälde immer noch schön und voller Poesie – obwohl es kein originaler Matisse war, nur ein de Jong.

Pascal zog die Schuhe aus, was nach ihrem Empfinden in einem Kommissariat der *Police nationale*, das zwar nicht so aussah, aber dennoch eines war, etwas weit ging. Andererseits war es egal. Apollinaire hielt mit seiner Krawatte die Etikette hoch, sie selbst hatte Flipflops an. Ihr Kunstexperte lief gerne barfuß. Sie waren eben ein ganz besonderes Team. Und Besu-

cher, die sie in diesem legeren Aufzug antreffen konnten, waren nicht zu erwarten.
Pascal erklärte, dass er die verwendeten Farben genauer untersuchen wolle. Er hielt es für möglich, dass es hier Auffälligkeiten geben könnte. Fälscher wie Tristan de Jong waren Perfektionisten, sie nahmen keine modernen Farben aus dem Regal, sondern achteten penibel darauf, dass die Pigmente authentisch waren und zur Entstehungszeit des Bildes passten. In diesem Fall zu den dreißiger Jahren des vergangenen Jahrhunderts.
Apollinaire wandte ein, dass sich de Jong den Aufwand bei diesem konkreten Bild hätte sparen können, er habe es durch seine versteckte Botschaft ohnehin als Fälschung ausgewiesen.
Pascal schüttelte den Kopf. Da verkenne er den Geist und den Anspruch der großen Fälscher. Die gäben sich diese Blöße nie, weil das ihr Genie in Frage stellen würde. Ein Tristan de Jong könne nicht anders, selbst wenn er sich gleichzeitig als Urheber offenbaren würde. Bei diesem Gemälde sogar erst recht, denn wenn man herausfinde, dass der Matisse von ihm stamme, solle man dennoch in Ehrfurcht erstarren. Dies nicht nur in Bezug auf den künstlerischen Ausdruck, sondern eben auch, was die Sorgfalt im Detail betraf. Pascal berichtete von dilettantischen Fälschern, die hätten bei Bildern aus dem 19. Jahrhundert statt dem gebräuchlichen Bleiweiß modernes Titanweiß verwendet. Damals habe es dieses Farbpigment aber noch gar nicht gegeben. Ein anderes Beispiel sei Phthalocyaninblau bei Bildern mit Entstehungsdatum Anfang des 20. Jahrhunderts, das sei genauso unmöglich und eines Meisterfälschers unwürdig.
Pascal gab noch andere Beispiele zum Besten, die zwar spannend waren, aber offen ließen, wie man über eine Farbanalyse eine Spur finden könnte, die zu de Jong führte. Was brachte

es, seine handwerkliche Akkuratesse bestätigt zu finden? Gleichwohl stimmte sie zu, dass Pascal die Untersuchung vornahm. Schon deshalb, weil Rouven ihr dazu geraten hatte. Und weil man nie wusste, wofür etwas gut war.

Isabelle kam eine Frage in den Sinn, die sie seit gestern in besonderem Maße beschäftigte. Sie fragte Pascal, ob es einen Weg gebe, festzustellen, welche Bilder Giselle Richemond in den letzten Monaten sonst noch für echt ausgewiesen habe.

Pascal sah sie verständnislos an. Giselle Richemond, die Kunstprofessorin aus Nizza? Am einfachsten sei es, sie zu fragen.

Isabelle klärte ihn auf, dass man sie gestern tot aufgefunden habe. Und mit Blick auf den Matisse erklärte sie, dass Richemond dieses Bild für echt befunden habe.

Pascal grinste. Damit könne sie sich in den illustren Kreis selbst ernannter Experten einreihen, die von Tuten und Blasen keine Ahnung hätten, denen gewiefte Fälscher ein X für ein U vormachen könnten.

Isabelle schüttelte den Kopf. Nach ihrer Überzeugung habe Richemond sehr wohl gewusst, dass es eine Fälschung gewesen sei. Sie habe wahrscheinlich im direkten Auftrag gehandelt, weshalb es naheliege, dass dieser falsche Matisse hier nicht das einzige Falsifikat sei. Leider sei nicht damit zu rechnen, dass in Richemonds Büro entsprechende Aufzeichnungen zu finden seien. Der oder die Täter hätten alles durchgewühlt und sicher jeden Hinweis beseitigt.

Pascal wippte mit den Füßen. Nun, selbstredend könne man herausfinden, welche Bilder von ihr in jüngster Zeit zertifiziert wurden, jedenfalls jene, die offiziell in den Kunstmarkt gelangt seien. Man müsse nur die Kataloge der einschlägigen Auktionshäuser durchsehen. Das könne er in den nächsten Tagen gerne mal machen.

Apollinaire fragte, ob er den Matisse für die Analyse mitnehmen wolle, auf die anstehende Untersuchung des Bildes zurückkommend.
Nein, das sei nicht nötig, antwortete Pascal, er habe sein »Operationsbesteck« im Auto. Für die Pigmentbestimmung müsse er nur winzige Proben entnehmen, die er später unter dem Polarisationsmikroskop auf ihre chemische Zusammensetzung untersuche. Dafür habe er in Cannes ein kleines Labor zur Verfügung. Er lachte. Das sei einer der vielen Vorzüge, wenn man für Rouven Mardrinac arbeite, es stünden einem viele Türen offen. Und wenn man etwas dringend brauche, dann werde es einfach gekauft. Geld spiele eine untergeordnete Rolle, die *Fondation* habe genug davon, und Mardrinac sei überaus spendabel.
Ob er von seinem Chef etwas gehört habe, fragte Isabelle beiläufig. Tatsächlich hatte sich Rouven schon seit einiger Zeit nicht mehr bei ihr gemeldet. Sie hatte keine Ahnung, wo er sich auf der großen weiten Welt gerade herumtrieb. Falls er an irgendwelchen glamourösen Empfängen teilnehmen sollte oder an einem Hotspot der Schönen und Reichen einem Paparazzo vor die Linse lief, könnte sie dies in der Klatschpresse erfahren oder im Internet. Aber Promi-News fand sie zum Gähnen langweilig. Außerdem hatte sie wahrlich Besseres zu tun. So groß war ihre Neugier nun doch nicht.
Erst heute Vormittag habe er eine Nachricht erhalten, antwortete Pascal. Nicht von Mardrinac selbst, aber von seinem Piloten. In den nächsten Tagen sei eine Rückkehr nach Europa geplant. Das Flugzeug müsse nach Toulouse zu einem Routinecheck, vorher wolle sich Mardrinac in Nizza absetzen lassen. Es sei also mit seinem baldigen Kommen zu rechnen.
Isabelle spürte, dass sie diese Information nicht kaltließ. Oder täuschte sie sich? Warum war es so schwierig, sich über Ge-

fühle klarzuwerden? Oft schien es ihr leichter, die Empfindungen anderer Menschen zu ergründen, als ihre eigenen zu verstehen.

Just in diesem Augenblick platzte Thierry in den Raum. Als Bürgermeister empfand er sich im *Hôtel de ville* als Hausherr und nahm sich deshalb die Freiheit, ohne anzuklopfen überall einzutreten. Dass das hier ein Kommissariat der *Police nationale* war, schien er regelmäßig zu vergessen.

Normalerweise richtete sich seine Aufmerksamkeit sofort und uneingeschränkt auf Isabelle. Aber heute zog ihn eine andere Dame in den Bann: die Tänzerin im Stile von Henri Matisse.

Er blieb wie erstarrt stehen und faltete ergriffen die Hände. »Ist sie nicht wunderschön? Ich kann einfach nicht glauben, dass sie eine Schimäre ist.«

Isabelle wandte sich lächelnd an Pascal. »Darf ich vorstellen, das ist Monsieur Blès, unser Bürgermeister.«

Erst jetzt nahm er Isabelle, Apollinaire und ihren Besucher zur Kenntnis. Er sah den Bohemien verwundert an.

»Und wer sind Sie? Doch nicht etwa der Schöpfer dieses genialen Bildes? Ich weiß, es ist kein echter Matisse, aber mein Museum wäre vielleicht dennoch daran interessiert …«

Pascal hob abwehrend die Hände. »Ich bin es nicht, danke für das Kompliment«, unterbrach er ihn.

»Pascal hilft uns bei der Analyse des Bildes«, sagte Isabelle. »Er ist Kunstexperte und sozusagen unser fachlicher Berater.«

Thierry, der ja bis heute nichts über die Hintergründe wusste, fragte ihn prompt: »Und Sie sind sicher, dass es sich um eine Fälschung handelt?«

Isabelle wollte schon dazwischengehen, weil sie fürchtete, dass Pascal die versteckte Botschaft erwähnen würde.

»Da bin ich mir ganz sicher«, antwortete Pascal. »Ich könnte Ihnen auch erklären, warum. Aber ich denke, Madame le Commissaire hätte was dagegen. Darum müssen Sie uns einfach glauben.«
Sie schmunzelte. Pascal war ein gescheiter Junge.
Thierry machte einen verzweifelten Gesichtsausdruck. »Ich bin hier der Bürgermeister, ich bin Anwalt und Notar, und keiner will mir sagen, was mit dem Bild los ist. Langsam komme ich mir blöd vor. Wo kommt das Bild eigentlich her? Haben Sie es mitgebracht, oder war es die ganze Zeit hier?«
»Thierry, irgendwann werde ich dir alles erklären«, sagte Isabelle, um ihn zu beruhigen. »Ist nichts Dramatisches, aber wir sind verpflichtet, Stillschweigen zu bewahren.« Sie zuckte mit den Schultern. »Ist halt so, kann ich nicht ändern. Hat ganz bestimmt nichts mit dir zu tun.«
»Okay, auf die Erklärung bin ich wirklich gespannt«, gab sich Thierry geschlagen. Er deutete mit dem Zeigefinger auf Pascal. »Sie sind Kunstexperte, habe ich das richtig verstanden?«
»Kunstexperte? Nein, nicht wirklich. Wenn Sie so wollen, bin ich ein Kunst-Forensiker.«
»Wie das? Ein Forensiker untersucht doch bei einem Mord die Todesumstände?«
Pascal lächelte. »Auch das, aber nicht nur. In meinem Fall ist die Leiche ein Kunstgegenstand. Ich prüfe, in welcher Verfassung sie ist, und versuche etwas über ihr Vorleben herauszubekommen. Nicht selten stellt sich heraus, dass ihre Identität vorgespiegelt ist. Dann handelt es sich um eine Fälschung.«
»Ach so, ich verstehe. Jedenfalls haben Sie viel mit Kunst zu tun. Sie schauen ja selber wie ein Künstler aus. Mögen Sie Matisse?«
Pascal fuhr sich durch seine Mähne. »Mögen ist vielleicht zu viel gesagt. Ich steh mehr auf Contemporary Art, auf Gegen-

wartskunst. Aber natürlich schätze ich Matisse, er war unbestritten ein stilprägender Meister seiner Zeit.«
»Kennen Sie mein Museum *Matisse et la danseuse de Fragolin?*«, fragte Thierry. Er hüstelte verlegen. »Nun, es ist natürlich nicht *mein* Museum, es gehört dem Ort Fragolin. Ich wollte gerade rübergehen. Haben Sie Lust und Zeit, mich zu begleiten? Ich würde es Ihnen gerne zeigen. Wir haben viele schöne Zeichnungen von Matisse und alte Fotos.«
Pascal schaute auf die Uhr. Isabelle sah ihm an, dass sich seine Begeisterung in Grenzen hielt.
»Gerne, aber nur ganz kurz, ich hab hier noch zu arbeiten.« Er warf ihr einen Blick zu. »Madame, ist das in Ordnung?«
»Kein Problem. Wir sind hier und passen auf unsere Tänzerin auf. Sie läuft uns nicht weg.«

34

Am nächsten Morgen absolvierte Isabelle zunächst ihre Joggingstrecke durch den Wald zur *Chartreuse*. Wie üblich ließ sie dabei den vorigen Tag Revue passieren. Angefangen bei der toten Giselle Richemond über die bislang vergebliche Suche nach Claire, der Schwester von Josbert Paullinac, bis hin zu Pascal und seinen Pigmentproben. Große Hoffnungen verband sie nicht damit.

Nach dem Frühstück ging sie durch den Ort zum Rathaus. Sie kam bei Clodine vorbei, die damit beschäftigt war, eine neue Lieferung mit bedruckten T-Shirts auszupacken. Der Verkauf blieb hinter ihren Erwartungen zurück, dennoch brachte Matisse mit seiner Tänzerin derzeit mehr ein als das Geschäft mit den parfümierten Seifen. Isabelles Anregungen aus Saint-Paul habe sie aufgegriffen, die ersten Naturschwämme würden morgen geliefert.

Isabelle sah, dass sich vor dem Museum gerade eine englischsprachige Reisegruppe versammelte. Es gab sogar schon eine Führerin, die sich in die Geschichte des Modells Rosalie Grasson eingearbeitet hatte. Na bitte, es ging voran. Thierry durfte sich glücklich schätzen.

Pascal allerdings war vom gestrigen Museumsbesuch nicht besonders beeindruckt gewesen. Doch hatte das nicht viel zu besagen, denn er hatte in seiner Arbeit fast täglich mit hochkarätigen Kunstwerken zu tun. Da hatte es eine Rosalie Grasson schwer, sich zu behaupten. Gleichwohl hatte er eingeräumt, dass die ausgestellten Exponate in gewisser Weise seine Aufmerksamkeit erregt hätten. Was auch immer er damit gemeint hatte.

Im Kommissariat angekommen, traf sie einen Apollinaire an, der ohne Verhaltensauffälligkeiten gleichmütig, fast lethargisch an seinem Schreibtisch saß. Sie schlussfolgerte, dass es keine besonderen Vorkommnisse gab. Immerhin hatte er verschiedenfarbige Socken an. Das war beruhigend, ihm ging es also gut.

Wenig später, sie hatte sich gerade einen Kaffee eingegossen, stellte sich heraus, dass sie sich in ihm wieder einmal getäuscht hatte.

»Es gibt Neuigkeiten«, sagte er, ohne seine Stimme groß zu erheben.

»Neuigkeiten? Ist Ihre Freundin Shayana schwanger?«, rutschte es ihr heraus.

Als Reaktion bekam Apollinaire einen epilepsieähnlichen Anfall. Er musste sich am Schreibtisch festklammern, um nicht vom Stuhl zu fallen. Er japste nach Luft und bekam keine Antwort zustande.

Sie hatte ein schlechtes Gewissen. »Entschuldigung, das war ein schlechter Scherz.«

»Madame, Sie können einen vielleicht, also, Sie können einen vielleicht erschrecken«, stotterte er. »Shayana ist ganz bestimmt nicht … Oder vielleicht doch? Nein, das glaube ich nicht.«

»Apollinaire, das war ein Witz. Tut mir leid. Was sind das für Neuigkeiten, von denen Sie mir erzählen wollten?«

»Neuigkeiten? Ach so, ja, genau genommen ist es nur eine Neuigkeit. Ich habe vorhin einen Anruf von Ihrer Freundin Jacqueline entgegengenommen. Ich hoffe, das war in Ordnung.«

»Natürlich, aber was ist die Neuigkeit? Hat sie Claires Aufenthaltsort gefunden?«

»Von Claire hat sie nichts gesagt. Aber Moreau hat die Identität des Mannes herausgefunden, der Giselle Richemond umgebracht hat oder sie aus Versehen getötet hat, wie auch immer. Genau genommen hat das nicht Moreau herausgefunden, sondern der Polizeicomputer. Die am Tatort sichergestellte DNA gehört einem verurteilten Straftäter. Sein Name ist Lino Lefaque. Die Fahndung nach ihm läuft bereits.«

Isabelle war hellwach. Das war tatsächlich eine Neuigkeit, die es in sich hatte. Plötzlich gab es einen Namen. Wenn ihre Theorie stimmte, dann war dieser Lefaque einer von de Jongs Entführern. Auf einmal gab es eine heiße Spur.

»Was war der Grund für seine Verurteilung?«, fragte sie.

»Ich habe seine Akte bereits ausgedruckt«, antwortete Apollinaire und reichte ihr eine Mappe. »Lefaque hat eine langjährige Straftat wegen Totschlags abgesessen. Er hat früher als Rausschmeißer im Rotlichtmilieu gearbeitet. Scheint ein gewalttätiger Kerl zu sein.«

Wegen Totschlags? Gewalttätig? So jemand war auch zu einer Entführung fähig. Und erst recht in der Lage, Giselle Richemond im Streit gegen einen Marmortisch zu stoßen, danach nicht die Nerven zu verlieren und in aller Seelenruhe die Wohnung auf den Kopf zu stellen. Aber konnte so jemand auf die Idee kommen, einen Kunstfälscher zu kidnappen und für sich malen zu lassen? Das war ein ebenso verrückter wie fast schon genialer Einfall. Das passte nicht zu einem Schläger. Entweder war Lefaque gescheiter als gedacht, oder er hatte clevere Komplizen.

»Seit wann ist er wieder auf freiem Fuß?«, fragte sie.

»Seit einem guten Jahr.«

Das würde schon mal passen. Jedenfalls war er zum Zeitpunkt von de Jongs Entführung nicht mehr in Haft.

Isabelle schlug die Mappe auf und betrachtete zunächst Lefaques Bild. Polizeifotos waren generell unvorteilhaft, aber die-

ser Lefaque kam besonders finster rüber. Er hatte eine gebrochene und schief zusammengewachsene Nase, ein trotzig vorgeschobenes Kinn und zusammengekniffene Augen. Er war groß gewachsen und hatte breite Schultern. Man konnte ihn sich gut als Rausschmeißer vorstellen. Auch dass er der Kunstprofessorin Richemond einen heftigen Stoß versetzt hatte, so kräftig und unbeherrscht, dass sie dadurch den Tod fand.
Sie blätterte um und las die Akte. Sie war nicht sehr umfangreich, vermittelte aber dennoch ein recht umfassendes Bild von Lino Lefaque. Er war bei seinem Vater in einem Vorort von Lyon aufgewachsen, hatte keinen Schulabschluss, aber als Amateurboxer einige Preise gewonnen. Im Rotlichtmilieu gab es für Männer wie ihn Verwendung. Seine verschiedenen Jobs waren im Einzelnen nicht dokumentiert, kein Wunder, in der Szene gab es keine ordentliche Anstellung. Mit dem Gesetz war er, erstaunlich genug, nie in Konflikt gekommen bis zu jener Nacht, als er in einer Stripbar einen randalierenden Gast nach draußen befördern wollte. Der widersetzte sich und zog ein Messer. Lefaque schlug ihn kurzerhand nieder und nahm ihm das Messer ab. Dafür wäre er nicht verurteilt worden. Als der Gast wieder zur Besinnung kam und den Kampf fortsetzen wollte, hat ihm Lefaque sein eigenes Messer in die Brust gerammt. Das war's dann gewesen. Verurteilung wegen Totschlags.
Seine Strafe hatte er erst im berüchtigten Gefängnis Les Baumettes in Marseille abgesessen. Die letzten beiden Jahre in der Haftanstalt Melun im Département Seine-et-Marne. Seiner Meldepflicht war er nach seiner vorzeitigen Entlassung nicht nachgekommen.
Isabelle las noch ein psychologisches Gutachten, das Lino Lefaque einen im Grunde gutmütigen Charakter attestierte. In Stresssituationen neige er allerdings zu Kontrollverlust und un-

überlegten Handlungen. Aufgrund seiner dominanten Physis könne es dabei zu gefährlichen Gewalteskalationen kommen. Was bedeutete das im Klartext? Giselle Richemond hätte sich mal besser nicht mit ihm angelegt!

Isabelle schloss die Mappe und holte sich aus dem *frigo* stilles Wasser. Auf dem Rückweg zu ihrem Schreibtisch sah sie Apollinaire über die Schulter. Dieser hatte auf seinem Bildschirm einen Kartenausschnitt der Provence. Darüber war ein Raster gelegt und kreisförmige Strukturen. Ihr war klar, was er machte. Er versuchte wieder einmal, aus Tristan de Jongs Hinweisen mögliche Aufenthaltsorte abzuleiten. Diesmal mit Hilfe eines Computerprogramms. Sie war sich sicher, dass er erneut scheitern würde. Die drei Koordinaten Kirchturm, Kondensstreifen und frische Croissants reichten einfach nicht aus. Nicht zuletzt deshalb hoffte sie, dass Pascal weitere gefälschte Bilder von de Jong fand. Vielleicht gab es erneut versteckte Botschaften mit womöglich weiteren Hinweisen. Dann mochten sogar Apollinaires aktuelle Vorarbeiten von Nutzen sein. Wie auch immer, sie ließ ihn gewähren.

Sie setzte sich und dachte nach. Nach Lino Lefaque wurde jetzt sowieso gefahndet, da musste sie nicht initiativ werden. Blieb die Frage, welche Rolle er bei der Entführung spielte. Er war gewiss nicht der Kopf, der sich alles ausgedacht hatte, da musste es noch jemand anderen geben.

Isabelle klopfte mit den Fingern auf Lefaques Mappe. Sie hatte das unbestimmte Gefühl, etwas übersehen zu haben. Sie schlug die Mappe auf, entnahm die Seiten und breitete sie auf dem Schreibtisch aus. In der Mitte seine Fotos. Lefaque sah sie grimmig an. Er würde nichts sagen. Sie ließ ihren Blick ziellos über die Protokolle wandern. Plötzlich blieb sie an einer Zeile hängen. Lino Lefaque hatte die letzten Jahre seiner Strafe in der Haftanstalt Melun abgesessen.

Melun, Melun …
Sie zog eine Schublade auf und nahm Tristan de Jongs Mappe zur Hand. Er hatte eine Gefängnisstrafe von drei Jahren verbüßt. Und zwar wo? Bingo! In der Haftanstalt Melun im Département Seine-et-Marne. Natürlich konnte das Zufall sein. Aber vielleicht auch nicht.
Sie suchte die Telefonnummer raus und ließ sich zum Leiter der Haftanstalt durchstellen. Nachdem sie sich identifiziert hatte, gab er bereitwillig Auskunft. Ihre Fragen waren einfach und schnell gestellt, seine Antworten dauerten etwas länger, weil er am Computer erst die entsprechenden Listen und Belegungspläne aufrufen musste.
Ja, es stimmte, Lino Lefaque und Tristan de Jong hatten zur selben Zeit in Melun eingesessen. Lefaque allerdings wesentlich länger. Aber es kam noch besser, viel besser: Die beiden hatten sich eine Zelle geteilt!
Wow! C'est fou! Wirklich verrückt.
Der Boxer und der Kunstfälscher. Der Mann fürs Grobe und der sensible Künstler. Das war die Verbindung. Wo erfuhr man mehr von- und übereinander als in einer gemeinsamen Gefängniszelle? Nachdem Tristan de Jong wieder in Freiheit war, hatte Lefaque viel Zeit, darüber nachzudenken, wie man aus de Jongs Fähigkeiten Kapital schlagen könnte.
Sie stand auf, ging zum Fenster und sah hinaus. Der Platz vor dem *Hôtel de ville* lag im Schatten der Platanen. Noch war der Bouleplatz verwaist. Das würde sich am späten Nachmittag ändern.
»Madame, habe ich das gerade richtig verstanden?«
Sie drehte sich um. Apollinaire war aus seiner Versenkung aufgetaucht und mit seinem Drehstuhl einige Meter durchs Büro gerollt. Er sah sie mit verschränkten Armen fragend an.
»Ich weiß nicht, was Sie verstanden haben? Jedenfalls haben

sich Lino Lefaque und Tristan de Jong während ihrer Haft in Melun eine Zelle geteilt.«

Apollinaire riss die Augen auf. »Wirklich? Das ist ja ein Kracher!«

Isabelle grinste. »Ja, das ist es.«

Er stand auf, holte einen Filzstift und gestikulierte mit ihm in der Luft herum.

»Ich glaube, ich muss ein neues Chart anlegen«, stellte er fest.

»Das müssen Sie ganz sicher. Auf dem alten ist kein Platz mehr.«

»Ich kombiniere: Lefaque hat de Jong im Gefängnis kennengelernt und alles Wichtige über ihn erfahren. Später hat er den Plan gefasst, ihn zu entführen. Lefaque ist der Mann, nach dem wir suchen. Unser Fall ist fast aufgeklärt.«

»Mit der Betonung auf *fast*«, dämpfte Isabelle seine Euphorie. »Erstens wissen wir immer noch nicht, wo Lefaque seinen Gefangenen versteckt hält …«

»*C'est vrai*, das ist wahr«, gab er zu.

»Und zweitens kann ich mir nicht vorstellen, dass Lefaque der Kopf hinter der Entführung ist. Es ist ja nicht damit getan, de Jong zu kidnappen. Hinzu kommt ja alles, was mit der Kunstfälschung und der Vermarktung der Bilder zusammenhängt. Damit wäre er überfordert.«

»Wenn ich das richtig sehe, hatte er mit dem Trödelhändler Josbert Paullinac einen Komplizen. Paullinac kannte sich im Metier aus. Er hat das erforderliche Material beschafft. Und er ist in die Rolle von Sébastien geschlüpft, um den gefälschten Matisse an den Galeristen in Cannes zu verhökern. Zusammen hätten sie es bewerkstelligen können.«

»Stimmt«, räumte sie ein, »das wäre möglich. Aber Paullinac hat auf mich nicht den Eindruck gemacht, dass er sich so was genial Verrücktes ausdenken und realisieren könnte. Einen Kunstfälscher entführen, um ihn unter Zwang für sich arbeiten zu lassen? Da muss man erst mal draufkommen. Bei einem Typen wie Lefaque scheidet das erst recht aus. So jemand denkt einfach. Wenn schon Entführung, dann um Lösegeld zu erpressen. Das ist der Klassiker.«

»Aber Lösegeld hätte für de Jong niemand bezahlt.«

»Ganz genau. Interessanterweise hat die Entführung recht bald nach Lefaques Entlassung stattgefunden. Was bedeutet, dass der Plan zu diesem Zeitpunkt bereits ausgereift und alle Vorbereitungen getroffen waren. So brauchten die Entführer ein geeignetes Versteck, wo man de Jong so gefangen halten konnte, dass er trotzdem ideale Arbeitsbedingungen vorfand. So einen Platz muss man erst finden.«

Apollinaire nickte zustimmend. Er hatte auf dem Flipchart eine neue Seite aufgeschlagen, aber sie war noch jungfräulich. Offenbar wusste er nicht, wo und wie er anfangen sollte. Mit dem linken Zeigefinger bohrte er ein Loch in die Luft. »Das ist Lefaque!«, stellte er fest. Dann beschrieb er mit dem Filzstift einen großen Bogen, der in einem weiteren Luftloch endete. »Das ist Paullinac! Mir stellt sich die Frage, woher sich die beiden kannten?«

»Gute Frage. Eine einfache Antwort wäre, dass sie sich überhaupt nicht kannten.«

»Versteh ich nicht.« Apollinaire klopfte sich mit dem Filzstift gegen die Stirn. Das war insofern keine gute Idee, als er die Verschlusskappe bereits abgeschraubt hatte.

Isabelle lächelte. »Ich häng immer noch an meinem Gedanken, dass es jemanden Dritten gibt, nämlich den eigentlichen Kopf hinter der Geschichte. Lefaque hat ihm von Tristan de Jong erzählt und von seinen Fähigkeiten als Kunstfälscher. Der unbekannte Dritte hat dann den Plan ausgeheckt, hat Paullinac als Gehilfen an Land gezogen, alles vorbereitet und schließlich bis zur Freilassung Lefaques gewartet, um dann zuzuschlagen.«

Apollinaire malte in die Mitte des Charts einen Kreis mit einem Fragezeichen.

»Der große Unbekannte«, stellte er fest.

Isabelle strich sich nachdenklich durch die Haare. Was machte sie so sicher? Vielleicht existierte dieser Unbekannte nur in ihrer Phantasie, und Paullinac war doch der entscheidende Mann? Aber er war tot, und Lefaque machte weiter, versuchte, Spuren zu verwischen, bekam Streit mit Giselle Richemond und ließ vermutlich Unterlagen verschwinden. Wer sagte ihm, was zu tun ist? Wer passte in der Zeit seiner Abwesenheit auf de Jong auf? Nein, es musste noch jemanden geben.

Sie griff zum Telefonhörer und rief erneut den Gefängnisdirektor von Melun an. Sie bat ihn um eine Liste mit allen Menschen, die Lino Lefaque während seiner Gefängniszeit besucht hatten. Ach so, und wenn er schon dabei sei, bitte auch die Namen aller Besucher von Tristan de Jong.

Das werde mindestens bis morgen dauern, bekam sie zur Antwort.

Nun gut, so lange würde sie sich gedulden müssen.

Apollinaire schrieb derweil rund um den zentralen Kreis mit Fragezeichen alle Namen auf das Flipchart, die nach seiner Meinung bei den Ermittlungen noch eine Rolle spielten. Josbert Paullinac und Giselle Richemond versah er mit einem Kreuz. Er notierte auch Claire, die Schwester Paullinacs, von der sie nicht wussten, wo sie sich aufhielt. Aber nur in kleinen Buchstaben und in Klammern. Dann begann er, Linien zu ziehen und Pfeile zu zeichnen. Bisher war alles gut verständlich gewesen, aber jetzt wurde es wieder verworren und unergründlich. Isabelle verlor den Überblick – und beschloss, Pause zu machen.

35

Ihr Kühlschrank zu Hause war von einer trostlosen Leere. Deshalb machte Isabelle einen kleinen Einkaufsbummel. In Fragolin gab es keine großen Supermärkte. Sie empfand diesen Mangel an Fortschritt als Ausdruck provenzalischer Lebensqualität. Denn alles, was man fürs Leben brauchte, fand man in traditionellen Läden: Die *Boulangerie* für die ofenwarme Baguette, die *Poissonnerie* für den *loup de mer*, für *rascasse* und frische Muscheln, gleich um die Ecke die *Boucherie*, wo es die besten Lammkoteletts gab, eine *Pâtisserie* mit handgefertigten Pralinen, Torten und *petits fours* … Alles ganz nah beieinander, und hinter der Theke vertraute Menschen, die sie beim Namen kannten und oft schon vor ihr wussten, was sie zu kaufen beabsichtigte. Ob sie wollte oder nicht, dort erfuhr sie den neuesten Tratsch. Dabei dachte sie besser nicht daran, dass sie selbst auch reichlich Stoff für Tuscheleien lieferte.

Bepackt mit einigen Tüten, kam Isabelle am kleinen Matisse-Museum vorbei, aus dem gerade einige Besucher kamen. Für Thierry freute sie sich, dass das Haus der Rosalie Grasson weiterhin gut angenommen wurde und tatsächlich Gäste anzog. Ihr kam ihre betagte Nachbarin Marie-Claire entgegen, die genau genommen in der schmalen Gasse gegenüber wohnte und ihr ins Wohnzimmer schauen konnte. Marie-Claire war bis zu ihrem Ruhestand fast ein ganzes Menschenleben die einzig niedergelassene Ärztin in Fragolin gewesen. Sie kannte von den älteren Bewohnern alle Zipperleinchen, und von den jüngeren hatte sie oft schon die Eltern und Großeltern in der Praxis gehabt. Marie-Claire sah schmunzelnd auf den Eingang des Museums.

»Jetzt hat sie es doch geschafft, die verrückte Rosalie«, sagte sie. »Sie liegt wahrscheinlich kichernd im Sarg.«

Isabelle mochte Marie-Claires schrägen Humor. Die alte Dame trank gerne ein Gläschen, um dann aus früheren Zeiten kurzweilige Anekdoten zu erzählen.

»Warum sollte sie im Sarg kichern?«, fragte Isabelle, die schon mal ihre Tüten abstellte. Begegnungen mit Marie-Claire nahmen immer einige Zeit in Anspruch.

»Weil sie gerne grundlos vor sich hin lachte, die liebe Rosalie. Ist aber gut für die Gesundheit, das durchlüftet die Lunge und fördert die Durchblutung des Gehirns.«

»Ach so, deshalb sprachst du von der *verrückten* Rosalie?«

»Nein, nicht deshalb.« Marie-Claire rieb sich lächelnd die Nase. »Das Arztgeheimnis gilt ja über den Tod hinaus. Aber dir kann ich es ja sagen: Rosalie war sehr phantasiebegabt.«

»Das heißt?«

»Nun, sie hatte schizophrene Wahnvorstellungen, hat sich Dinge eingebildet, die nie passiert sind. Um sie zu beruhigen, habe ich ihr Neuroleptika verschrieben, aber ich glaube, sie hat die Tabletten im Klo runtergespült. Na ja, war nicht weiter schlimm. Sie hat ja niemandem etwas zuleide getan und war immer fröhlich. Sie hat in ihrer eigenen Welt gelebt.«

»Warum nicht? Wenn es dort schöner ist als in der realen Welt?«

»Da hast du natürlich recht, aber wir leben in Fragolin, schöner geht's doch nicht?«

»Und du meinst, Rosalie würde sich über ihr Museum freuen, weil sie sich Ähnliches erträumt hatte?«

Marie-Claire nickte. »Da würde sich doch jeder freuen, und Rosalie ganz besonders. Sie hätte allen Grund zum Kichern.«

Der alten Ärztin fiel ein, dass sie dringend weitermusste. Sie verabschiedete sich, Isabelle nahm ihre Einkaufstüten und machte sich auf den Heimweg.

So bald hatte sie mit Pascals Anruf nicht gerechnet. Und erst recht nicht mit dem, was er ihr zu sagen hatte. Nein, mit der Farbanalyse sei er noch nicht weitergekommen, aber er habe schneller als erwartet ein anderes Bild aufgespürt, das Giselle Richemond vor nicht langer Zeit begutachtet habe. Einen Cézanne, mit dem Motiv der Montagne Sainte-Victoire, undatiert, aber wahrscheinlich um 1904 entstanden. Paul Cézanne habe das Gebirge oft gemalt, wohl deshalb, weil er es von seinem Haus in Les Lauves bei Aix-en-Provence habe sehen können. Das zuvor unbekannte Ölgemälde sei im Nachlass einer privaten Sammlung gefunden worden, Giselle Richemond habe ein erstes Echtheitsgutachten erstellt, wenig später sei es verkauft worden. Dann machte Pascal eine Pause, um die Spannung zu steigern. Ob sie nicht wissen wolle, wer den Cézanne gekauft habe, fragte er.
Nun, wenn er so fragte, dann wollte sie es natürlich wissen.
Niemand anders als die *Fondation Mardrinac*, ließ er schließlich die Katze aus dem Sack. Das Bild hinge derzeit als Leihgabe in einer Sonderausstellung in Marseille. Rouven Mardrinac habe es nicht persönlich erworben, sondern in seinem Auftrag ein Kurator der Stiftung. Natürlich sei das Bild zuvor erneut auf seine Echtheit untersucht worden. Aber so viel er auf die Schnelle hatte in Erfahrung bringen können, habe man es nicht durchleuchtet, nicht mittels Infrarotreflektografie und erst recht nicht mit Röntgenstrahlen für die tieferen Farbschichten.
Isabelle war perplex. Ausgerechnet Rouvens Stiftung hatte ein Ölgemälde erworben, das durch die Hände von Giselle

Richemond gegangen war, jener Richemond, die den falschen Matisse für echt erklärt und dies womöglich genauso bei diesem Cézanne getan hatte. Von Tristan de Jong war bekannt, dass er sich früher auch mit Paul Cézanne beschäftigt hatte. Ein bislang unbekanntes Gemälde, das plötzlich aus dem Nichts aufgetaucht war – das würde passen.
Sie hatte ihre Frage noch nicht ausgesprochen, da erklärte Pascal, dass er bereits nach Marseille unterwegs sei, um den Cézanne zu untersuchen. Mardrinac wisse bereits Bescheid. Falls sich der Verdacht bestätigen sollte, werde sein Chef den Reiseplan ändern und bereits morgen eintreffen. Sofern es erneut eine versteckte Botschaft von Tristan den Jong gab, versprach Pascal, sich sofort bei Isabelle zu melden, wahrscheinlich noch heute Abend. Natürlich trüge er dafür Sorge, dass im Fall der Fälle niemand von einer Unterzeichnung erführe, geschweige denn sie zu Gesicht bekäme.

36

In der polizeilichen Ermittlungsarbeit gab es Phasen, da ging fast nichts voran. Das war sogar die Regel, nicht die Ausnahme. Und dann überschlugen sich die Ereignisse plötzlich. Während Pascal noch in Marseille damit beschäftigt war, das verdächtige Gemälde von Paul Cézanne forensisch zu untersuchen, bekam Isabelle eine E-Mail aus der Haftanstalt Melun mit der Besucherliste. Viel schneller als angekündigt. Und mit einem erneuten Kracher. Lino Lefaque hatte in schöner Regelmäßigkeit Besuch bekommen – und zwar von seiner Schwester Claire. Mit vollem Namen: Claire Paullinac!

Isabelle, die die E-Mail auf ihrer privaten Terrasse las, musste sich setzen. Claire, nach der sie halbherzig suchten und die mit Josbert Paullinac verschwistert war, war zugleich Lino Lefaques Schwester? Wie konnte das sein? Sie schlug sich mit der flachen Hand gegen die Stirn. Natürlich, da gab es doch den Halbbruder, von dem sie in Claires Unterlagen gelesen hatte, aus einer früheren Beziehung der Mutter. Er sei bei seinem Vater aufgewachsen und habe keinen Kontakt zu seinen Geschwistern, hatte es geheißen. Nun, zumindest Letzteres war falsch. Claire hatte sehr wohl Kontakt zu ihrem Halbbruder Lino Lefaque, sogar so eng, dass sie ihn regelmäßig im Gefängnis besuchte. Josbert Paullinac war dagegen nie gekommen.

Claire, Josbert und Lino … Ein geschwisterliches Trio infernal? Lino Lefaque hatte als Zellengenosse alles über Tristan de Jong erfahren und es seiner Schwester gesteckt. Die wiederum hatte es ihrem Bruder Josbert erzählt. Dann hatten sie gemeinsam den Plan ausgeheckt und de Jong entführt. Alles klar? Sie waren zu dritt, jetzt, nach Josberts Tod nur noch zu zweit. Alles passte bis auf eine Kleinigkeit: Claire war Kosmetikerin, Lino ein Schläger, Josbert ein Trödelhändler. Und diese ungleichen Geschwister sollten ganz alleine auf die Idee gekommen sein, den begnadeten Kunstfälscher Tristan de Jong zu entführen, um sich sein Talent zunutze zu machen? Nein, das schien ihr mehr als unwahrscheinlich. Es musste noch jemanden geben. Sie dachte an Apollinaires Kreis mit dem Fragezeichen. Dass dort Claires Name reingehörte, wollte sie nicht glauben. Das alles war um einige Nummern zu groß.

Isabelle ging hinunter in die Küche und goss sich ein Glas Wasser ein. Zurück auf der Terrasse, nahm sie sich Tristan de Jongs Besucherliste vor. Die las sich recht abwechslungsreich. Weil die Berufe dabeistanden, bekam sie einen raschen Überblick. Journalisten hatten ihn besucht, Galeristen und Rechtsanwälte. Sie konnte sich vorstellen, dass da interessante Gespräche geführt wurden. Tristans Ehefrau Françoise hatte eher selten vorbeigeschaut, höchstens alle zwei Monate mal. Das war wenig, aber dafür mochte es verschiedene Erklärungen geben. Manche Menschen hielten es nicht aus, ihren Liebsten in einem öden Gefängnis hinter trennenden Absperrungen zu sehen.

Weiter unten auf der Liste, in den letzten Monaten seiner Inhaftierung, tauchte unter den Besuchern Tristan de Jongs ein neuer Name auf. Nun, wirklich neu war er nicht, sie hatte ihn gerade schon oft gelesen, aber nicht bei ihm, sondern bei seinem Zellengenossen Lino Lefaque. Claire Paullinac hatte de Jong besucht, und zwar in schöner Regelmäßigkeit und immer häufiger. Isabelle rief sich ihr Bild in Erinnerung. Claire war eine hübsche Frau. Hatte sie Tristan de Jong bezirzt, um ihn später umso einfacher in die Falle locken zu können? Vieles war möglich, auch das. Jedenfalls waren ihre Besuche überaus bemerkenswert – und vermutlich hatte Françoise keine Ahnung davon, sonst hätte sie sich häufiger die Ehre gegeben.

Es war schon zu später Stunde. Sie hatte zuvor mit Thierry im Bistro zu Abend gegessen. Danach hatte sie ihm wieder mal einen Korb gegeben und war alleine nach Hause gegangen. Sie spürte, dass sie den Bogen nicht überspannen durfte. Thierry war kein Hanswurst, der sich das ewig gefallen ließ. Sie würde sich entscheiden müssen, nicht irgendwann in ferner Zukunft, sondern recht bald. Weil sie aber gerade genug andere Dinge im Kopf hatte, würde er sich noch etwas gedulden müssen. Erst musste sie den aktuellen Fall zum Abschluss bringen. Sie hatte das Gefühl, dass es sich nicht mehr lange hinziehen würde.

Auf ihrer Terrasse sitzend, über sich den klaren Sternenhimmel, von unten aus den Gassen und naheliegenden Häusern Geräusche, die immer weniger und leiser wurden. Musik, Gelächter, Schritte, ein Moped. Ein Fensterladen, der zugeschlagen wurde. Dann klingelte ihr Telefon. Sie hatte darauf gewartet. Pascal war dran.

Er eröffnete das Gespräch mit einem Scherz. Das Gemälde mit dem Motiv der Montagne Sainte-Victoire sei ein Original. Um nach einer kurzen Pause fortzufahren: ein Original Tristan de Jongs! Es handle sich um eine meisterhafte Fälschung. Wiederum habe er eine Botschaft hinterlassen, aber nicht so einfach zu entdecken wie beim Matisse, sondern in den Tiefen der Farben verborgen, selbst bei der Röntgenuntersuchung nicht sofort zu sehen. Vielleicht habe er Angst bekommen, dass seine Entführer etwas merken könnten? Die Nachricht sei fast im Wortlaut mit jener vom Matisse identisch. Er fürchte um sein Leben und um das Leben seiner Familie. Erneut habe de Jong das Entstehungsdatum vermerkt. Der Cézanne sei offenbar unmittelbar nach dem Matisse entstanden.

Was mit den Hinweisen zum Standort sei, fragte Isabelle.

Leider dieselben und genauso unbefriedigend: Kirchturm, Kondensstreifen, frische Croissants. Neu hinzugekommen sei ein Zug, der gelegentlich in der Ferne zu hören sei. *C'est tout!*

Das war alles? Sie hatte sich von einem neuen und aktuelleren Bild mehr erhofft. Offenbar hatten die Entführer ihr Opfer gut unter Kontrolle. Anderenfalls könnte Tristan de Jong präzisere Angaben machen.

Pascal informierte sie, dass Mardrinac bereits Bescheid wisse. Er treffe morgen in Südfrankreich ein und wolle sie umgehend sprechen. Sonst habe niemand von der Fälschung erfahren. Der Cézanne hinge wieder an seinem Platz in der Ausstellung. Der Museumsleitung, die ihm auf Mardrinacs Intervention die Analyse des Cézanne gestattet habe, habe er mitgeteilt, dass alles in Ordnung sei. Das Wachpersonal, das der Untersuchung des Bildes beigewohnt habe, sei zu vertrottelt gewesen, um etwas mitzubekommen.

37

In der folgenden Nacht lag Isabelle lange wach. Sie starrte abwechselnd an die Decke oder verkroch sich im Kopfkissen. Es machte keinen Unterschied, denn in jeder Lage konnten ihre Gedanken kreuz und quer gehen. Sie hatte eine Fülle neuer Informationen – und doch brachten sie diese dem entführten Tristan de Jong keinen entscheidenden Schritt näher. Erst am frühen Morgen fiel sie in einen unruhigen Schlaf.

Entsprechend gerädert fühlte sie sich, als sie wenige Stunden später im Büro eintraf. Noch in der Nacht hatte sie Apollinaire informiert. Der war schon fleißig gewesen und zeigte ihr auf seinem Bildschirm einen aktualisierten Plan der möglichen Standorte. Die vielen Kreise und schraffierten Flächen hatten sich deutlich reduziert. Er hatte alle Bereiche gelöscht, in deren Nähe sich keine Eisenbahnlinie befand. Dennoch erkannte sie mit einem Blick, dass sie auf diesem Weg immer noch nicht weiterkamen. Es fehlte der eine entscheidende Hinweis. Zu dumm, dass de Jong keine genaueren Angaben machen konnte. Offensichtlich bekam er keine Gelegenheit, sein »Atelier« zu verlassen. Von oben hatte er gutes Licht, das brauchte er für seine Arbeit. Vielleicht hatte er sein Bett neben der Staffelei stehen, eine Toilette musste auch in der Nähe sein, alles, was er brauchte, wurde ihm gebracht, so dass er von seiner Umgebung nichts mitbekam – nur den Himmel durch das Oberlicht und ferne Geräusche.

Françoise rief an, um sich zu erkundigen, ob es Neuigkeiten gab. Ja, es gebe welche, antwortete sie. Nein, sie könne nichts

Genaueres sagen, aber sie sei ausgesprochen zuversichtlich. Fast hätte Isabelle gefragt, warum Françoise ihren Mann nicht häufiger im Gefängnis besucht hatte, aber das ging sie nichts an. Stattdessen fragte sie, wie es Marguerite und Maya gehe. Die Mädchen seien gerade im Kindergarten, alles gut. Aber sie würden ihren Vater vermissen.

Isabelle beendete das Gespräch mit der Entschuldigung, dass sie gerade viel zu tun habe. Nun, das stimmte auch. Marguerite und Maya vermissten ihren Vater? Das war zu verstehen, die Mädchen taten ihr leid. Marguerite und Maya? Sie nahm die Mappe zur Hand, die Apollinaire über Françoise angelegt hatte, und blätterte in ihr gedankenverloren herum.

Wieder klingelte das Telefon. Diesmal war Balancourt dran. Von ihrem Chef in Paris hatte sie schon länger nichts mehr gehört. Umgekehrt hatte sie vergessen, ihn über den Fortgang ihrer Arbeit zu informieren. Was in ihren Augen nicht dramatisch war, denn noch immer dürfte er sich mehr für Gregori Gregorian, für den toten Staatssekretär und den geheimen Untersuchungsausschuss interessieren als für ihren vergleichsweise bedeutungslosen und zudem verwirrenden Fall rund um einen entführten Kunstfälscher. Freilich hatten die beiden eingetretenen Todesfälle seine Aufmerksamkeit erregt, der verunglückte Trödelhändler und der tragische, mit Gewalt herbeigeführte Sturz der Kunstprofessorin. Dennoch dürfte sich seine Neugier in Grenzen halten. Tatsächlich begnügte er sich mit einem kurzen Update, wobei er lachen musste, als er erfuhr, dass der große Mardrinac den Kunstbetrügern selbst auf den Leim gegangen war. Okay, nicht er persönlich, aber immerhin seine *Fondation,* was Mardrinac kaum weniger ärgern dürfte. Natürlich entschuldigte sich Balancourt umgehend für seine Schadenfreude, diese sei unziemlich, außerdem möge er Rouven Mardrinac und dürfe sich

sogar zu seinem erweiterten Freundeskreis zählen. Schon deshalb wünschte er Isabelle viel Erfolg bei ihren Ermittlungen. Ach so, von Jacqueline solle er ausrichten, dass man immer noch keine Spur von Claire habe – wer immer diese Claire auch sei. *Au revoir et bonne journée!*
Isabelle musste schmunzeln, als ihr auffiel, dass er während des ganzen Telefonats kein einziges Mal gehustet hatte.

Sie hatte jede Minute damit gerechnet, jetzt war es so weit: Rouven Mardrinac war am Telefon. Aber wenn sie geglaubt hatte, dass sie ihn wegen des gefälschten Cézanne mal aufgeregt erleben würde oder gar verärgert, hatte sie sich getäuscht. Rouven machte einen genauso entspannten und charmanten Eindruck wie immer. Den Cézanne erwähnte er mit keiner Silbe. Sein Flugzeug befinde sich gerade im Landeanflug auf Nizza. Er würde sich freuen, wenn er sie zum Mittagessen einladen dürfe. Ob ihr der Club 55 recht sei?
Das »Cinquante-Cinq«? Alles klar, Rouven Mardrinac kehrte zurück und mit ihm die Welt der Schönen und Reichen.
Sie erklärte sich einverstanden. In zwei Stunden? Das schaffe sie gerade mal so. Rouven saß noch im Flugzeug. Dennoch war sie sich sicher: Er würde ohne Stress pünktlich eintreffen.

Auf der Fahrt nach Saint-Tropez hatte sie Gelegenheit, über vieles nachzudenken. Dabei kreisten ihre Gedanken nicht nur um ihren aktuellen Fall, vielmehr kam ihr wieder ihre eigene Situation in den Sinn. Gerade war sie noch Thierry im Rathaus begegnet. Jetzt traf sie sich mit Rouven zum Mittagessen, was sie Thierry wohlweislich verschwiegen hatte. Immerhin hatte sich Frank Lloyd Hilferding nach Amerika verabschiedet. Ein Kandidat weniger. Wobei der Literaturprofessor ohnehin nie wirklich für eine Beziehung in Frage gekommen war. Nur für … Sie lächelte versonnen vor sich hin. Aber dazu hatte sie sich nicht hinreißen lassen. Blieben also Thierry und Rouven. Sie mochte beide. Verdammt, warum war das Leben so kompliziert.

Vor dem Club 55 angekommen, betrachtete sie sich kurz im Rückspiegel. Sie konnte sich nicht erklären, was manche Männer an ihr fanden. Okay, sie sah nicht übel aus, aber sie war keine zwanzig mehr, und sie hatte eine lange Narbe an der Schläfe. Anfangs hatte sie diese überschminkt und unter einer Locke versteckt, mittlerweile stand sie dazu. Das war ihr Gesicht, sie konnte nichts dafür. Isabelle strich ihre gegelten Haare nach hinten und setzte eine dunkelgrüne Pilotenbrille auf. Sie hatte ein einfaches Strandkleid an, allerdings in schwarz. Und am Mittelfinger trug sie ihren martialischen Ring mit dem Totenkopf. Die Schuhe ließ sie der Einfachheit halber im Auto. Barfuß betrat sie die Szene, die nicht die ihre war und die es nie sein würde. Dennoch hatte sie kein Problem, sich in ihr zu bewegen. Im »Cinquante-Cinq« sowieso nicht, hier ging es extrem locker zu, einem Strandlokal entsprechend. Sie konnte sich aber genauso gut auf dem feinen gesellschaftlichen Parkett bewegen. Ihr früherer Job und ihre Undercover-Tätigkeiten hatten dies mit sich gebracht. Was noch lange nicht hieß, dass sie es mochte. An der Seite von Rouven würde es ihr nicht erspart bleiben.

Isabelle musste lächeln, als sie sah, dass er schon da war. Wie erwartet. Andere würden noch am Flughafen in Nizza festsitzen. Aber nicht Rouven Mardrinac, bei dem sich nur die Frage stellte, ob er die Strecke von der Engelsbucht an die Plage de Pampelonne mit dem Schnellboot zurückgelegt hatte oder gleich mit dem Helikopter. Er begrüßte sie mit einer herzlichen Umarmung – und mit einem dicken Kuss auf den Mund. Rouven, Rouven …

Patrice de Colmont kam vorbei, der Patron, und hieß Isabelle willkommen wie einen langjährigen Stammgast. Wie nett. Sie sah ihn gerade zum ersten Mal.

Die nächste Stunde verbrachten sie unter weißen Markisen mit *salade niçoise, gambas grillées,* einer Flasche *Château de Selle* der Domaines Ott – und mit unverbindlichem Geplauder. Erst dann kam Rouven wie beiläufig auf den Cézanne zu sprechen, den Pascal als Fälschung enttarnt hatte, der aber dummerweise seiner Stiftung gehörte. Diese hatte das Ölgemälde vor nicht allzu langer Zeit für viel Geld in London ersteigert, sogar für sehr viel Geld. Das sei nicht gerade eine Glanzleistung gewesen. Leider habe er sich nicht persönlich darum gekümmert, sonst wären ihm vielleicht Zweifel an der Echtheit gekommen. Er zuckte mit den Schultern und lachte. Oder auch nicht, dann stünde er jetzt noch blöder da. So seien wenigstens andere schuld. Er nahm einen Schluck vom Rosé.

»Ist schon verrückt, oder?«, sagte Isabelle. »Erst durch dich haben wir den Matisse als Fälschung erkannt und von Tristan de Jong als Urheber erfahren. Und jetzt trifft es dich selbst.«

»Ironie des Schicksals. Hab trotzdem nicht damit gerechnet. Magst du ein Dessert? Ein Klassiker ist die *tarte aux fruits rouges* mit frischen Früchten.«

»Vielen Dank, aber ich kann nicht mehr. Wie ist das mit dem Cézanne? Haben Tristan de Jongs Entführer diesen horrenden Kaufpreis kassiert? Dann könnten sie sich doch zur Ruhe setzen und ihre Geisel freilassen?«

Er nickte. »Das könnten sie. Ein Leben in Luxus und Wohlstand. Aber Kunstwerke wie dieser aus dem Nichts aufgetauchte Cézanne durchlaufen oft in ganz kurzer Zeit viele Etappen, und dabei kann es zu exorbitanten Wertsteigerungen kommen. Was de Jongs Entführer für das Gemälde bekommen haben, dürfte schwer festzustellen sein, aber es war gewiss nur ein Bruchteil. Bestimmt nicht wenig, doch nicht genug – vor allem, wenn man Blut geleckt hat. Du verstehst?«

»Nein, ich versteh nicht. Aber dass Menschen gierig werden, doch, das verstehe ich natürlich. Die Entführer werden also weitermachen, richtig?«

»Warum nicht? Solange Tristan de Jong die Muse küsst, läuft alles wie geschmiert.«

»Was ist mit dem Geld, das deine Stiftung für den falschen Cézanne bezahlt hat? Besteht eine Chance, dass du es wiederbekommst? Von unseren Kunstfälschern wäre ja nach deiner Theorie nicht so viel zu holen, sofern wir sie je schnappen. Was ist mit dem Auktionshaus in London, die haben ja den horrenden Kaufpreis kassiert?«

»Stimmt nicht ganz, das Auktionshaus hat nur seine Provision kassiert, die eigentliche Zahlung ist direkt an den Einlieferer erfolgt, übrigens zum Teil in bar. Im Detail muss das erst nachvollzogen werden. Deine Frage ist dennoch berechtigt. Ich habe noch aus dem Flugzeug meine Rechtsabteilung beauftragt, eine Klageschrift gegen das englische Auktionshaus vorzubereiten. Wird aber nicht einfach werden, die sind ja selber betrogen worden. Es gibt auch Versicherungen, aber die suchen bei diesen Summen mit allen Mitteln nach juristischen Hintertürchen, um nicht zahlen zu müssen. Wie gesagt, es wird nicht einfach werden.«

Rouven schien trotz dieser üblen Perspektive nicht gewillt, sich davon den Tag verderben zu lassen. »Also, ich nehme doch eine *tarte aux fruits rouges*«, beschloss er. »Mit zwei Löffeln, kannst mir ja helfen.«

»Gott sei Dank sehen wir uns nur selten, sonst würde ich dick und rund wie eine Boulekugel.«

»Gott sei Dank? Du hast Humor, ich hätte dich gerne immer an meiner Seite.«

Sie sah ihn forschend an. Was war denn das gerade? Ein unmoralisches Angebot? Oder noch schlimmer – ein moralisches?

»Kein Grund zu erschrecken«, sagte er. »War ernst gemeint. Wir sollten bei Gelegenheit mal darüber reden. Aber vielleicht nicht hier und heute. Sprechen wir über einfachere Dinge. Was machen deine Ermittlungen?«

Der Themenwechsel kam ihr gelegen. »Wir kennen drei der Entführer, einer ist tot, von den beiden anderen wissen wir nicht, wo sie sind.«

Er lächelte. »Kompliment. Das ist doch schon mal ein Anfang. Pascal hat mir von Giselle Richemond erzählt. Diese Kanaille hat mich mal angebaggert, sehr unangenehme Person.«

»Wie du weißt, ist auch sie tot.«

»Ja, selber schuld. Es gehört sich nicht, falsche Gutachten auszustellen.«

»Du bist kaltherzig.«

Er grinste. »War nicht so gemeint.«

»Über sie ist Pascal auf deinen Cézanne gestoßen.«

»Pascal ist ein guter Junge. Ich mag ihn. Er sollte sich nur die langen Haare häufiger waschen.«

Nach kurzem Zögern erzählte sie Rouven die ganze Geschichte. Warum nicht? Bei ihm war sie gut aufgehoben. Angefangen vom Trödelhändler Josbert Paullinac bis zur Haftanstalt Melun, wo sein Halbbruder Lino Lefaque mit Tristan de Jong eine Zelle geteilt hatte. Auch erwähnte sie Claire als Dritte im Bunde.

Rouven verfügte über die Gabe, sich seine Neugier nicht anmerken zu lassen. Er ließ Wein nachschenken, probierte vom Dessert, scherzte mit der Bedienung. Aber sie merkte genau, dass er sich kein Wort entgehen ließ.

»Ich kann mir nicht vorstellen, dass der Plan auf deren Mist gewachsen ist«, sagte sie schließlich. »Das traue ich den dreien nicht zu. Ich glaube, dass es da noch jemanden gibt, einen, der viel Ahnung vom Kunstgeschäft hat und der sich das alles ausgedacht hat.«

Rouven nickte. »Das glaube ich auch. Ist nämlich alles nicht so einfach, wie es scheint. Außerdem muss man schon ein heller Kopf sein, um auf so was zu kommen.«

»Ich hab schon mal an Giselle Richemond gedacht, aber dann wäre sie jetzt nicht tot.«

Er schüttelte den Kopf. »Ausgeschlossen. In diesem Fall hätte sie den Bildern nicht selber ein Echtheitsgutachten ausgestellt. So blöd war sie nun doch nicht.«

»Ehrlich gesagt weiß ich gerade nicht weiter«, gab sie zu.

Er sah sinnierend über die Tische und den Strand hinaus aufs Meer. Von Idylle konnte gerade keine Rede sein. Ständig fuhren Shuttleboote zu den Yachten, die vor dem Club 55 vor Anker gingen. Ein Hubschrauber schwebte über sie hinweg. Schwebte? Die Rotoren dröhnten und knatterten, dass einem das Trommelfell wegflog. Das alles musste man mögen – oder auch nicht.

»Warten wir ab, was Pascal bei seiner Pigmentanalyse herausbringt«, sagte Rouven schließlich. »Derweil versuche ich zu rekonstruieren, wie mein Cézanne auf den Markt gelangt ist. Alles hat irgendwo seinen Anfang.« Er stützte sein Kinn in die Hand und blickte sie nachdenklich an. »Und was deine Vermutung betrifft, dass es da noch jemanden geben müsste, sozusagen einen *Mastermind*, der hinter allem steckt, da hätte ich einen Denkanstoß, der sich vielleicht etwas irre anhört, aber man sollte die Möglichkeit in Betracht ziehen.«

»Mach's nicht so spannend!«, forderte sie ihn auf.

Rouven zögerte und spielte mit der Serviette. Dann erzählte er ihr die abenteuerliche Geschichte eines längst verstorbenen englischen Kunstfälschers namens Tom Keating. Er beließ es nicht dabei, sondern griff einen speziellen Aspekt auf, den er munter weiterspann. Isabelle hörte ihm staunend zu. Danach zog sie den Teller mit der *tarte aux fruits rouges* heran und aß ihn bis zum letzten Krümel leer.

38

Nach dem Club 55 trennten sich ihre Wege. Rouven hatte sich während ihres Essens seinen alten Strandwagen bringen lassen. Der Citroën Méhari hatte weder Türen noch ein Verdeck, die Sitzbezüge waren zerschlissen, aber er liebte die gelbe Plastikschüssel über alles. Rouven versprach, sich bald wieder zu melden, spätestens morgen. Dann sollten sie sich erneut treffen, ausführlicher und ganz *entre nous*. Außerdem werde er Pascal in den Arsch treten, damit er mit seiner Pigmentanalyse vorankomme. Sie wusste, dass er das nicht so meinte. Zudem verband sie keine Hoffnungen damit.

Auf ihrer Fahrt nach Fragolin ging ihr vieles durch den Kopf. Aber die Gedanken waren andere als jene auf der Hinfahrt. »Ich hätte dich gerne immer an meiner Seite!« Diese wie nebenher getroffene Aussage konnte sie als nettes Kompliment abtun. Es ließ sich aber auch vieles reininterpretieren. Sie beschloss, dies besser nicht zu tun. Von ihrer privaten Lebenssituation kam sie zur wilden Geschichte, die ihr Rouven von diesem englischen Kunstfälscher erzählt hatte. Es fiel ihr schwer, sich auf ein Thema zu konzentrieren. Es kam ihr vor, als ob mit jeder Kurve in ihrem Kopf alles durcheinanderrutschen würde. Und die Straße nach Fragolin hatte viele Kurven. Aber sie war guter Dinge. Und sie stellte fest, dass es ihr nach einem Treffen mit Rouven noch nie langweilig war. Das war ja auch schon was.

Im Büro angekommen, traf sie Apollinaire bei einem meditativen Gespräch mit seinem Kaktus. Nach seiner Überzeugung

brauchten Pflanzen diese Zuwendung, sogar stachlige Exemplare, die jeden Tag gleich aussahen und denen man beim besten Willen keine Gemütsveränderung anmerkte.
Er verabschiedete sich freundlich vom Kaktus, strich ihm fast zärtlich, aber mit der gebotenen Vorsicht über die Dornen, um schließlich Isabelle zu begrüßen. Sie hatte kein Problem damit, dass Apollinaire seine ganz eigenen Prioritäten hatte.
Ihre Freundin Jacqueline habe angerufen, fiel ihm ein. Sie bitte um gelegentlichen Rückruf. Sonst gebe es keine Neuigkeiten. Und bei ihr?
Nein, keine Neuigkeiten, antwortete sie. Aber sie habe von Rouven Mardrinac einige interessante Hintergrundinformationen erhalten.
Sie griff zum Telefon.
»*Bonjour,* Jacqueline, du wolltest mich sprechen? Oder hat Balancourt Sehnsucht nach mir?«
Jacqueline lachte. »Das hat er immer, das weißt du doch. Allerdings sitzt er gerade mit einigen Politikern zusammen. Es geht um diesen ominösen Untersuchungsausschuss, um die Rolle des Staatssekretärs Roux und um den Lobbyisten Gregorian.«
»Lobbyist? Das ist eine nette Umschreibung für einen gewissenlosen Gewalttäter.«
»Hast recht, dieser Gregorian ist ein schlimmer Finger. Jedenfalls geht's im Meeting gerade richtig rund. Ich musste sogar Balancourts Abschlagszeit auf dem Golfplatz absagen. Kannst dir vorstellen, was er für eine Laune hat.«
»Das will ich mir besser nicht vorstellen.«
»Ich habe einen Hinweis auf den möglichen Aufenthaltsort von Claire Paullinac«, sagte Jacqueline.
»Wie toll«, freute sich Isabelle. »Ich habe nicht mehr damit gerechnet.«

»Na ja, viel wird es dir nicht helfen. Sie ist immer noch wie vom Erdboden verschwunden. Aber unsere Jungs haben herausbekommen, dass eine Claire Paullinac vor einigen Tagen in der Notaufnahme eines Krankenhauses registriert wurde. Sie hatte eine stark blutende Wunde am Fuß und musste genäht werden. Offenbar ist sie barfuß in eine Glasscherbe getreten. Sie wurde ambulant versorgt und kurz darauf wieder entlassen.«

»Hoffentlich war sie nicht auf der Durchreise ...«

»Aber dabei tritt man nicht barfuß in eine Glasscherbe.«

»Wohl eher nicht. Wo ist das Krankenhaus?«

»In Digne-les-Bains.«

»Wo bitte ist Digne?«

»Im Département Alpes de Haute-Provence. Ist eigentlich recht bekannt, unter anderem für seine Heilquellen und die großen Lavendelfelder. Man kann dort gut Urlaub machen.«

»Oder sich in der Umgebung ein einsam gelegenes Haus mieten und dort einen entführten Kunstfälscher verstecken.«

Jacqueline lachte. »Ja, das kann man sicher auch.«

»Jacqueline, du bist ein Schatz. Vielleicht war das der entscheidende Hinweis.«

»Oder auch nicht, dann sei bitte nicht enttäuscht.«

»Ich und enttäuscht? Du kennst mich, das gibt es nicht.«

»Weil du sowieso immer mit dem Schlimmsten rechnest? Du bist eine notorische Pessimistin.«

»Hat aber auch Vorteile, ich kann nur positiv überrascht werden.«

Apollinaire hatte auf seinem Schreibtisch eine Landkarte des Départements Alpes de Haute-Provence ausgebreitet. Der Ort Digne-les-Bains war rot markiert. Auf dem Bildschirm hatte er den betreffenden Ausschnitt seines Spezialplans, auf dem die in Frage kommenden Gebiete schraffiert waren, also all jene Bereiche, wo es in der Nähe Kirchen gab, am Himmel häufig genutzte Flugrouten mit möglichen Kondensstreifen und eine Eisenbahnlinie. Die frischen Croissants hatten als weitere Koordinate darauf nur insofern Einfluss genommen, als dass das Versteck nicht allzu einsam liegen konnte. Innerhalb von fünf Minuten musste es eine Einkaufsgelegenheit geben.

»Eine Eisenbahn existiert schon mal«, stellte er zufrieden fest. »Sie erreicht Digne von Westen durch das Vallée de la Haute-Bléone. Dort gibt's eine Abzweigung. Eine Strecke verbindet Digne mit Nizza. Hier steht, dass der Zug *Train des Pignes* heißt, Pinienzapfenzug, ein schöner Name.«

»Der Name ist ermittlungstechnisch irrelevant«, sagte Isabelle, um Apollinaire einzubremsen. Sie hatte Sorge, dass er sich für die Schönheit einer Zugfahrt begeistern könnte.

»Kirchen gibt's dort auch«, fuhr er fort, »zum Beispiel in Mallemoisson.«

Kirchen gab es in der Provence fast überall, dachte sie. Aber sie wollte ihn nicht entmutigen. Ihr ging einiges durch den Kopf, worüber sie mit Rouven gesprochen hatte.

»Wir sollten die Angaben de Jongs nicht überbewerten«, sagte sie. »Aber es ist natürlich kein Nachteil, wenn sie auf diese Gegend zutreffen. Halten wir mal als Hypothese fest, dass sich unsere Bande mit dem entführten Tristan de Jong in der Umgebung von Digne-les-Bains aufhalten könnte. Bei einem akuten Notfall fährt man zur nächstgelegenen Klinik, nicht stundenlang übers Land. Das ist also ein starkes Indiz.«

»Hier steht, dass Digne-les-Bains fast zwanzigtausend Einwohner hat, pro Jahr über zehntausend Kurgäste und als Gemeinde eine Fläche von nahezu hundertzwanzig Quadratkilometern.«

»Verdammt viel Platz, um sich zu verstecken.«
»Direkt im Ort werden sie nicht sein.«
Da hatte Apollinaire recht. Aber sie fand die Vorstellung nicht besonders prickelnd, nach Digne zu fahren und die Umgebung durchzukämmen. Das glich erstens der Suche nach einer Nadel im Heuhaufen, zweitens beruhte alles nur auf einer vagen Annahme und auf einer genähten Wunde am Fuß. Das war zu wenig. Und doch würde es womöglich genau darauf hinauslaufen. Jedenfalls war eine zweifelhafte Spur besser als keine.

39

Offenbar hatte Pascal die ganze Nacht durchgearbeitet. Am Telefon gähnte er hemmungslos. Isabelle war gerade mit dem Duschen fertig und stand nackt und mit nassen Haaren am Wohnzimmerfenster. Von gegenüber winkte Marie-Claire. Isabelle dachte, dass die alte Ärztin schon unzählige Menschen entblößt gesehen hatte. Sie erwiderte den Gruß und setzte ihr Telefonat fort.

Pascal berichtete, dass die Pigmentanalyse zu einem spannenden Ergebnis geführt habe. Wie schon erwartet, habe Tristan de Jong großen Wert auf authentische Farben gelegt. Bei einer chemischen Untersuchung der Bestandteile gebe es keine Auffälligkeiten, die auf eine Fälschung neueren Datums hindeuteten. Weder beim Matisse noch beim Cézanne, von dem Pascal ebenfalls Farbproben genommen hatte. Ohne de Jongs versteckte Botschaft seien die Bilder nur äußerst schwer als Fälschungen zu erkennen.

Was war daran spannend? Genau das hatte Pascal vermutet und ihr vorhergesagt. Tristan de Jong sei ein Meisterfälscher, der den Ehrgeiz habe, keine Fehler zu machen. Nun gut, jetzt hatten sie den Beweis.

Isabelle ging mit dem Telefon ins Bad und holte sich ein Handtuch. Sie bedankte sich bei Pascal für seine Fleißarbeit und wünschte ihm noch einen schönen Tag.

Sie war im Begriff aufzulegen, da sagte Pascal, dass er noch nicht fertig sei. Sie müsse wissen, dass sowohl Matisse als auch Cézanne neben all den anderen Farben eine ganz spezielle verwendet hätten, die heute kaum noch erhältlich sei. Nach seinen Recherchen gebe es in ganz Frankreich nur noch eine einzige Firma, wo man sie erwerben könnte. Die Tuben würden sehr schnell austrocknen, also müsse man sie häufig nachbestellen.

Nur noch eine einzige Firma? Häufig nachbestellen? Das war tatsächlich spannend, mehr noch, diese Information machte schneller wach als eine kalte Dusche. Sie holte sich einen Zettel und notierte sich die genaue Farbbezeichnung und den Hersteller, der in Nancy ansässig war. Sie bedankte sich bei Pascal und spendete ihm das Lob, das er sich redlich verdient hatte.

Zwei Stunden später hatte Isabelle nicht nur trockene Haare, sie war auch allerbester Laune. Der notorische Pessimismus, der ihr von Jacqueline mit Recht unterstellt wurde, war einer fast schon euphorischen Zuversicht gewichen. Sie glaubte plötzlich fest daran, den Entführern und damit auch Tristan de Jong ganz dicht auf den Fersen zu sein.

Grund für ihren Optimismus war das Gespräch, das sie mit dem Farbenhersteller in Nancy geführt hatte. Tatsächlich wurde die von Pascal identifizierte Künstlerölfarbe nur noch auf Anfrage produziert und per Kurier verschickt. Es gab so wenige Interessenten, dass man sie demnächst wohl ganz aus dem Sortiment nehmen würde. Eine Liste der verbliebenen Abnehmer komme per Fax in wenigen Minuten.

Isabelle hatte Apollinaire über alles informiert. Der kontrollierte zur Sicherheit das Faxgerät, das nur noch selten in Gebrauch war.

Sie holte sich eine weitere Tasse Kaffee und wartete.

Schließlich war es so weit, das Faxgerät erwachte zum Leben und druckte die Liste der Kunden, die auf eine Seite passte.

Isabelle machte eine Kopie und gab sie Apollinaire. So konnten sie beide gleichzeitig draufschauen.
Mit dem Zeigefinger fuhr sie die Zeilen nach unten. Natürlich fand sich unter den Empfängern kein Tristan de Jong, auch kein Lino Lefaque oder seine Schwester Claire. Allerdings gab es einen Roger Dupont, was ein Allerweltsname war, aber deshalb allein noch nicht verdächtig. Doch dieser Dupont hatte eine Empfängeradresse im Département Alpes de Haute-Provence, genauer gesagt in der Gemeinde Digne-les-Bains.
»Ich hab's«, rief Apollinaire fast zeitgleich.
»Ich auch. Dupont, richtig?«
»Roger Dupont, einen dümmeren Namen haben sie sich nicht ausdenken können.«
»Dafür hat das Haus einen schönen Namen: *Mas de la Rose*.«
Apollinaire gab auf seinem Computer die Adresse ein.
»Liegt abgelegen«, stellte er fest. »Aber ich weiß nicht, ob man von dort eine Eisenbahn hören kann.«
»Egal, das muss es sein.«
Sie griff zum Telefon und rief erneut in Nancy an. Zum ersten Erfolgserlebnis kam noch ein zweites. Von Roger Dupont lag eine aktuelle Bestellung vor. Verschiedene Pinsel, einige Standardfarben – und zwei Tuben von jener ganz speziellen Künstlerfarbe, die Pascal auf den Bildern identifiziert hatte.
Sie erfuhr, dass die Lieferung noch heute rausgehen sollte, per Kurier. Anlieferung morgen.
Sie ließ sich den Namen des Kurierdienstes nennen und bat um Übermittlung der Frachtbriefnummer.

Gegen Mittag hatte Isabelle alles Erforderliche in die Wege geleitet. Vor allem hatte sie die wichtigste Entscheidung getroffen: Sie würde in Digne nicht mit einem Sondereinsatzkommando auftauchen, um mit großem Krawall eine Geiselbefreiung durchzuziehen. Das wäre übereilt, denn noch konnte sie nicht wissen, ob sich im *Mas de la Rose* tatsächlich die Entführer aufhielten. Alles basierte auf Mutmaßungen. Am Ende gab es wirklich einen Roger Dupont, der sich als Hobbymaler im Urlaub eine schöne Zeit machen wollte? Gewiss, das war äußerst unwahrscheinlich. Aber eine Blamage wollte sie sich ersparen. Auf jeden Fall war der logisch nächste Schritt, erst mal die Situation vor Ort auszukundschaften. Wenn sich der Verdacht bestätigte, könnte sie immer noch über den Zugriff nachdenken.

Mit Apollinaire besprach sie, dass sie heute Nachmittag nach Digne vorausfahren würde. Er solle morgen am frühen Vormittag nachkommen. Laut Navi würde die Fahrt knapp drei Stunden dauern. Apollinaire würde den Polizeiwagen fahren, sie selbst ihren privaten Renault.

Weil sie auf alles vorbereitet sein wollte, holte sie aus dem »Waffenschrank« des Kommissariats ihr einzig verfügbares Schnellfeuergewehr. Ihre Dienstwaffen hatten sie sowieso dabei. Und auch die schusssicheren Westen.

Draußen traf sie Thierry, der sie besorgt ansah. Ob sie gerade in den Krieg ziehe, fragte er. Isabelle lachte entspannt. Nein, das Schnellfeuergewehr müsse in die Reparatur, und für die Westen gebe es neue, verbesserte Modelle.

Ob er ihr glaubte?

Er bat sie, nichts Riskantes zu unternehmen und sich nach Möglichkeit nicht erschießen zu lassen.

Also glaubte er ihr nicht! Was nicht zu ändern war.

Zurück im Kommissariat, fragte sie Apollinaire nach dem Elektroschocker, den sie Gregorians Gehilfen Marek abgenommen hatten. Die durchschlagende Wirkung hatte sie am eigenen Leib erfahren. Sie bat Apollinaire, bis morgen für ei-

nen vollen Ladezustand zu sorgen und das Gerät mitzubringen.
Sehr viel mehr gab es für den Augenblick nicht zu besprechen. Sie hatte alles in die Wege geleitet, was wichtig war. Falls sich schon heute Abend herausstellen sollte, dass alles falscher Alarm war, werde sie ihn verständigen. Dann könne er morgen ausschlafen.

Isabelle ging nach Hause, um sich umzuziehen und einige Reisevorbereitungen zu treffen. Sie ließ sich Zeit, sie hatte keine Eile. Auf ihrer Terrasse sitzend, blätterte sie in den Protokollen, die sie aus dem Büro mitgenommen hatte. Seit ihrem Treffen mit Rouven hatte sich in ihrem Kopf ein Gedanke festgesetzt, der ihr keine Ruhe ließ. Obwohl er verrückt war, schien er ihr immer plausibler. Aber etwas Entscheidendes wollte nicht passen. Oder gab es dafür eine ganz einfache Erklärung?
Sie dachte eine Weile nach, dann führte sie ein Telefonat. Natürlich würde sie keine klare Antwort bekommen. Aber es reichte völlig, wenn man ihre Zweifel nicht zerstreuen konnte.
Und genauso war es!

40

Digne-les-Bains war ein hübscher Ort, im Tal der Bléone an der legendären Route Napoléon gelegen, mit einer Reihe von Sehenswürdigkeiten wie der Kathedrale Notre-Dame-du-Bourg, einer malerischen Altstadt und dem platanengesäumten Boulevard Gassendi. Natürlich stand Isabelle nicht der Sinn danach, die touristische Attraktivität des Kurorts zu ergründen. Auch hatte sie keine Zeit, die *Fondation Alexandra David-Néel* zu besuchen, die auch als Ort der Meditation galt. Was schade war, denn das selbstbestimmte Leben der legendären Forschungsreisenden David-Néel hätte sie fasziniert. Isabelle mochte Frauen, die ihren eigenen Weg gingen.

Aber sie wusste nichts von ihr. Und Meditieren war nicht ihr Ding. Ganz im Gegenteil liebte sie es zu handeln. Das war ihr Job. Allerdings durfte man nichts überstürzen, es galt, Situationen richtig einzuschätzen und kluge Entscheidungen zu treffen.

Isabelle ließ den Ort Digne links liegen und fuhr aufs Land. Sie parkte am Straßenrand, zog sich Wanderstiefel an, schnallte sich einen Rucksack um und marschierte los. Sie hoffte, dass sie wie eine ganz normale Touristin aussah. Von Apollinaire hatte sie einen Plan erhalten, auf dem er die Ferienvilla *Mas de la Rose* eingetragen hatte. Sie stieg über einen Zaun, lief durch einen Wald – und blieb schließlich vor einer großen Wiese stehen. Von hier konnte sie die Villa sehen. Sie war größer als gedacht, hatte eine ockerfarbene Fassade und blaue

Fensterläden. Isabelle tat so, als ob sie sich verlaufen hätte und zog sich in den Wald zurück. Aus dem Rucksack nahm sie ihr Fernglas, suchte Deckung hinter einem Busch und nahm das Haus genauer in Augenschein. Sie entdeckte einen gemauerten Anbau, der nach oben ein großes Atelierfenster hatte. Vielleicht war das früher ein Orchideenhaus gewesen oder ein Gewächshaus für Zitronen? Jedenfalls schien das Gebäude ideal, um dort zu malen. Ohne dabei gesehen zu werden – aber auch ohne selbst je was anderes zu sehen als den Himmel. Kondensstreifen entdeckte sie keine, was nichts zu besagen hatte, denn sie entstanden nur unter bestimmten Bedingungen. In der Ferne hörte sie Kirchengeläute. Sie wusste, dass auf der anderen Talseite eine Eisenbahn entlangführte. Isabelle lächelte zufrieden. Es gab kaum noch einen Grund zu zweifeln. Aber noch beruhte alles auf Spekulation, es fehlte die Gewissheit.

Menschen konnte sie keine erkennen. Nichts rührte sich. Sie fasste sich in Geduld und wartete. Schließlich fuhr ein englischer Geländewagen vor, jemand stieg aus und verschwand im Haus. Aber ihr Blickwinkel war so ungünstig, dass sie die Person nicht richtig hatte sehen können, geschweige denn erkennen.

Langsam wurde es dämmrig. Im Haus gingen die ersten Lichter an. Ein weiteres Warten machte keinen Sinn, also zog sie sich zurück. Für den morgigen Tag hatte sie Vorbereitungen getroffen. Da würde sie sich Klarheit verschaffen.

Ganz in der Nähe hatte sie in einem Landhotel, wo man auch essen konnte, ein Zimmer reserviert. Sie würde Apollinaire anrufen, ihn ins Bild setzen und letzte Anweisungen geben. Vielleicht würde sie auch mit Rouven sprechen, den es interessieren dürfte, dass sie womöglich ganz dicht an den Entführern dran war. Was nicht zuletzt seinem Mitarbeiter Pascal zu verdanken war, der den entscheidenden Tipp geliefert hatte. Außerdem sollte sie ihn wissen lassen, dass es mit ihrem erneuten Treffen ganz *entre nous* gerade nichts werden würde. Blieb noch Thierry, dem sie sagen könnte, dass es ihr gutging. Sie habe nicht die Absicht, sich erschießen zu lassen. Er müsse sich keine Sorgen machen.

41

Wie besprochen hatte Apollinaire den Polizeiwagen auf einem Parkplatz am Straßenrand abgestellt, wo sie zu ihm stieß. Er trug eines seiner Hawaiihemden, das ihm schon in Saint-Paul-de-Vence kein Glück gebracht hatte. Aber Isabelle war nicht abergläubisch. Apollinaire holte eine Tüte mit Kleidungsstücken aus dem Kofferraum. Sie waren vereinbarungsgemäß gestern am späten Nachmittag in Fragolin angeliefert worden. Wie gut sie ihr passten, war unwichtig.
Isabelle zog sich hinter ihrem Auto um. Apollinaire lachte, als er sie in der Verkleidung sah. Die braune Uniform stehe ihr nicht schlecht. Nur die Kappe sehe albern aus.
Das war ihr so was von egal. Sie sah auf die Uhr. Wo blieb ihre Verabredung?
Einige Minuten später traf der Kleintransporter des Kurierdienstes ein. Der Fahrer hieß Jean-Paul und trug die gleiche Uniform wie Isabelle. Mit der Geschäftsleitung war alles besprochen. Die nächste Lieferung übernehme Isabelle, danach könne er seine Tour weiterfahren. Jean-Paul zeigte ihr das Päckchen mit dem Absender des Farbenherstellers in Nancy, adressiert an Roger Dupont, wohnhaft im *Mas de la Rose* bei Digne-les-Bains. Sie ließ sich erklären, wie die Übergabe zu erfolgen hatte und was sie beachten musste. Jean-Paul gab ihr ein Handlesegerät, auf dessen Display der Empfänger den Erhalt der Ware mit Unterschrift zu bestätigen hatte. Vorher musste sie mit einem Scanner über den aufgedruckten Barcode fahren, bis es piepte. Das war alles. Sollte zu schaffen sein.

Ihre Pistole versteckte sie in der Mittelkonsole des Kurierfahrzeugs. Sie würde sie nicht brauchen. Sie hatte nicht mehr vor als eine harmlose Erkundungsfahrt. Sie kannte die Gesichter von Claire Paullinac und Lino Lefaque. Wenn einer von ihnen das Päckchen entgegennahm, war alles klar. Barcode scannen, Unterschrift – und schon wäre sie wieder weg. Sie steckte einen Kaugummi in den Mund. Jean-Paul wünschte ihr viel Glück. Er setzte sich auf die Kühlerhaube des Polizeiwagens und zündete sich eine Zigarette an. Apollinaire zwinkerte ihr zu und reckte den Daumen in die Höhe. Dann fuhr sie los.

Den Weg hatte sie sich eingeprägt. Nach einem guten Kilometer musste sie rechts abbiegen, dann über eine Schotterstraße am Wald entlang, von wo sie gestern das Haus observiert hatte. Das Kurierfahrzeug hatte eine ausgeschlagene Lenkung, und die Schaltung hakte. Aber sie hatte schon schlimmere Autos gefahren.

Vor dem *Mas de la Rose* angekommen, wendete sie das Fahrzeug, damit sie beim Wegfahren keine Probleme bekam. Ob sie schon beobachtet wurde?

Sie stieg betont langsam aus und zeigte ein genervtes Gesicht. Kurierfahren war keine Freude. Am Klingelknopf stand kein Name. Sie läutete und wartete, ihren Kaugummi kauend. Dabei sah sie sich unauffällig um. Schließlich öffnete sich die Tür – und Claire lächelte sie an. Sie war noch hübscher als auf den Fotos.

»Nanu, wo ist Jean-Paul?«, fragte sie.

»Ist krank, ich bin seine Vertretung«, antwortete Isabelle wortfaul. Sie fuhr mit dem Scanner über den Barcode und reichte ihr das Päckchen. Gleichzeitig versuchte sie, an Claire vorbei ins Haus zu blicken. Aber der Flur war dunkel, sie konnte nichts erkennen.

Isabelle hielt Claire das Handlesegerät hin. »Hier müssen Sie unterschreiben. Besser wäre es, Monsieur Dupont wäre hier, an ihn ist das Päckchen adressiert.«
»Ist gerade nicht da, aber Jean-Paul kennt mich.«
»Kein Problem, mir ist egal, wer unterschreibt. Meinetwegen auch die Hauskatze.«
Claire gab ihr einen Euro als Trinkgeld und wünschte Jean-Paul gute Besserung.
»Merci, Madame, au revoir!«
Isabelle schlurfte zurück zum Kurierfahrzeug. Mission beendet, Zeit zu verschwinden.
Plötzlich sah sie den englischen Geländewagen heranbrausen, den sie von gestern Abend kannte. Er zog eine große Staubwolke hinter sich her. Vor allem fuhr er viel zu schnell. Isabelle spuckte den Kaugummi aus.
Der Geländewagen kam quer vor ihrem Kurierfahrzeug zum Stehen und hinderte sie am Wegfahren. Lino Lefaque sprang heraus und eilte auf sie zu.
»Wer sind Sie?«, schrie er sie an.
»Beruhige dich«, antwortete Claire an ihrer Stelle. »Das ist die Vertretung von Jean-Paul, der ist krank.«
»Bullshit, der ist nicht krank. Ich hab ihn gerade gesehen. Er hängt mit einem anderen Typen auf einem Parkplatz rum und raucht eine Zigarette.«
Isabelle sah ihn scheinbar ungläubig an.
»Jean-Paul? Wirklich? Wollen Sie sagen, das Arschloch drückt sich vor der Arbeit?«
»Als ob Sie das nicht wüssten. Also noch mal: Wer sind Sie, was wollen Sie?«
»Das sehen Sie doch, ich bin Kurierfahrerin und hab ein Päckchen ausgeliefert.«
»Kurierfahrerin? Ich glaube, Sie lügen mich an. Erklären Sie

mir, warum Jean-Paul neben einem Streifenwagen der Polizei steht? Und warum er in der Freizeit seine Kurierklamotten anhat?«

Die Situation wurde langsam brenzlig, dachte Isabelle. Sie antwortete mit einer Gegenfrage. »Sie sagen, er ist mit einem anderen Kerl zusammen? Sieht der aus wie eine Vogelscheuche und hat ein geschmackloses Hemd an? Alles klar, das ist Charles, Jean-Pauls alter Saufkumpan. Der arbeitet bei der Polizei, fährt aber selber immer betrunken Auto. Man sollte ihm den Führerschein wegnehmen. Und warum Jean-Paul seine Uniform anhat, kann ich Ihnen auch nicht sagen. Vielleicht schläft er in ihr? So, jetzt reicht's mir mit der blöden Fragerei. Ich muss weiter.«

Lino schien alles andere als überzeugt. Er kniff ungläubig die Augen zusammen.

»Bitte fahren Sie Ihr Auto weg«, forderte sie ihn entschieden auf. »Ich hab noch viel zu tun. Ist ein Scheißjob, das können Sie mir glauben.«

»Komm, mach den Weg frei«, sagte Claire.

Lino dachte nicht daran, er blieb wie angewurzelt stehen.

Aus den Augenwinkeln bemerkte Isabelle, dass hinter Claire plötzlich ein Mann im Hausflur stand. Er war im Halbdunkel nur schemenhaft zu erkennen.

»Lass sie fahren!«, befahl der Unbekannte.

Lino war offensichtlich nicht einverstanden, er murrte vor sich hin, aber er gehorchte. Er ging zum Geländewagen und setzte zurück.

Isabelle hob zum Abschied lässig eine Hand. Dann stieg sie ins Kurierfahrzeug, legte knirschend den ersten Gang ein und fuhr los.

Puh, gerade noch mal gutgegangen. Viel hatte nicht gefehlt.

42

Jean-Paul versicherte Isabelle mit verschmitztem Grinsen, dass sie jederzeit wieder für ihn einspringen könne. Auch ohne Wissen der Geschäftsleitung. Gegen gelegentliche Zigarettenpausen sei nichts einzuwenden, auch nicht gegen das großzügige Trinkgeld, dass sie ihm zugesteckt hatte. Dann startete er sein Kurierfahrzeug und fuhr davon.

»Na, wie ist es gelaufen?«, fragte Apollinaire, dem es sichtlich schwergefallen war, seine Neugier so lange zu zügeln. »Sind wir am Ziel?«

»Ja, das sind wir. Claire hat mir persönlich aufgemacht, später ist ihr Bruder Lino dazugekommen.« Sie machte eine Pause und zog eine Augenbraue nach oben. »Leider hat er euch im Vorbeifahren am Straßenrand gesehen. Ich hatte Claire zuvor gesagt, dass Jean-Paul krank und ich seine Vertretung sei. Das hat mir Lino natürlich nicht abgenommen.«

»*Merde*. Und dann?«

»Er hat sich mir in den Weg gestellt und wollte mich nicht fahren lassen. Dann aber hat er die Anweisung bekommen, es doch zu tun.«

»Eine Anweisung? Von Claire? Ist sie der Chef?«

»Nein, ist sie nicht. Sie erinnern sich an Ihr Flipchart und in der Mitte an den Kreis mit dem Fragezeichen?«

»Der große Unbekannte«, flüsterte er fast ehrfurchtsvoll.

»Ganz genau, den gibt es wirklich. Ich hab ihn leider nur schemenhaft gesehen, aber er ist wohl der Boss. Oder wie

Rouven sagen würde, der *Mastermind*, der kreative Kopf, der sich das alles ausgedacht hat.«

»Also haben wir es aktuell mit mindestens drei Entführern zu tun«, stellte Apollinaire fest. »Irgendeine Idee, wo sie Tristan de Jong gefangen halten?«

»Während des Tages dürfte er sich im Anbau mit dem Atelierfenster aufhalten. Dort wird er seiner Pflicht nachkommen und Bilder fälschen.«

»Aber das wissen wir nicht sicher.«

Isabelle sah ihn nachdenklich an. »Nein, sicher ist hier gar nichts.«

»Und jetzt? Fordern wir Spezialkräfte an, um de Jong zu befreien?«

Sie schüttelte den Kopf. »Ich fürchte, dafür fehlt uns die Zeit. Lino Lefaque hat Lunte gerochen.«

»Aber sein Chef hat Sie doch fahren lassen«, wandte Apollinaire ein.

»Weil der Mann klug ist, nicht weil er mir geglaubt hat. Wenn wir Pech haben, packen sie bereits die Koffer, um abzuhauen.«

Apollinaire fuhr sich durch die struppigen Haare. »Das wäre nicht gut, gar nicht gut«, murmelte er. »Was passiert dann mit de Jong?«

»Gute Frage. Jedenfalls müssen wir unverzüglich handeln.«

»Zu zweit schaffen wir das nicht.«

»Vielleicht schon, aber das Risiko ist zu groß. Also machen wir es wie folgt: Sie nehmen das Fernglas, verstecken sich am Waldrand und observieren das Haus. Geben Sie mir sofort Bescheid, wenn sich was tut. Vergessen Sie Ihre Pistole nicht, und ziehen Sie die Schutzweste an! Ich fahre nach Digne-les-Bains, dort gibt es ein Kommissariat der *Police nationale*. Ich komme so schnell es geht mit Verstärkung zurück.«

»Mit Verstärkung? Ja, das hört sich gut an.«
Sie drohte ihm mit dem Zeigefinger. »Und Sie bleiben hübsch in Ihrem Versteck, verstanden? Keine Alleingänge!«
»Oui, oui, Madame le Commissaire. Bien sûr!«
Sie wusste, dass sie sich trotz seines Versprechens nicht darauf verlassen konnte. Blieb nur die Hoffnung, dass er dazugelernt hatte.

Mit Blaulicht raste sie ins nahe gelegene Digne. In der Rue des Monges fuhr sie auf den Bürgersteig und rannte hinein – per Zufall direkt dem leitenden Kommissar Fournier in die Arme. Isabelle zeigte ihm ihren ranghöchsten Ausweis, jenen vom Élysée-Palast. Sie hatte keine Zeit für Kompetenz-Rangeleien. In wenigen Worten erklärte sie ihm die Situation. Mit Fournier hatte sie Glück, er war schnell von Begriff und zögerte nicht, Entscheidungen zu treffen.
Tatsächlich war höchste Eile geboten. Apollinaire hatte schon zweimal angerufen und berichtet, dass sie mit ihrer Vermutung recht habe. Im *Mas de la Rose* spreche alles für einen überstürzten Aufbruch. Einige Koffer seien schon im Geländewagen verstaut. Gerade würden Bilder herausgetragen, die nur notdürftig in Bettlaken eingewickelt seien, und in einen Renault-Transporter geladen, den sie aus der Garage geholt hätten. Bislang könne er nur Lino eindeutig identifizieren und Claire, die beim Gehen leicht hinke. Offenbar sei die Verletzung an ihrem Fuß noch nicht ausgeheilt. Vom Dritten im Bunde, dem geheimnisvollen Unbekannten, habe er noch nichts gesehen. Und natürlich auch nicht Tristan de Jong. Hoffentlich schössen sie ihm zum Abschied keine Kugel in den Kopf.
Isabelle dachte, dass der Humor ihres Assistenten spezieller Natur war.

In wenigen Minuten hatte Fournier alle verfügbaren Leute zusammengetrommelt. Schusssichere Westen gab es nicht für alle, und auch die Bewaffnung war wenig furchteinflößend. Aber sie durfte sich nicht beklagen.
Fournier nahm in ihrem Auto Platz, um sich während der Fahrt über die weitere Vorgehensweise abzustimmen. Drei voll besetzte Streifenwagen folgten ihr.
Ihr Handy klingelte. »Madame, ich fürchte, Sie kommen zu spät.« Apollinaires Stimme überschlug sich. »Claire hat gerade den Renault gestartet. *Oh mon Dieu,* Lino hat eine Maschinenpistole. Jetzt, jetzt sehe ich den dritten Mann. Nein, ich habe mich getäuscht. *Merde!* Was soll ich tun?«
»Nichts, bleiben Sie in Deckung. Wir sind gleich da.«
Sie waren schon auf dem Schotterweg. Über Funk gab Fournier den nachfolgenden Einsatzfahrzeugen die Anweisung, rechts und links über die Wiese auszuschwärmen. Isabelle sah den Renault auf sich zukommen. Sie machte kurzen Prozess und rammte ihn. Fournier sprang hinaus, um Claire in Gewahrsam zu nehmen. Isabelle stieß zurück, der Peugeot war hart im Nehmen. Jetzt hielt sie auf den Geländewagen zu. Lino war nicht im Auto. Das gefiel ihr nicht. Überhaupt war das ein Einsatz, wie es ihn so nicht geben durfte. Ohne Konzept und entgegen allem, was sie früher gepredigt hatte. Wie konnte das passieren? Wo blieben der kühle Verstand und ihre lange Erfahrung mit Sondereinsätzen? Sie hatte sich vom spontanen Aufbruch der Entführer unter Druck setzen lassen. Und von Apollinaires Bemerkung, dass Tristan de Jong zum Abschied eine Kugel in den Kopf bekommen könnte. Für einen Moment fürchtete sie, dass sie keine Spezialkraft mehr war, sondern sich zu einer kleinen, dummen, einfältigen Dorfpolizistin gewandelt hatte, die sehenden Auges in eine Katastrophe schlitterte. Wie würde sie reagieren, wenn Lino

im nächsten Augenblick mit de Jong als Geisel auftauchte, die Pistole an dessen Schläfe? Oder wenn der dritte Mann aus einem Versteck das Feuer auf sie eröffnete? Warum sollte er das tun? Wegen ein paar gefälschter Bilder? Nein, hier ging es um Kidnapping. Das war kein Kavaliersdelikt.
All diese Gedanken gingen ihr in Sekunden durch den Kopf. Sie kam schleudernd vor dem Geländewagen zum Stehen, ließ sich aus dem Auto rollen und rannte gebückt zum Haus. Sie turnte auf eine Mauer und von dort auf ein Vordach über dem Eingang. Regel Nummer 1: Sei niemals dort, wo man dich erwartet! Regel Nummer 2: Verschaffe dir einen Überblick!
Sie sah einen Wagen der *Police nationale,* der quer auf der Zufahrtsstraße stand, dahinter die Beamten in Deckung. Ein anderer kurvte über die Wiese vor dem Wald. Hoffentlich blieb Apollinaire in Deckung, sonst hielten ihn die Kollegen noch für einen der Entführer. Wo war Fournier mit Claire?
Um ins Haus zu gelangen, wollte sie gerade mit dem Ellbogen eine Fensterscheibe einschlagen, da trat direkt unter ihr Lino aus dem Eingang. Alleine, ohne Geisel im Clinch, aber mit einer Kalaschnikow im Arm. Lino machte zwei Schritte nach vorne und blieb stehen. Sie konnte sich vorstellen, dass er in Panik war und nicht wusste, was er tun sollte. Laut Protokoll war Lino Rausschmeißer im Rotlichtmilieu gewesen. Eine Situation wie diese war demnach neu für ihn. Das machte ihn nicht weniger gefährlich. Ganz im Gegenteil. Wie zum Beweis gab er aus seiner Kalaschnikow einen ungezielten Feuerstoß ab.
Bevor er eine weitere Entscheidung traf, womöglich erneut eine falsche, sollte sie ihm diese abnehmen. Regel Nummer 3: Nutze den Überraschungseffekt! Isabelle sprang vom Vordach und landete direkt hinter Lino. Er wirbelte herum, sah ihr überrascht in die Augen – und zögerte einen Moment zu

lang. Isabelle knallte ihm den Elektroschocker gegen den Hals. Sie hatte ihn auf volle Leistung gestellt. Lino fiel um wie vom Blitz getroffen. Sie wusste, wie sich das anfühlte, und auch, dass von ihm für den Moment keine Gefahr mehr ausging.

Sie drehte sich um und eilte ins Haus. Claire war in den Händen der Polizei. Lino lag regungslos vor dem Haus. Blieb noch der dritte Mann. Isabelle erinnerte sich, dass sie bei ihrem Auftritt als Kurierfahrerin neben der Garage ein Motorrad gesehen hatte. War es noch da? Vielleicht war der Kerl schon über alle Berge? Womöglich hatte er sich unmittelbar nach ihrem Besuch abgesetzt, längst bevor Apollinaire seinen Beobachtungsposten am Waldrand bezogen hatte? Kluge Bandenchefs machten so was. Darum entkamen sie oft. Und im Netz zappelten dann nur noch die kleinen Fische.

Scheiß drauf. Aber wo war die Geisel, wo war Tristan de Jong? Sie lief durch einen Gang, der nach ihrer Orientierung zum Anbau mit dem Atelierdach führte.

Plötzlich waren draußen Schüsse zu hören. Das war nicht gut, gar nicht gut. Der dritte Mann?

Isabelle gelangte an eine angelehnte Tür. Sie wartete einen Augenblick, dann schob sie die Tür mit der Schulter langsam auf, die entsicherte Pistole mit beiden Händen haltend.

Vor ihr lag das lichtdurchflutete Atelier. Es standen Staffeleien herum, an den Wänden lehnten halb fertige Gemälde. Auf großen Holztischen unzählige Farbtuben, Töpfchen und Pinsel. Aber sie hatte kein Auge dafür. Mitten im Raum lag bäuchlings hingestreckt ein Mann auf dem Boden. Regungslos und mit einem blutverschmierten Hinterkopf. Isabelle drehte sich mit der Pistole im Anschlag langsam um die eigene Achse. Sie war allein. Allein mit dem Mann, der sich nicht rührte. Sie ging zu ihm, bückte sich und tastete mit zwei Fingern nach seiner Halsschlagader. Bevor sie den Puls spüren konnte, hörte sie ein leises Stöhnen. Vorsichtig drehte sie den Körper zur Seite. Jetzt sah sie sein Gesicht. Der Mann am Boden war niemand anders als Tristan de Jong.

»Wer sind Sie?«, flüsterte er.

»Isabelle Bonnet von der *Police nationale*.«

»Endlich, Sie haben mich gefunden. Dem Himmel sei Dank.«

43

Ihr Gefühl hatte nicht getrogen. Die Schüsse, die sie vor dem Haus gehört hatte, bedeuteten nichts Gutes – gewiss, das hatten Schüsse mal so an sich. Dennoch gingen manche in die Luft oder verfehlten ihr Ziel. Das hätte sie sich gewünscht. Aber wenn sie Schüsse hörte, konnte sie diese den gängigen Waffen zuordnen. Daraus ergab sich ein Bild. Eine Kalaschnikow war nicht darunter gewesen. Dafür ein Kaliber, das von der Polizei verwendet wurde. Und das gleich mehrmals und fast gleichzeitig.

Jetzt, Minuten später, wusste sie Bescheid. Kommissar Fournier berichtete, dass der Elektroschocker Lino nur für wenige Augenblicke außer Gefecht gesetzt habe. Kaum sei Isabelle im Haus verschwunden, sei er wieder zu sich gekommen. Lino sei ein Bär von einem Mann, der könne so was wegstecken. Fournier sei gerade mit Kollegen auf ihn zugelaufen, um ihm Handschellen anzulegen, da habe sich Lino aufgerappelt, habe nach der Kalaschnikow gegriffen und aus nächster Nähe auf sie gezielt. Sie hätten keine Wahl gehabt. Gleich mehrere Polizisten hätten auf Lino geschossen. Eine Kugel habe ihn in den Kopf getroffen, er sei sofort tot gewesen.

Isabelle enthielt sich eines Kommentars. Besser Lino als Fournier oder ein anderer Polizeibeamter. Das schon. Aber noch besser wäre es, wenn bei dem Einsatz niemand gestorben wäre. Immerhin war Tristan de Jong am Leben. Das wenigstens war als Erfolg zu verbuchen.

»Endlich, Sie haben mich gefunden. Dem Himmel sei Dank.«
Seine Worte klangen in ihr nach. Sogar noch sehr viel später, als sie in einem Zimmer des Kommissariats in Digne saß, um Claire zu verhören. Claire Paullinac, die mitbekommen hatte, wie ihr Halbbruder Lino beim Polizeieinsatz erschossen wurde. Entsprechend war ihre emotionale Verfassung. Claire war mit den Nerven am Ende. Ein Arzt hatte ihr eine Beruhigungsspritze gegeben, die langsam zu wirken schien. Sie zitterte immer weniger. Isabelle wollte sie in den Arm nehmen und trösten, aber Claire stieß sie weg. Isabelle konnte es verstehen.

Natürlich war das kein geeigneter Augenblick, um sie zu verhören. Das hätte Zeit bis morgen. Aber sie musste so schnell wie möglich Aufschluss bekommen, was den Mann betraf, den sie bei ihrer ersten Erkundung als Kurierfahrerin im Türrahmen gesehen hatte. Lino hatte auf sein Kommando gehört. Jetzt war er weg. Sie konnten ihn nicht mal zur Fahndung ausschreiben – weil sie nichts von ihm wussten. Sie hatte ihn nur schemenhaft wahrgenommen.

Auf dem Weg ins Hospital hatte Isabelle schon Tristan de Jong nach ihm befragt. Der Einfachheit halber war sie im Krankenwagen mitgefahren. Tristan de Jongs Verletzung am Kopf war weniger schlimm als befürchtet. Anfangs war er noch etwas benommen, aber er erholte sich zügig und gab bereitwillig Auskunft. Allerdings wusste er nicht viel, eigentlich fast gar nichts. Wer der unbekannte Mann war, konnte er nicht sagen. Nur, dass er der Einzige gewesen sei, den er während seiner gesamten Gefangenschaft zu Gesicht bekommen habe. Nun, das stimme nicht wirklich, denn der Mann habe immer eine Strumpfmaske getragen. Und natürlich kenne er seinen Namen nicht.

Als Isabelle erzählte, dass sein alter Gefängniskumpel Lino Lefaque zu den Entführern gehört habe, wollte ihr de Jong

nicht glauben. Dass er jetzt tot sei, erschütterte ihn sichtlich. Und Claire? Tristan de Jong schaute sie verständnislos an. Er sagte, dass er sich natürlich an Linos Schwester erinnere, von ihren Besuchen im Gefängnis. Aber dass sie etwas mit seiner Entführung zu tun haben sollte, das war für ihn unvorstellbar.
Und nun? Jetzt saß ihr Claire gegenüber und presste die Lippen zusammen. Isabelle hatte den Eindruck, dass ihre Worte gar nicht bis zu ihr vordrangen. Sie wolle nur wissen, sagte Isabelle, wer der unbekannte Mann gewesen sei, das sei alles. Dann könne sie in ihre Zelle und sich ausruhen. Nur diese eine Frage, nur diese eine Antwort.
Claire sah sie an und nahm einen Schluck aus dem Wasserglas. Sie wollte etwas sagen, aber noch zögerte sie.
Isabelle sah sie auffordernd an.
»Woher soll ich das wissen?«, sagte Claire schließlich so leise, dass sie kaum zu verstehen war. »Ich war doch nur zu Besuch da, um meinen Bruder zu sehen.«
Zu Besuch? Isabelle runzelte die Stirn. Mit allem hatte sie gerechnet, aber nicht mit dieser Ausrede.
»Das sah aber ganz anders aus, zum Beispiel, als Sie das Päckchen entgegengenommen haben. Sie kannten sogar den Kurierfahrer beim Namen, der sonst immer kommt.«
»Jean-Paul? Weil ich ihm am Tag zuvor schon mal die Tür aufgemacht habe. Glauben Sie mir, ich bin erst kurz da. Morgen wollte ich wieder abreisen.«
»Und was war mit Ihrer Flucht am Steuer des Renault?«
»Flucht? Vor wem sollte ich fliehen und warum? Lino hat mich gebeten, das Auto zu fahren. Er wollte einige Bilder ausliefern.«
Langsam riss Isabelles Geduldsfaden.
»Das glauben Sie doch selber nicht. Von wem waren die Bilder?«

»Keine Ahnung. Die standen im Haus überall herum.«
Isabelle deutete auf Claires Fuß. »Was macht Ihre Verletzung?«
»Geht schon wieder. Ist gleich bei meiner Ankunft passiert, eine Glasscherbe.« Claire lächelte gequält. »Mein Besuch stand von Beginn an unter keinem guten Stern.«
»Sagt Ihnen der Name Tristan de Jong etwas?«
»Tristan? Natürlich, er war Linos Zimmergenosse in Melun. Ein netter Mann.«
»Haben Sie ihn seit seiner Zeit im Gefängnis noch mal gesehen?«, hakte Isabelle nach.
»Nein, warum sollte ich?«
Isabelle kniff die Augen zusammen. Zwar hatte sie es geschafft, Claire zum Sprechen zu bringen, aber das Gespräch lief völlig anders als erwartet. Entweder war Claire überaus raffiniert und so gescheit, dass sie selbst unter größter psychischer Anspannung eine solche Lügengeschichte aus dem Ärmel schütteln konnte, oder sie war zuvor genauestens instruiert worden. Oder? Isabelle sah sie nachdenklich an. Oder sie sprach die Wahrheit. Aber das wollte sie nicht glauben.
»Wir haben Tristan de Jong im Haus gefunden«, sagte Isabelle.
Claire riss die Augen auf. »Im *Mas de la Rose?* Das kann nicht sein.«
Eine glänzende Schauspielerin war sie zudem.
»Sie wollen behaupten, dass Sie ihn nicht gesehen haben? Lino hat nicht von ihm gesprochen?«
Sie schüttelte energisch den Kopf. »Nein, hat er nicht.«
»Das soll ich Ihnen glauben?«
»Ist mir egal. Sie haben meinen Bruder erschossen.«
»Ich war's nicht, ich war zu dem Zeitpunkt im Haus.«

Claire biss sich auf die Unterlippe. »Was macht das für einen Unterschied? Er ist tot. Bitte lassen Sie mich in Ruhe.«
»Gerne. Sie müssen mir nur die eine Frage beantworten. Wer ist der Mann? Den haben Sie gekannt, das können Sie nicht leugnen. Er stand hinter Ihnen, als ich das Päckchen geliefert habe.«
»Sie meinen Lucien? Für den hat Lino gearbeitet. Ich habe ihn erst im *Mas de la Rose* kennengelernt. Ein sympathischer Mann, sehr zuvorkommend. Trinkt gerne Rotwein. Mehr weiß ich nicht von ihm.«
»Wo ist er?«
Claire zuckte mit den Schultern. »Er ist vorausgefahren. Aber fragen Sie mich nicht, wohin. Lino wüsste es, aber den haben Sie erschossen.«
»Wie heißt Lucien mit Nachnamen?«
»Das wiederum müssten Sie ihn selber fragen. Er hat sich mir als Lucien vorgestellt. Das war's.«
Isabelle konnte sich nur mit Mühe beherrschen. Claire trieb es gerade auf die Spitze.
»Besondere Kennzeichen?«
Claire tat so, als ob sie sich zu erinnern versuchte.
»Er hat eine Narbe an der Schläfe.« Sie deutete auf Isabelle. »So ähnlich wie bei Ihnen, nur kleiner.«
Vielleicht lag es an der Spritze, die ihr der Arzt gegeben hatte? Womöglich führte diese zu Halluzinationen? Oder sie stand noch unter Schock, weil sie den Tod ihres Bruders mit angesehen hatte. Eine andere Erklärung fiel Isabelle nicht ein. Aber eines war klar, jede Weiterführung des Gesprächs war vergeudete Zeit.
Isabelle gab dem Beamten, der die ganze Zeit in der Ecke gestanden hatte, die Anweisung, Claire zu ihrer Zelle zu bringen. Sie hatte keine Lust, sich von ihr zu verabschieden. Auch Claire legte darauf keinen Wert.

Isabelle schaltete das Tonband aus, lehnte sich zurück und dachte nach. Claire hatte ihr einige Nüsse zum Knacken gegeben. Wie passte das alles zusammen? Wenigstens hatte der Mann, nach dem gefahndet wurde, jetzt einen Namen: Lucien! Der Name hatte nur einen gravierenden Nachteil: Er war ganz sicher falsch!

44

Der Abend würde lang werden. Das machte nichts, sie würde ohnehin nicht so bald schlafen können. Isabelle besuchte Tristan de Jong im Krankenhaus. Seine Wunde am Kopf war genäht. Weil die Ärzte eine Gehirnerschütterung vermuteten, sollte er zur Beobachtung über Nacht in der Klinik bleiben. Damit hatte er keine Probleme. Sie auch nicht. Er freute sich über ihren Besuch. »Meine Befreierin«, sagte er lächelnd. »Sie sind mir immer herzlich willkommen.«

Tristan de Jong ließ sich von ihr berichten, wie sie auf seine Spur gekommen waren. Wobei sie ganz vorne anfing, nämlich bei der Entdeckung seines Hilferufs, den er im Matisse versteckt hatte.

»Ich habe es gehofft, so sehr gehofft, dass meine Nachricht entdeckt wird«, sagte er. »Aber gleichzeitig war mir klar, dass meine Hinweise nicht ausreichen. Also habe ich auch wieder jede Hoffnung fahrenlassen. Es ist mir jeden Tag schwerer gefallen, mich zu motivieren. Aber wenn ich nicht gemalt hätte, wäre ich nutzlos geworden. Dann hätte er mich umgebracht. Mich und meine Familie.«

»Sie meinen Lucien?«

»Lucien? Hieß er so? Ich habe keine Ahnung.«

»Hatte er eine Narbe an der Schläfe?«

»Auch das weiß ich nicht. Ich habe Ihnen ja schon gesagt, dass er immer eine Strumpfmaske getragen hat.«

Stimmt, das hatte er ihr bereits im Krankenwagen erzählt. Tristan de Jong war ein angenehmer Gesprächspartner. Obwohl er viel durchgemacht hatte, wirkte er relativ entspannt und machte sogar kleine Späße. Bereitwillig berichtete er von seiner Arbeit, die er zwar unter Zwang ausgeübt, bei der er sich aber dennoch um Perfektion bemüht habe. Schon deshalb, weil sein Entführer offenbar viel davon verstanden habe. Er hätte keine Schlampereien durchgehen lassen.

Sie wollte wissen, wie viele Gemälde er in der Zeit gefälscht habe. Tristan de Jong schmunzelte. Nur die Gemälde? Er habe auch einige sehr schöne Skulpturen erstellt, verriet er ihr, zum Beispiel im Stile Giacomettis. Er sei noch nie in seinem Leben so produktiv gewesen. Es habe ja keine Ablenkung gegeben. Leider auch keine Inspiration. Er versprach, in den nächsten Tagen eine Liste mit allen Werken zu erstellen, versehen mit Hinweisen, wie man sie identifizieren könne. Es liege ihm sehr daran, dass sie vom Markt genommen würden.

Isabelle fragte, ob er nie versucht habe zu fliehen.

Doch, natürlich, erklärte er. Aber sein »Atelier«, das gleichzeitig sein Gefängnis gewesen sei, habe nur eine Tür gehabt, und die sei immer verschlossen gewesen und habe sich auch nicht aus den Scharnieren hebeln lassen. Fenster seien nicht vorhanden gewesen, nur oben das Glasdach, aber in über vier Meter Höhe. Das habe er nicht erreichen können.

Sie rief sich den Raum, in dem sie ihn gefunden hatte, in Erinnerung. Seine Beschreibung traf zu. Da hatten die Entführer tatsächlich ein für ihre Zwecke perfektes Verlies gefunden.

Ob er schon mit seiner Frau gesprochen habe und mit seinen Kindern, fragte Isabelle.

Natürlich habe er mit ihnen telefoniert. Françoise sei überglücklich und habe sofort kommen wollen, aber das habe er ihr ausgeredet. Jetzt komme es auf wenige weitere Tage auch nicht mehr an. Er müsse sich erst erholen und wieder einen klaren Kopf bekommen. Sobald er sich dazu in der Lage fühle, nehme er den nächsten Zug nach Aix-en-Provence.

Isabelle deutete auf seinen bandagierten Kopf.

»Sie haben mir noch gar nicht erzählt, wie das passiert ist?«

Er langte sich vorsichtig an den Verband. »Der Mann, den Sie Lucien nennen, hat mich von hinten niedergeschlagen. Keine Ahnung, womit. Offenbar habe ich sofort das Bewusstsein verloren.«

»Gab es dafür einen Anlass?«

»Nicht dass ich wüsste. Vorher hat es im Haus ungewöhnliche Geräusche gegeben, schnelle Schritte, Möbel wurden geschoben, hektische Gespräche und Rufe, die ich nicht verstanden habe. Irgendwas war vorgefallen. Das hat mich beunruhigt. Dann ist Lucien reingekommen. Er hat auf meine Staffelei gedeutet, was aber wohl eine Finte war, damit ich ihm den Rücken zudrehe. Dann hat er zugeschlagen. Das war's.«

Isabelle hätte noch viele Fragen gehabt, aber sie merkte, wie Tristan de Jong immer müder wurde. Sie vereinbarten eine Fortsetzung des Gesprächs am nächsten Vormittag. Sie wünschte ihm eine gute Nacht, die erste in seiner wiedererlangten Freiheit.

Zum Abendessen wurde sie von Kommissar Fournier in sein Lieblingsbistro in der Nähe des *Jardin des Cordeliers* eingeladen. Die Ereignisse des Tages schienen ihm nicht auf den Magen geschlagen zu sein. Allein von den Vorspeisen hätte man sich Tage ernähren können. Dennoch, die grüne Oliventapenade zum gerösteten Bauernbrot war köstlich, der überbackene Ziegenkäse perfekt, die Gemüseterrine raffiniert, der überbackene Fenchel herzhaft. Zu ihrem Erstaunen griff sie selbst kräftig zu. Wann hatte sie das letzte Mal gegessen? Auch der Wein tat gut.

Zwischendurch beantwortete sie Fourniers Fragen. Aber sie erzählte ihm nicht alles, nur das, was sie für richtig hielt und ihn nicht unnötig verwirrte. Die entscheidenden Fakten wusste er bereits, denn dem Abendessen waren die obligatorischen Berichte und Protokolle vorangegangen, die Staatsanwaltschaft war eingeschaltet worden und der *juge d'instruction,* der Ermittlungsrichter. Nur eines hatte er auf ihren Wunsch unterlassen, nämlich die Presse zu informieren. Das hatte Zeit. Sie hatte ihre Gründe dafür.

Gerade als die gefüllte Perlhuhnbrust serviert wurde, klingelte ihr Handy. Françoise war dran und fragte aufgeregt nach dem Wohlergehen ihres Mannes. Sie könne nicht verstehen, warum er sie nicht sofort sehen wolle. Ihre Töchter Marguerite und Maya könnten es kaum erwarten, ihren Papa wieder in die Arme zu schließen.

Isabelle versicherte ihr, dass es ihm den Umständen entsprechend gutgehe, bis auf eine leichte Kopfverletzung, die nicht besorgniserregend sei. Doch man müsse verstehen, dass er jetzt erst mal Ruhe brauche. Das sei ein bei Entführungsopfern bekanntes Phänomen, sie würden Zeit benötigen, um in ihr voriges Leben zurückzufinden. Bei den einen gehe das schneller, andere täten sich schwerer.

Françoise bat Isabelle, sie über den Gesundheitszustand ihres Mannes auf dem Laufenden zu halten. Sie überlege entgegen seiner Bitte, einfach doch zu kommen. Vielleicht schon morgen? Oder besser nicht? Sie wisse nicht, was richtig sei.

Isabelle riet ihr, das Gleiche zu tun wie ihr Mann, einfach mal eine Nacht darüber zu schlafen und glücklich zu sein, dass alles einen guten Ausgang genommen habe. *Bonne nuit et beaux rêves!*

Das Perlhuhn war noch warm. Isabelle dachte, dass der gute Ausgang nur in Bezug auf Tristan de Jong zutraf, denn Lino

Lefaque war zu Tode gekommen. Wie schon zuvor Josbert Paullinac. Ihr fiel das Gespräch mit Claire ein. Erstaunlich, dass sie ihn nicht erwähnt hatte. Von seinem Tod musste sie wissen, egal, welche Rolle sie in diesem Stück spielte. Sie hatte nacheinander ihre beiden Geschwister verloren, ihren richtigen Bruder und ihren Halbbruder. Und vermutlich wusste sie auch, dass Isabelle in Josberts Unfall verstrickt war. Das hätte sie ihr ebenso zum Vorwurf machen können wie die tödlichen Schüsse auf Lino. Warum hatte sie es nicht getan? Weil ihr die beiden Brüder gar nicht so wichtig waren? Nein, das machte keinen Sinn. Warum sonst hätte sie Lino besucht? Isabelle verschluckte sich fast am Perlhuhn. Jetzt hatte sie es für eine Sekunde selbst geglaubt. Sie wäre fast auf Claires Lügenmärchen vom unschuldigen Besuch hereingefallen.
»Woran denken Sie?«, fragte Fournier.
»Dass ich schon lange keine so gute *pintade* mehr gegessen habe.«
»Das freut mich. Noch etwas Bohnen?«
»Nein danke. Lieber noch ein Glas Wein.«

45

Am nächsten Morgen fühlte sich Isabelle erstaunlich ausgeschlafen. Im Frühstücksraum ihres Landhotels traf sie Apollinaire, der einen weit weniger fitten Eindruck machte. Mit halb geschlossenen Augen rührte er Honig in ein großes Glas Milch. Dann gab er einen Spritzer Gewürzsauce hinzu. Wie sich herausstellte, hatte er sich am vorangegangenen Abend mit seinem neuen Freund, dem Kurierfahrer Jean-Paul, in einer Bar getroffen und dort eine undefinierbare Menge Pastis getrunken. Sie musste schmunzeln. Apollinaire machte langsam, aber stetig eine wundersame Wandlung durch: Vom menschenscheuen und komplexbeladenen Sonderling entwickelte er sich zu einem kontaktfreudigen Wesen mit seltsamen Trinkgewohnheiten. Die gebundene Krawatte trug er heute unter dem aufgeknöpften Hemd. Das war irgendwie beruhigend. Ein Sonderling würde er bleiben. Sie mochte ihn so.

»Anis, Melisse, Minze, Fenchel«, murmelte Apollinaire. »Dazu eisgekühltes Wasser. Eigentlich müsste Pastis das gesündeste Getränk der Welt sein.«

»Eigentlich, aber Sie haben den Alkohol vergessen.«

»Ach so, ich hab's geahnt, da war noch was.«

Sie deutete auf sein Glas mit dem obskuren Milchgetränk. »Und Sie glauben, das hilft?«

»Nein, ich hege begründete Zweifel.«

»Ich auch. Wie wär's mit einer Tablette?«

»Eine? Ich hab schon drei genommen. Wenn es Jean-Paul so wie mir geht, braucht er heute wirklich eine Vertretung.«

Isabelle lachte. »Ich stehe nicht zur Verfügung.«
Apollinaire trank das Glas zur Hälfte aus, wischte sich erst die Lippen ab, dann mit derselben Serviette die Stirn. Er drückte sein Kreuz durch und sah sie konzentriert an.
»Madame le Commissaire, ich melde mich zum Dienst. Was steht auf der Agenda?«
»Sehr tapfer. Aber ich denke, Sie haben noch so viel Alkohol im Blut, dass ich Ihnen die Fahrerlaubnis entziehen muss. Gehen Sie auf Ihr Zimmer und schlafen Sie noch eine Runde. Ich komme mittags wieder, dann besprechen wir alles.«
»Alkohol, Fahrerlaubnis, schlafen …«, wiederholte er, seiner alten Marotte folgend.
»Ganz genau. Und dann sehen wir weiter.«

Isabelle fuhr zum *Mas de la Rose*. Dort wurde sie von Kommissar Fournier erwartet, der die polizeiliche Versiegelung aufschlitzte und die Haustür öffnete.
»Darf ich fragen, warum Sie sich das Haus noch mal anschauen wollen?«
»Weil ich gestern dazu keine Gelegenheit hatte, nur deshalb.«
Fournier kratzte sich am Kopf. »Ich wüsste nicht, was es hier noch zu entdecken gäbe. Der Fall liegt klar und ist so gut wie abgeschlossen. Na ja, sieht man mal von dem flüchtigen Komplizen ab, aber den werden wir hier nicht finden.«
Sie lächelte. »Nein, werden wir nicht. Ich will mich nur mal in Ruhe umsehen. Sie müssen nicht mitkommen, es wird nicht lange dauern.«
»Dann bleibe ich draußen und rauche eine Zigarette. Einverstanden?«
»Na klar, bis gleich.«
Sie sah sich erst im Erdgeschoss um, dann im ersten Stock. Sie ließ kein Zimmer aus. Einige Male setzte sie sich auf ei-

nen Stuhl, um nachzudenken. Sie schlug in den Betten die Laken zurück und schaute in die Schränke. In der Küche inspizierte sie die Speisekammer und den Kühlschrank. Tatsächlich hatte sie keine Ahnung, wonach sie suchte. Fournier hatte schon recht, der Fall war klar. Und der flüchtige Mann, der womöglich Lucien hieß, dieser Mann wird kaum so blöd gewesen sein, irgendwelche Hinweise auf seine Person zu hinterlassen. Aber konnte man es wissen? Sein Aufbruch war überstürzt erfolgt, da passierten Fehler. Doch das war es nicht, warum sie hier war. Isabelle bemühte ihre Phantasie und versuchte, sich vorzustellen, wie der Alltag hier wohl ausgesehen haben mochte. Und sie zog alle Möglichkeiten in Betracht.

Das Atelier hatte sie sich ganz bewusst bis zum Schluss aufgehoben. Sie lief in dem großen Raum langsam auf und ab und schaute sich einige halb fertige Gemälde an, die an der Wand lehnten. Das Bild auf der Staffelei, an dem Tristan de Jong offenbar aktuell gearbeitet hatte, kam ihr wieder wie ein Matisse vor. Diesmal nicht mit einer Tänzerin als Motiv, sondern mit einer sitzenden Frau mit Turban und auf einen Stock gestützt. Aber vielleicht täuschte sie sich, und es sollte ein früher Picasso werden? Einmal mehr musste sie sich eingestehen, dass sie keine Ahnung hatte.

Isabelle blickte auf die Matratze, die in einer Ecke auf dem Boden lag und Tristan de Jong offenbar als Schlafstätte gedient hatte. Dahinter ging es in ein kleines Bad. Auch da gab es kein Fenster, nur eine Entlüftung.

Sie suchte nach einem geeigneten Gegenstand, der dazu gedient haben könnte, Tristan de Jong niederzuschlagen, fand aber keinen, was nichts besagte. Es könnte auch eine Pfanne aus der Küche gewesen sein. Sie kroch am Boden herum, sogar unter den großen Tisch.

»Sie nehmen es aber ganz genau«, stellte Fournier fest, der seine Zigarette beendet und sie im Haus gesucht hatte.

Sie lachte, stand auf und wischte sich die Knie sauber. »Nein, ich bin nur notorisch neugierig.«

»Was gefunden?«

Sie schüttelte verneinend den Kopf.

»Hätte mich auch gewundert.«

»Zu blöd, dass die Spurensicherung keine Fingerabdrücke gefunden hat, die sich diesem Lucien zuordnen ließen«, stellte sie fest.

»Keine Chance. Das Haus ist übersät mit Fingerabdrücken. Wir haben auch genetisches Material sichergestellt und alles durch den Polizeicomputer gejagt. Nur bei Lino Lefaque hat's geklingelt, aber dass er hier war, wussten wir schon vorher.«

»Ich habe einen Wunsch«, sagte Isabelle nach einer längeren Pause des Überlegens.

»Der wäre?«

»Sie könnten mal was überprüfen«, antwortete Isabelle. Dann erklärte sie ihm, was sie interessierte. Das war in wenigen Sätzen erledigt.

Fournier schaute sie verwirrt an. »Bitte seien Sie mir nicht böse, aber das versteh ich nicht«, sagte er schließlich.

Isabelle lächelte. »Ich schon, das sollte für den Moment reichen.«

Isabelle stattete Tristan de Jong einen Krankenbesuch ab. Der saß im Bett und schaute Fernsehen.

»Na, geht's besser?«

»Mir geht's gut«, antwortete er. »Ich war sogar schon spazieren. Aber die Ärzte meinen, ich sollte noch einen Tag hierbleiben, morgen kann ich gehen.«

»Das freut mich.«
Sie sah ein Handy auf seinem Nachtkästchen. »Wie geht's Françoise?«, fragte sie.
»Sie will herkommen und mich abholen, aber ich nehme die Bahn.«
»Ich würde Sie selbstverständlich ein Stück im Auto mitnehmen, aber ich reise leider schon heute ab.«
»Macht nichts, ich fahre gerne mit der Bahn. Wenn ich Glück habe, muss ich mit niemandem reden. Ich muss nachdenken, es gibt so viel zum Nachdenken.«
»Kann ich verstehen, das muss alles erst verarbeitet werden.«
Er nickte. »Ja, muss es.«
»Benötigen Sie psychologische Unterstützung? Das kann ich organisieren, auch in Aix-en-Provence.«
»Ich glaube nicht, vielen Dank, aber falls doch, melde ich mich.«
»Tun Sie das. Sie brauchen gute Nerven, es wird einiges auf Sie zukommen. Die juristische Aufarbeitung wird sich hinziehen.«
De Jong runzelte die Stirn. »Juristische Aufarbeitung? Inwiefern?«
»Nun, faktisch haben Sie Kunstwerke gefälscht, dafür mussten Sie schon mal ins Gefängnis.«
»Aber ich hab's nicht freiwillig getan. Ich wurde gekidnappt und mit dem Tode bedroht. Diesmal bin ich Opfer und nicht Täter«, protestierte er.
»Stimmt, da haben Sie recht«, sagte Isabelle. »Deshalb dürfte das Fälschen in Ihrer besonderen Situation auch keine strafbare Handlung darstellen, aber ich vermute, dass das juristisch erst festgestellt werden muss.«
»Das sollen die Rechtsverdreher mal unter sich ausmachen, ich hab damit nichts zu tun.«

»Aber man wird Sie vorladen und befragen.«

Er zuckte resignierend mit den Schultern. »Wenn es denn sein muss. Ich mach alles, was man von mir verlangt, ist ja klar. Außerdem werde ich mein Möglichstes tun, damit alle Fälschungen gefunden werden, darauf können Sie sich verlassen.«

»Ich habe keinen Zweifel«, sagte sie. »Interessant wird sicherlich der finanzielle Aspekt. Wer entschädigt die Käufer?«

»Sie haben recht, das wird spannend. Umso wichtiger ist es, dass Sie möglichst schnell diesen Lucien finden. Er kann Ihnen sagen, wo das Geld ist.«

»Das Geld, das er für die Bilder bekommen hat?«

Tristan de Jong grinste gequält. »Ja, leider gehe ich diesmal leer aus. Dabei habe ich mir so große Mühe gegeben.«

Isabelle lächelte. »Wie heißt es so schön: Künstlerpech!«

46

Der weitere Tag verging wie im Fluge. Gemeinsam mit Fournier bewältigte sie alle Formalitäten, und das waren nicht wenige. Auch bekamen sie Besuch vom zuständigen Staatsanwalt. Der war sichtlich überfordert. So einen Fall hatte er noch nie erlebt. Isabelle schmunzelte. Kein Wunder, sie auch nicht. Präzedenzfälle, an denen er sich orientieren konnte, würde er kaum finden. Aber das war sein Problem, nicht ihres. Er regte sich fürchterlich auf, dass mit Lucien der mögliche Anführer der Entführer und Kunstbetrüger entkommen war. Er forderte bei der Fahndung und Ergreifung maximalen Einsatz. Sein Glück war, dass er sich dabei direkt an Fournier wandte, der sich das demütig anhörte. Sie hätte sich nicht beherrschen können und ihm rausgegeben. Er realisierte, dass es keine Handhabe gab, Tristan de Jong in Untersuchungshaft zu nehmen. Der hatte zwar gegen Gesetze verstoßen, aber eben unter Zwang. Dennoch werde er ihm gleich einen Besuch im Hospital abstatten, kündigte er an. Darüber würde sich Tristan de Jong wenig freuen, dachte sie. Die Wirklichkeit holte ihn in Person dieses hektischen Staatsanwalts schneller ein als erwartet. Aber sie hatte ihn gewarnt: Er brauche in der nächsten Zeit gute Nerven.

Fournier stellte einen Lieferwagen bereit, in dem alle beschlagnahmten Gemälde verstaut wurden, darunter auch jene, die Claire im Renault-Transporter hatte davonschaffen wollen. Diese Bilder machten den Eindruck, als ob die Arbeit an ihnen abgeschlossen wäre. Sie könnten so, wie sie waren, auch in einem Museum hängen – oder an ein solches verkauft werden. Ein Mitarbeiter Fourniers würde die Kunstwerke morgen nach Fragolin fahren. Natürlich würden sie dort nicht lange bleiben, aber so lange, wie es nötig war, um von Pascal eingehend untersucht und katalogisiert zu werden. Über den weiteren Verbleib würden dann andere Stellen zu entscheiden haben.

Pascal wusste schon Bescheid und hielt sich bereit. Selbstverständlich hatte sie zuvor ausgiebig mit seinem Chef telefoniert, mit Rouven Mardrinac. Der gratulierte ihr zum Erfolg und ließ sich alles haarklein erzählen. Natürlich durfte sie das nicht tun, aber das war ihr egal. Einige Male musste Rouven lachen, obwohl die Vorkommnisse nicht wirklich lustig waren. Beim Tod von Lino Lefaque blieb er stumm. Am Ende verlieh er seiner Erleichterung Ausdruck, dass ihr nichts passiert war. Das war nett von ihm.

Thierry, mit dem sie auch schon telefoniert hatte, war diese Besorgnis nicht eingefallen. Wobei sie zugeben musste, dass sie ihm die näheren Umstände der Aktion verschwiegen hatte. Auch wusste er nichts von tödlichen Schüssen. Sie konnte ihm also seine Ignoranz nicht wirklich zum Vorwurf machen, tat es aber unwillkürlich doch.

Später tauchte Apollinaire im Kommissariat auf. Er hatte sich frisiert, trug die Krawatte über dem Hemd und schien weitgehend wiederhergestellt. Er flüsterte ihr zu, dass er definitiv nie mehr einen Pastis anrühre. Jetzt könne er verstehen, dass sich van Gogh im Absinth-Rausch ein Ohr abgeschnitten habe. Es sei ein Irrglaube, Pastis für weniger gefährlich zu halten.

Isabelle stufte ihn als fahrfähig ein und sagte, dass er zurück nach Fragolin fahren könne. Ganz diszipliniert, ohne Blaulicht und Sirene. Vorher könne er in Digne noch einen kleinen Spezialauftrag erledigen. Sie nahm ihn zur Seite, weil sie keine Zuhörer haben wollte. Dann sagte sie ihm, was er tun sollte.

Ihm erging es mit ihrer Bitte ähnlich, wie es Fournier mit ihrem anderen Wunsch widerfahren war. Er begriff zwar, worum es ging, konnte aber den Sinn nicht verstehen. Entsprechend fiel ihre Erklärung genauso aus wie bei Fournier. Sie sagte, dass es völlig reiche, wenn sie es verstehe.

Endlich saß sie im Auto. Es war alles erledigt, zumindest das, wofür ihre Anwesenheit in Digne-les-Bains erforderlich war. Sie hatte sich von allen verabschiedet – auch von Tristan de Jong, der vom Staatsanwalt noch ganz genervt war. Er versprach, sich bei ihr aus Aix-en-Provence zu melden. Und er trug erneut seinen Dank vor, dass sie ihn aus seinem Verlies befreit und von seiner Fronarbeit erlöst hatte. Das war sehr freundlich von ihm, aber sie hatte nur ihren Job gemacht.

Von Fournier hatte sie noch die Informationen bekommen, um die sie ihn gebeten, aber die er nicht verstanden hatte. Sie hatten sie nicht überrascht – und doch waren sie überraschend. Auch für Fournier.

Sie genoss es, alleine im Auto zu sitzen. Es machte ihr nichts aus, dass sie lange unterwegs sein würde. Digne-les-Bains lag weit im Norden an der Route Napoléon, und die Straßenanbindung von Fragolin war ohnehin eine Katastrophe. Aber so hatte sie Zeit, die Geschehnisse der letzten vierundzwanzig Stunden Revue passieren zu lassen. Sie konnte über Fourniers erstaunliche Information nachdenken. Und darüber, welche Schlussfolgerungen sich daraus ergaben.

Sie hatte auf der A51 gerade die Abzweigung nach Forcalquier passiert, da läutete ihr *portable*. Sie dachte, dass Apollinaire dran sein würde, von dem sie ja auch noch eine Mitteilung erwartete, aber es meldete sich Fournier. Der Kommissar, den sie als ruhige und besonnene Person kennengelernt hatte, sprach schnell und aufgeregt.

Schon nach dem ersten Satz konnte sie seine Erregung verstehen. Claire Paullinac sei soeben auf Kaution freigelassen worden, berichtete er. Ein ausgebuffter Anwalt sei mit einem richterlichen Beschluss aufgetaucht, habe den Staatsanwalt kalt lächelnd auflaufen lassen, die beträchtliche Kaution bar auf den Tisch geknallt und Claire gleich mitgenommen. Sie seien gerade in seiner Limousine davongebraust. Claire könne nicht der Mittäterschaft beschuldigt werden, habe er klargestellt, sie sei ganz harmlos zu Besuch gewesen und habe von Tristan de Jong keine Ahnung gehabt. Sie sei zudem traumatisiert und müsse dringend therapeutisch behandelt werden.
Isabelle mochte es nicht glauben. Da war Claire mit ihrer Lügengeschichte – und sie zweifelte nicht daran, dass es eine war – doch glatt durchgekommen. Zumindest für den Augenblick. Mit allem hatte sie gerechnet, aber damit nicht. Das schlug dem Fass den Boden aus: Lucien, der Anführer, war entkommen. Lino Lefaque war tot. Und Claire, die Unschuld vom Lande, war auf freiem Fuß. Damit waren ihr alle Beschuldigten auf die eine oder andere Weise abhandengekommen. Woher rührte eigentlich das Geld für die Kaution? Die Summe, die Fournier genannt hatte, war nicht von schlechten Eltern.
Isabelle hatte noch eine längere Fahrt vor sich – mit viel Zeit zum Grübeln. Was hatte Fournier gesagt? Der Fall liege klar und sei so gut wie abgeschlossen. Wahrscheinlich hatte er recht. In einem Punkt aber ganz sicher nicht: Solange sie Lucien nicht geschnappt hatten, egal wie er wirklich hieß, so lange war der Fall ganz gewiss nicht abgeschlossen. Wo aber könnte dieser Lucien sein? Der Staatsanwalt hatte maximalen Einsatz bei der Fahndung und Ergreifung gefordert. Der Sesselfurzer tat sich leicht. Hatte er irgendeine Idee, wie das gehen könnte? Nein, hatte er nicht. Isabelle lächelte. Aber sie hatte eine. Zugegeben, eine etwas bizarre, aber immerhin.

47

Der Alltag hatte sie wieder, zumindest was den Ablauf betraf. Nach einem gemütlichen Frühstück auf ihrer Terrasse mit frischen Croissants und Café au lait bummelte sie durch die Altstadt zum Kommissariat im *Hôtel de ville*. Sie kam beim *Maison de Rosalie Grasson* vorbei. Es hatte schon geöffnet, und tatsächlich gingen gerade einige Besucher hinein. Sie freute sich für Thierry. *La danseuse de Henri Matisse* bekam die Verehrer, die er sich erhoffte. Isabelle dachte an das Gespräch mit der alten Ärztin und daran, was diese über Rosalie erzählt hatte, die etwas verrückt gewesen sei und unter Wahnvorstellungen gelitten habe. Die Ärztin meinte, sie liege vielleicht im Sarg und kichere fröhlich. Was hatte sie damit gemeint? Wohl eher saß Rosalie auf einer Wolke und schaute mit glückseligem Lächeln herunter.

Isabelle kam bei Clodine vorbei, die wieder einmal damit beschäftigt war, ihren Laden umzudekorieren. Die herzförmigen Seifen, die nach Lavendel oder Limonen dufteten, rückten wieder mehr in den Vordergrund. Sie wolle ihr Stammgeschäft nicht vernachlässigen, erklärte sie. Henri Matisse und die Tänzerin würden immer noch sehr gut laufen, auch die T-Shirts mit den anderen Malern. Sie habe jetzt sogar einige Abzüge der alten Schwarzweißfotos im Angebot, auf denen Rosalie als Modell vor Matisse posiere. Isabelle tat ihr den Gefallen und sah sie sich an. Sie kaufte sogar ein Foto, aber nicht, um es sich in die Wohnung zu hängen.

Wahrscheinlich hatte Thierry aus seinem Bürofenster gesehen, wie sie über den Vorplatz des Rathauses lief, jedenfalls kam er ihr im Eingang entgegengestürmt. Er freue sich, dass sie wieder da sei. Und er beglückwünschte sie zu ihrem Erfolg. Er habe ja nicht geahnt, dass *sein* Matisse der Auslöser für ihre Suche nach dem Fälscher gewesen sei.

Sein Matisse? Sie schmunzelte. Natürlich hatte er es nicht geahnt. Und auch jetzt wusste er nicht alles. Bei Rouven hatte sie aus guten Gründen eine Ausnahme gemacht, sonst war sie nicht so redselig.

Thierry lud sie erneut zum Abendessen ein. Das letzte Mal war ihnen Gregorian dazwischengekommen. Heute sollte es klappen. Dann könne sie ihm alles ganz genau erzählen.

Im Kommissariat schob Apollinaire gerade alle Möbel in eine Ecke.

»Wir brauchen Platz für die Bilder«, erklärte er. »Der Fahrer kommt in einer Stunde, und Pascal …«

»Mein Schreibtisch bleibt, wo er ist«, unterbrach sie ihn. »Was ist mit Pascal?«

»Er kommt gegen vierzehn Uhr. Ich richte ihm einen Arbeitsplatz her.«

»Tun Sie das. Sonst alles gut?«

»Ja.« Er deutete auf seinen Kopf. »Bin wieder völlig hergestellt. Der Pastis hat keine bleibenden Schäden hinterlassen. Ich habe gerade alle Primzahlen bis hundert aufgezählt. Das klappt noch.«

»Was ist mit der 57?«

»Keine Primzahl. Lässt sich durch drei oder neunzehn teilen.«

»Korrekt, Test bestanden.«

»Ich könnte auch weitermachen: 101, 103, 107 …«

Sie winkte lachend ab. »Bitte aufhören, ich glaub es ja. Andere Frage: Was ist mit meinem Spezialauftrag, den Sie in Digne noch erledigen wollten? Hatten Sie Erfolg?«

»Spezialauftrag? Ach so, richtig. Natürlich hatte ich Erfolg. Ihre Vermutung hat sich bestätigt. Die Kopien liegen auf Ihrem Tisch.«

»Sehr schön. Vielleicht brauchen wir sie noch.«

»Was steht sonst auf der Agenda?«, fragte er.

Sie zupfte sich am Ohrläppchen. »Ich will mehr über den Rechtsanwalt wissen, der Claire rausgehauen hat. Für wen arbeitet er? Und woher hatte er das Geld für die Kaution, das würde mich wirklich sehr interessieren.«

»Die Spur des Geldes? Sie haben recht, die müssen wir zurückverfolgen. Vielleicht hat der Anwalt im Auftrag von Lucien gehandelt? In diesem Fall könnte das Geld aus dem Verkauf der gefälschten Bilder stammen.« Er kratzte sich am Kopf. »Doch, das könnte sein. Dann würde uns das Geld zu Lucien führen.«

Sie nickte. Apollinaire brauchte oft eine Weile, aber dann stellte er doch die richtigen Überlegungen an.

»Der Anwalt hat die Kaution bar bezahlt«, stellte er fest. »Das ist blöd.«

Sie schmunzelte. »Blöd ist es schon, aber eben auch verdächtig.«

»Le calme après la tempête.« Die Ruhe nach dem Sturm war eine Redensart. Was die plötzliche Stille betraf, mochte sie zutreffend sein. Sonst war es mit der Ruhe nicht weit her. Nach einem Sturm begannen gewöhnlich die Aufräumarbeiten. In ihrem Fall war es die Bürokratie, die sie in Beschlag nahm und keine Ruhe aufkommen ließ. Dabei hatte sie den meisten Papierkram Fournier aufgebürdet, aber dennoch blieb genug zu tun. Das Schreiben von Protokollen gehörte dazu. Oder die Beantwortung von polizeiinternen Anfragen. Die leichteste Übung war noch, ihrem Vorgesetzten Bericht zu erstatten.

Das war mit einem Anruf erledigt. Balancourt freute sich über ihren Ermittlungserfolg, von dem er natürlich schon längst wusste. Damit habe er ein wunderbares Thema für seinen Mittagsplausch mit der Kulturministerin. Die halte ja die Fälschung von Werken französischer Maler für ein Kapitalverbrechen. Dann wollte er noch wissen, wie viele Gemälde beschlagnahmt wurden.

Isabelle sah auf die Bilder, die mittlerweile eingetroffen waren und in mehreren Reihen an der Wand lehnten. Sie schätzte ihre Zahl. Als sie diese nannte, war er perplex. Und alle diese Bilder würden von einem einzigen Fälscher stammen? Kaum zu glauben. Er wollte wissen, wie viele Fälschungen aus Tristan de Jongs Werkstatt schon verkauft worden seien und sich auf dem Markt befänden.

Sie konnte ihm keine konkrete Angabe machen, aber Tristan de Jong sei dabei, eine Liste aller Fälschungen zu erstellen, die er in seiner Gefangenschaft angefertigt habe.

Balancourt meinte, dass es einen ziemlichen Presserummel geben werde. Er werde sich beim Mittagessen mit der Kulturministerin über die richtige Vorgehensweise abstimmen. Vorläufig sollten sie die ganze Geschichte unter der Decke halten. Was mit dem flüchtigen Kopf der Bande sei, wollte er noch wissen.

Sie sagte ihm, dass sie weder konkrete Hinweise noch eine Spur habe.

Er nahm diese Negativmeldung völlig entspannt zur Kenntnis. Ein wohltuender Kontrast zum aufgeregten Staatsanwalt in Digne. Für Balancourt gab es Wichtigeres. Er wollte nur für das Gespräch mit der Kulturministerin präpariert sein. Außerdem gehe er davon aus, dass Isabelle den flüchtigen Mann sowieso bald finden würde.

Sein Optimismus in Ehren, hoffentlich enttäuschte sie ihn nicht. Sie hatte nicht das kleinste Fitzelchen einer Spur. Wie sollte sie Lucien finden? Nicht das kleinste Fitzelchen? Genau das beschäftigte sie – und gab vielleicht gerade deshalb Anlass zur Zuversicht.

Pascal kam ins Büro und begrüßte Isabelle mit Küsschen. Das hatte sich Apollinaire noch nie erlaubt. Zu dieser Vertraulichkeit könnte er sich nicht mal im Pastis-Rausch hinreißen lassen. Aber Pascal war ja auch ein Mitarbeiter der besonderen Art, der durfte sich das rausnehmen. Der Mann, der hinter Pascal das Kommissariat betrat, hätte sich noch sehr viel mehr erlauben können: Rouven Mardrinac. Er grinste und hauchte Isabelle ein Küsschen zu. Sie möge sein Auftauchen entschuldigen, aber er interessiere sich maßlos für die gefälschten Bilder.
Wie erstarrt blieb er mitten im Raum stehen und ließ seinen Blick über die Gemälde schweifen. »Das ist beachtlich«, murmelte er fast ergriffen. Dann ging er zu den Bildern und schaute sie sich nacheinander genau an. »Dieser Tristan de Jong ist ein Künstler«, stellte er schließlich fest. »Ich würde ihn gerne kennenlernen. Warum verschleudert er sein Talent mit Fälschungen? Das muss er mir erklären.«
»Du kannst ihn demnächst in Aix-en-Provence besuchen«, sagte Isabelle. »Er hat bestimmt nichts dagegen.«
Pascal baute auf seinem zugewiesenen Arbeitsplatz sein Equipment auf. Er hatte Kameras dabei, Speziallampen und natürlich einen Laptop.
Rouven setzte sich zu Isabelle an ihren Tisch. Wie schon zuvor Balancourt konnte auch er sich die Frage nach dem flüchtigen Chef der Entführer nicht verkneifen.
Sie zuckte mit den Schultern. Das sei eigentlich nicht mehr ihr Part, sagte sie, dafür sei ein Kommissar in Digne-les-Bains zuständig. Die Kollegen hätten Lucien zur Fahndung ausgeschrieben.

Er schmunzelte. Das möge ja so sein, aber er wisse genau, dass sie ihre Hände nicht in den Schoß legen würde. Sie suche und finde diesen Lucien, da gehe er jede Wette ein. Wie viel?
Sie sah ihn verständnislos an. Wie viel was?
Der Einsatz für die Wette. Wie viel sei sie bereit zu setzen?
Sie lächelte und sagte, dass sie ja nicht gut gegen sich selbst wetten könne. Dann gab sie zu, dass sie eine Idee hatte. Als sie diese Rouven gegenüber andeutete, erschien auf seinem Gesicht ein breites Grinsen. Das mit der Wette habe sich hiermit erledigt, stellte er fest.
Er deutete auf das Foto, das auf ihrem Tisch lag. Jenes, das sie heute bei Clodine gekauft hatte und das die Tänzerin mit dem Meister zeigte.
»Interessant, dass du es hier liegen hast«, sagte er. »Ich habe mit Pascal über die Fotos im Museum gesprochen.«
»Und?«
»Sie sind sehr schön.«
»Das ist alles?«
»Nein, nicht wirklich. Komm, lass uns ins Bistro gehen. Ich hab noch nichts gegessen. Dort können wir weiterreden.«

Im Bistro *Chez Jacques* bestellten sie das Tagesgericht: *Tarte flambée du Luberon,* knusprigen Flammkuchen mit Ziegenfrischkäse. Natürlich sprachen sie über Tristan de Jong und über die gefälschten Bilder. Auch spannen sie Isabelles Idee weiter, was den flüchtigen Lucien betraf. Eine Idee, deren Keim er selbst vor Tagen gelegt hatte. Schließlich wollte sie wissen, warum Rouven vorhin im Büro auf das Foto mit Rosalie und dem zeichnenden Matisse gedeutet hatte. Seine Antwort überraschte sie nicht. Auch Pascal hatte sich schon in diese Richtung geäußert. Sie bestellten noch etwas Wein. Isabelle fand es immer wieder bemerkenswert, dass sich Rouven bei aller Vorliebe für sündhaft teure Weine aus dem Bordeaux oder Burgund mit der gleichen Selbstverständlichkeit an einfachen Landweinen erfreuen konnte. Sie wusste selbst, dass Jacques' offene Weine keine Offenbarung waren, aber sie waren süffig, und man bekam keinen dicken Kopf. Rouven machte kein Brimborium aus seiner Weinleidenschaft, er nahm alles locker – wie auch sonst das meiste im Leben, bis hin zu einem gefälschten Cézanne in seiner Sammlung.

Er nahm alles locker? Nun, das stimmte nicht ganz, wie sich im weiteren Verlauf ihres Gesprächs herausstellte. Ihre Beziehung, die eine spezielle war, nahm er alles andere als locker, sie schien ihm wichtig. Weshalb er ihr einen Vorschlag machte, den sie so nicht erwartet hatte, der sie auf dem falschen Fuß erwischte und in Gewissensnöte stürzte.

»Was hältst du davon?«, fragte er. »Könntest du dir das vorstellen?«

Ja, verdammt noch mal, sie konnte es sich vorstellen. Und nein, sie konnte es sich nicht vorstellen und würde sich nicht darauf einlassen.

»Du meinst, ich soll mir für ein Jahr eine Auszeit nehmen und mit dir um die Welt reisen? Das ist dein Vorschlag, richtig?«

Ihre Frage war rhetorischer Natur, sie hatte ihn genau verstanden, wollte aber Zeit gewinnen, um sich zu sammeln.

Er nickte. »Ja, halt ein Sabbatical, sozusagen ein längerer Sonderurlaub. Balancourt würde ihn dir sicher genehmigen. Lieber ein Sabbatical, als dich ganz zu verlieren.«

»Ich weiß nicht, ob das gutgehen würde«, gab sie eine ausweichende Antwort.

»Das weiß man vorher nie.« Er lächelte. »Du kannst jederzeit abbrechen. Aber ich denke, wir sollten es probieren. Ich würde es mir wünschen.«

Das konnte auch nur ihm einfallen. Ihr einen solch weitreichenden und folgenschweren Vorschlag zu machen wie nebenher, bei einem einfachen Flammkuchen und einem noch einfacheren Wein. Keine große Inszenierung. Aber das war gut so. Er wollte keinen emotionalen Druck aufbauen. Ein Sabbatical war kein Heiratsantrag. Aber ein Jahr, ein ganzes Jahr das Jetset-Leben eines Rouven Mardrinac teilen? Das würde nicht klappen, das wusste sie. Und es würde ihr keine Freude bereiten. Sein Leben war ein völlig anderes als ihres. Sie hatte ihre kleine Dachterrasse liebgewonnen, sie mochte den versteckten Strand unter den Pinien und liebte es, frühmorgens durch den Wald zur alten *Chartreuse* zu joggen. Sie hatte begonnen, in Fragolin Wurzeln zu schlagen. Die würde sie jetzt wieder rausreißen müssen. Sie hatte viel durchgemacht und war gerade dabei, zu sich selbst zurückzufinden. Das gelang immer besser. Und obwohl sie es noch nicht lange hatte, hing sie an ihrem kleinen Kommissariat im Rathaus. Selbst Apollinaire würde ihr fehlen, wer hätte das gedacht.

Rouven blickte sie zweifelnd an. »Ich will dich nicht überrumpeln. Lass dir mit deiner Antwort Zeit.«

»Warum gerade ich?«, fragte sie. »Du kennst viel tollere Frauen.«

»Nein, kenne ich nicht. Die Gesellschaftsmiezen, die hinter mir her sind, langweilen mich zu Tode.« Er schmunzelte. »Das würde mir mit dir nie passieren. Und ich glaube, umgekehrt auch nicht.«

Langweilen? An der Seite von Rouven Mardrinac? Nun, da hatte er zweifellos recht, das war ausgeschlossen. Dennoch zweifelte sie keine Sekunde an ihrer spontanen Reaktion. Aber sie traute sich nicht, das so klar auszusprechen. Vielleicht sollte sie sich mit der Antwort tatsächlich Zeit lassen. Darüber schlafen, ja, das zumindest sollte sie. Natürlich war sein Vorschlag äußerst schmeichelhaft. Würde sie mehr Gefühle empfinden, müsste sie zu Tränen gerührt sein. Das hatte nichts mit Rouven zu tun. Sie mochte ihn wirklich sehr, sie fühlte sich wohl in seiner Gegenwart, und manchmal war sie sogar ein kleines bisschen aufgeregt. Aber ihre Seele war wie abgekapselt, das war schon lange so. Wirkliche Emotionen gleich welcher Art drangen nicht bis zu ihrem Innersten vor. Selbst jene nicht, die ein Rouven auszulösen vermochte.

»Lieb von dir«, sagte sie. »Ich fühle mich geehrt.« Sie blickte ihm in die Augen. »Aber ich glaube nicht, dass es uns guttun würde. Es würde vielleicht nicht an dir scheitern, aber an mir. Dennoch denke ich darüber nach. Und selbst bei einem Nein hoffe ich, dass unsere Freundschaft weiter Bestand haben wird.«

Er sah sie nachdenklich an. »Das wird sie unter Garantie«, sagte er schließlich. »Halt nur ein bisschen anders, wenn du verstehst.«

»Ja, ich verstehe. Das wäre schade, aber es wäre wohl so.«

Wie zum Beweis der Unverträglichkeit ihrer Welten wurde Rouven von einem Chauffeur abgeholt. Isabelle wollte eigentlich zurück ins Kommissariat, ging aber zunächst nach Hause und legte sich aufs Sofa. Warum war das Leben so kompliziert, so verdammt schwierig, so verschlungen und unverständlich? Natürlich fand sie auf diese Frage keine Antwort, weshalb sie sich nach einer Weile einen Ruck gab, wieder aufstand und sich auf den Weg zurück ins Büro machte.

Sabbatical? Bislang hatte sie ihr Dasein in Fragolin auch als eine Art Sabbatical verstanden – aber die Auszeit war mit kleineren oder größeren Kriminalfällen gewürzt. Ihr aktueller war fast abgeschlossen, aber eben nur fast. Noch hatte sie den Kopf nicht frei, um über die grundsätzlicheren Fragen des

Lebens nachzudenken. Der Gedanke blockierte sie, dass sich ein Mann, der sich Lucien nannte, als Sieger fühlen durfte. Was im Umkehrschluss bedeutete, dass sie verloren hätte. Und sie hasste es zu verlieren.

Im Kommissariat traf sie auf Pascal, der mit großer Akribie die Gemälde dokumentierte. Er fotografierte sie von vorne und hinten, auch Details wie Signaturen und Sammlerstempel, sofern vorhanden, er untersuchte sie mit UV-Licht, schrieb Zustandsberichte und nahm sie in seine Übersicht auf. Apollinaire reparierte derweil seinen Bürostuhl, den irgendein technischer Defekt plagte. Er habe einen Anruf von Françoise entgegengenommen, sagte er. Sie bitte um Rückruf.
Françoise war sofort dran. Ob Madame le Commissaire wisse, wo Tristan sei, fragte sie.
Wenn er noch nicht da sei, sei er wahrscheinlich noch unterwegs, antwortete Isabelle. Sie solle sich keine Sorgen machen. Sie wisse von Kommissar Fournier, dass ihr Mann am Morgen in Digne abgereist sei. Vielleicht habe er einen Anschlusszug verpasst? Er treffe sicher bald ein.
Ob Isabelle die Handynummer von Tristan habe, wollte Françoise wissen. Dann könne sie ihn anrufen.
Isabelle dachte an das *portable* auf seinem Nachtkästchen in der Klinik. Nein, die Nummer habe sie leider nicht, behauptete sie. Das war gelogen. Sie hatte sie durchaus, aber das musste Françoise nicht wissen.
Obwohl Isabelle so getan hatte, als ob Tristan de Jongs Verspätung das Normalste der Welt wäre, kam sie zu ganz anderen Schlussfolgerungen. Eine Stunde später war Tristan immer noch nicht in Aix-en-Provence angekommen. Zwei weitere Stunden später fragte sie erneut bei Françoise nach. Nein, immer noch nicht.

Apollinaire überprüfte die Zugverbindungen. Es gab keine Verspätungen, Tristan de Jong müsste längst bei seiner Frau und den Kindern sein.
»Hoffentlich ist ihm nichts passiert«, sagte Apollinaire. »Vielleicht hat ihm Lucien aufgelauert und ihn umgebracht«, spekulierte er.
»Das halte ich für unmöglich«, gab sie zur Antwort. »Ich glaube ganz was anderes.«
Im Anschluss führte sie ein Telefonat mit Kommissar Fournier. Danach einige weitere.
Letzter Versuch in Aix-en-Provence. Tristan de Jong war immer noch nicht da. Françoise hatte auch keine Nachricht erhalten, sie war kurz vor einem Nervenzusammenbruch.
Apollinaire zappelte schon eine Weile auf seinem reparierten Bürostuhl herum. So würde er nicht lange halten. »Madame, wir können doch … Meinen Sie nicht? Also ich denke …«
Isabelle nickte. »Sie denken richtig. Also machen Sie schon, finden Sie über den Netzbetreiber seines *portable* Tristan de Jongs Standort heraus.«
Es interessierte sie nicht, ob Apollinaire dabei gegen Bestimmungen verstieß. Er hatte das schon mal gemacht, er konnte das.
Pascal, der das alles mitbekam, zeigte an ihrem Gespräch kein Interesse. Er war voll auf die gefälschten Bilder konzentriert.
Apollinaire hackte auf seine Tastatur ein. »Jetzt verstehe ich Ihren Spezialauftrag, den Sie mir in Digne erteilt haben. Sie haben Tristan im Krankenzimmer mit einem neuen *portable* gesehen, stimmt's? Bei seiner Einlieferung hatte er keines. Also musste er es sich bei seinem Spaziergang besorgt haben. Allzu viele Shops gibt es im Umkreis der Klinik nicht. War tatsächlich nicht schwer. Schon im zweiten Laden hatte ich Glück. Er hat ein Prepaidhandy gekauft, wir haben seine Nummer. Jetzt brauchen wir nur noch ein wenig Geduld.«

Isabelle sah auf die Uhr. Sie hatte das ungute Gefühl, dass sie Thierrys Esseneinladung auch am heutigen Abend würde absagen müssen. Vermutlich würde er das persönlich nehmen und falsch interpretieren. Thierry war sensibel, das mochte sie. Aber er war auch empfindlich und leicht eingeschnappt, das mochte sie weniger.

Es dauerte ein Weilchen, dann stieß Apollinaire einen Triumphschrei aus. Pascal warf ihm einen irritierten Blick zu.

»Wo ist er?«, fragte sie.

»Ich denke, er ist beim Abendessen. Nicht weit von hier, aber weit weg von Aix-en-Provence und seinem treu sorgenden Eheweib.«

»Abendessen?«

»Ja, ich habe den exakten Aufenthaltsort auf dem Bildschirm. Es handelt sich um ein Restaurant. Also wird er wohl zum Essen dort sein.«

»Wo?«

»Bei Grimaud!«

»Grimaud? Sind Sie sicher?«

»Bin ich. Der Punkt rührt sich nicht. Es ist noch früh. Vielleicht liest er gerade die Speisekarte.«

»Ohne seine Frau, die wartet in Aix auf ihn.«

»Warum macht er so was?«

Isabelle stand auf. »Würde mich auch interessieren. Ich fahre hin.«

»Und ich?«

»Sie kommen mit! Pascal, wir lassen dich alleine. Apollinaire gibt dir einen Schlüssel. Sperr ab, wenn du gehst. In der *Auberge des Maures* ist ein Zimmer für dich reserviert.«

»Ich bin bestimmt noch bei der Arbeit, wenn ihr wiederkommt. Ich bin ein Nachtmensch.«

»Auch gut. *Amuse-toi bien!*«

48

Auf der Fahrt hatte Isabelle das sichere Gefühl, dass sie bald Klarheit haben würde – nicht nur, was Tristan de Jongs seltsamen Essenstermin betraf.

Apollinaire saß am Steuer. Lächelnd stellte sie fest, dass nicht nur Rouven einen Chauffeur hatte. Ihrer verfügte sogar über Blaulicht und Sirene, freilich auch über einen gewöhnungsbedürftigen Fahrstil. Apollinaire löcherte sie mit Fragen.

Natürlich könnte sie ihm alles erklären, aber sie zog es vor, ihn im Unklaren zu lassen. Falls sie auf dem Holzweg sein sollte, reichte es völlig, dass sie mit Rouven darüber gesprochen hatte.

Weil er von ihr nichts erfuhr, wurde Apollinaire selbst kreativ und begann nach Erklärungen für Tristan de Jongs rätselhaftes Verhalten zu suchen. Irgendwann verstieg er sich zur Annahme, dass sich Tristan de Jong gerade mit seinem flüchtigen Entführer Lucien traf. Vielleicht habe er ihn ausfindig gemacht, und jetzt wolle er ihn zur Rechenschaft ziehen?

Isabelle warf ihm einen amüsierten Blick zu.

»Bei einem gemeinsamen Abendessen?«

Apollinaire gab zu, dass der Gedanke abwegig war.

Noch einige Kurven. Sie kamen an einem *Vigneron* vorbei, wo es Wein vom Fass zu kaufen gab. Danach eine feudale *Domaine*. Es folgte eine Abzweigung, jetzt war es nicht mehr weit. Sie gab Apollinaire die Anweisung, langsamer zu fahren und schließlich am Straßenrand in einer Einfahrt zu halten. Er klappte seinen Laptop auf und brauchte nicht lange, um festzustellen, dass Tristan de Jongs *portable* immer noch vor Ort war, direkt vor ihrer Nase, hinter der nächsten Biegung. Sie sagte, dass sie aussteige und die letzten Meter zu Fuß gehe. Er solle hier warten. Es könne eine Weile dauern.

Vom Tresen des Restaurants konnte sie hinaus auf die Terrasse blicken, wo nicht alle Tische belegt waren. Sie erspähte sofort seine auch im Sitzen hoch aufgeschossene Gestalt. Er saß ganz links und etwas abseits: Tristan de Jong. Nicht alleine, sondern in charmanter Begleitung. Isabelle musste schmunzeln. War sie überrascht? Nein, war sie nicht.

Sie nahm ihr Handy und führte zwei Telefonate. Sie ließ noch einen Kellner vorbei, dann lief sie über die Terrasse zu Tristan de Jongs Tisch. Er und seine Begleitung unterhielten sich angeregt und waren sichtlich guter Stimmung. Noch hatten sie Isabelle nicht entdeckt. Tristan de Jong lachte. Sie stießen mit Champagnergläsern an. Plötzlich fiel Tristan de Jongs Blick auf Isabelle. Er verschluckte sich und musste husten.

»Entschuldigen Sie, ich wollte Sie nicht erschrecken«, sagte Isabelle mit einem Lächeln. Und an Claire gewandt: »*Bonsoir*, Madame Paullinac. Schön, dass ich Sie hier antreffe. Was für ein wunderbarer Zufall.«

Claire starrte sie mit offenem Mund an. Ihr hatte es im wahrsten Sinne des Wortes die Rede verschlagen.

Tristan de Jong räusperte sich und rang sich ein Grinsen ab. »Madame le Commissaire, das ist wirklich eine Überraschung. *Quel plaisir*, welche Freude, Sie zu sehen.«

Na, na, jetzt übertrieb er aber. Dass er sich über ihr Auftauchen freute, hielt sie für ausgeschlossen.

Isabelle deutete auf einen freien Stuhl. »Haben Sie was dagegen, wenn ich mich kurz zu Ihnen setze?«

»Es wäre uns ein Vergnügen«, antwortete Tristan de Jong mit einer einladenden Handbewegung.
Das musste man ihm lassen, er hatte ein gutes Benehmen. Auch in einer Situation, in der er am falschen Ort mit einer falschen Frau ertappt wurde – während seine Gattin Françoise in Aix-en-Provence auf ihn wartete und sich sorgte.
»Darf ich Sie zu einem Glas Champagner einladen?«, schlug er vor. »Ich habe allen Grund, mit meiner Lebensretterin anzustoßen.«
»Sehr gerne.«
Während Tristan de Jong den Ober um ein weiteres Glas bat, wandte sie sich an Claire. »Sie sagen ja gar nichts. Ich hoffe, Sie fühlen sich nicht überrumpelt.«
Claire versuchte, ihre Fassung wiederzugewinnen, aber es gelang ihr nicht wirklich. »Überrumpelt? Nein, warum sollte ich?«
»Nun, bei unserem letzten Gespräch haben Sie behauptet, Tristan de Jong seit seiner Zeit im Gefängnis nicht mehr gesehen zu haben, und jetzt treffe ich Sie hier gemeinsam beim romantischen Abendessen.«
»Tja, es ist anders, als es aussieht«, antwortete Claire. Was so ziemlich das Dümmste war, was man in vergleichbaren Situationen von sich geben konnte.
»Wie sieht es denn aus?«, fragte Isabelle.
Tristan de Jong gab Claire einen Stups. »Komm, lass es uns sagen, ist doch nichts dabei. Claire und ich hatten nach Abbüßung meiner Strafe eine Affäre.«
Claire sah ihn zögerlich an. Offenbar brauchte sie Zeit, um ihre Gedanken zu sortieren.
»Ja, stimmt«, sagte sie schließlich, »aber plötzlich war Tristan weg. Danach habe ich von ihm nichts mehr gehört.«
Er nahm ihre Hand. »Jetzt weißt du, warum.«

»Jetzt schon, aber zuvor habe ich die Welt nicht mehr verstanden. Als mich dann mein Bruder Lino für einige Tage nach Digne eingeladen hat …« Ihre Stimme stockte.

»Da konntest du nicht ahnen, dass uns nur eine Mauer trennt.«

»Ja, unfassbar. Nur eine Mauer, und wir wussten nichts voneinander. Erst nach seiner Befreiung …« Sie schluckte. Gleich würde sie in Tränen ausbrechen. »Erst nach der Polizeiaktion«, fuhr sie fort, »bei der mein lieber Bruder Lino gestorben ist, habe ich alles erfahren.«

Tristan de Jong nickte. »So war es. Und jetzt sitzen wir hier, trauern um Lino, feiern aber gleichzeitig unser kleines Glück. So, nun wissen Sie es.«

Isabelle sah die beiden amüsiert an. »Was für eine rührende Geschichte«, sagte sie.

»Machen Sie sich über uns lustig?«, fragte Claire empört.

»Lustig? Ich weiß nicht, ob es das trifft.« Isabelle wandte sich an Tristan de Jong. »Sie hatten also während Ihrer ganzen Gefangenschaft keine Gelegenheit, Claire zu sehen, das habe ich richtig verstanden, oder?«

Tristan de Jong nickte. »Wie sollte ich, sie war ja gar nicht da, nur die letzten Tage, wie ich erst jetzt weiß. Überhaupt habe ich die ganze Zeit nur den Mann mit der Strumpfmaske gesehen, diesen Lucien, sonst niemanden.«

»Weil Sie Ihr Atelier nie verlassen haben, keine Sekunde?«

»Korrekt, aber das wissen Sie doch. Man hat mich ja in diesem Atelier eingesperrt.«

»Ach so, natürlich«, sagte Isabelle ganz so, als ob sie etwas begriffsstutzig wäre. »Ihr Gefängniskumpan Lino Lefaque und dieser ominöse Lucien haben Sie dort zum Fälschen von Bildern gezwungen.«

»Genau, wobei ich von Linos Mitwirkung bis zum Schluss nichts wusste.«

Claire wurde sichtlich ungeduldig. »Also, das haben wir in Digne schon tausendmal durchgekaut. Jetzt sitzen wir hier und sind erleichtert, dass alles vorbei ist. Ich persönlich wäre froh, wenn Sie uns wieder alleine ließen.«
Diesen Gefallen würde sie ihr nicht tun, dachte Isabelle.
»Wie haben Sie uns eigentlich gefunden?«, fragte Tristan de Jong. »Ich gehe nicht davon aus, dass es Zufall war.«
»Nein, Zufall war es nicht«, antwortete Isabelle, ohne eine wirkliche Erklärung zu geben. »Ihre Frau Françoise macht sich Sorgen, weil Sie nicht kommen. Da dachte ich, ich schau mal, ob Ihnen nichts passiert ist.«
»Françoise? Sie wird sich halt noch etwas gedulden müssen.«
»Nicht nur Françoise, auch ihre beiden entzückenden Töchter Marguerite und Maya.«
Er zuckte gleichmütig mit den Schultern. »Ja, auch die beiden Mädchen werden sich gedulden müssen.«
Noch zögerte Isabelle, obwohl es wenig Sinn machte, sehr viel länger um den heißen Brei herumzureden.
»Ich würde zu gerne wissen, wo ich den Kopf der Bande finden könnte«, sagte sie, »diesen Lucien. Sie haben nicht zufällig eine Idee?«
Tristan de Jong schüttelte den Kopf. »Wie sollte ich?«
Isabelle sah zu Claire. »Was ist mit Ihnen, Sie haben auch keinen Geistesblitz, oder?«
Claire langte sich mit Unschuldsmiene an die Brust. »Natürlich nicht. Wie gesagt, ich war nur für wenige Tage bei meinem Bruder zu Besuch. Da habe ich Lucien zwar kennengelernt, aber er hat nichts von sich preisgegeben. Er war sehr reserviert.«
Isabelle beschloss, die Karten auf den Tisch zu legen. Das Gespräch würde sonst zu einer Farce.
»Ich möchte Ihnen gerne eine Geschichte erzählen«, sagte sie. »Und ich wäre Ihnen dankbar, wenn Sie mir aufmerksam zu-

hören würden. Es war einmal ein englischer Kunstfälscher namens Tom Keating. Der hinterließ auf der Leinwand Botschaften, die er dann übermalte, so dass sie mit bloßem Auge nicht mehr zu sehen waren. Als er schließlich aufflog und angeklagt wurde, kam es zu keiner Verurteilung, und dies nicht nur, weil er gesundheitlich angeschlagen war, sondern vor allem, weil er seine Fälschungen sozusagen selber als solche ausgewiesen hatte. Man hätte seine Bilder nur genauer untersuchen müssen. Sein Einfall, Botschaften im Bild zu verstecken, war ausgesprochen inspirierend. Wohl auch für Sie, lieber Monsieur de Jong. Sie haben diese Methode überaus intelligent weiterentwickelt. Dafür gebührt Ihnen mein Respekt.«

Tristan de Jong hörte ihr stumm zu. Sein Gesicht zeigte keine Regung.

Aber Claire giftete. »Das ist doch Unsinn«, empörte sie sich. »Bei Tristan ist der Fall völlig anders gelagert. Er hat es nicht freiwillig getan. Seine Botschaften waren Hilferufe.«

Isabelle beschloss, sie einfach zu ignorieren. »Die Rechnung wäre fast aufgegangen«, sagte sie, sich weiterhin an Tristan de Jong wendend. »Bis gerade eben konnten Sie annehmen, straffrei davonzukommen. Sie sitzen mit Ihrer Freundin auf der Terrasse und trinken Champagner. Und das, obwohl Sie unzählige Gemälde gefälscht haben. *Chapeau!*«

Tristan de Jong sah auf seine Fingerspitzen, dann wieder zu Isabelle. »Ich verstehe nicht, wie Sie das meinen. Ich bin entführt worden, außerdem habe ich nichts davon. Finden Sie diesen Lucien, er ist der Ganove, er hat sich an meinen Bildern bereichert.«

»Sie wollen wirklich, dass ich diesen Lucien finde?« Isabelle lächelte. Dann ließ sie die Katze aus dem Sack. »Kein Problem, aber ich bin mit meiner Geschichte erst am Anfang. Monsieur de Jong, Sie wurden nicht entführt!«

Peng, jetzt war es raus. In seinem Gesicht zuckte es.

»Das alles war eine perfekte Inszenierung«, sagte Isabelle. »Ich vermute, Sie haben den Plan während Ihrer Haftstrafe in Melun ausgeheckt. Praktischerweise hatten Sie mit Lino Lefaque gleich einen Komplizen in der Zelle, einen, den Sie später fürs Grobe einsetzen konnten. Der hatte eine liebreizende Schwester namens Claire, die ihn regelmäßig besuchen kam. Na ja, später kam sie wohl mehr zu Ihnen. Damit war die Bande fast komplett. Fehlte nur noch einer, der sich um die Materialbeschaffung und den Verkauf kümmern konnte, sozusagen ein qualifizierter Außendienstmitarbeiter. Da fügte sich trefflich, dass Claire noch einen Bruder hatte: den Kunst- und Trödelhändler Josbert Paullinac aus Saint-Paul-de-Vence. So, ich denke, jetzt haben wir alle beieinander. Den begnadeten Fälscher Tristan de Jong, seine Muse und Gehilfin Claire Paullinac, den Schläger Lino Lefaque und den etwas schmierigen, aber sehr talentierten Josbert Paullinac, der sich auch schon mal als Sébastien ausgab, zum Beispiel beim Verkauf eines Matisse an einen Galeristen in Cannes.«

Isabelle sprach nicht weiter. Sie war auf die Reaktion gespannt. Claire und Tristan tauschten nervöse Blicke aus.

»Warum hören wir uns diesen Unsinn an?«, fragte Claire mit vibrierender Stimme. »Komm, Tristan, lass uns gehen!«

»Sie bleiben sitzen!«, fuhr Isabelle sie energisch an.

»Madame le Commissaire, Sie haben eine blühende Phantasie«, stellte Tristan de Jong schließlich fest. »Ich mag Menschen mit Phantasie. Für die Kunst ist die kreative Fähigkeit, sich etwas vorzustellen, eine große Gabe. In der Kriminalistik dürfte sie dagegen fehl am Platze sein, hier zählen nur die Fakten, hier bedarf es unwiderlegbarer Beweise. Habe ich recht?«

Isabelle nickte. »Genauso ist es. Aber die von Ihnen zitierte kreative Fähigkeit, sich etwas vorzustellen, ist mitunter die entscheidende Voraussetzung für eine nachfolgende Beweisführung.«

Tristan de Jong rang sich ein Grinsen ab. »Dummerweise haben Sie für Ihr Phantasiegebilde einer selbst inszenierten Entführung nicht den geringsten Beweis. Übrigens ist auch Ihr Hirngespinst einer vierköpfigen Kunstbetrügerbande nicht komplett. Sie haben den Boss der Bande vergessen, diesen Lucien.«

»Nein, habe ich nicht«, sagte Isabelle. Und nach einer kurzen Pause: »Er sitzt doch gerade vor mir. Dieser Lucien, das sind Sie selbst. Oder richtiger: Einen Lucien gibt es nicht. Auch keinen Mann mit Strumpfmaske.« Isabelle warf Claire einen Blick zu. »Und eine Narbe, so wie ich sie an der Schläfe habe, hat er auch nicht, das war ein ganz besonders dummer Einfall.«

Der Ober wollte die Vorspeise servieren. Tristan de Jong schickte ihn weg.

»Eine gewagte These«, sagte er. »Ich soll Lucien sein und mich selber entführt und zur Kunstfälschung gezwungen haben, die ich wiederum höchstselbst mit versteckten Botschaften und Hinweisen auf meinen Aufenthaltsort unterlaufen habe? Am Schluss hat mich dieser Lucien, den es nicht gibt, auch noch bewusstlos geschlagen. Das ist doch geradezu grotesk. Ohne jeglichen Beweis werden Sie auf großes Gelächter stoßen.«

»Wer sagt denn, dass ich keine Beweise habe? Und was die versteckten Hinweise auf Ihren Aufenthaltsort betrifft, also das Kirchengeläut, die Kondensstreifen oder die albernen frischen Croissants, die haben Sie bewusst so allgemein gewählt, dass man Sie aufgrund derer nie hätte finden können.«

»War's das?«

»Fast, aber ich will Ihnen gerne noch die Beweise nachreichen, die Sie zu Recht angemahnt haben. Um es kurz zu machen: Sie sagten, dass Sie das Atelier, das gleichzeitig Ihr Verlies war, nie verlassen haben. Dann erklären Sie mir bitte, warum die Spurensicherung überall im Haus Ihre Fingerabdrücke und DNA-Spuren entdeckt hat. Nur nicht auf der Matratze, auf der Sie angeblich die ganze Zeit geschlafen haben. Dagegen gibt es reichlich DNA-Spuren im großen Bett im ersten Stock, und zwar sowohl von Ihnen als auch von Claire. Übrigens nicht nur DNA-Spuren, aber lassen wir das.«

Claire nagte an den Fingernägeln. Tristan de Jong wirkte plötzlich sehr blass, auch blieb er eine Erklärung schuldig.

»Es sei am Rande vermerkt, dass ich Ihre Stimme wiedererkannt habe. Als ich in der Rolle einer Kurierfahrerin das Terrain erkundet habe, waren Sie der Mann, der Lino angewiesen hat, mich fahren zu lassen. Zugegeben, das ist kein Beweis, hat mir aber weitergeholfen. Kommen wir zum Rechtsanwalt, der Ihre Freundin Claire auf Kaution freibekommen hat. Das ist derselbe Rechtsanwalt, der Sie bei Ihrer ersten Gerichtsverhandlung vor vielen Jahren vertreten hat. Es war ein Fehler, ihm erneut das Mandat zu erteilen, aber in der Eile kann so was passieren. Was hätten wir noch? Ach so, die Kaution für Claire. Sie wurde bar bezahlt. Einige Scheine konnten zurückverfolgt werden, sie stammen aus dem Verkauf eines von Ihnen gefälschten Cézanne an die *Fondation Mardrinac.* Dort werden bei Cash-Geschäften grundsätzlich alle Seriennummern registriert und gespeichert.«

Tristan de Jongs hoch aufgeschossene Gestalt war während der letzten Sätze immer mehr in sich zusammengesunken.

»Es reicht«, flüsterte er.

»Das denke ich auch. Aber zwei wesentliche Dinge hätte ich noch, die will ich Ihnen nicht vorenthalten. Erstens haben Sie sich selber niedergeschlagen, und zwar mit einer Boulekugel, die ihnen danach natürlich aus der Hand gefallen und unter den Galerietisch gerollt ist. An ihr konnten Blut- und Haarreste identifiziert werden, die von Ihrem Hinterkopf stammen. Auf der Kugel wurden auch Abdrücke Ihrer rechten Hand gefunden.«

»Bitte hören Sie auf!«

»Gleich höre ich auf. Aber ich will Ihnen noch erklären, warum Sie Françoise ohne Gewissensbisse im Stich lassen, und vor allem die beiden Mädchen Marguerite und Maya. Das habe ich zunächst nicht verstanden. War übrigens ein netter Zug, dass Sie Françoise jeden Monat Geld geschickt haben. Oder geschah das aus purer Berechnung, damit sie Ruhe gibt? Na, egal. Stellt sich die Frage, warum Sie jetzt nicht in Aix-en-Provence sind und voller Sehnsucht Ihre geliebten Töchter in die Arme schließen? Aus einem einfachen Grund, weil Sie wissen, dass Sie nicht der Vater sind, denn zum Zeitpunkt ihrer Zeugung saßen Sie im Gefängnis. Natürlich weiß auch Françoise, dass Sie es wissen, aber sie hofft bis heute, dass Sie ihren Fehltritt irgendwie akzeptieren. Das war ja auch keine leichte Zeit für sie. Ich weiß nicht, ob und wie Sie darüber gesprochen haben, aber eines scheint mir klar: Sie haben ihr die Untreue nicht verziehen.«

»Nein, habe ich nicht«, sagte er leise.

»Françoise wurde nach Ihrer Entlassung aus dem Gefängnis erneut schwanger. Das Kind wäre wohl von Ihnen gewesen, es hätte Ida heißen sollen, nach der Tochter von Chagall, aber es ist bei der Geburt gestorben.«

Er sah sie traurig an. »Ja, sie hat es nicht geschafft.« Er schluckte. »Übrigens habe ich erst danach …« Er sprach nicht weiter.

Isabelle dachte, dass wohl alles gesagt war. Von Claire und Tristan de Jong war nichts mehr zu erwarten. Na ja, vielleicht noch das eine.

»Sie bekennen sich also schuldig?«, fragte sie, an Tristan de Jong gerichtet. »Schuldig der vorsätzlichen Kunstfälschung im großen Stil, der Vortäuschung einer Entführung, der Anstiftung zu Straftaten und indirekt auch daran, dass drei Menschen zu Tode gekommen sind.«

Er verzog das Gesicht. »Bleibt mir wohl nichts anderes übrig«, sagte er leise. »Aber für Josberts und Linos Tod kann ich nichts, das habe ich nicht gewollt. Und das mit dieser Gutachterin Richemond war ein Unfall, sie ist unglücklich gestürzt.«

Isabelle nahm Claire ins Visier. »Und was ist mit Ihnen?«

»*Putain bordel de merde!* Rutsch mir doch den Buckel runter.«

Isabelle lächelte nachsichtig. »Ich werte das als Schuldeingeständnis.«

Tristan de Jong sah sie fragend an. »Was nun? Wie geht's weiter?«

Es gab Momente, da hatte Isabelle ein weiches Herz.

»Ich verlasse Sie jetzt. Sie können noch in Ruhe fertigessen und ein Gläschen trinken. In einer Stunde sollten Sie fertig sein.« Sie deutete zum Zugang der Terrasse. Dort stand Apollinaire mit zwei weiteren Uniformträgern der *Police nationale*. In diskreter Entfernung, dennoch unübersehbar. Sie hatten die Arme verschränkt und sahen zu ihnen herüber. »Dann werden Sie sich bitte meinen Kollegen anvertrauen, die Sie zu Ihrem Nachtquartier begleiten werden. Leider ist es nicht besonders komfortabel.«

Isabelle sah auf ihr Glas mit dem Champagner. Er war mittlerweile warm – sie mochte keinen warmen Champagner.

»Sie bekommen alle eine [illegible]«, fragte sie, im Bureau de Poste gemeldet. [illegible] der [illegible] in großen [illegible] Einführung der Anstalten zu Spitälern und erinnert auch daran, dass drei Menschen zu Tode gekommen sind.

Es verzog das Gesicht. [illegible] nur wollte [illegible] anderes [illegible] sagte er [illegible] und [illegible] Tod [illegible] nichts, da habe ich nicht gewollt. Und da mit diesen Gedanken [illegible] wartete [illegible], so ist [illegible] glücklich [illegible] Isabelle [illegible] Ihnen [illegible] und was ist [illegible].

»[illegible]« [illegible] Kutsch[illegible] den Bruder [illegible].

Isabelle lächelte [illegible] Schulden[illegible].

[illegible] lang [illegible] Wege [illegible]ten?

Es gab Momente, [illegible] Herz.

[illegible] Sie [illegible] oder [illegible] und [illegible]. In einer Stunde sollten sie [illegible]. Dort stand [illegible] zweiwöchigen [illegible].

[illegible] haben [illegible] herüber. [illegible] würden Sie [illegible] in [illegible].

[illegible]

Épilogue

Tage später lag Isabelle an ihrem Lieblingsstrand im Schatten einer Schirmpinie auf einer Strandmatte aus Stroh und mit einem zusammengerollten Badetuch unter dem Kopf. Sie hatte die Augen geschlossen und hing ihren Gedanken nach.

Tout était fini, alles war vorbei. Das Rätsel um den gefälschten Matisse war aufgeklärt. Tristan de Jongs phantasievoller Plan, sich zum Schein selbst zu entführen, um straffrei Gemälde zu fälschen, war gescheitert. Fast tat er ihr leid. Der Mann war sympathisch, er war ein Genie – als Maler, nicht als Betrüger. Françoise und ihre Töchter Maya und Marguerite würden in Zukunft ohne ihn klarkommen müssen. Aber das hatten sie schon in der Vergangenheit geschafft – nur dass es jetzt wohl endgültig war.

Was war mit Claire? Sie war nicht zu beneiden. Ihre beiden Brüder Josbert und Lino waren tot, ihr Geliebter Tristan de Jong würde für einige Zeit eine Haftstrafe absitzen müssen – und sie selbst als seine Komplizin wohl auch, aber nicht so lange.

Gregori Gregorian? Er hatte mit diesem Fall nichts zu tun, um ihn kümmerte sich Balancourt – sie konnte ihn vergessen. Apropos Balancourt, ihr oberster Chef in Paris freute sich auf das nächste Treffen mit der Kulturministerin. Dank Tristan de Jong hatte er einen spannenden Gesprächsstoff. Außerdem hatte Balancourt beschlossen, mit dem Rauchen aufzuhören – und würde es doch nicht schaffen. Er war bislang noch immer gescheitert.

Apollinaire? Ihm ging es gut, er hatte heute früh seinen Kaktus gegossen, dann einen Zettel an die Tür ihres Kommissariats geklebt: *Vacances annuelles!* Zweiter Versuch – dann hatte er hinter ihr abgesperrt.
Rouven Mardrinac? Jetzt wurde es kompliziert. Seinen Vorschlag, sich ein Sabbatjahr zu nehmen, hatte sie abgelehnt. Doch sie hatte eine kühne Entscheidung getroffen. Sie würde trotzdem an seinem Leben teilhaben, aber nur portionsweise, in kleineren Etappen und zu ihren Bedingungen. Und er würde sie nicht exklusiv haben – womit er einverstanden war. Umgekehrt würde es nicht anders sein, das war ihr klar.
Nicht exklusiv? Wo stand geschrieben, dass nur Männer zur selben Zeit zwei Frauen haben konnten? Das war nicht die Regel, aber es kam vor, gar nicht mal so selten. Jedenfalls viel häufiger, als sich das manche Frauen vorstellten. Weil sie sich nicht entscheiden konnte, würde sie es mit zwei Männern versuchen – und beide wussten voneinander, das war die Übereinkunft.
Womit sie bei Thierry Blès angelangt war. Er hatte in den letzten Tagen einiges einstecken müssen, aber es getragen wie ein Mann. Damit meinte sie in erster Linie ihr privates Arrangement, dem er erst nach zwei schlaflosen Nächten und Überwindung seiner Eifersucht zugestimmt hatte. Er würde damit leben müssen, dass er mit Isabelle eine Freundin hatte, die sich ab und zu kleine Auszeiten gönnte. Nicht hier in Fragolin, das hatte sie ihm versprochen. Thierry war klar, dass er sich das selbst eingebrockt hatte. Als sie noch ein festes Paar waren, hatte er sie in Paris betrogen. Seitdem galten andere Regeln – Regeln, die nicht er bestimmte.
Damit nicht genug, er hatte zudem damit fertigwerden müssen, dass seine verehrte Rosalie Grasson eine Schwindlerin gewesen war. Die *Danseuse de Henri Matisse* hatte unter

Wahnvorstellungen gelitten. Zwar war sie tatsächlich eines seiner Modelle gewesen, und zwar für sein berühmtes Wandbild mit dem Reigen der Tänzerinnen, aber Matisse war nie zu ihr nach Fragolin gereist, um sie dort zu malen. Sie hatte sich das wohl ersehnt, doch es war nicht geschehen. Die Fotos im Museum, auf denen sie vor Matisse posierte, stammten aus seinem Atelier in Nizza, sie waren echt, aber doch gefälscht. Die künstlich herbeigeführten Unschärfen am Rand verschleierten ihren wahren Herkunftsort. Rouven hatte es geahnt, Pascal hatte den Nachweis erbracht. Zumindest die ausgestellten Zeichnungen von Henri Matisse waren richtig echt – aber wohl kein Geschenk des großen Meisters an Rosalie Grasson, sondern von ihr aus seinem Atelier geklaut. Was nicht zu beweisen war.

Musste also das kleine, aber feine Museum in Fragolin geschlossen werden? Für Thierry Blès war das die spontane und logische Konsequenz. Aber sie hatte ihn davon abbringen können. Immerhin erzählte *La Maison de Rosalie Grasson* eine entzückende Geschichte, die zwar nicht ganz stimmte, aber ein bisschen eben doch. Es wäre schade, sie der Öffentlichkeit vorzuenthalten. Menschen liebten Geschichten, oft mehr als die Wahrheit. Rouven und Pascal hatten versprochen, Stillschweigen zu bewahren. Für Thierry ging sogar ein Herzenswunsch in Erfüllung: Im ersten Raum würde zukünftig ein originales Gemälde von Matisse hängen – als generöse Leihgabe der *Fondation Mardrinac*. Thierry würde aus dem Katalog alle zweifelhaften Aussagen streichen und ihn dahin gehend ergänzen, dass das Museum wie ein Märchen zu verstehen sei – wie ein bildgewordener Traum der Tänzerin Rosalie Grasson.

Träume durften die Bodenhaftung verlieren und fliegen. Und sie verkauften sich gut. Clodine würde mit ihren Souvenirs zum Museum im Geschäft bleiben. Fragolin durfte sich weiterhin über kunstinteressierte Besucher freuen. Und Thierry blieb die Peinlichkeit erspart, das *Maison de Rosalie Grasson* schließen zu müssen.

»Was ist? Wollen wir schwimmen gehen?«
Isabelle machte die Augen auf und zwinkerte. Die Sonne blendete. War das Rouven? *Mais non,* mit ihm würde sie sich erst nächste Woche treffen. Dann war das Thierry. Natürlich war das Thierry. Sie lächelte. Ihr Leben war vieles, vor allem aber war es nicht langweilig – selbst in den *vacances annuelles* nicht!

Die handelnden Personen im Roman sind frei erfunden. Jede Ähnlichkeit und Namensgleichheit mit lebenden Personen wäre rein zufällig und unbeabsichtigt.

Mord à la Provençale

PIERRE MARTIN

Madame le Commissaire

und der verschwundene Engländer

KRIMINALROMAN

Isabelle Bonnet, hochdekorierte Leiterin einer geheimen Spezialeinheit in Paris, wäre bei einem Sprengstoffattentat fast ums Leben gekommen. Um sich zu erholen, reist sie in ihren beschaulichen Geburtsort Fragolin im Hinterland der Côte d'Azur. Doch aus der ersehnten Ruhe wird nichts: In einer Villa wird eine halbnackte Frauenleiche gefunden, und der Hausherr, ein mysteriöser Engländer, ist spurlos verschwunden. Isabelle Bonnet lässt sich überreden, den Fall zu übernehmen – was bei den Kollegen vor Ort nicht gerade Begeisterung auslöst ….

KNAUR

PIERRE MARTIN

Madame le Commissaire

und die späte Rache

EIN PROVENCE-KRIMI

Der Duft von Lavendel, die Sonne und liebenswerte Nachbarn – kein Wunder, dass sich die Kommissarin Isabelle Bonnet gegen die große Karriere in Paris entschieden hat und lieber im beschaulichen Dörfchen Fragolin geblieben ist. Doch hinter der Idylle lauert auch hier das Verbrechen. Beim Durchforsten alter Akten stößt Isabelles Assistent, der schrullige Apollinaire, auf einen nie aufgeklärten Mord. Sofort erwacht der Jagdeifer der Kommissarin – vor allem als sie bei ihren Untersuchungen über ein anderes Verbrechen stolpert. Bald entdeckt sie Gemeinsamkeiten zwischen den beiden Fällen, die alle übersehen haben …

PIERRE MARTIN

Madame le Commissaire
und der Tod des Polizeichefs

EIN PROVENCE-KRIMI

Das Sirren der Zikaden und hinter sanft geschwungenen Hügeln das azurblaue Meer. Das Dörfchen Fragolin im Hinterland der Côte d'Azur wäre der ideale Ort, um die Seele baumeln zu lassen – doch dazu fehlt Kommissarin Isabelle Bonnet mal wieder die Zeit. Der angebliche Selbstmord eines hohen Polizeibeamten, der Besuch eines exzentrischen Bekannten und ein Überfall auf ein Juweliergeschäft an der Croisette in Cannes halten Madame le Commissaire und ihren eigenwilligen Assistenten Apollinaire in Atem.

KNAUR

